Benjamine et son destin

Du même auteur

Autobiographie

Ensemble pour toujours, 2015

Romans

Adèle et Amélie, 1990
Les bouquets de noces, 1995
The Bridal Bouquets (*Les bouquets de noces*), 1995
Un purgatoire, 1996
Marie Mousseau, 1937-1957, 1997
Et Mathilde chantait, 1999
La maison des regrets, 2003
Par un si beau matin, 2005
La paroissienne, 2007
M. et Mme Jean-Baptiste Rouet, 2008
Quatre jours de pluie, 2010
Le jardin du docteur Des Oeillets, 2011
Les Délaissées, 2012
La Veuve du boulanger, 2014
Les Fautifs, 2016
Les Enfants de Mathias, 2017
La Maîtresse de l'horloger, 2019
Pardonnez-nous, Seigneur, 2020

La Trilogie

L'ermite, 1998
Pauline Pinchaud, servante, 2000
Le rejeton, 2001

Récits

Un journaliste à Hollywood, 1987 (épuisé)
Les parapluies du diable, 1993

Recueils de billets

Au fil des sentiments, vol. 1, 1985
Pour un peu d'espoir, vol. 2, 1986
Les chemins de la vie, vol. 3, 1989
Le partage du cœur, vol. 4, 1992
Au gré des émotions, vol. 5, 1998
Les sentiers du bonheur, vol. 6, 2003

En format poche (collection « 10 sur 10 »)

La paroissienne, 2010
Un purgatoire, 2010
Et Mathilde chantait, 2011
Les parapluies du diable, 2011
Marie Mousseau, 1937-1957, 2012
Par un si beau matin, 2012
Quatre jours de pluie, 2012
La Maison des regrets, 2013
L'ermite, 2016
Pauline Pinchaud, servante, 2016
Le rejeton, 2016

DENIS MONETTE

Benjamine et son destin

roman

Les Éditions
LOGIQUES

Catalogage avant publication de Bibliothèque et Archives nationales du Québec et Bibliothèque et Archives Canada

Titre: Benjamine et son destin / Denis Monette.
Noms: Monette, Denis, auteur.
Identifiants: Canadiana 20210052678 | ISBN 9782896440320
Classification: LCC PS8576.O4546 B46 2021 | CDD C843/.54—dc23

Direction littéraire: Nadine Lauzon
Coordination éditoriale: Pascale Jeanpierre
Révision et correction: Michèle Constantineau et Nicole Henri
Couverture et mise en pages: Gaston Dugas et Axel Pérez de León
Photo de l'auteur: Guy Beaupré

Remerciements
Nous remercions le Conseil des Arts du Canada et la Société de développement des entreprises culturelles du Québec (SODEC) du soutien accordé à notre programme de publication.
Gouvernement du Québec – Programme de crédit d'impôt pour l'édition de livres – gestion SODEC.

Conseil des Arts du Canada Canada Council for the Arts

SODEC Québec

Financé par le gouvernement du Canada | Canada

Les Éditions Logiques
Groupe Librex inc.
Une société de Québecor Média
4545, rue Frontenac
3e étage
Montréal (Québec) H2H 2R7
Tél.: 514 849-5259
www.editions-logiques.com

Dépôt légal – Bibliothèque et Archives nationales du Québec et Bibliothèque et Archives Canada, 2021

ISBN: 978-2-89644-032-0

Distribution au Canada
Messageries ADP inc.
2315, rue de la Province
Longueuil (Québec) J4G 1G4
Tél.: 450 640-1234
Sans frais: 1 800 771-3022
www.messageries-adp.com

Diffusion hors Canada
Interforum
Immeuble Paryseine
3, allée de la Seine
F-94854 Ivry-sur-Seine Cedex
Tél.: 33 (0)1 49 59 10 10
www.interforum.fr

À ma fille Sylvie,
qui me lit et m'appuie depuis…
Adèle et Amélie.

Prologue

Benjamine, c'est moi, la petite dernière de la famille, d'où mon prénom choisi par mon père. Celle que mes sœurs appelaient *l'autre* parce que j'avais fait mourir ma mère à ma naissance, neuf ans après l'arrivée d'Estelle. J'étais, m'a-t-on dit plus tard, un gros bébé de dix livres qu'elle avait eu peine à mettre au monde. Chétive, peu en forme, le docteur avait craint pour sa vie dès l'accouchement et c'est durant la nuit suivante alors que le vent soufflait dehors par un «frette noir» de février qu'elle avait rendu son dernier souffle, épuisée par les efforts qui avaient eu raison du peu de santé qu'il lui restait. Mon père avait beaucoup pleuré, m'avait-on dit plus tard, mes sœurs aussi, surtout l'aînée qui me blâmait pour la mort de maman.

Je n'ai su toute l'histoire que lorsque j'avais huit ans alors que Marcelle m'élevait avec un peu d'aide de Régine et d'Estelle, mes deux autres sœurs. Marcelle avait vingt ans à ce moment-là, Régine dix-neuf, et Estelle dix-sept. J'étais choyée par les deux plus jeunes, mais Marcelle était sévère avec moi. Les friandises étaient rares avec elle. Instituteur, mon père ne s'était pas remarié. Il avait consacré sa vie à ses élèves, les garçons du quartier auxquels il enseignait toutes les matières, l'arithmétique en particulier, c'était sa force. Marcelle l'avait incité à rester veuf sans se douter qu'elle allait en faire les frais lorsqu'il avait mis un frein à ses études pour qu'elle prenne en charge la maison, un an après la mort de maman. Mon père, prénommé Jean, avait beaucoup aimé sa Jeanne, ma mère. Ils s'étaient rencontrés dans un parc public alors qu'il l'avait invitée pour un tour du rond à patiner en plein air, par un soir glacial d'hiver.

Nous avions eu une servante dans les premiers temps de son veuvage. Elle s'appelait Léonie et occupait la petite chambre près du hangar au rez-de-chaussée, qui avait servi aux invités comme chambre d'amis. Lorsque j'étais toute petite, Léonie avait été bonne pour moi, elle me gâtait beaucoup, me donnait des *jelly beans* qu'elle payait de sa poche. Je préférais les noires, mais elle me forçait à fermer les yeux et à piger dans son sac afin d'en sortir d'autres couleurs. Deux à la fois, pas plus, cependant. Marcelle était contente de voir la bonne à tout faire laver les planchers et préparer les repas, mais Régine avait du mal à l'approcher parce que Léonie transpirait beaucoup à longueur de journée. Ce qui avait fait s'exclamer Régine à papa un certain soir : « Tu devrais la renvoyer, elle pue cette femme-là ! » Évidemment que père l'avait grondée même si l'aveu n'était plus un secret pour personne. Estelle, plus gênée, n'aurait jamais osé l'accuser de la sorte, mais n'empêche qu'elle se bouchait le nez sans être vue quand elle la croisait dans le passage de la maison. Je la voyais faire, moi, la snoreau d'Estelle, quand je me berçais dans la chaise du vivoir avec ma poupée *Suzon la drôle* sur les genoux.

Rien n'échappait à Mine. C'était là mon surnom, parce que toute petite, quand on me demandait mon nom, je n'arrivais pas à dire Benjamine et je répondais... Mine. Un surnom qui me serait resté si Régine, un jour, n'avait dit à mes sœurs: « Appelez-la par son prénom, notre mère serait fâchée de nous entendre l'appeler Mine comme si elle était le chat de garde pour les souris. »

Nous avions eu, en effet, un chat gris nommé Ti-Mine qui chassait les écureuils de notre pelouse quand ils venaient enterrer leurs noix, m'avait raconté Estelle. Ti-Mine que je n'ai pas connu et qui, ayant perdu un œil dans une bataille avec le chien d'un voisin, s'était fait écraser par un camion en chassant un rat d'égout jusque dans la rue. J'étais contente qu'on cesse de m'appeler Mine. J'étais maintenant assez vieille pour prononcer correctement Benjamine, j'allais entrer à l'école l'automne suivant.

Mon père m'avait appelée Benjamine parce que ma mère lui avait dit durant sa grossesse: « Ce sera le dernier ou la dernière, tu m'entends ? Ça s'peut-tu neuf ans plus tard ? Quel accident ! Ce sera Benjamin ou Benjamine selon le sexe, mais ne m'approche plus par la suite, trouve un moyen, je n'aurais plus la force de t'en donner un autre, je suis maigre et fragile, je vais casser en deux si ça continue et ce bébé qui s'en vient me semble plus gros que les autres. Coudon ! j'en aurais-tu deux dans le ventre cette fois-là ? Ses coups de pied me font mal, c'est pas possible ! » Jean n'avait pas relevé la remarque, la sachant dans une mauvaise passe avec cet accouchement à venir dont elle craignait l'issue, cette fois. Il lui avait promis néanmoins que ce serait le dernier ou la dernière, de ne pas s'en faire, qu'il ne l'approcherait plus pour un certain temps selon son désir... Et elle avait répliqué : « Pour longtemps, mon mari ! J'en veux plus d'enfants, tu m'entends ? J'suis pas la grosse femme que ma mère était, moi ! Elle en a eu cinq, elle en a perdu trois sans compter ses fausses couches, mais elle n'avait pas de misère à accoucher, elle était forte comme un bœuf ! Moi, je suis le portrait tout craché de mon père qui avait de la misère à soulever sa moppe trempée quand venait l'heure de laver le plancher. Un p'tit maigre, le dos courbé ! Et c'est ma petite sœur Philomène, forte comme ma mère, qui transportait sa chaudière d'une pièce à l'autre. Ah Seigneur ! ».

Jeanne avait tout débité d'un trait pour ensuite s'asseoir sur une chaise droite et regarder son gros ventre que ses jambes ne portaient plus. Mais elle allait n'avoir qu'un seul bébé et pas mal dodu, Jeanne Brouet. Une fille en plus, donc la Benjamine, prénom que papa lui avait donné parce que c'était le souhait de ma mère. Mais à huit ans, la grassette petite fille que j'étais à la naissance devenait plus svelte à force de courir et de jouer au ballon avec les petites voisines et, surtout, quelques garçons. Déjà ! Et comme vous savez tout ou presque de ma petite enfance, laissons la place à d'autres pour vous parler de notre cheminement.

C'était en effet le 12 février 1940 que Benjamine avait vu le jour pour faire mourir sa mère de son trop dur accouchement la nuit suivante. Marcelle qui vaquait depuis à toutes les occupations de la maison avait vu partir Léonie avec chagrin. Non pas qu'elle aimait la servante, mais c'était maintenant elle qui la remplaçait afin de sauver de l'argent que son père avait du mal à gagner sans jamais voir son revenu augmenter dans l'enseignement. Marcelle avait dû interrompre ses études à treize ans, elle qui rêvait de devenir sténographe plus tard. Elle avait dit à son père :

— Je n'ai même pas mon diplôme de neuvième année, papa ! Je viens à peine de recevoir celui de la septième année.

Et il lui avait répondu :

— Ne t'en fais pas, je vais t'instruire en privé et tu recevras de moi le même certificat que celui qu'on remet à l'école. Le bon Dieu te récompensera pour le dur sacrifice que tu fais, ma fille.

De son côté, Régine, qui perdait son temps sur son pupitre d'école, songeait plutôt à une carrière d'actrice, pendant qu'Estelle, sage comme une image, avait hâte de retourner en classe pour parfaire sa grammaire et l'histoire sainte qui la passionnait. Toutefois, à quatorze ans, elle avait repoussé les égards d'un jeune voisin de son âge qui la trouvait fort jolie. Elle avait refusé de se rendre au cinéma avec lui, elle n'avait même pas osé prendre de sa main longue et effilée la barre de chocolat qu'il lui avait achetée.

Ce que Régine aurait accepté si c'était à elle que le garçon s'était intéressé. Mais à seize ans, elle était trop vieille pour lui, selon la coutume du temps. Elle en cherchait donc un de son âge, mais regarda de haut les deux ou trois autres qui s'étaient aventurés. « Pas assez beaux, pas assez instruits », disait à Estelle celle qui rêvait de devenir actrice de cinéma, si possible comme Edwige Feuillère qu'elle trouvait si jolie parée de fourrures et de bijoux. Quand elle parlait de ses plans à venir avec Marcelle, cette dernière lui répondait: « Commence par apprendre tes verbes et tes participes, tu fais des fautes à tour de bras. Tu n'as rien hérité de père, toi ! »

Mais Régine passait outre aux remontrances de sa sœur aînée, en se disant en elle-même que Marcelle était jalouse de son charme, seul atout selon elle dont avait besoin une actrice pour être à l'écran. Puis Edwige Feuillère se dissipa peu à peu de ses pensées, les productions françaises aussi, lorsqu'elle découvrit les vedettes américaines en troquant les cinémas de quartier contre le Palace et le Capitol de la rue Sainte-Catherine, où elle avait découvert la sensuelle Dorothy Lamour dans *Johnny Apollo* aux côtés du séduisant Tyrone Power, pour ensuite s'extasier devant d'autres vedettes de l'écran comme Gary Cooper, Joan Crawford et Clark Gable. C'était là le monde auquel elle voulait appartenir ! Devenir une Paulette Goddard et tomber dans les bras d'un James Stewart dans un film moins intéressant qui l'avait tout de même enchantée. Mais son ballon s'était crevé lorsque Marcelle, le soir même, lui avait crié alors qu'elle rentrait encore tout éblouie: « Prends un torchon et viens essuyer la vaisselle ! C'est à ton tour ce soir, pas encore celui d'Estelle et tu es en retard pour le souper, fais réchauffer tes épinards et ta viande hachée dans le fourneau. On a tous mangé nous autres ! On fait pas juste rêver ! » Décontenancée par le ton de l'aînée à son endroit, elle allait répliquer lorsqu'elle entendit le rire indiscret d'Estelle qui, dans un coin, se tordait des semonces de Marcelle à... l'actrice ! Le père, agacé par la chicane de la cuisine, avait dit à Marcelle en l'attirant de plus près :

— Arrête de la mener par le bout du nez, tu n'es que sa sœur, pas sa mère, Marcelle.

Le regardant de haut, plantée devant lui, elle lui avait répondu d'un ton ferme :

— Ah oui ? Ben, qui donc remplace la mère, ici ?

La fin de la Seconde Guerre avait soulagé bien des familles alors que des soldats revenaient, d'autres pas. La joie et la tristesse s'entremêlaient dans ces portraits de famille. Dès les premiers jours du retour, des mères peu certaines de ne pas être veuves pleuraient de joie ou de peine, alors que leurs enfants attendaient, de leur fenêtre, de voir papa rentrer ou pas. Monsieur Vinais, par son métier d'enseignant et père de quatre enfants à faire vivre, avait été épargné de la conscription quand on était venu enquêter. À l'étroit avec ses quatre filles dans sa modeste maison de briques de la rue Garnier près de Mont-Royal, il avait échappé un soupir de soulagement. Et Marcelle avait vu la voisine refuser l'offre d'un laitier de l'épouser pour l'empêcher d'être appelé sous les drapeaux. La demoiselle en question l'avait trouvé lâche, alors que des pères d'un seul enfant s'embarquaient pour l'outre-mer.

Peu de temps après le décès de Jeanne, madame Brouet, la mère de cette dernière, avait dit à son gendre :

— J'espère que tu vas te remarier, Jean. Tu ne vas pas laisser tes filles être élevées par cette servante peu appropriée.

— Pour l'instant, je n'y songe même pas. J'ai Marcelle et deux autres filles qui vont prendre de l'âge, nous allons nous débrouiller ensemble.

— Voyons, mon garçon ! Ta plus vieille n'a que douze ans ! Que veux-tu qu'elle fasse ici d'dans ?

— Elle est sérieuse, elle va vieillir et je suis certain qu'elle finira par être capable de prendre soin de Benjamine bientôt.

— Mais, tu ne vas pas rester veuf éternellement ?

— Non, peut-être pas, mais c'est récent ce départ soudain de Jeanne. Il faut quand même que je reprenne mon souffle, car en plus de mes trois filles et le bébé, j'ai trente-deux élèves qui m'attendent chaque matin pour leur enseignement.

Et c'est parce que la grand-mère maternelle ne s'était pas offerte pour lui venir en aide physiquement et que tante Philomène, infirmière dans un hôpital en Ontario, était repartie promptement après l'enterrement de sa sœur.

Marcelle dut quitter l'école l'année suivante pour prendre soin de Benjamine, *l'autre*, comme elle la désignait, celle de trop. Et c'est pourquoi, après le décès de leur mère, que la servante qu'on appelait par son prénom resta à leur service quelque temps, avec sa transpiration et son grand dévouement, pour les enfants, ainsi que pour venir en aide à monsieur Vinais qu'elle respectait énormément.

Léonie, qui s'inquiétait toutefois de son sort, s'était fait dire par monsieur Vinais :

— Ne vous inquiétez pas, j'ai besoin de vous. Et ne vous en faites pas, oubliez le ménage du salon, je le ferai plus tard.

Et le papa impatienté d'ajouter :

— Occupez-vous des filles, elles sont dissipées aujourd'hui. Surtout Régine qui n'arrête pas d'agacer Estelle et de la faire pleurer, pendant que Marcelle tente de l'éloigner de leurs jeux. Fallait qu'il pleuve en plus ! Pas moyen de les envoyer dehors même un samedi avec ce temps de chien ! Je ne peux tout de même pas les mettre dans la cour avec des parapluies, non ?

Et Léonie de lui répondre :

— Ne vous en faites pas, monsieur Vinais, je vais les occuper, on va faire des *puzzles* ensemble, Marcelle, Estelle et moi, et on va laisser Régine colorier dans son cahier, c'est ce qu'elle préfère, celle-là. Elle est très douée pour le choix des couleurs et ne dépasse pas son sujet d'une ligne. C'est avec les yeux rivés sur son dessin qu'elle devient sage.

Jean Vinais était instituteur à l'école du quartier. Il enseignait la septième année aux garçons de la paroisse, métier qu'il adorait et qui était toute sa vie. Jeanne, de son vivant, en était fière, bien sûr, son salaire entrait chaque semaine pour nourrir sa marmaille. Ils n'avaient toutefois pas à payer de loyer, la maison de la rue Garnier lui appartenait. Elle lui avait été léguée par son défunt père, enterré avec sa mère. Une demeure tout de même habitable, située non loin de l'église Saint-Stanislas-de-Kostka où la famille se rendait le dimanche. Et pas de loyer à payer, ce qui avait soulagé Jeanne au moment de s'y installer. Pas grande la demeure, le rez-de-chaussée comprenait la cuisine, le salon, la chambre des parents, l'escalier qui menait au grenier, transformé en chambres pour les filles qui étaient heureuses de ne pas être ensemble. La plus grande pièce avait été donnée à Marcelle, la plus vieille, les deux autres à Régine et Estelle. On se demandait bien où allait coucher l'enfant à venir quand il ou elle quitterait la chambre de ses parents, mais Estelle, généreuse de cœur, avait proposé de prendre le prochain bébé dans sa chambre avec elle quand le moment serait venu.

Le temps passa, la débrouillardise avec et plus tard, alors que les filles étaient dans leur adolescence, Régine était arrivée à la maison toute joyeuse pour dire à Marcelle :

— La mère d'une de mes amies est une diseuse de bonne aventure ! Mais pas comme celles qu'on voit dans les cirques ! Elle prédit l'avenir avec l'astrologie, elle le fait pour le journal et à la radio une fois par mois. Ma copine m'a dit que si tu le voulais, elle viendrait ici boire une tasse de thé et nous prédire ce qui nous attend. N'est-ce pas superbe, Marcelle ? Sans que ça nous coûte un seul sou ! Je suis si curieuse de savoir...

Marcelle l'avait interrompue pour lui répondre :

— Des balivernes, tout ça, Régine. Moi, les cartomanciennes...

— Non, pas avec les cartes, juste avec le mois et le jour de notre naissance ! Ne sois pas si vieux jeu, Marcelle, tout le monde s'intéresse à l'astrologie, moi la première, c'est très à la mode. Laisse-la venir, on aura du plaisir tout en étant renseignées sur nos traits de caractère. Mon amie Paule viendra avec elle.

— Comment s'appelle cette bonne femme ?

— Pas une bonne femme, Marcelle, une dame. Son nom est madame Astrid.

— Voilà ! Le nom tout désigné pour les diseuses de bonne aventure ! Mais si ça t'intéresse à ce point-là, invite-la, fais-toi plaisir, ainsi qu'à Estelle, mais ne compte pas sur moi...

— Oui, je veux que tu sois là aussi, Marcelle ! Juste pour entendre ce qu'elle va dire de toi avec ton sale caractère !

— Quoi ? Et tu crois que je vais maintenant te donner la permission ?

— Je n'en ai pas besoin ! N'oublie pas que tu n'as qu'un an de plus que moi. Père te le dit souvent...

Sans répliquer cette fois, Marcelle, outrée de la remarque de sa sœur, accepta la venue de cette sorcière, comme elle la qualifiait, le samedi qui allait suivre.

Contrairement à ce qu'elle croyait, madame Astrid n'arriva pas avec un foulard noué sur la tête et de gros anneaux aux lobes d'oreilles comme les diseuses de bonne aventure de la tente du parc Belmont. Normalement vêtue, sa fille Paule aussi, elle commença par jaser avec Marcelle qui tomba vite sous son charme. Puis, après le thé et les biscuits Village, elle prit place dans le fauteuil désigné, un gros livre sur ses genoux et demanda à chacune d'elles leur mois de naissance. Marcelle, la première, répondit qu'elle était née un 4 septembre et la dame de lui dire :

— Tiens ! Sous le signe de la Vierge ! Une jeune femme équilibrée à ce que je vois, les deux pieds sur terre, un très bon signe en ce qui concerne les mères de famille. Sévères parfois, mais indulgentes. Pas faciles en amour, elles sont méfiantes et ne se laissent pas berner facilement.

Puis, passant à Régine, cette dernière s'empressa de lui déclarer :

— Moi, je suis née le 16 juin 19... Vous voulez l'année ?

— Non, pas nécessaire, le mois suffit, je veux connaître ton signe, pas ton âge.

La regardant et la devinant presque, elle lui révéla :

— Une Gémeaux ! Un signe éblouissant, tu gagneras bien ta vie, et ce, dans divers domaines. Très indépendante, tu n'auras besoin de personne pour réussir. Quelque peu centrée sur toi-même, tu ne t'occuperas guère du sort des autres, même de tes proches. Parfois oui, mais pas avant d'avoir réglé ton sort à toi. Peu curieuse, mais envieuse du succès des autres, tu feras tout en ton pouvoir pour les surpasser. Côté amour, plusieurs hommes vont se succéder dans ta vie. De tous les âges et de toutes les nationalités. Mais le rôle de mère de famille ne sera pas un but premier pour toi, pas même le mariage. Ta carrière passera avant tout... Désolée d'avoir à le spécifier, mais les Gémeaux font de meilleures libertines qui mènent une vie dissolue, mais raffinée, que de bonnes épouses. Même chose pour les hommes de ce signe aussi !

Marcelle, qui avait écouté sans rien dire, échappa tout simplement :

— Très prometteur, ma petite sœur !

Malgré tout, Régine était ravie de ce que la brave dame lui avait prédit. Elle allait réussir, c'est tout ce qui comptait pour elle. Au tour d'Estelle de prêter l'oreille alors que madame Astrid acceptait une seconde tasse de thé avec des biscuits au chocolat et à la guimauve cette fois. Timidement, Estelle lui dit :

— Je suis née en novembre, le 5...

— Tiens ! Sous le signe du Scorpion ! L'un des plus beaux signes de l'astrologie ! Toi, tu aimeras beaucoup les enfants, tu auras le cœur très maternel, tu seras appelée à aider plusieurs personnes qui t'en feront la demande. Tiens ! Enseignante comme ton père peut-être ? Généreuse et compréhensive, tu ne diras de mal de personne, tu chercheras à comprendre et non à juger. Sur le plan sentimental, si ton cœur s'arrête sur un prétendant, ce sera celui à qui tu resteras fidèle. Mais tu as d'autres projets en tête que je ne vois pas venir pour l'instant… Je lis dans les grandes lignes, pas dans celles de la main, je suis astrologue et non chiromancienne.

Estelle, crédule et comblée par ce qu'elle venait d'entendre, la remercia chaleureusement et madame Astrid, regardant sa montre pendue à son corsage, leur avoua qu'elle devait partir, qu'elle avait des émissions à préparer pour le lendemain. Elle allait se lever lorsque du coin de l'appartement une petite voix lui cria :

— Pis moi, madame ?

C'était Benjamine qui, ayant assisté à la rencontre, voulait connaître son sort, même enfant et pas en âge de se livrer au monde des grands. Marcelle allait s'interposer lorsque la dame lui dit :

— Laissez, je ne vais lui dire que le nécessaire et le positif… Elle est née quand, la petite ?

— Le 12 février 1940, s'écria Régine qui voulait tout entendre, tout savoir.

— Une jolie fillette née sous le signe du Verseau. Douce et obéissante, tu seras choyée toute ta vie. Tu auras envie de belles choses quand tu seras grande et tu vas rencontrer un garçon aussi beau qu'un prince charmant pour en faire ton cavalier ! D'ici là, tu vas très bien te conduire, obéir à tes grandes sœurs et ta vie sera belle !

Benjamine était ravie et madame Astrid, voulant savoir la provenance de son prénom, fut étonnée d'apprendre la cause de ce choix. D'autant plus que la mère n'était plus là pour être plus explicite sur la raison de ce prénom peu répandu. La visiteuse se leva, s'apprêta à quitter avec sa fille, et les sœurs Vinais la remercièrent du privilège d'avoir eu une consultation privée gratuite. Contente des biscuits avalés en toute gourmandise, madame Astrid leur souhaita une belle fin de soirée et des jours de bonheur à venir.

Après son départ, Régine lança à la dérobée :

— N'est-ce pas magique ? Elle n'est venue que pour nous ! Gratuitement, Marcelle ! Et elle nous en a appris beaucoup sur chacune de nous. N'ai-je pas eu raison d'insister ? Elle est quand même distinguée cette dame.

Marcelle, peu convaincue, lui répondit tout en conduisant Benjamine à sa chambre :

— Ouais, si tu le dis, Régine. C'est la mère de ton amie. Quant à moi…

Chapitre 1

Janvier 1949 et Jean Vinais, instituteur émérite, fêtait ses quarante-sept ans en compagnie de ses filles. Marcelle lui avait préparé un gâteau, Régine avait cuit des petits pâtés à la viande et Estelle avait débouché une bouteille de vin blanc, le préféré de leur papa. Grand-mère Brouet lui avait téléphoné pour lui offrir ses vœux, sans omettre de lui demander une fois de plus :

— Pas encore de femme en vue, Jean ?

— Au sens de compagne, non. Mais j'ai déjà trois femmes à la maison et une qui grandit de jour en jour. Que demander de plus ? Vous devriez goûter les pâtés de Régine. Ils sont succulents et le gâteau de fête de Marcelle a tout pour séduire le palais.

— Bon, bon, ne va pas plus loin, je vois que ta vie se déroule très bien avec tes filles et tes élèves. Bonne fête, mon gendre, et que la santé soit avec toi.

Et madame Brouet avait raccroché, passablement déçue de ne pas avoir été invitée par ses petites-filles qui n'avaient pas cru bon de le faire. Mécontente sur les bords, elle était allée avec sa fille Philomène manger dans un restaurant chinois du centre-ville. Et Philomène, rendue à la table, de lui dire :

— On dirait qu'on ne fait plus partie de la famille, maman. Si Jeanne était encore en vie…

— Oui, mais elle ne l'est plus. Et laisse-la en paix au ciel avec la Sainte Vierge. Je suis peut-être trop accaparante, qui sait ? Jean n'est que mon gendre, après tout…

— Oui, mais les filles ? Elles sont de notre sang, maman ! Je les trouve ingrates…

Et la conversation s'arrêta sur les *chicken soo guy* que leur apportait le serveur. Une façon comme une autre de passer outre à l'anniversaire de l'instituteur. À l'école où monsieur Vinais enseignait, on l'avait affecté en cinquième année où les garçons étaient plus turbulents et peu intéressés par l'arithmétique et l'histoire du Canada. Ce qui demandait une poigne de fer, car l'institutrice de l'an dernier avait refusé de reprendre la cinquième année et opté plutôt pour la deuxième. Toujours près de ses élèves, monsieur Vinais avait réussi à les mettre dans sa manche après seulement quatre semaines d'enseignement. Les enfants, d'abord réfractaires, se mirent à apprendre énormément avec lui, sans doute par sa méthode particulière de leur enseigner l'histoire de France et de notre pays. Il ne leur apprenait pas formellement tous les faits tels que vécus, il se contentait de leur raconter les événements d'une voix ferme comme pour mieux les figer à leurs sièges. Il leur parlait de Louis XV comme de Louis XVI sans les traumatiser avec la Révolution de 1789. Et les enfants étaient davantage subjugués par le courage de Louis XVI que par les atrocités des sans-culottes qui avaient semé le régime de la Terreur. Il épluchait à peine le négativisme pour les placer aussitôt devant le positivisme de la famille royale, dont Marie-Antoinette qui avait fait preuve de courage avant d'être guillotinée. Autrichienne par sa naissance, les jeunes ne comprenaient pas qu'on ait pu l'exécuter comme si elle avait été Française.

— Pourquoi ne pas l'avoir retournée dans son pays ? demanda l'un d'eux.

Ce à quoi monsieur Vinais avait répondu :

— Parce qu'ils étaient remplis de rage, ces terroristes, et qu'ils tuaient tout ce qu'il y avait de noble sur leur route, qu'importe leur nationalité. Heureux ceux et celles qui ont pu se rendre en Angleterre pour y chercher asile, sauf Madame du Barry, la dernière favorite de Louis XV qui, se croyant à l'abri de ce qu'on reprochait à Louis XVI, se permit de revenir en plein drame pour récupérer ses biens, être arrêtée et guillotinée comme les autres.

Les lèvres des garçons étaient muettes et, encore candides à leur âge, leur bouche ouverte devant l'histoire de France si bien racontée en redemandait encore. Ce qui amenait le brave professeur à les diriger vers l'arithmétique qu'ils aimaient moins, mais qu'ils finirent par apprécier grâce à l'approche unique de leur nouvel instituteur. Les mères des enfants étaient venues le mois suivant rencontrer monsieur Vinais lors d'une remise de bulletins, et celui-ci avait été cavalièrement incommodé par une dame du nom de Lord, dont le fils Henri était dans sa classe. Cette dernière, après avoir pris connaissance des progrès de son fiston, demanda à monsieur Vinais, sur qui elle détenait passablement de renseignements :

— Le veuvage n'est pas trop pesant pour vous ?

— Non, madame, cela fait neuf ans que ma femme est décédée et je m'y suis fort bien habitué depuis. D'ailleurs, j'ai trois filles devenues adultes qui vivent sous mon toit et qui s'occupent de la petite dernière.

— Je veux bien le croire, mais pour la partie plus intime de votre vie…, une femme ne vous manque pas ?

— Voilà qui devient indiscret de votre part, madame Lord. Il y a de ces questions qui ne se posent pas.

— Si vous le dites, et je m'en excuse, mais si j'insiste un peu trop, c'est parce que je suis séparée, que j'élève seule Henri et que je cherche à me caser. Qui ne risque rien n'a rien, n'est-ce pas ?

Jean Vinais, interloqué devant son audace, lui répondit :

— Sans doute, mais j'ai maintenant d'autres parents à rencontrer, vous pourriez gentiment leur céder la place, madame Lord ?

— Appelez-moi Diane, je n'ai que trente-huit ans, vous savez…

— Bon, heureux d'avoir fait votre connaissance, mais il faut que je passe au couple derrière vous qui semble s'impatienter. Bonne fin de soirée, madame Lord.

Et c'est sur ces mots que, déçue, la Diane en question retourna chez elle avec le bulletin de son fils dans son sac à main. Car, malgré son apparence provocante avec son chandail rouge moulant en évidence, l'instituteur n'avait pas mordu à son hameçon à peine dissimulé.

De retour chez lui, Jean Vinais avait dit à sa fille Marcelle :

— J'ai eu une mère de petit gars pas mal entreprenante, ce soir. Pas trop éduquée et qui aurait intérêt à se servir du dictionnaire des bonnes manières.

— Prends-le comme un compliment, papa, ce n'est pas la première dame à t'approcher et ce ne sera pas la dernière. Tu parais encore très bien, tu le sais et les veuves, tout comme les femmes dont le mari les a quittées, vont à la chasse quand elles sont prises à élever seule un enfant. Sans compter les veuves de la dernière guerre qui n'ont jamais retrouvé leur mari soldat à l'étranger...

— Oui, je sais tout cela, mais n'empêche que ce n'est pas correct de faire des avances au professeur de son enfant.

— Je l'admets, papa, mais quand une femme est à bout de souffle dans ses recherches, elle devient plus téméraire. De toute façon, on sent bien que tu ne veux pas remplacer notre défunte mère et que celle qui fera battre ton cœur est encore loin dans tes pensées. Pour toi, la vocation, rien de plus.

— Oui, la vocation d'enseignant et mes charmantes filles qui comblent ce grand vide laissé par votre mère. Je l'ai tellement aimée cette femme...

— Oui, papa, ta Jeanne et aucune autre... Que le ciel t'entende et elle aussi, papa.

Comme Jean ne répliquait rien à cette dernière phrase, Marcelle ajouta promptement :

— De toute façon, mère doit être heureuse de l'autre côté de ne pas t'avoir vu la remplacer. C'est ce qui s'appelle un amour éternel !

— Certes, à moins qu'un jour, esseulé, quand vous serez appelées à faire votre vie...

— Pourquoi partir ? Moi, ma vie est ici, papa. Avec toi dans cette maison que ton père nous a léguée.

— Allons, Marcelle, tu n'as que vingt et un ans, un beau garçon viendra s'emparer un jour ou l'autre de ton cœur...

— Ah oui ? Il a besoin de se lever de bonne heure !

Avec la fin de la guerre quatre ans plus tôt, le Canada et ses provinces avaient retrouvé un équilibre budgétaire qui permettait aux citoyens de mieux vivre où qu'ils soient, même dans un patelin rural au Québec. Par un soir de février, monsieur Vinais avait invité Estelle au cinéma afin de voir un film datant de deux ans : *La Grande Maguet* avec Madeleine Robinson, en programme double avec *Monsieur Verdoux*, un film qui mettait en vedette Charles Chaplin. Un film que le père n'avait pu voir à sa sortie et qui l'intéressait. Estelle accepta de l'accompagner, même si elle était peu friande de cinéma. Pour plaire à son père, la jeune fille avait revêtu sa plus jolie robe et portait des camées aux lobes d'oreille, un souvenir de sa mère. Elle apprécia plus ou moins *Monsieur Verdoux* même si Chaplin était célèbre, mais elle se cramponna à son père pour ne pas voir la fin de *La Grande Maguet* où la fille, mûre pour l'asile, allait commettre un brutal assassinat. De retour dans la voiture de papa, elle lui avait dit :

— Jamais plus de film comme la *Maguet* pour moi ! Je n'en dormirai pas de la nuit !

Ce à quoi, souriant, son père lui avait répliqué :

— Ce n'est pas une histoire vraie, Estelle, ce n'est que tiré d'un roman, et Madeleine Robinson a été bien rémunérée pour ce rôle ingrat.

— Oui, mais même à cela, elle était épouvantable, cette servante ! Quelle femme diabolique !

Et monsieur Vinais, devant la grande sensibilité de sa fille, avait beau la réconforter qu'elle en frissonnait encore. Puis, demandant à son père si Régine et Marcelle avaient vu ce film, il lui répondit :

— Non, tes sœurs n'aiment pas les productions françaises, Marcelle aime les comédies musicales américaines.

— Eh bien, si tous les films français sont comme celui-là, je m'en passerai volontiers moi aussi.

— Allons, je croyais te faire plaisir en t'invitant au cinéma. Ne prends pas tout à cœur…

— C'est ma nature, papa, je n'y peux rien. Bien sûr que j'ai apprécié l'invitation… Fort heureusement, l'autre film était plus reposant.

— Je vois que, comme tes sœurs, tu as une attirance pour le cinéma américain.

— Non, pas exactement, j'aime le cinéma français, mais quand le scénario est sans violence, une histoire vraie de préférence, comme celle de Bernadette Soubirous avec Jennifer Jones. Un film que j'ai vu deux fois au cinéma Régal de Montréal-Nord, là où les jeunes de moins de seize ans pouvaient entrer. Quel superbe film !

— Oui, je l'ai vu aussi à sa sortie, mais c'est encore un film américain, Estelle ! Décidément, tu es peu attirée par les grandes productions françaises.

— Peut-être, à moins que ce soit un film historique et religieux de préférence, comme *Le Signe de la croix* avec Claudette Colbert.

— Un vieux film que celui-là.

— Oui, un autre que j'ai vu au cinéma Rio. Remarque que j'étais pas mal jeune, mais j'avais aimé l'histoire. Je m'en souviens encore, l'héroïne était condamnée à être jetée aux lions par la femme de Néron, le vilain empereur interprété par Charles Laughton.

— Un film pourtant violent, Estelle…

— Oui, mais ça fait partie de l'histoire romaine, rien d'inventé, papa. Un réel chef-d'œuvre d'après les critiques.

— Oui, je sais, mais un autre film américain, Estelle !

La vie était au beau fixe sur la rue Garnier, même si Marcelle reprochait parfois à son père de se servir d'elle comme d'une servante et d'avoir ruiné ses chances de devenir sténographe. Ce à quoi le paternel lui répondait :

— Je t'ai bien instruite, ma fille, tu as même obtenu ton diplôme de neuvième année grâce à moi. Ce qui vaut celui de tes sœurs à l'école. Et ton geste est méritoire d'être restée à la maison pour t'occuper de tout, quoique Régine t'aide à l'occasion, Estelle aussi avec la petite.

— Oui, Estelle s'occupe de *l'autre*, mais ne va pas croire que Régine m'aide dans la maison. Depuis qu'elle a trouvé un emploi comme caissière chez *Woolworth*, elle ne pense qu'à dépenser et sortir avec qui l'invite. Elle ne te verse même pas une pension de cinq piastres par semaine, ce qui serait profitable pour nous. On la nourrit et elle ne fait rien en retour. Juste la vaisselle de temps en temps. Ah ! je te dis, celle-là !

— Mais remarque qu'elle fait des progrès en dessin et peinture depuis qu'elle va au Studio Salette deux fois par semaine. Toi-même lui disais récemment qu'elle avait un talent fou, qu'elle devait se consacrer davantage à la peinture et laisser tomber son emploi de crève-faim...

— Oui, parce que c'est vrai qu'elle a un talent fou. Tu n'as pas vu les derniers paysages qu'elle a peints ? Ils valent ceux de peintres célèbres, crois-moi.

— Je veux bien te croire, mais ce n'est pas avec de tels encouragements qu'elle finira par payer le cinq piastres par semaine que tu lui reproches. Et que dire de ses études en dessin et peinture ? Il faut qu'elle les paye et sans *Woolworth*...

— Elle n'a plus à se rendre au studio désormais, ajouta Marcelle, elle a ça dans le sang, la peinture à l'huile. Et elle excelle aussi dans le portrait, elle a peint son ami du moment, Jean-Guy Sanschagrin, comme s'il était vivant. Quasiment nu cependant ! Elle appelle ça de l'art, ma pauvre sœur. Remarque que je n'aime pas ce gars-là, c'est un voyou du quartier, un bon à rien qui ne travaille pas souvent, qui fume beaucoup et qui crache par terre ! J'ai beau le lui répéter, elle ne m'écoute pas, elle l'aime parce qu'il est beau et qu'il pose bien comme modèle, rien de plus. Elle ne voit que cette qualité chez lui, jamais ses défauts. Mais je ne veux pas qu'elle l'emmène à la maison, tu en serais déçu, il n'est même pas instruit, je crois qu'il a fini l'école en cinquième année.

— Ne le juge pas, Marcelle, il n'a peut-être pas eu la chance de s'instruire. Il a des parents ce garçon ?

— Je n'en sais rien, je ne m'informe pas de lui. Tout ce que je sais, c'est que son père est un ivrogne !

— Tu vois ? Une raison pour lui pardonner ce...

— Ce quoi ? Il boit autant que son père, Jean-Guy ! Ils vident ensemble une caisse de *Black Horse* dans le temps de le dire. Tel père, tel fils ! Et ce que je sais, c'est qu'il est plus jeune que Régine, de deux ans au moins !

— Bon, laisse ta sœur à sa peinture et à son cavalier, Marcelle, ne joue pas à la mère avec elle, tu risquerais de la voir s'en aller avec son *chum*...

— Ben, voyons donc, papa ! Jean-Guy n'a pas une cenne à lui ! Je me demande bien avec quoi il paye ses cigarettes ! Quant à elle, je lui concède son talent, mais comme elle ne vend aucun de ses tableaux, ce n'est pas avec son diplôme minable de l'institut qu'elle va mettre du beurre sur la table !

Au même moment, alors que monsieur Vinais se retirait dans le vivoir, Régine rentrait de son bout de soirée avec son voyou, selon Marcelle, et cette dernière s'empressa de lui demander tout bas :

— Tu étais encore avec lui, non ? Tu sens la bière, tu as bu toi aussi !

— Oui, et puis après ? Ne suis-je pas libre de faire ce que je veux quand je sors ?

— Oui, mais tu devrais trouver quelqu'un d'autre que ton Jean-Guy, il n'est même pas majeur !

— Moi non plus, tu sauras ! Il a dix-sept ans, dix-huit bientôt, et je n'en ai que deux de plus que lui. Tu devrais savoir qu'on devient majeur à vingt et un ans, tu viens à peine de les avoir.

— J'imagine le genre de soirée que tu as avec lui, chuchota-t-elle pour que son père n'entende rien.

— Des soirées agréables.

— Est-ce que tu vas chez lui ? Connais-tu ses parents ?

— Non, je n'entre pas chez lui, son père est toujours saoul. Il boit de la bière à longueur de journée. Et sa mère est décédée. Il n'a qu'une sœur, Agathe, que j'ai rencontrée une seule fois. Pas mal aimable, mais mal mariée, selon Jean-Guy.

— Bon... tu l'as encore peint récemment ?

— Oui, je le peins souvent, parce que c'est à cet âge que les hommes sont beaux ! Après ça se détériore.

— Surtout quand on mène une vie comme la sienne ! Et j'imagine que tu ne lui peins pas que le visage !

— Non, tu as raison. D'ailleurs, nous avions des modèles nus au Studio Salette. Donc, pas scrupuleuse ta petite sœur, Marcelle. J'étais en études artistiques et non commerciales, moi. Je ne voulais pas dessiner des frigidaires et des bouteilles de ketchup pour des annonces publicitaires, tu comprends ? C'est d'ailleurs comme ça que tu as pu détecter mon grand talent comme tu dis. Et puis, change de sujet, Estelle vient d'entrer par la porte d'en arrière, et elle, scrupuleuse comme elle l'est...

Estelle, sautillant presque, vint interrompre leur conversation pour dire à Marcelle :

— Oui, je sais, je suis en retard pour le souper, mais ne t'en fais pas, j'ai mangé chez une amie. Un pâté chinois ! Pas aussi bon que le tien parce que le blé d'Inde n'était pas en crème comme celui que tu emploies, mais c'était aimable de sa part de m'inviter. Et toi, Régine, rien de neuf ? Tu viens d'arriver toi aussi ?

Mais avant que Régine réponde, Marcelle s'interposa :

— Oui, de chez son Jean-Guy, celui qui se mouche avec ses doigts !

En fin de saison, Marcelle était allée chez *Madame Belleville*, une boutique pour dames où elle achetait la plupart de ses vêtements, sauf ses sous-vêtements qu'elle prenait chez *Woolworth* parce qu'ils étaient meilleur marché. Pas compliqué pour elle de s'habiller au chic magasin de la rue Mont-Royal, avec une robe noire et une autre bourgogne, sans fioritures, toutes deux pratiques le dimanche ou pour ses sorties. Mais comme d'habitude, Marcelle était revenue cette fois avec une collerette blanche garnie de quelques perles qu'elle mettrait sur l'une ou l'autre de ses robes sobres pour l'agrémenter un peu. Régine, la regardant sortir ses collerettes de son sac s'écria :

— Encore une collerette, tu en as au moins huit ! Tu pourrais t'acheter une robe complète de temps à autre.

— De quoi te mêles-tu ? Et pourquoi dépenser pour une robe quand j'en ai deux qui sont encore comme des neuves ? Et comme je les agrémente de mes collerettes, personne ne s'arrête sur ma robe, ils ne regardent que la parure que j'y ajoute. Si tu faisais comme moi, tu aurais peut-être quelques piastres de plus dans ton compte à la banque. Tu dépenses en futilités, toi ! Pas pour t'habiller, parce qu'avec ton cheminement dans la peinture à l'huile, tu tentes de devenir bohème comme ceux que tu fréquentes. Des gars avec des barbes à la Toulouse Lautrec, et délabrés en plus… On dirait que Jean-Guy prend le bord de plus en plus depuis que tu fréquentes ce groupe dont tu es la seule femme.

— Oui, et ce n'est pas un milieu où tu dois arriver avec des chaussures à talons hauts et des robes serrées comme la voisine d'à côté en porte.

— Non, finie la coquetterie pour toi. Tu préfères les talons plats et tes cheveux mal coiffés, le beigne sur la nuque, rien de plus, avec une jupe démodée sur le dos. On est loin de l'actrice que tu rêvais de devenir il y a cinq ans. Loin d'Edwige Feuillère et de ses visons blancs…

— C'était un rêve d'adolescente, Marcelle. Je me suis maintenant trouvée, et ce, grâce à toi. C'est toi qui as détecté le talent de la peinture en moi et qui m'as inscrite au Studio Salette dont je n'ai plus besoin maintenant. Je peins au gré de mon âme, de mon cœur et de mes émotions. Regarde les jolies roses pêche que je viens de peindre là !

— Tiens, plus de portraits ? Est-ce pour ça que Jean-Guy n'est plus dans les parages ?

— Lui, je l'ai laissé, il ne connaît rien à l'art, il ne s'y arrête même pas. Et, entre toi et moi, il avait les doigts longs… Et plus d'une fois ! Je l'ai même surpris flambant nu avec Éléonore, une guidoune de sa rue ! Dans sa véranda pendant que son père dormait saoul comme une botte dans la maison. Il a tenté de s'expliquer, mais moi… Tu me connais, non ?

— Je m'en doutais bien, Régine. Il t'a trompée et ton orgueil ne l'a pas pris. Je me demande bien pourquoi ! Jean-Guy n'était qu'un objet d'art pour toi, un modèle qu'on utilise pour vendre des toiles. Encore chanceuse de ne pas être rentrée avec un petit dans le ventre avec un tel cochon chaque soir ou presque. Un salaud que tu n'aimais même pas !

— Non, aucun danger de grossesse, je le maîtrisais assez bien. Mais je n'ai pas accepté de le voir sur le corps de cette Éléonore qui se donne à tous les gars…

— Tiens, jalouse en plus, Régine ?

— Non, possessive ! Ce qui est à moi doit rester à moi ! Et puis, ne parlons plus de lui, j'ai fait la connaissance d'un artiste peintre de trente ans qui comble mes aspirations et qui semble apprécier mes tableaux. Il me propose même d'aller avec lui dans des expositions où je pourrais vendre mes toiles à bon prix.

— L'un était trop jeune et celui-là est peut-être un peu trop vieux pour toi…

— Non, juste ce qu'il faut, assez mûr pour me comprendre et très porté sur ce que je fais. Et il adore ma façon de me vêtir, cela fait plus artiste, m'a-t-il dit. En passant, j'ai vendu trois portraits de Jean-Guy à des vendeuses chez *Woolworth.* Ce qui m'a renflouée un peu.

— Les cochonnes ! Des portraits de lui nu, bien entendu…

— Oui, à un assez bon prix ! Trois femmes mariées dont l'une a cinquante ans ! Pour mettre au-dessus de leur tête de lit, m'ont-elles dit, rajouta-t-elle en riant de bon cœur.

— Bon, passons et revenons à ton *chum* du moment. Il semble avoir une grande influence sur toi… Comment s'appelle-t-il ton bonhomme ?

— Allons, dis plutôt mon homme, pas mon bonhomme. Il s'appelle Aimé Darche et il est célibataire.

— Un prénom qui se jumelle très bien avec amour. Il vit près d'ici, ton artiste peintre ?

— Non, il est de Saint-Hyacinthe, mais ses parents viennent de Lyon en France. Il s'exprime très bien et je l'ai rencontré lors d'une soirée d'études sur les peintres de jadis, les Van Gogh, Gauguin, Fragonard et compagnie. Un genre d'exposition de leurs œuvres, mais en répliques au fusain exécutées par des artistes au talent indiscutable. J'avais reçu l'invitation par un vieux monsieur rencontré lors d'un vernissage dans une galerie d'art. J'y suis allée par curiosité et, d'une personne à une autre, je suis tombée sur Aimé avec qui j'ai conversé. Et j'ai senti, après trente minutes tout au plus, que je lui plaisais. Aimé exposait à cette galerie deux de ses toiles, dont l'une intitulée *Fleurs sauvages*. Un beau tableau que j'aurais sans doute acheté, mais il était trop cher pour mes moyens. Et de là notre premier rendez-vous… Mais c'est assez pour le moment, je n'en dirai pas plus. Lorsque ce sera plus sérieux, je viendrai vous le présenter et je suis certaine que papa va l'aimer, il est si cultivé. Tiens ! Je viens d'apercevoir dans l'un de tes sacs, Marcelle, une sacoche en crocodile. Ça coûte cher, ça !

— Oui, mais chez *Madame Belleville*, on m'a fait un rabais et cette sacoche me servira durant des années. J'ai dépensé un peu trop, je le sais, mais une ou deux fois par année, je peux me le permettre avec l'argent que le père me donne et que j'accumule à la Caisse populaire. J'ai une sacoche en paille blanche pour l'été, et celle-ci, de fort bon goût, me servira pour les autres saisons. Estelle va la trouver belle quand elle la verra tantôt, elle adore ce qui est beau et qu'elle ne peut se permettre. Mais je la lui prêterai pour ses grandes sorties…

— Si jamais elle en a, car comme c'est là, ce n'est pas elle qui sort beaucoup sauf pour aller à la messe ou pour aller voir un film dont on lui a beaucoup parlé. Pas même moyen de l'emmener dans une soirée de bingo avec moi, elle déteste perdre son argent, ne serait-ce que cinq sous pour la carte. C'est du vol, prétend-elle !

Par un beau lundi de cette même année, monsieur Vinais, en retard pour le souper, contraria Marcelle. Elle avait beau regarder par la fenêtre, il n'arrivait pas. Régine, la voyant se tordre les mains d'inquiétude, la rassura :

— Arrête, c'est normal qu'il puisse avoir un délai, il est peut-être au magasin du coin à jaser avec le propriétaire. Tu le connais ? Il parle à beaucoup de gens.

— Oui, mais un retard d'une heure, ce n'est pas dans ses habitudes.

— Tu veux que j'aille voir au magasin du coin ? lui demanda Estelle.

— Non, on va attendre encore un peu, je vais laisser sa portion de bœuf mijoter sur le poêle.

Puis, un bruit sourd se fit entendre et Estelle, qui s'était précipitée à la fenêtre, cria à sa grande sœur à la cuisine :

— Ne t'en fais plus, le voilà, mais il descend d'une voiture que je ne reconnais pas...

Au même moment, Jean Vinais rentrait tout souriant et, voyant l'air affolé de Marcelle, lui dit :

— Excuse mon retard, mais j'avais une course à faire, elle est devant la porte.

Marcelle ouvrit le rideau de la fenêtre, regarda de plus près la voiture et s'écria :

— Ne viens pas me dire qu'elle est à toi, papa ! Elle est neuve ?

— Oui, c'est une Chevrolet de l'année. Je l'ai achetée sans vous en parler et on me l'a livrée ce soir. Elle est belle n'est-ce pas ? Regarde ! Les voisins sortent de leur maison pour la voir de plus près, même le bossu d'en face, le colporteur du quartier.

— Mais ça coûte cher une telle voiture, comment as-tu pu te le permettre ?

— Elle m'a coûté un peu plus de mille dollars, mais elle va durer longtemps. Ma vieille Ford tombait en ruines, tu le sais.

— Oui, mais comment vas-tu faire pour la payer ? On n'est pas riches…

— Ne t'en fais pas, Marcelle, je l'ai achetée à crédit, bien entendu, mais à tant par mois, ça ne paraîtra pas. Je n'ai qu'à me priver un peu sur mes autres dépenses et le tour sera joué. La caisse m'a fait un bon prêt avec peu d'intérêt. Et cette voiture va me permettre de te conduire chaque semaine pour les emplettes. Avec la Ford, vous en étiez presque rendues à vous y rendre à pied avec ses multiples crevaisons !

— Bon, puisque tu le dis, mais est-ce que je devrai couper un peu sur l'épicerie pour te donner une chance de payer ta voiture ?

— Marcelle ! Voyons donc ! Comme si nous allions nous priver de manger pour une automobile ! Bien non, voyons ! La vie va continuer telle qu'elle est, on doit manger trois repas chaque jour…

— D'abord, ne me donne plus d'argent pour mes petites dépenses, je vais t'aider de cette façon. Je n'achèterai plus de collerettes, j'en ai pour au moins deux ans, et je n'irai plus fouiner dans les vitrines de *Madame Belleville.*

— Tiens ! la voilà encore partie ! Puisque papa te dit que tout est correct, qu'on n'a pas à se priver de rien, cesse d'être l'économe de la maison, Marcelle ! lui intima Régine. C'est lui qui commande, pas toi, et contente-toi de profiter de cette belle voiture qui nous rehaussera sur la rue Garnier, tout le monde va penser qu'on est riches... Et Aimé va la trouver splendide.

— Toi pis ton Aimé ! Comme si son opinion importait pour nous ! Ce n'est qu'un *chum* en passant, un artiste peintre sans talent.

— Comment peux-tu dire ça ? Tu ne le connais même pas !

— C'est vrai, mais j'ai vu de ses toiles chez le libraire qui les exposait et je t'avoue ne pas avoir été impressionnée. Ses personnages sont difformes, ses maisons sont plus grosses que les arbres juste à côté... Tu as beaucoup à lui apprendre, Régine. Toi, tu peins à merveille, mais ton cavalier, c'est minable.

— C'est peu charitable de parler des autres ainsi...

— Tu n'as pas à le lui répéter, Régine, c'est entre nous, mais après ton Jean-Guy, le *bum*, tu n'es guère mieux avec Aimé qui n'a aucun avenir. Cherche donc un peu, attrique-toi mieux et regarde un peu plus haut. Tu es jolie, tu es bien faite, tu es talentueuse... Il est temps qu'on te dise que tu vaux plus que cet homme trop vieux pour toi, et niaiseux au possible, il n'a même pas cherché à rencontrer papa encore ! Pas trop brillant, ton prétendant ! Ou pas intéressé par toi...

Visée, foudroyée, Régine n'ajouta rien, sachant au fond d'elle-même que son aînée avait raison. Mais à vingt ans, elle savait bien qu'elle allait finir par trouver l'homme de sa vie et qu'Aimé allait prendre le bord. D'autant plus que, physiquement, il n'avait pas le corps de son Jean-Guy pour une toile, ce qui l'avait empêchée de l'approcher. Parce que pour les nus, Régine se devait d'être inspirée pour ne pas dire... allumée !

Le père, tout en dégustant son bœuf avec patates pilées, les fit taire et, demandant à Estelle, qui poursuivait des études supérieures, si elle avait reçu son bulletin scolaire, se fit répondre :

— Non, pas encore, papa, mais on m'a dit de m'attendre à une note élevée de 90 % ou même un peu plus.

— Voilà qui m'enchante. Une première de classe ou pas loin…

— Faut dire que j'étudie beaucoup l'algèbre, une matière peu facile… C'est le français qui me sauve, l'histoire surtout, nous en sommes à étudier Victor Hugo d'une main et Joséphine de Beauharnais, femme de Napoléon, de l'autre. Et je retiens tout, je reprends même l'enseignante sur une erreur de sa part dans le calendrier de Napoléon au moment d'une de ses batailles…

— Bon, ça suffit ! lui lança Marcelle. On sait que tu connais tout, Estelle ! Mais la nouvelle automobile de papa suffit pour ce soir. Une chose à digérer à la fois, même si tes études vont servir à quelque chose. Tu m'aides avec la vaisselle, maintenant ? Avec le retard de papa, la sauce du bouilli a collé dans le fond du chaudron !

Quelques jours plus tard, alors que Régine épluchait une revue parisienne, elle alla rejoindre ses sœurs à la cuisine et s'écria :

— Pas possible ! Maurice Chevalier, à soixante et un ans, exige chaque matin que sa gouvernante lui apporte au lit à sept heures pile, son café et ses journaux. Comme s'il était le prince de Galles ! Puis, il se pèse pour savoir s'il n'a pas engraissé d'une once durant la nuit et il ne prend que des douches, jamais de bains.

— C'est un excentrique, lança Marcelle. Curieux qu'il soit resté vieux garçon !

— En effet, mais moi, je ne lui concède pas le talent qu'on lui prête. Ses chansons sont insipides, ses films aussi ! ajouta malicieusement Régine.

— Et tiens ! Regarde-moi ça ! On écrit que le plus bel homme du monde est Louis Jourdan, l'acteur français qui tente de percer à Hollywood. Chauvins, ces Français ! Tout leur est dû, même les concours de popularité. Pas laid en effet, monsieur Jourdan, mais il n'est rien à côté de Cary Grant ! Un peu plus loin, on nous annonce que Steve Crane, qui a divorcé de Lana Turner pour épouser Martine Carol, n'a pas le sou !

— Elle va frapper un nœud, la belle Martine, quand viendra le temps de commander des fourrures, répliqua Estelle.

— Et regarde ici, dans le haut de cette page, Marcelle ! Danielle Darrieux en est à son troisième mari !

— Arrêtez de parler de vedettes. De la foutaise tout ça ! Avec tout ce qui se passe en Chine, les troupes communistes qui attaquent Shanghai... Est-ce possible d'être aussi frivoles ? leur cria le père du petit vivoir.

— Peut-être, répliqua Marcelle, mais on vient de terminer une guerre, papa. Il y a des veuves partout et des enfants qui attendent encore le retour de leur père. Tu ne crois pas qu'on en a eu notre lot, nous autres aussi ?

Après un autre hiver rigoureux, le printemps s'étirait d'aise et on allait fêter Pâques en avril, dans moins de dix jours d'après le calendrier, ce qui avait fait dire à monsieur Vinais :

— Il faudrait bien songer à aller acheter le jambon de Pâques, tu ne trouves pas, Marcelle ?

— Oui, j'irai, mais avec toi, papa, c'est lourd un gros jambon comme on en vend chez le boucher. On pourrait en profiter pour faire une commande de gelée d'atocas, de sauce aux pommes, de clous de girofle. Bref, tout ce qui sera sur la table en espérant que le soleil y soit également.

— Tu n'as rien pour étrenner à Pâques, ma fille ? Pas même une collerette neuve ?

— Non, je laisse ces futilités à Régine et Estelle. Pour ce qui est de *l'autre*, la petite, elle a une blouse neuve de coton qu'elle pourra enfin porter. Pour ce qui est de Régine, elle ne croit pas à ces manies et Estelle, plus à cheval sur les coutumes, a réussi à s'acheter une jupe bleu ciel chez *Madame Belleville* avec ses économies accumulées cet hiver. Toi, papa, rien de neuf pour te rendre à l'église ? Pas même une cravate ?

— Non, moi, ce que j'ai de neuf, c'est ma Chevrolet Fleetline. Tu devrais voir, tous les gens de la rue la regardent quand je pars travailler. C'est du grand luxe, tu sais ! Et personne ne sait que je la paye dix piastres par mois seulement.

— Oui, on connaît l'histoire, papa ! Et tu peux t'en gaver de ton automobile dernier cri. Pour le temps que l'effet durera dans le voisinage. Alors, c'est décidé ? On ira dès samedi acheter le jambon en espérant qu'ils en aient encore ?

— C'est bien simple, Marcelle, appelle et réserve-le, monsieur Dupras peut certes faire ça pour nous. Mais précise qu'on ne veut pas le plus gros et le plus cher… Demande-lui d'être raisonnable…

— Si tu penses ! Bien assez que je le dérange avec une réservation, lui qui n'en prend jamais. Non, pas d'explications, un jambon assez dodu, rien de plus !

— Demande-lui d'épingler une rose de papier jaune sur le dessus, ça fera plaisir à Benjamine. Faudra bien songer à lui acheter une petite sucrerie en passant.

— C'est déjà fait, papa, Estelle lui a acheté une poulette en chocolat. Pas la plus grosse, celle à dix sous seulement. Faut protéger ses dents !

L'année scolaire allait prendre fin et Benjamine, qui allait entamer bientôt sa cinquième année, avait réussi avec peine à passer par un fil ou deux chaque mois de l'année courante, le pourcentage requis, au détriment de son institutrice qui la trouvait distraite en classe, elle qui semblait si intelligente. Elle l'avait fait passer de justesse au total, mais elle se demandait bien ce qui allait se produire sous la tutelle des sœurs enseignantes. Moins indulgentes que les maîtresses d'école, celles-là. Toutefois, un mois avant que l'année scolaire actuelle se termine, son institutrice, qui remettait le bulletin mensuel des enfants aux parents, eut le plaisir de rencontrer monsieur Vinais. Bien vêtu, se présentant fort bien, il fut accueilli par mademoiselle Flibeau avec grand respect à cause de sa réputation de professeur émérite chez les garçons. Ravie, souriante, le chignon remonté, l'institutrice lui dit en le voyant :

— Je suis flattée de votre présence, monsieur Vinais, on m'a dit tellement de bien de vous.

— Bah, trêve de révérences, mademoiselle, nous exerçons le même métier, nous en avons donc le même mérite.

Vous avez le bulletin de ma fille ? Ça se passe assez bien avec elle ?

— Heu... oui, mais ça pourrait être mieux, côté résultats. Voyez, des 62 % à peine partout, un seul 65 % en calcul mental, Benjamine semble plus intelligente qu'elle ne le démontre. Les efforts n'y sont pas, elle est souvent dans la lune, elle jongle, elle ne porte pas attention au tableau... Mais elle passe chaque mois, c'est ce qui compte.

— Avec votre aide sans doute... Pas la dernière de sa classe, au moins ?

— Non, mais pas loin. Le bulletin que je vous remets affiche un 67 % au total des matières. Assez pour passer et monter en cinquième année, mais elle pourrait faire mieux si elle s'en donnait la peine.

— Vous savez qu'elle a perdu sa mère étant jeune...

— Oui, à sa naissance, on me l'a dit, mais là n'est pas son problème, elle n'était qu'un bébé, elle ne l'a pas connue. J'ai des petites filles dans ma classe qui ont perdu leur père à la guerre... Vous comprenez ?

— Alors vous savez ce qu'est son problème, vous ?

— Je crois le savoir, monsieur Vinais. Votre petite Benjamine manque d'attention et de tendresse. Lui en donnez-vous beaucoup à la maison ?

— Heu... je pense bien. Ses grandes sœurs s'en occupent...

— C'est de l'affection de son père qu'elle a besoin, pas celle de ses sœurs. Quand je lui parle de ses grandes sœurs, elle me dit qu'Estelle est fine... Mais que Régine l'ignore et que Marcelle est sévère. Quand je la questionne sur son papa, elle ne répond pas, elle baisse la tête pour ne pas dire du mal de vous. Je sens que c'est votre présence et votre considération qui lui manquent. Elle semble vous aimer beaucoup sans pouvoir le manifester. Elle était contente de me dire que vous aviez une nouvelle voiture, et ce qui vous arrive de bon l'enchante. Je n'ai pas de conseils à vous donner, jamais je n'oserais, mais si vous acceptez les remarques, je vous demanderais, si possible, d'être plus à son écoute, de l'encourager davantage dans ses études et de la complimenter quand elle fait des progrès. Vous êtes habitué à le faire avec vos trente-deux élèves, tous des garçons, peut-être êtes-vous plus maladroit avec une fille ?

— C'est possible et je vous remercie de le souligner, mademoiselle. Vous faites bien de me rappeler à l'ordre. Vous savez, veuf, entouré de grandes filles, il se peut que je ne m'arrête pas assez sur *l'autre*, la petite qui est arrivée plus tard dans ma vie. Mais j'y verrai, je ne laisserai pas tout reposer sur les épaules de Marcelle qui fait son possible. Je me fie trop sur elle…

— Marcelle, c'est votre plus vieille, je crois ?

— Oui, celle qui a pris la relève de ma femme après son décès.

— Benjamine m'en parle souvent. Elle la trouve sévère cependant.

— En effet, Marcelle est ferme, mais elle a un grand cœur. Elle ne prive Benjamine de rien, elle l'élève très bien, sauf qu'elle est plus stricte que ma femme l'était avec ses trois filles. Une grande sœur, ce n'est pas une mère, vous savez…

— Je comprends, monsieur Vinais, et je ne sens pas que Benjamine est malheureuse pour autant. Elle ne manque de rien, sauf de petites attentions qui feraient toute la différence dans son comportement.

— Je m'en charge, mademoiselle, comptez sur moi. Et avant de partir, puis-je vous faire un compliment un peu plus personnel ?

— Bien sûr, même si je risque d'en être gênée…

— Votre parfum dégage une odeur exceptionnelle. Le saviez-vous ?

L'automne venu, Marcelle s'apercevait que son père s'occupait davantage de Benjamine depuis quelques mois. Il l'emmenait avec lui en voiture, il lui faisait visiter des musées, il avait même fait un saut avec elle au parc La Fontaine où la petite s'était bien amusée avec les canards et dans la gondole encore en service. En un mot, elle avait retrouvé le sourire et se promettait bien d'être meilleure en classe, pour faire plaisir à son papa. Jean Vinais avait suivi les conseils de la charmante institutrice et avait demandé un jour à Benjamine :

— Elle s'appelle comment, mademoiselle Flibeau ?

— Bien, mademoiselle Flibeau ! Tu veux dire son petit nom, papa ?

— Oui, tu dois sûrement le savoir.

— Assez bien, parce que son nom est inscrit au complet sur sa plaque d'identité près de son bureau. Elle s'appelle Marie-Reine Flibeau.

— Elle est encore à l'école, n'est-ce pas ?

— Oui, toujours en quatrième année avec ses nouvelles élèves, mais je ne la vois plus parce que, avec les sœurs, on est séparées des classes des institutrices.

— Tu ne lui dis même pas bonjour de temps en temps…

— Non, parce que je ne la croise pas, on tente plutôt d'amadouer les sœurs cette année.

— Bon, je vois, mais tu l'aimais bien, mademoiselle Flibeau, non ?

— Oui, un peu, mais je l'ai vite oubliée. Elle me tombait sur les nerfs à force de me pousser à faire mieux. Elle en était fatigante.

— C'était pour ton bien. Elle avait deviné que tu avais du talent pour les études. Regarde ce qui se passe maintenant, Benjamine, tu as fait un gros bond dans les rangs, tu es la quinzième, ce qui est tout un saut comparativement à l'an dernier.

— C'est parce que tu es là, papa, tu m'aides dans mes devoirs, dans mon français, dans tout. Avant, j'avais personne à la maison pour me dire si j'étais bonne ou pas. Surtout pas Marcelle ni Régine qui ne s'occupaient pas de mes études. Estelle, des fois, mais pas assez…

De leur côté, deux des sœurs Vinais, Marcelle et Régine, semblaient se réjouir de l'attention que leur père portait à *l'autre* quotidiennement. Ce qui avait fait dire Marcelle à Régine :

— Parfait comme ça ! Pendant qu'il s'en embarrasse, il nous en débarrasse !

Mais ce changement n'allait pas en rester là. Accompagné de Benjamine, Jean Vinais s'arrangea pour croiser à nouveau mademoiselle Flibeau après ses classes. Ravie de revoir le professeur et son ex-petite élève, l'institutrice ne manqua pas de féliciter l'enfant de ses fiers résultats selon son père. Enchantée de revoir aussi l'instituteur, elle s'informa de ses élèves et d'un mot à un autre, d'une phrase bien placée, Jean Vinais lui lança à tout hasard :

— Il serait intéressant de causer plus longuement des hauts et des bas de notre profession. Accepteriez-vous de venir souper au restaurant avec moi un de ces soirs ?

Surprise, ébahie, mademoiselle Flibeau regarda autour d'elle et, voyant que Benjamine parlait avec une élève de l'année dernière qui avait redoublé sa classe, lui répondit :

— Ce serait avec plaisir, monsieur Vinais. Ce qui pourrait nous détendre de nos dures journées. Mais pas les fins de semaine, je m'occupe de mon père qui vit à l'hôpital Notre-Dame-de-la-Merci depuis une paralysie partielle du côté gauche depuis un an.

— Le pauvre homme… Votre mère est…

— Décédée, et il n'a plus que moi. Je n'ai pas de sœurs ni de frères pour prendre la relève, et il n'a qu'une sœur à Varennes qui ne le visite pas. Alors, la tâche m'incombe, mais c'est avec plaisir que je vais lui porter des fruits frais chaque samedi. Il s'exprime de moins en moins bien, mais son sourire veut tout dire.

— Grand bien vous fasse, vous avez le cœur sur la main à ce que je vois. Que diriez-vous de jeudi soir pour un repas dans un joli restaurant de la rue Mont-Royal ? Vous habitez le quartier, vous aussi ?

— Oui, dans un logement de la rue Marquette, pas loin d'ici. J'ai vendu la maison que nous habitions après l'hospitalisation de mon père, sachant qu'il n'y reviendrait pas. Donc, ça peut aller pour jeudi, mais dès cinq heures, car je ne peux rentrer tard, il me faut préparer mes cours pour le lendemain.

— Je passerai vous prendre à l'école et nous souperons de bonne heure. Il y aura moins de monde à cette heure-là. À jeudi, mademoiselle Flibeau. Tu viens, Benjamine ? Il faut rentrer maintenant, laisse ta petite copine s'en aller chez elle, sa mère va s'inquiéter.

Et c'est ainsi qu'à l'insu de Benjamine, Jean Vinais venait d'inviter une femme à sortir pour la première fois depuis le décès de sa chère Jeanne, dix ans auparavant. Sans trop savoir pourquoi, il rentra de bonne humeur ce soir-là, ce que remarqua Marcelle, qui se demandait bien ce qu'il pouvait y avoir de si amusant que de s'occuper soudainement, pas mal souvent, de *l'autre* qui ne s'en plaignait pas. Il y avait certes anguille sous roche… Si seulement elle avait su ce qui se passait dans le cœur de son père, ce jour-là !

Le jeudi en question, bien vêtu depuis le matin, chemise blanche à boutons de manchettes et cravate bleue sous son veston marine, il s'était rendu à l'école des filles afin de cueillir mademoiselle Flibeau qui, faisant les cent pas, l'attendait sur le trottoir. Sortant de sa voiture pour lui ouvrir la portière, il lui demanda inquiet :

— Suis-je en retard, je croyais…

— Non, soyez rassuré, c'est que nous avons terminé quinze minutes plus tôt cet après-midi.

Puis, dès qu'installée dans la voiture, lui souriant de ses trente-deux dents, elle lui demanda comment avait été sa journée pendant que lui, absorbé dans ses pensées, humait le parfum de la dame si bien vêtue. Cheveux défaits, chignon délaissé ce jour-là, elle avait l'air plus jeune de cette façon.

Joli chemisier vert sous un veston noir garni d'une broche d'émeraudes à la boutonnière, jupe assortie, souliers un peu plus hauts et non ses habituels talons cubains, sac à main de cuir vert, il la trouva fort élégante et ne put s'empêcher de le lui dire. Sans négliger son parfum dont il obtint enfin le nom, *Arpège* de Lanvin. Un parfum que Jeanne Lanvin avait naguère, dans l'expression d'un amour maternel, dédié à sa fille Marguerite pour ses trente ans.

— Dites donc, vous connaissez même l'histoire des parfums ? demanda Jean Vinais.

— Non, pas tous, quelques-uns seulement et surtout celui-là que ma mère portait aussi. Vous savez, je vais toujours au fond des choses. Il me fallait bien le connaître, je le porte chaque jour !

Elle avait éclaté d'un petit rire gracieux alors qu'il lui souriait de plus belle.

Ils arrivèrent à l'angle de Mont-Royal et Gauthier et, tournant à gauche, Jean traversa quelques rues avant de se stationner devant la porte d'un restaurant pas ultrachic, de classe moyenne, mais qui semblait invitant. Comme il avait réservé, on leur désigna une table en retrait où ils pourraient causer allègrement, installés l'un en face de l'autre. Il lui tendit le menu et elle commanda la soupe aux légumes et le foie de veau avec patates pilées. Il en fit de même et, lui suggérant un petit carafon de vin pour deux, elle refusa, alléguant que ça allait l'étourdir, mais de ne pas s'en priver. Il opta donc pour le même repas que sa compagne, qu'il accompagna d'un jus de raisin tout comme elle. Puis rassasié, il observa les deux ou trois clients dans l'endroit à part eux avant de lui demander :

— N'est-ce pas ennuyant d'habiter seule, mademoiselle Flibeau ?

— Si vous le voulez bien, j'aimerais mieux que vous m'appeliez Marie-Reine. Ce serait moins formel et peut-être que je pourrais vous appeler... heu, Jean ?

— Bien sûr, n'en soyez pas gênée. J'aurais fini par vous le demander. Donc, heureuse de vivre seule dans votre logement ?

— Oui, je ne m'y ennuie pas, j'ai tant de choses à faire. Je suis absente le jour et, le soir, je me prépare pour une autre journée à l'école ! Vous savez ce que c'est, n'est-ce pas ?

— En effet, sauf que j'ai de grandes filles pour faire les repas, la vaisselle et entretenir la maison. Ça bouge sans cesse chez moi !

— Ce sont elles qui s'occupent de la petite ? Comme trois mamans à la fois ?

— Si on veut, quoique depuis un certain temps je ne laisse pas Benjamine à leur merci. Je la sors beaucoup, je la gâte un peu plus... Tout ça grâce à vous, Marie-Reine, vous m'avez si bien guidé sur ce fait l'an dernier.

— J'en suis ravie, mais laquelle de vos filles pratique le rôle de mère à temps plein auprès d'elle ? Vous m'en aviez parlé, mais...

— Ça devrait être Marcelle, mais elle est trop ferme et Benjamine lui résiste. Régine, de son côté, une artiste peintre, l'ignore assez souvent. C'est finalement Estelle, la plus jeune des trois, qui est la plus avenante avec Benjamine. Elle a une certaine influence que *l'autre* apprécie davantage.

— Pourquoi dites-vous *l'autre* au lieu de la petite ?

— Parce que depuis sa naissance Marcelle l'a appelée *l'autre*, celle de trop, celle qui a fait mourir sa mère en venant au monde...

— Oh, mon Dieu ! Racontez-moi tout... Précisez, s'il vous plaît ! Quel drame ! J'en suis remuée...

Et monsieur Vinais de narrer à la demoiselle la trame de ces douloureux moments, tout en s'excusant de s'échapper de temps en temps et de dire *l'autre* en parlant de Benjamine. Un défaut qui avait subsisté, ancré dans la famille, mais dont l'enfant ne s'apercevait guère, puisqu'on parlait de *l'autre* qu'à d'autres, à l'imparfait, jamais à elle en la nommant ainsi volontairement. Ce que Marie-Reine déplora tout de même, en recommandant à Jean de tenter d'y mettre un frein tout doucement pour que Benjamine, avec les ans, ne se sente pas outrée de ce surnom mal indiqué.

Le café suivit le repas et, avec une pointe de tarte aux pommes, Marie-Reine semblait comblée par l'invitation et le délicieux mets qu'elle venait de manger. Avant de partir, Jean Vinais osa une question qui lui brûlait les lèvres :

— Vous n'avez jamais été mariée ? Un cavalier, un homme dans votre vie...

— Non, rien de tout cela. Pour résumer, je suis une vieille fille bien installée. J'ai eu quarante ans en avril dernier, c'est tout vous dire. Jamais mariée et pas d'ami de garçon, sauf un lorsque j'avais quinze ans. Un petit voisin... Rien de plus depuis.

— On a dû pourtant vous courtiser ?

— Si on veut, durant la guerre surtout, mais des gars qui cherchaient à se caser pour éviter d'être appelés, vous comprenez ?

— Oui, la même chose est arrivée à Marcelle, même si elle n'était pas majeure. Mais vous, si jolie…

— Ne soyez pas flatteur, Jean, je ne suis que passable, bien ordinaire. Ce qui me donne ce charme dont vous me gratifiez, c'est sans doute mon parfum et la façon de me vêtir. Ma mère était dessinatrice de mode de son vivant.

— Ah vraiment ? Je comprends tout maintenant…

— Nous pouvons y aller à présent. Nous avons tous deux une journée chargée qui nous attend demain.

— À votre guise, le temps de régler la facture avec le caissier.

Ils partirent et Jean, galant, lui ouvrit la portière pour qu'elle monte dans la voiture sans risquer de salir sa jupe. Rendu devant chez elle, rue Marquette, il lui ouvrit une fois de plus la portière et lui tendit le bras pour qu'elle en descende prudemment, pour ensuite lui demander :

— Vous croyez qu'on pourrait se revoir, Marie-Reine ?

— J'allais vous poser la même question, Jean, mais c'eût été impertinent venant d'une femme. Bien sûr, voyons. Si le cœur vous en dit, faites-moi signe, mais ne négligez pas votre petite Benjamine pour autant.

De retour chez lui, sans que rien paraisse, il justifia son long retard en disant à Marcelle qu'il avait soupé au restaurant avec un collègue. Puis, tournant les talons, il était allé se mettre à l'aise avant de se terrer dans son boudoir avec les devoirs de ses élèves à corriger. Les yeux ailleurs que sur les papiers, il songeait à Marie-Reine et se demandait candidement ce qu'il ressentait pour elle. De l'amitié, un intéressement soudain ou… de l'amour ! Un dernier terme hésitant qu'il n'avait jamais envisagé depuis la mort de Jeanne.

Que lui arrivait-il donc ? À la presque fin de sa quarantaine, voilà qu'une femme croisée par le biais de sa fille le troublait au point de se poser toutes ces questions. Tel un gamin qui se demande si ce qu'il vient de vivre est un sentiment profond ou une simple émotion du fait que c'était la première fois qu'il s'intéressait à « une fille » qui sentait si bon. Puis, retrouvant sa raison, il se remémora la soirée et apprécia qu'elle lui demande d'utiliser leurs prénoms dans la conversation. Tout en respectant le vouvoiement que Jean Vinais appréciait tant. Une familiarité qui l'aurait fait sursauter et peut-être reculer si elle avait été suggérée. Dieu merci, Marie-Reine Flibeau était bien éduquée.

Depuis l'intervention de Marie-Reine, tout s'était très bien déroulé entre Benjamine et son père, qui en prenait grand soin, allant jusqu'à lui offrir des cornets de crème glacée chaque fois qu'il sortait avec elle. Inutile de dire que la fillette était aux anges et heureuse des câlins de son père qu'elle n'avait jamais reçus de ses sœurs. Néanmoins, ces quelques mois écoulés n'avaient pas empêché Jean Vinais de se rendre chez Marie-Reine plus d'une fois pour y prendre le thé l'après-midi ou un léger souper quand elle l'y invitait, quoique comme cuisinière elle n'était pas de premier ordre. Des pâtes ou une fricassée la plupart du temps. Mais elle achetait du vin blanc pour lui plaire, tout en se versant un tout petit verre pour l'accompagner. Ensemble, ils parlaient de littérature, de musique classique, de l'histoire de France, du régime de la Terreur, du roi George VI et de sa fille, la princesse Elizabeth qui, sur une photo, tenait dans ses bras son fils Charles, futur monarque un jour si Dieu le voulait bien.

Marie-Reine était instruite, donc idéale pour lui. Sans en parler à ses filles, il l'emmenait parfois au cinéma, ils étaient allés voir ensemble: *La Chartreuse de Parme* avec Renée Faure et Gérard Philipe, d'après l'œuvre de Stendhal, qu'ils avaient aimée tous les deux, et s'étaient promis d'assister à une projection du film canadien, *Le Curé de village*, avec Ovila Légaré et Lise Roy, une représentation plus ou moins appréciée par le couple; ils préféraient tous deux l'accent français à celui d'ici. Donc tout s'était fait en catimini entre eux, sans que personne n'en sache rien. Mais Marcelle, pas folle du tout, se doutait bien que quelque chose se passait. Son père sortait trop souvent le soir. Bien vêtu à part ça, aspergé de sa lotion après-rasage. Peu à peu, à force d'espionner, elle en arriva à deviner qu'il avait une femme dans sa vie. Il était trop devenu épingle à cravate pour ne se rendre que dans les magasins de trottoir du quartier. Comme Benjamine était sans cesse avec lui, Marcelle se mit en frais de la questionner. Rébarbative à répondre, la fillette commença par lui dire qu'elle n'en savait rien, mais à force d'insistance de la part d'Estelle à qui elle ne cachait rien, elle finit par lui avouer que papa fréquentait une institutrice du nom de Marie-Reine Flibeau qui lui avait enseigné au primaire. Le chat sorti du sac, Estelle s'empressa de le dire à Régine qui le répéta à Marcelle et, questionné adroitement, Jean Vinais avait fini par répondre à ses filles:

— Oui, je fréquente cette dame dont vous parlez, mais pas sérieusement cependant. Une amie de passage, quoi! Elle enseigne à l'école des filles, pas loin de la mienne. Elle est célibataire, elle a quarante ans et elle est fort cultivée et distinguée. Nous épluchons l'histoire de plusieurs pays ensemble. Autre chose que vous voulez savoir ?

— Pourquoi nous l'avoir caché si longtemps, papa ? d'insister Marcelle.

— Parce que c'est un petit bout de vie qui m'appartient. C'est la première femme que je fréquente amicalement depuis la mort de ta mère. Il était important pour moi de ne pas me tromper.

— Donc, tu l'aimes si je comprends bien... osa lui demander Régine.

— Oui, je l'aime bien, ce qui n'est pas pareil, mais notre histoire n'est pas celle de *Roméo et Juliette*, nous passons simplement de bons moments ensemble.

Sans leur avouer cependant qu'il lui avait pris la main deux fois et effleuré de ses lèvres les siennes lors d'un rapprochement. Sans aller plus loin, bien entendu, mais tout de même, pour... *une simple amie de passage*... Marie-Reine n'était pas du genre qu'on peut brusquer. Très à cheval sur ses principes, elle attendait plutôt que le jour arrive.

— De toute façon, je vais vous la présenter, je veux l'inviter à souper avec nous au jour de l'An. Pas à Noël, c'est trop familial, mais pour commencer l'année, ce serait plus de mise. Qu'en dites-vous ?

— Bien, invite-la, papa, j'ai hâte de la connaître cette amie si particulière. Celle qui aura réussi à te faire sortir de ta tanière.

— Mauvaise déduction, Régine, c'est moi qui l'ai approchée le premier, pas elle.

— Bon, puisque tu y tiens, invite-la, mais je ne ferai rien de spécial. Elle va manger de la tourtière s'il m'en reste, et du bœuf en casserole comme tout le monde, déclara Marcelle.

— Ça ira, Marie-Reine n'est pas difficile, tu verras, mais elle est très raffinée sur bien d'autres choses. Elle s'habille avec goût, sa mère était dessinatrice de mode, et elle est très cultivée. Elle devrait vous plaire.

— Loin de ce que maman était, de rétorquer Régine. C'était la simplicité même, notre mère, à ma souvenance…

— Oui, mais chacune a son charme, Marie-Reine est différente.

— Elle n'a jamais été mariée, papa ? lui demanda Estelle.

— Non, et aucun homme sérieux dans sa vie sauf un petit voisin dans sa jeunesse. Comme toutes les petites filles de sa génération. Elle s'occupe de son vieux père depuis la mort de sa mère et elle n'a ni frères ni sœurs.

— Qu'est-ce qu'il a, son père ?

— Il est paralysé, il est hospitalisé à l'hôpital de la Merci. Là où sont tous les vieux dans son état. Et cessez de me questionner, sinon vous n'aurez plus rien à lui demander.

Marcelle fit signe à ses sœurs de se retirer et, coquine comme pas une, Benjamine s'écria, après que le silence fut revenu :

— Moi, je l'ai vue, je la connais, pas vous autres ! Elle porte des beaux bijoux et elle a la voix haute. Comme les chanteuses que papa aime !

— Bon, ça va, on ne t'a rien demandé, la petite !

— Oui, je sais, Régine, mais pour une fois que je sais des choses sur une personne que Marcelle n'a jamais vue… Pour une fois qu'elle n'est pas la première à tout savoir ! Comme s'il y avait juste elle ici !

La neige tombait peu à peu au fil des jours, mêlée aux froids de décembre. Chez les Vinais, on se préparait à accueillir Noël au pied du sapin. Régine avait monté la crèche avec les personnages, sauf le Jésus qu'on plaçait après minuit seulement, car il n'était pas encore né un jour auparavant. Marcelle était allée avec son père acheter la dinde et quelques denrées destinées à préparer le repas de Noël. Chez l'instituteur, on ne réveillonnait pas le 24 décembre au soir, on allait à la messe de minuit, on chantait les cantiques avec le chœur situé au jubé, et on revenait se coucher. C'est le lendemain, le jour même de Noël, qu'on festoyait tout en s'échangeant des cadeaux. Jean Vinais avait acheté un foulard de laine jaune pour Marcelle, des gants de cuir pour Régine et une jolie montre-bracelet pour Estelle. Quant à *l'autre*, la petite qui attendait son tour, il avait dépensé un peu plus en lui offrant un casse-tête de soixante morceaux, des crayons de cire pour ses cahiers à colorier et de jolis souliers neufs en cuir verni. Pour sa part, le père reçut de ses quatre filles, en plus d'une jolie carte remplie d'affection, du tabac pour sa pipe et un livre sur l'histoire de la Russie relatant le massacre de la famille de Nicolas II, en 1918, le tsar si éprouvé lors de cette ignominie. Benjamine, voulant être la seule à le choyer de ses sous épargnés avec peine, lui offrit un cendrier de verre pour y déposer les cendres de sa pipe. Tout se déroula assez bien et, après le copieux souper de Marcelle et une bûche de Noël achetée du boulanger, le calme revint dans la maison et monsieur Vinais en profita pour s'esquiver durant quelques heures afin d'aller déposer des chocolats sur le seuil de la porte de sa bien-aimée, sans toutefois sonner pour ne pas la déranger. Pourtant, Marie-Reine aurait été ravie de cette visite à l'improviste. Mais Jean, discret, avait préféré ne pas la surprendre si elle n'avait pas été en mesure de le recevoir si tard en soirée. Mademoiselle Flibeau aimait être sur son trente et un quand les visiteurs s'amenaient, ce qui n'était pas le cas en cette heure tardive de la soirée.

On attendit donc que le jour de l'An arrive pour accueillir la maîtresse d'école que le père admirait tant. Marcelle avait fait mijoter un carré de bœuf avec légumes en plus des restes de Noël, pendant que Régine montait la table et qu'Estelle sortait les verres à vin de cristal pour mieux garnir la nappe à l'endroit où l'on s'attablerait. Le père était nerveux, voire anxieux, il avait hâte d'aller chercher sa dulcinée et de la présenter à ses filles. Mais il se souvenait que Marie-Reine lui avait dit: « N'arrivez pas trop tôt, j'aime me mettre à table quand le repas est prêt à être servi, pas avant. »

Malgré ces mois passés à se voir, ils en étaient encore au vouvoiement, aucun des deux ne semblait vouloir rompre la glace et franchir le pas de la familiarité malgré les quelques baisers échangés. Jean Vinais se présenta donc chez elle vers cinq heures de l'après-midi et fut contraint d'attendre dix minutes à la porte afin que mademoiselle se parfume et applique son fard à joues ainsi que son rouge à lèvres. Puis, une fois qu'elle fut assise dans la voiture à ses côtés, il ne put s'empêcher de lui dire:

— Vous êtes ravissante, votre coiffure est superbe.

— Merci, j'ai fait blondir un peu mes cheveux et on les a gonflés, ce qui fait plus à la mode. J'ai l'œil très avisé quand il s'agit de moi, pas toujours pour les autres par contre, mais je ne passe jamais de remarques.

Et pendant qu'ils roulaient à bord de la voiture impeccable du professeur, Marcelle, à la maison, s'informait de la visiteuse auprès de Benjamine, qui, elle, n'était pas angoissée par sa venue, elle la connaissait depuis si longtemps.

— Dis donc, la petite, comment est-elle l'amie de papa ? Tu as été dans sa classe toute une année, tu dois être en mesure de la décrire.

— Bien, à l'école, on ne s'arrête pas sur ces choses-là. Elle était toujours bien habillée, elle était jolie et elle l'est encore, je ne peux rien dire de plus.

— Allons, Marcelle, tu sais bien que les enfants ne remarquent pas ces choses-là, de lui dire Régine. Elles sont là pour étudier, pas pour examiner. Surtout à son âge. N'insiste pas, on va la voir apparaître dans peu de temps.

— Suis-je présentable ? leur demanda Estelle.

— Oui, passablement, mais tu devrais au moins te mettre du rouge à lèvres et des boucles d'oreilles. Elle semble très à la mode, la demoiselle qui s'en vient, rétorqua Régine.

— Bien, quelles boucles d'oreilles ?

— Tu en as sûrement une ou deux paires, sinon prends les petites perles que j'ai dans mon coffret, tu me les remettras plus tard. Et attache tes cheveux, il ne faudrait pas qu'ils traînent dans ton bol à soupe quand on mangera.

Après quelques minutes de trajet, l'auto de monsieur Vinais s'immobilisait sur la rue Garnier et Benjamine, qui surveillait d'un coin de rideau du salon, avertit ses sœurs :

— Tiens, ils arrivent ! Papa lui ouvre la porte de l'auto.

Estelle se permit un coup d'œil indiscret, mais ne put les apercevoir, ils étaient déjà sur le perron où Jean Vinais déverrouillait la porte d'entrée. Elle apparut enfin, l'amie de leur père. Dans toute sa splendeur ! Grosse à souhait ! Pas grassette, grosse à souffrir d'un embonpoint plus qu'apparent. On remarqua davantage son tour de taille quand on la délivra de son manteau de mouton de Perse et qu'elle leur souriait en ajustant sa robe de soie bourgogne collée sur ses bourrelets, tout en replaçant son long sautoir doré sur son impressionnante poitrine. Jean s'empressa de faire les présentations et les filles l'accueillirent avec politesse tout en se demandant, Marcelle surtout, d'où venait cette odeur forte de parfum qu'elles trouvaient grossière dans une maison où l'on était invitée. Regardant Marcelle dans sa robe noire avec collerette en dentelle, mademoiselle Flibeau lui demanda :

— C'est donc vous l'aînée, celle qui a remplacé sa maman après... Oh ! excusez-moi, je ne voulais rien raviver.

— Oui, c'est bien moi, j'ai eu cette charge dont je ne me plains plus, maintenant que nous sommes des adultes, sauf *l'autre* bien entendu, la petite que vous connaissez bien.

— Oh oui ! Quelle charmante enfant ! C'est grâce à elle que j'ai rencontré votre père. Ça va bien à l'école, Benjamine ?

— Oui, je suis maintenant dans les premières de classe. Papa m'aide beaucoup quand j'ai des difficultés en grammaire.

— Voilà qui est bien... Et vous, mademoiselle, vous êtes encore aux études ? demanda l'invitée à Estelle.

— Oui, aux études supérieures, mais j'achève, j'en suis à ma dernière année.

— Et qu'allez-vous faire ensuite ?

— Je n'en sais rien encore, sans doute secrétaire ou caissière dans une banque, je verrai... Il y a beaucoup d'opportunités.

— En effet, en autant qu'on fasse le bon choix.

Marcelle trouvait que mademoiselle Flibeau prenait beaucoup de place au sein de la famille. Physiquement, c'était évident, mais cavalièrement aussi, en posant tant de questions à des jeunes femmes qu'elle venait à peine de rencontrer.

Puis, assise confortablement au salon, Marie-Reine sortit de son gros sac à main une boîte enrubannée de satin blanc et l'offrit à Marcelle en lui disant :

— Tenez, ce sera apprécié en attendant votre souper. Ouvrez-la maintenant, Benjamine en sera ravie.

Marcelle s'y prêta et, dès la boîte de chocolats ouverte, avant même que Benjamine s'en approche, Marie-Reine avait plongé la main à l'intérieur afin de saisir le seul chocolat aux cerises que la boîte contenait. Puis la bouche pleine, elle invita la petite à se servir ainsi que les plus grandes qui refusèrent, prétextant que ça allait gâcher leur souper. Finalement à table, Marie-Reine déplia sa serviette et entama sa soupe au chou avant les autres, juste après la petite. Puis, le carré de viande suivit avec des patates bouillies et des légumes frais en cubes, préparés par Estelle. La demoiselle se délectait, une bouchée n'attendait pas l'autre, et le pain chaud sortant à peine du four fut saisi de sa main potelée pour être beurré des deux côtés. Mais, ce qui dérangeait surtout Marcelle, c'était l'odeur de son parfum qui persistait et qui faisait éternuer Estelle, qui était juste à côté d'elle. Monsieur Vinais reluquait la belle dame des yeux, heureux de constater qu'elle se sentait bien chez lui et que ses filles étaient charmantes avec elle. Régine, plus audacieuse, osa lui demander quel parfum elle portait, et la grosse personne de lui répondre :

— *Arpège* de Lanvin, ma mère le portait aussi... Il me va si bien.

Marcelle aurait voulu lui répliquer qu'il dérangeait, mais elle se retint. Par respect pour son père qui la regardait comme si elle était tombée du ciel pour lui.

Le dessert aux fruits et le pouding au pain furent également avalés par la bouche gourmande de Marie-Reine et, rassasiée, elle accepta une tasse de thé avec deux sucres et du lait, sans toucher cependant au petit verre d'un digestif que Jean lui suggérait.

— Non, pas pour moi, je veux garder les bons effets de ce si bon repas.

Elle n'avait bu qu'un soupçon de vin pour être de la fête avec les filles, mais comme elle préférait le blanc au rouge que Régine, elle, adorait, elle ne trempa que le bout des lèvres dans le verre qu'elle faisait mine d'apprécier.

De retour au salon, on l'inonda de questions, surtout Régine, et Marie-Reine leur parla de sa mère décédée, de son père paralysé qu'elle visitait chaque semaine, des élèves de sa classe actuelle, de ses goûts pour la musique classique qu'elle écoutait à Radio-Canada, des quelques films qu'elle avait vus avec leur père et de l'opéra *La Traviata* qu'elle était allée voir à New York, lorsque plus jeune.

— En avion ? lui demanda Benjamine.

— Bien sûr ! Comment se rendre au Metropolitan autrement qu'en avion ?

— Il y en a qui doivent s'y rendre en autobus, non ? reprit Régine.

— Oui, les moins nantis, répondit Marie-Reine.

— Amateurs tout comme vous de grande musique quand même ! de répliquer brusquement l'aînée qui, soudainement, la trouvait fort prétentieuse pour une maîtresse d'école.

Elle n'était tout de même pas avocate ou sténographe au palais de justice, elle n'enseignait que la quatrième année de la même école depuis longtemps. Finalement, vers la fin de la soirée, Régine lui fit voir quelques-unes de ses toiles et mademoiselle Flibeau s'exclama à haute voix :

— C'est très beau, Régine, vous avez une main d'artiste peu ordinaire ! Elles sont à vendre, vos toiles ?

— Heu, oui ! J'en vends par-ci par-là, mais je ne suis pas bonne dans les prix... On me dit souvent qu'elles valent plus cher que ce que je récolte.

— J'aimerais beaucoup celle de la jeune fille sur la balançoire... Vous me ferez un bon prix ?

— Sûrement, mademoiselle Flibeau. Pour vous, que le prix de ce qu'elle contient, la toile à l'état brut, la peinture à l'huile et l'encadrement... Est-ce trop vous demander ?

— Et votre talent, Régine ?

— Je vous l'offre de bon cœur.

— Alors, allez vite l'emballer, je la ramène avec moi. Elle sera de toute beauté dans le vivoir où je lis chaque soir.

Puis, regardant Estelle, elle lui déclara :

— Présentement, je suis plongée dans *Ceux qui seront aimés* de Simone Routier, un livre que ma mère possédait. Vous connaissez ?

— Non, mademoiselle, de répondre Estelle. Ici, il n'y a que Marcelle qui lit des romans d'amour. Moi, je n'ai guère le temps, surtout aux études... Mais il m'arrive de jeter un regard dans *La Presse* que papa reçoit chaque jour.

Régine, enchantée par la vente, pria l'invitée d'entrer dans son atelier pour y voir d'autres toiles. Puis, porte close derrière elles, on finit par les voir en sortir avec non un tableau, mais deux, soigneusement emballés dans du papier brun pour ne pas les salir. Le petit, sans doute celui de la jeune fille sur la balançoire et un autre, plus gros, dont on ne savait rien. Heureuse d'avoir vendu deux de ses toiles, Régine murmura à Marcelle dans la cuisine:

— Elle aime beaucoup les arts. De la musique jusqu'à la peinture. Elle va me faire parvenir un chèque par la poste...

— Elle cherche à t'impressionner, Régine.

— Force est d'admettre qu'on n'a pas la culture de mademoiselle Flibeau, nous autres. On est allées si peu à l'école sauf Estelle qui continue. Toi, tu as bénéficié des cours privés de papa, mais c'est beaucoup dire. Il n'avait guère le temps de t'instruire comme il l'aurait souhaité avec trente-deux élèves qui l'attendaient chaque jour.

Marie-Reine Flibeau, restée au boudoir avec Estelle et monsieur Vinais, leur déclara soudainement:

— Bon, il faut que je parte maintenant, Jean. Je ne me couche jamais tard.

La corpulente dame se leva péniblement du fauteuil trop rembourré du salon et, finalement debout sur ses deux jambes, Estelle s'empressa de l'aider à enfiler son manteau de fourrure pendant que son père disait à sa douce:

— Je vous attends sur le perron, le temps de faire partir la voiture pour ne pas que vous preniez froid. C'est plus que frisquet ce soir…

— Allez, Jean, j'ai mes bottes à enfiler et mon chapeau de mouton à enfoncer sur mes cheveux. Et prenez soin de bien ranger mes deux tableaux dans le coffre de l'auto. Je ne voudrais pas en abîmer les coins…

— Comptez sur moi, Marie-Reine, j'en prendrai soin.

— Tu veux bien te pencher et m'aider à mettre ces bottes ? demanda la dame trop bien nourrie à Benjamine, qui s'empressa de le faire. Ça va, tu es bien gentille. J'ai peine à me pencher après un repas aussi lourd…

Marcelle aurait aimé lui dire que ce n'était pas le repas, mais la quantité ingurgitée qui l'empêchait d'être à l'aise pour enfiler ses bottes. Marie-Reine avait dévoré ses plats, de la soupe jusqu'au dessert avec double portion chaque fois. Jean, content de la voir si satisfaite, mit le succès de ce souper sur le talent de ses filles, surtout Marcelle, sans penser un seul instant que sa bien-aimée était la plus évidente des gourmandes. Monsieur Vinais et Marie-Reine quittèrent enfin sur les remerciements de l'invitée et les au revoir de la part de chacune, sauf de Marcelle qui, porte close, soupirait d'aise de la voir disparaître.

Estelle, naïve et généreuse, demanda à ses sœurs comment elles l'avaient trouvée et Régine, dans l'attente d'un bon montant d'argent pour ses tableaux vendus, lui répondit :

— Très agréable. Toute désignée pour papa. Très cultivée et amie des arts, elle m'a acheté deux toiles.

— À prix d'aubaine ! riposta Marcelle. Au fait, c'est quoi le second tableau plus gros que tu lui as emballé ?

Régine regarda derrière elle pour s'assurer que Benjamine n'y était pas, avant d'éclater de rire.

— Bien quoi, qu'est-ce qu'il y a de drôle ? insista Marcelle.

— Un tableau que j'avais dans le placard depuis quatre ou cinq ans. Tu ne devineras jamais lequel !

— Bien quoi ! Dis-le, sors-le, insista Estelle.

— Un beau gars vu de face, entièrement nu, appuyé sur un arbre et croquant une pomme. Je l'avais intitulé : *Adam sans Ève*. Elle le voulait pour sa chambre à coucher. Et le pire, Marcelle, c'est que le modèle nu était Jean-Guy, mon *chum* dans l'temps !

— La vicieuse ! C'est ça son éducation et sa culture ? Pensez-en ce que vous voulez, vous deux, moi je ne l'aime pas cette bonne femme-là !

Chapitre 2

1950 n'allait rien apporter de désagréable chez les Vinais. Le père se portait bien, les filles aussi, Marie-Reine Flibeau venait de plus en plus à la maison afin de parler des grands événements avec Jean dont elle était éprise, selon Régine à qui rien n'échappait. Marcelle, néanmoins, la recevait assez froidement, ne comprenant guère ce qui pouvait attirer son père vers cette hautaine personne qui n'avait pourtant rien pour l'être avec son petit poste d'institutrice à l'école primaire des filles. Donc, Marcelle était polie avec elle, mais distante et monsieur Vinais se rendait compte de l'attitude de son aînée face à sa quasi bien-aimée :

— Tu la reçois sans chaleur, Marcelle, Marie-Reine s'en aperçoit…

— Elle ne me plaît pas, papa, et comme je suis incapable de dissimuler mes impressions bonnes ou mauvaises, alors voilà pour elle ! Remarque que je suis toujours polie avec elle.

— Mais le sourire n'y est pas souvent… Pourquoi ne l'aimes-tu pas ?

— Parce qu'elle est prétentieuse, qu'elle nous regarde de haut, sauf toi bien entendu, et qu'elle passe outre le fait que c'est moi la maîtresse de maison ici. Je n'ai besoin d'aucun de ses conseils !

— Mais elle ne t'en donne pas à ce que je sache !

— Oui, hypocritement, à ton insu, papa. Bref, fréquente-la, sors avec elle, mais de grâce ne l'emmène pas ici trop souvent. Ça pourrait mal tourner un de ces jours...

— Bon, j'ai compris, j'irai plus souvent chez elle qu'elle viendra ici.

— À ta guise, mais remarque que si tu cherches réellement une compagne, il y en a d'autres, papa ! Regarde ailleurs ! Éloigne ton regard de sa grosse personne. Est-ce possible ? Après maman, si menue...

— Le tour de taille n'a rien à voir avec les sentiments, Marcelle.

— Absolument, quand le tempérament se marie à l'embonpoint cependant ! Mais je te le répète, libre à toi ! Je ne suis pas dans tes chaussures, moi !

— Et puis, les femmes ne sont pas nombreuses à être libres dans l'enseignement.

— C'est donc ça ! Il te faut absolument une maîtresse d'école ? Pourquoi ?

— Parce qu'elles sont instruites, donc à mon niveau, cultivées et intellectuelles, ce qui n'est pas le lot de toutes les femmes, même toi, Marcelle !

Régine, artiste peintre ayant de plus en plus de succès, avait changé son nom pour celui de *Brouet*. Elle signait désormais ses toiles du nom de famille de sa mère, sans prénom, afin qu'on ne sache pas, outre-mer, si elle était un homme ou une femme. Comme George Sand, jadis, dans la littérature. Mais elle n'était pas encore connue en France, même si elle y avait vendu quelques tableaux par l'entremise d'une galerie d'art de Paris qui croyait en elle. Un portrait d'enfant avec un ballon et un très beau paysage des Laurentides qui avaient trouvé preneur, dès qu'exposés à la galerie d'art. À Québec cependant, les ventes se multipliaient. Qu'importait le changement de nom, c'était l'ouvrage de l'artiste qu'on achetait, son réalisme sur ses toiles. Avec elle, une rose était une rose et une pomme, une pomme, mais avec quelques jeux de couleurs pour mieux les représenter. De Degas qu'elle aimait à Renoir qu'elle vénérait, elle se glissait entre les deux, mais rien d'abstrait dans son travail, elle peignait ce qu'elle voyait et si, dans un portrait, le modèle avait les cheveux blonds, elle n'aurait jamais osé les changer en roux ou en noir. Elle avait le respect de ses modèles, hommes ou femmes, vêtus ou nus. Mais rien d'indécent, tout artistique, de la hanche d'une femme au mollet d'un homme. Le respect total et le doigté impeccable.

Sur elle, cependant, sur sa personne, elle avait gardé et même accentué sa tenue de bohème, portant des jupes longues et des sabots pour être différente, les cheveux attachés sur la nuque, aucun maquillage, et une simple écharpe sur un blouson noir complétaient sa toilette. Ce qui désespérait Marcelle, qui la sommait d'être plus coquette, plus respectable vis-à-vis de ses acheteurs, moins délabrée comme une mendiante, elle qui cumulait des sommes d'argent impressionnantes. Le soir, Régine fêtait avec ces peintres vagabonds sans logement précis, et il lui arrivait, seule femme bizarre parmi ces hommes étranges, d'aller boire du vin avec eux dans leur nid d'abri et de se glisser sensuellement dans la couchette improvisée de celui d'entre eux qui s'était lavé le matin. Si Jean Vinais, qui n'en savait rien, avait appris la vérité au sujet de sa deuxième fille, il l'aurait certes reniée malgré sa réputation grandissante d'artiste peintre. Mais Marcelle se gardait bien de tout raconter à son père qui, parfois, la questionnait.

Marie-Reine s'informait aussi de l'artiste de la famille, mais Marcelle lui répondait qu'elle était en exposition avec ses toiles à Terre-Neuve ou, encore, dans un symposium dans le Bas-du-Fleuve, endroits trop éloignés pour l'intruse avide de curiosité. Lorsqu'elle venait à la maison, assez rarement, mais parfois le dimanche pour manger en famille, Régine s'habillait avec un peu plus de soin, mais sans aucun maquillage. Elle tenait à conserver, sous une robe un peu plus convenable, l'artiste dans sa simplicité qu'elle était. Il était évident qu'elle ne fréquentait plus Aimé Darche et qu'elle l'avait oublié rapidement après leur éloignement. Ce dernier, qui n'avait pas réussi autant qu'elle, ne vendait aucune de ses toiles ou presque, ayant adopté le style de Salvador Dali qui ne lui convenait pas, il n'arrivait pas à la cheville du grand maître avec ses piètres imitations. Pour survivre, il vendait à bas prix ses toiles à qui en voulait bien. Absent des galeries d'art ou des endroits où il fallait débourser pour exposer, à moins d'être invité, il disparut graduellement dans l'ombre de celle qu'il avait supposément aimée et se dilua peu à peu dans les effluves des ballons crevés.

Estelle, diplôme d'étudiante des écoles supérieures en main, se cherchait un travail pour aider de ses gains les dépenses de son père. Refusée comme sténographe, pas assez d'expérience, son père l'aida à décrocher un emploi dans une garderie privée où elle amusait les enfants de cinq ans et moins. Mais elle s'y plaisait bien et le salaire alloué pouvait certes aider Marcelle dans ses dépenses pour la maisonnée. Benjamine, dix ans bien sonnés, grandissait en sagesse et en beauté. Peinée toutefois d'être moins choyée par son père depuis que Marie-Reine occupait ses temps libres, elle se tourna vers Marcelle qui certes la considérait, mais très peu. Pour l'aînée, Benjamine était encore *l'autre*, la responsable de l'état dans lequel elle se trouvait depuis que son père lui avait mis des bâtons dans les roues en la retirant de l'école. Marie-Reine, qui souvent insistait pour venir chez les Vinais, avait annoncé un soir à Marcelle, peu avant le souper :

— Elizabeth Taylor va épouser Nick Hilton le 6 mai, et Michèle Morgan avec Henri Vidal. Deux beaux couples ! Puis, Anne, la seconde enfant de la princesse Elizabeth, a été baptisée dans la même robe que le prince Charles ! De plus, en novembre, ce sera le début des émissions de télévision en couleurs aux États-Unis ! Du moins, des essais. Le saviez-vous ?

Et Marcelle de lui répondre tout en écrasant ses pommes de terre dans son chaudron :

— Bien sûr que je sais tout ça. On ne lit pas les mêmes revues, mais les nouvelles sont les mêmes partout. Vous ne m'apprenez rien ! Mais je n'en crois rien, on veut tout précipiter et rien n'aboutit avant plusieurs années… Ah ces commentateurs de petits journaux !

En ramenant sa dulcinée chez elle, Jean Vinais lui demanda :

— Pourquoi ne rapporter que des futilités à Marcelle ?

— Bien, voyons, Jean ! Laissez-la à son tablier, celle-là, elle n'est pas instruite ! À quoi bon lui dire que Nijinski, le célèbre danseur russe, est mort et que le président Truman annonce la construction de la bombe H ? Elle n'a même pas fini sa cinquième année et fait encore quelques fautes d'orthographe, je les ai notées dans une carte d'anniversaire qu'elle expédiait à sa grand-mère.

— Tout de même, avec un peu d'indulgence…

— Je veux bien, mais je lui parlerais de quoi ou de qui ? De l'écrivain Louis-Ferdinand Céline, qui a fait un an de prison pour collaboration avec les nazis ? Elle ne sait même pas qui il est, elle le chercherait parmi les acteurs français ! Voyons donc ! Peine perdue, non ?

Voyant de plus en plus ce qui se tramait entre son père et Marie-Reine, la jeune Benjamine, du haut de ses dix ans, avait demandé un soir à Marcelle :

— Est-ce qu'elle va venir ici souvent, mademoiselle Flibeau ?

— Elle semble vouloir adopter notre maison, mais pourquoi cette question avec le front plissé ? Il me semblait que tu l'aimais, ton ancienne institutrice.

— Non, pas tant que ça, je t'avais dit qu'elle m'aidait à l'école, mais qu'elle n'était pas la plus fine. Je l'ai vue s'impatienter souvent avec les dernières de classe, elle les menaçait de les faire doubler au moment où les cours commençaient à peine en début d'octobre. Les petites étaient effrayées. Elle était plus indulgente avec moi parce que j'apprenais et, devenue plus souriante, elle s'est rapprochée de moi quand elle a connu papa. Et ce n'est pas à cause d'elle si j'ai bien réussi ma fin d'année, mais de papa qui m'a prise en main. Mais là, il me délaisse, il ne se penche plus sur mes études, il ne me sort plus et me laisse m'arranger toute seule depuis que mademoiselle Flibeau le fréquente sérieusement.

— Sérieusement, dis-tu ?

— Je pense que oui, parce que l'autre jour je l'ai croisée dans la cour des plus jeunes et elle m'a dit en souriant : « Regarde, Benjamine ! J'ai perdu cinq livres, je suis au régime ! C'est ton père qui va être content ! » J'ai compris qu'elle faisait ça pour lui, même si ça ne paraît pas, parce qu'elle est aussi grosse qu'avant !

— Bon, oublie-la et laisse papa se rendre compte qu'elle n'est pas faite pour lui. Il en trouvera sûrement une autre…

— Je l'espère, mais avant que je parte pour mes cours, est-ce que je peux commencer à porter des talons hauts, Marcelle ?

— Non, pas encore, tu es trop jeune et tes pieds sont trop petits. Attends encore quelques années, et je te dirai quand tu pourras t'habiller comme une grande fille.

Marcelle avait tort de penser que son père allait chercher quelqu'un d'autre que Marie-Reine pour meubler sa vie. Après les Fêtes, où la grosse dame s'était imposée chez elle en venant dévorer ses tourtières et son carré de bœuf, elle avait dit à son père :

— Ça va faire, elle est sans cesse ici et je suis toujours au poêle à cause d'elle ! Il faudra lui parler, j'en ai assez de la nourrir !

— Bien quoi ? C'est moi qui paye le panier d'épicerie, Marcelle. Ça ne te coûte rien de ta poche…

— Non, mais c'est moi qui cuisine sans arrêt, elle ne lève même pas le petit doigt pour m'aider avec la vaisselle.

— Allons, il n'y a que toi qui t'opposes à elle, Régine et Estelle ne s'en plaignent pas.

— Régine la tolère parce qu'elle lui achète ses tableaux du début qu'elle ne pourrait pas exposer. Elle lui en refile chaque fois et Marie-Reine les revend ensuite à des collègues à l'école. Voilà pourquoi ma chère sœur la tolère. Elle se débarrasse de son vieux stock avec elle, elle vide le sous-sol de ce qui nous encombre. Quant à Estelle, elle aime à peu près tout le monde, elle ne regarde pas plus loin que son nez, celle-là. Et comme elle a toujours les yeux baissés sur un livre ou son assiette, elle ne voit pas les mimiques de la grosse à table, ni ses soupirs d'impatience quand ce n'est pas à son goût.

— Ne l'appelle pas la grosse, je te l'interdis, Marcelle !

— Bien, qu'elle maigrisse et je changerai de vocabulaire ! De toute façon, c'en est rendu que Benjamine ne l'aime plus, tu la délaisses depuis que Marie-Reine est entrée dans ta vie. Elle s'en est aperçue, la petite, elle se tourne maintenant vers moi à défaut de ne plus pouvoir le faire avec toi.

— Ça lui passera… Dans quelques années, elle sera une jeune femme et aura bien assez de sa propre vie à gérer sans s'occuper de la mienne. Bon, sur ces mots, laisse-moi à mes propres occupations. Après les Fêtes, au retour des classes, j'aurai non pas trente-deux élèves à instruire chaque jour, mais trente-trois. Le principal en a accepté un de plus et je n'ai pas de pupitre pour lui encore.

Le début de 1951 s'installait sans rien à l'horizon qui dérangerait les Vinais, quoique… Benjamine dite *l'autre* par Marcelle, secondée de Régine, allait reprendre les classes dès la fête des Rois passée. Marcelle avait cuit un gâteau avec un pois et une fève pour suivre la tradition, mais comme il n'y avait qu'un seul homme et qu'il ne trouva rien dans sa tranche pourtant épaisse, c'est Benjamine qui devint reine avec le pois, et Estelle sa suivante, avec la fève. Marie-Reine était évidemment de la partie et elle fit honneur au gros pâté au poulet que Marcelle avait mis au four pour ensuite s'empiffrer du gâteau, deux portions au moins, non pas pour découvrir le pois ou la fève, mais pour pourlécher le chocolat du dessus qu'elle retirait de sa fourchette. Jean la regardait faire et il lui souriait, si content que sa bien-aimée soit au septième ciel… la bouche pleine ! Puis, voulant encore acheter des tableaux à bon prix, Régine l'avisa qu'il ne lui en restait que deux. Un intitulé *Le banc de parc*, plutôt morne comme ambiance, et le second, un autre nu de Jean-Guy, de dos cette fois, les fesses en évidence. Tout se conclut à l'insu des autres et Régine enveloppa les deux toiles en lui disant que c'étaient les dernières, que ses plus récentes se vendaient à des prix très élevés depuis qu'elles étaient signées *Brouet*, son nom d'artiste de plus en plus connu. Le lendemain, Marie-Reine revendit *Le banc de parc* à la réceptionniste de l'école, une vieille dame de soixante-cinq ans, même plus, et elle garda le portrait de Jean-Guy pour elle qu'elle accrocha dans sa chambre pas loin du premier en murmurant intérieurement : *Je t'aurai vu des deux côtés, mon petit salaud ! Quel beau garçon tu es !*

Mais pour revenir au souper des Rois, Jean était allé la reconduire avec ses tableaux dans le coffre, une fois de plus, en lui disant :

— Arrêtez de dépenser votre argent, ces achats vont finir par vous ruiner.

— Mais non, votre fille me les donne presque et je revends la plupart d'entre eux avec un profit. Ne craignez rien, je suis d'affaires. Et voilà que votre hangar est libre ! Il n'y a plus rien dedans sauf une bassinette de paille avec un matelas léger…

— Oui, celle qui a servi à mes filles à leur naissance. Je l'ai conservée en souvenir de ma femme qui l'avait elle-même enjolivée de fleurs peintes à la main. Elle avait ce talent dont Régine a hérité…

Il allait poursuivre, mais Marie-Reine, ennuyée par les compliments à l'égard de la défunte lui lança soudainement :

— Faites attention, il y a un chat qui traverse la rue !

— Où ça ? Je l'aurais vu, voyons… Où est-il ?

— En sécurité maintenant, mais vous auriez pu l'écraser. Remarquez qu'un chat noir à la noirceur passe souvent inaperçu.

Et c'est ainsi que se résuma le retour de la bien-aimée au détriment de la défunte, que le veuf avait voulu encenser une fois de plus.

Restées seules à la maison, les trois grandes filles Vinais s'affairaient à remettre de l'ordre, pendant que Benjamine grignotait les noix que Marie-Reine avait apportées.

— Pas trop, la petite, ça donne mal au ventre, ces *peanuts* mélangées ! Garde-les pour cette semaine et celles que tu n'aimeras pas, mets-les de côté, je vais m'en servir pour faire une tarte aux noix dont j'ai la recette.

— Correct, juste une encore et je referme la boîte.

Régine, plus agitée que d'habitude ce soir-là, murmura à Marcelle à l'insu des deux autres:

— J'ai quelque chose à te dire, viens au salon ou ailleurs, je ne veux en parler qu'à toi.

Intriguée, Marcelle se hâta de déposer son linge à vaisselle et se rendit au boudoir avec Régine pendant que Benjamine était allée se coucher et qu'Estelle lisait dans sa chambre *La dame du cirque* de Guy Des Cars, un roman que Marcelle avait laissé traîner dans le vivoir après l'avoir lu. Une fois seules, Marcelle s'empressa de demander à Régine:

— Et puis, quoi ? Qu'est-ce qui t'arrive ?

— Rien de malencontreux, mais je quitte la maison, Marcelle. Je veux aller vivre en France, où ma réputation grandit de jour en jour. Je ne veux pas être qu'une artiste d'ici, c'est trop petit. Je veux que *Brouet*, homme ou femme selon les amateurs de peinture, se hisse encore plus haut. Mon dernier tableau exposé dans une galerie de Montmartre a fait sensation. On l'a vendu à gros prix en moins d'une heure.

— De quel tableau parles-tu ?

— *Le chat de Perse*. Tu te souviens du chat du voisin que j'avais peint alors qu'il dormait dans sa véranda ? J'ai tellement travaillé pour le réussir, il ne dormait que d'un œil, le traître, et se sauvait quand il me voyait sortir mes pinceaux. Mais je l'ai finalement eu à l'usure et le résultat a été plus qu'inespéré. Ici aussi, bien sûr, mais jamais comme là-bas, voilà pourquoi je veux partir m'y installer. J'ai déjà déniché un appartement à Paris. Pas grand, mais juste ce qu'il faut pour une artiste. Il appartient à Noël Roquevert, l'acteur français, qui me l'a loué pour un prix raisonnable. Il aime les artistes de quelque milieu qu'ils soient. Un bonhomme fantastique !

— Je ne le replace pas…

— Il a joué dans *Le corbeau* avec Ginette Leclerc. Il a fait plusieurs films que tu n'as sans doute pas vus. Tu es plus portée sur le cinéma américain.

— Soit, passons, et tu partirais quand ?

— En avril, pas durant l'hiver, c'est froid là-bas aussi. Le locataire actuel de l'appartement va quitter vers la fin de mars, ce qui veut dire que je pourrai aménager au début d'avril.

— Avec quoi ? Tu n'as aucun meuble…

— L'appartement est meublé, même la décoration, sauf que j'y accrocherai quelques cadres de ma production ici et là. Qu'en penses-tu ?

— Rien ! Un autre revenu qui va aller ailleurs, alors qu'ici on tire souvent le diable par la queue les fins de mois. Ta part nous était plus que nécessaire…

— Allons, voyons, papa a des économies et, moi partie, ça te coûtera moins cher pour les denrées. Puis, il y a Estelle et sa pension hebdomadaire… Tu vas très bien arriver, crois-moi. Je pense que ton hésitation vient plutôt du fait qu'on ne se reverra pas souvent…

— En effet, que vais-je faire sans toi ici à part la cuisine, le ménage et la solitude que je vis ? Tu étais ma seule consolation. Tu partais souvent pour tes exhibitions, mais tu revenais sans cesse me raconter ce qui t'arrivait. Pas tout, mais presque ! Ce n'est pas avec Estelle que je vais me désennuyer, elle n'a rien en commun avec moi, elle est esseulée et s'y complaît. Elle ne sort pas, refuse de venir au cinéma, elle lit ou écoute des disques classiques, ce qu'il y a de plus plate comme musique ! Ce n'est pas demain que je vais l'intéresser à Tony Bennett ou Frank Sinatra, elle a horreur des chanteurs américains.

— Mais tu auras aussi papa et Benjamine…

— Lui ? Pris à la gorge par sa Marie-Reine ! Quant à *l'autre*, n'y pense même pas, ce n'est qu'une gamine, pas encore en âge de sortir avec moi.

— Mais ça viendra, Marcelle, dans trois ou quatre ans, elle sera une bonne compagne pour toi, elle a mon caractère, celle-là… Et je ne m'en vais pas au bout du monde. Je t'écrirai souvent, tu en feras autant, on pourra se téléphoner de temps à autre. Allons, dis-moi que tu m'approuves, que tu ne m'en veux pas.

— Comment t'en vouloir ? C'est ta vie, tu es en âge… Je suis heureuse pour toi, mais déçue à la fois. Tu en as parlé à papa ?

— Pas encore, mais je compte le faire et ce n'est pas lui qui entravera ma carrière. Il rêve de me voir réussir.

— Tu as la chance de le faire, toi. Moi, avec mon tablier et mes collerettes, ma réussite n'est pas près de l'impressionner. Et c'est de sa faute si ma vie a été gâchée. Il a choisi mon sentier pour être à l'aise dans le sien.

— Bon, n'en parle plus ce soir, laisse demain t'en tracer un autre. Tu n'as que vingt-deux ans, tu as toute la vie devant toi.

Au même moment, Benjamine apparut au vivoir et voyant qu'elles discutaient ensemble, elle les interrompit pour demander à Marcelle :

— Est-ce que je peux avoir un verre d'eau minérale ? J'ai pas digéré mon souper, j'ai mal au ventre.

— Ce n'est pas ton souper, c'est tes *peanuts*, Benjamine. Tu n'es jamais raisonnable avec ces cochonneries-là ! D'autant plus que ça vient de Marie-Reine !

— Tu ne l'aimes vraiment pas, lui rétorqua Régine.

— Non, et j'aimerais que le père arrête de l'aimer ! Ça se peut-tu ? Lui, si bel homme !

De son côté, Jean Vinais continuait à fréquenter sa bien-aimée malgré ses torts et ses travers, parce qu'elle était bonne pour lui ! Sans être une excellente cuisinière, elle lui préparait de bons petits plats quand elle le recevait et se déplaçait jusqu'à la pâtisserie pour lui acheter les carrés aux dattes qu'il aimait beaucoup. Elle écoutait ce qu'il avait à dire, s'instruisait sur les angles de la vie qu'elle ne manipulait pas très bien, comme la politique actuelle du Canada et les conflits dans les autres continents. Elle était informée certes, mais pas savante comme lui. Avec Jean, Marie-Reine ne prenait pas le plancher, elle se taisait, elle le soutenait, l'approuvait... Bref, elle en était éprise et lui, enivré par sa façon d'être, l'aimait maintenant aveuglément. Et ce qui devait arriver arriva. Avec le temps, avec les mois, ils finirent enfin par devenir intimes, ce qui séduisit Marie-Reine, qui n'avait guère éprouvé de tels épanchements. Puis, debout devant elle, remontant son pantalon, il lui avait dit :

— Je pense qu'il est temps qu'on se tutoie, tu ne trouves pas ?

— D'accord avec toi, Jean, il serait bête de s'aimer ainsi en se vouvoyant. La politesse a fait son temps !

Lorsque Régine leur annonça son prochain grand départ pour la France, curieuse d'aller voir si *Brouet* avait progressé dans les salons où elle était exposée, Jean, ravi, mais peiné à la fois, lui déclara :

— Tu vas beaucoup nous manquer, Régine. Je suis de tout cœur avec ton succès, mais la maison va être vide sans toi.

Marie-Reine, qui l'écoutait, se permit une remarque plutôt appropriée :

— Elle va être hébergée dans un appartement de Noël Roquevert. Penses-y, Jean. En plein l'homme pour lui donner un coup de main dans sa carrière de peintre. Quand vous serez là, Régine, demandez-lui s'il voit encore son bon ami l'acteur Jean Tissier que j'aime tant dans ses films, ainsi que la belle Gaby Morlay qui a maintenant tout près de soixante ans et qui m'a fait pleurer dans son film *Le Voile bleu*. Dieu que c'était émouvant !

— Un instant, Marie-Reine, répliqua Jean. Régine ne s'en va pas dans le monde des vedettes de cinéma, elle va tenter de faire sa marque dans un milieu encore plus édifiant, celui de la peinture. Ne l'embête pas avec tes acteurs qu'elle ne connaît même pas.

— Bien, je disais ça comme ça, entre parenthèses…

Passant outre à sa dulcinée, Jean Vinais se pencha vers sa fille, prit ses mains dans les siennes et lui déclara :

— Écoute, si ce n'est qu'une tentative, rends-toi à Paris et fonce… Mais si ça ne fonctionne pas, reviens vite, la maison sera toujours ouverte pour toi. Je ne te retiens pas, je te laisse aller, tu es majeure, tu n'as pas besoin de mon consentement, mais pense à Marcelle qui va être plus que déçue de te voir la quitter ainsi. Elle vivait en si bonne harmonie avec toi.

— Oui, je sais, papa, mais j'ai parlé avec elle et elle a compris que j'étais ambitieuse et tenace. Elle est fière de moi, même si mon départ la chavire un peu. Mais elle s'y fera…

— En y pensant, Régine, j'aurais une faveur à vous demander, lui dit humblement Marie-Reine.

— Allez-y, que puis-je faire pour vous ?

— Je serais prête à vous payer un bon prix si vous acceptiez de faire mon portrait devant mes rideaux de soie. De la tête aux épaules seulement, on pourrait oublier le reste.

— Je suis désolée, mais je ne peins pas les gens que je connais. Tous mes portraits sortent de l'imaginaire, je peins ce que je vois dans mon cœur, personne de connu ou de vivant.

— Vous aviez pourtant peint votre jeune ami…

— Vous parlez de Jean-Guy dont vous avez deux tableaux ! Oui je l'ai fait, c'était au début de ma carrière, j'étais jeune et il servait de modèle. Je ne pensais pas de la même façon que maintenant quand je l'ai peint trois ou quatre fois. Mais il faut dire qu'il était jeune et beau…

— Ah ! je vois…

Le mois d'avril arriva et Régine était prête pour son grand départ, avec une seule valise et deux sacs à poignées alors que son père l'attendait pour la conduire à Dorval où elle devait prendre son avion dans quelques heures. Avant de quitter la maison, elle avait étreint longuement Marcelle sur son cœur, embrassé sur le front la chère Estelle qui avait déposé son livre cette fois, et elle avait serré sur sa poitrine, en se penchant, la petite Benjamine qui essuyait une larme ou deux, triste de voir partir sa grande sœur pour ne plus revenir. Du moins, elle le croyait, Paris était si loin pour elle. Pour couper court à l'émotion de tous, Marie-Reine incluse, Régine franchit vite la porte sans se retourner pour ne pas pleurer à son tour. Puis, elle monta dans la voiture de son père pendant qu'il plaçait ses bagages dans le coffre. Marie-Reine aurait souhaité les accompagner, mais Jean lui demanda de l'attendre à la maison, qu'il préférait être seul avec sa fille pour ce dernier bout de conversation avant son départ. Il laissa Régine à l'entrée de l'aérogare, sortit ses quelques bagages qu'il déposa dans un carrosse à cet effet et pressa sa fille fortement sur son cœur en lui disant: «Je sais que tu vas réussir, une Vinais ne manque pas son coup, surtout avec le nom de ta défunte mère comme passeport. Bonne chance, ma grande, que le Ciel soit avec toi.»

Il attendit sur une rue avoisinante afin de voir l'avion quitter le sol quarante-cinq minutes plus tard et, essuyant une larme trop longtemps retenue, il s'avoua en lui-même: *Tu vas beaucoup me manquer, Régine, tu es comme moi, toi, et c'est le portrait non peint de ton père que tu emportes avec toi dans ton cœur. Que Dieu te bénisse.*

Les mois d'été se manifestèrent et, durant les vacances scolaires, Jean et Marie-Reine en profitèrent pour emmener Benjamine manger de la crème glacée molle au *Dairy Queen*, pour également la conduire une fois par semaine à la plage Mon-Repos de Laval, où la petite s'en donnait à cœur joie dans les eaux de la rivière calme sauf pour quelques vagues. Et ce qui la faisait rire en lui tournant le dos, c'est qu'elle avait remarqué que Marie-Reine n'avait pas besoin d'un pneu, elle, pour flotter sur l'eau !

Jean Vinais s'était rapproché de sa plus jeune, constatant qu'elle s'éloignait de lui et que Marcelle ne palliait pas son manque d'affection. D'où toutes les sorties ! Et comme Marie-Reine aimait les voyages, il était évident que la petite en faisait partie. Un déplacement en train jusqu'à Québec, un autre pour Toronto, des voyages en voiture dans les plus beaux coins du Québec, et quelques petites virées aux États-Unis, comme à Burlington où les piscines des motels étaient superbes.

Benjamine n'avait jamais été autant comblée par son papa, et comme Marie-Reine ne semblait pas se plaindre de sa présence, elle en profitait gaiement, sans rien demander de superflu à son père. Elle avait délaissé ses poupées, dont sa *Suzon la drôle* qu'elle gardait sur son lit en guise de souvenir, et s'adonnait à des jeux plus sérieux. Marie-Reine lui avait appris à faire des mots croisés. Ce qui était fort bon pour son éducation.

Jean Vinais et sa bien-aimée, de plus en plus à l'aise dans leur « intimité », s'affriolaient l'un l'autre et se gavaient de mots d'amour comme ceux qu'ils entendaient dans les films français. Jean allait fréquemment au cinéma avec Marie-Reine, et voir aussi des opérettes quand une troupe en proposait. Ils avaient vu ensemble le film *Édouard et Caroline* avec Daniel Gélin et Anne Vernon, que Marie-Reine avait apprécié, lui un peu moins. Puis à l'automne, *La Beauté du diable* avec Gérard Philipe et Simone Valère, un film de l'année précédente qu'ils avaient raté à sa sortie, mais que ni lui ni elle n'avaient aimé. Ils allaient magasiner ensemble, Marie-Reine évitait les nouvelles toilettes à cause de sa taille, mais ne dédaignait pas les chapeaux à la mode, les chaussures et les gants longs qu'elle aimait porter dans les grands événements... qui n'arrivaient pas souvent ! Jean s'achetait une ou deux cravates pour enseigner, des chemises blanches ou bleues, ce qui était permis, et revenait toujours avec un petit quelque chose pour Benjamine qui, à onze ans, adorait les surprises, comme les jolies boucles de satin blanc pour ses tresses. Bref, tout allait bien pour à peu près tout le monde dans la maison des Vinais. Marcelle avait refoulé son chagrin après le départ de sa sœur et Estelle, tant bien que mal, tentait de combler le vide laissé par Régine dans cette maison devenue trop austère.

Le temps des feuilles mortes s'amorça et Marcelle les balayait au fur et à mesure qu'elles tombaient du bouleau de leur parterre d'en avant. Jean Vinais était songeur ces temps-ci, car il fallait qu'il se décide à parler à son aînée d'un sujet bien précis. Un soir qu'Estelle était chez une amie et que Benjamine était déjà au lit, il invita Marcelle au boudoir et lui annonça sans détour :

— Je crois que je vais épouser Marie-Reine l'an prochain. Nous en sommes là tous les deux.

Marcelle blêmit et, se retenant pour ne pas dégringoler de son fauteuil auquel elle s'agrippait, laissa tomber :

— Pas possible ! Tu n'es pas sérieux, papa ? Tu ne vas pas te marier avec cette... Je me retiens, je fais un effort, tu ne vas pas épouser cette femme que personne n'aime dans la famille. Tu ne vas pas me faire ça, non ?

— Tu vois ? Te faire ça à toi. Qu'à toi. Tu es la seule qui ne l'aime pas, Marcelle. Tes sœurs s'en accommodent très bien. Marie-Reine est une bonne personne et il est normal que j'en fasse mon épouse. Grand-mère Brouet n'arrête pas de me demander depuis dix ans quand je vais me remarier. Il n'est pas normal de passer ma vie seul à mon âge et Marie-Reine est une femme sur laquelle je peux compter. Elle est robuste, elle est fière, elle est cultivée, bref elle a tout ce qu'un homme de ma trempe peut désirer.

— Elle aura donc réussi à t'amadouer jusque-là ! C'était donc son plan, te marier et vivre à tes crochets…

— Tu es dans l'erreur, elle ne sait même pas que je compte l'épouser, je ne lui ai pas encore fait ma demande. Cela vient de moi, strictement de moi, et je t'en parle avant pour recueillir ce que tu en penses…

— Bien, tu le sais maintenant, c'est la plus mauvaise nouvelle que j'entends ! Marier cette… Ah ! Dieu, fermez les yeux, j'allais dire de gros mots sur elle… Maman doit être en furie de l'autre côté juste à savoir que tu vas la remplacer par cette…

— Arrête et n'implique pas ta défunte mère. Elle repose en paix, ma Jeanne, et elle ne m'a jamais demandé de lui être fidèle après sa mort. Tu es la seule qui ne supporte pas Marie-Reine et je me demande encore pourquoi. De plus, je l'aime cette femme. De tout mon cœur ! Est-ce assez pour te convaincre ?

— Non, mais qu'importe, tu vas l'épouser quand même. As-tu pensé cependant qu'elle était encore en âge d'avoir des enfants ? Tu tiens à devenir à nouveau père à presque cinquante ans ?

— J'ai pensé à tout, Marcelle, et Marie-Reine n'aura pas d'enfants, elle a été opérée il y a quinze ans.

— Comment le sais-tu ?

— C'est elle qui me l'a avoué lors de confidences, elle m'a dit que c'était là le seul regret de sa vie et que c'était pourquoi elle avait choisi l'enseignement. Pour être proche d'enfants comme elle n'en aurait jamais.

— Et tu l'as crue sur parole ?

— Écoute, elle a peut-être quelques petits défauts, mais Marie-Reine déborde de franchise. Elle ne m'a jamais menti sur rien et ne le ferait certes pas sur ce point. D'autant plus qu'elle ne sait même pas encore que je songe à l'épouser. Et ça m'arrange, parce qu'une éventuelle paternité ne m'aurait pas intéressé.

— Ouf ! un cas de réglé, mais où allez-vous habiter tous les deux ? Pas ici, j'espère…

— J'y pensais, mais je me rends compte que ça ne ferait pas ton affaire.

— Et comment donc ! Juste à lui voir la face à longueur de journée…

— Nous pouvons habiter chez elle, son logement est assez grand pour deux.

— C'est ça ! Marie-la, va chez elle et laisse-moi avec la maison, les comptes à payer, Benjamine à élever… Me prends-tu pour une folle, papa ? Tu as déjà ruiné ma vie en me séquestrant ici et tu vas maintenant refaire la tienne avec cette femme en me laissant tout sur le dos ?

— Non, je vais continuer à payer les taxes et le chauffage.

— Je ne te parle pas seulement des paiements mensuels de cette nature, je te parle de moi qui vais devenir la bonne perpétuelle de cette maison ! Moi qui ne travaille pas, qui ne gagne rien, qui n'ai pas de vie personnelle. Moi que tu as réduite à être le chien de garde de cette satanée cabane !

— Allons, garde ton calme, ce n'est pas encore fait, j'en discute tout simplement, je tâte le terrain...

— Bien, tu l'as assez tâté pour savoir que la terre a remué ! Si tu l'épouses, tu prends la maison avec elle et tu t'occupes de *l'autre* pendant que je vais m'installer ailleurs avec Estelle et me trouver un emploi.

— Qui te dit qu'Estelle voudrait s'en aller ? Elle supporte très bien Marie-Reine, elle. Parle pour toi, pas pour les autres, Marcelle.

— Bon, j'en ai assez entendu pour ce soir, mais tu es mieux de refaire tes calculs si tu penses franchir le pas. C'est elle ou moi, je pars ou je reste, mais ne compte pas sur moi pour revenir sur ma décision, ta Marie-Reine, je la déteste !

— Dommage pour toi parce que moi, je l'aime, Marcelle. Et penser à mes vieux jours sans une compagne à mes côtés...

— Je suis là, non ? Je ne t'aurais pas abandonné, tu m'avais à tout jamais...

— Oui, pour les repas, le lavage, l'entretien de la maison, mais un homme de mon âge a peut-être encore besoin de soins particuliers, tu comprends ?

— Heu... non... oui, je vois où tu veux en venir, mais j'aurais jamais cru...

— Cru quoi ? l'interrompit son père. Que je n'étais qu'un maître d'école ! Sans vie privée, sans besoins naturels ? Je n'ai pas encore cinquante ans, Marcelle. Dois-je te faire un dessin ?

— Non, parce que si ta vie intime se trame avec elle, tu as sûrement des œillères comme un cheval, papa ! Est-ce possible d'avoir besoin d'elle pour... Il y en a tellement d'autres. Penses-y comme il faut, papa, il faut être mal pris en maudit pour miser sur une femme comme elle pour un besoin charnel !

— Je t'interdis de parler de la sorte, et ne sacre pas ainsi, le confesseur te le dira, on ne s'emporte pas quand on discute avec son père et on s'arrange pour être discrète. Tu n'es encore qu'une enfant...

— Ah oui ? J'ai plutôt l'impression d'être devenue une femme lorsque j'ai eu douze ans ! Alors, fais à ta tête, marie-la si tu veux, mais tu t'arranges avec *l'autre* parce que je serai partie sans elle. Tiens ! elle a choisi l'enseignement pour être près des enfants, la gr... ? Bien, elle en aura une à élever pour un bout de temps !

— Bon, on arrête là, Marcelle, je t'ai dit que ce n'était pas encore décidé, que j'allais y réfléchir.

— Bonne idée, et demande donc à maman dans son cimetière de t'aider avant de faire un tel faux pas. Ça se peut-tu être aussi aveugle avant de faire une gaffe ? Ne pas penser plus loin que le bout de son nez ! Je sens ma pression monter... Je te laisse donc sur les deux côtés de la médaille, elle ou moi ! Pis, c'est assez pour ce soir, j'ai encore mon tablier sur le dos et si c'est elle qui prend la place, tu lui en achèteras un plus gros ! Moi, la Flibeau !

Pour une fois, l'instituteur était désarmé devant sa fille. Il n'avait pas aimé ses propos et se demandait s'il allait accepter d'être traité de la sorte en tant que maître de la maison et pourvoyeur de leur bien-être. Couché plus tôt, au moment où Estelle rentrait, il se mit à songer aux propos de Marcelle et à se demander si… Il était vraiment tout mêlé dans sa tête. Et il avait pourtant besoin de sa nuit de repos, ses trente-trois élèves allaient être à leurs pupitres le lendemain matin. Puis, songeant à Marcelle, il avait demandé à sa défunte épouse dans une ardente prière : *Viens-lui en aide, Jeanne, elle est devenue hors de contrôle, complètement déraisonnable, ta fille aînée.*

Décembre se pointa et monsieur Vinais n'était pas revenu sur le sujet avec Marcelle depuis leur altercation. Et elle non plus, de son côté, elle n'avait même rien mentionné de l'odieux projet de leur père à Estelle. Toutefois, alors qu'on parlait du traditionnel souper de Noël en famille, elle avait dit à son père en passant près de lui :

— Pas de Marie-Reine à notre table, que nous quatre cette fois, comme convenu chaque année.

Mal pris, entre deux feux, le père répondit :

— Comme tu voudras, Marcelle, il en sera ainsi, je l'aviserai. Elle qui se croit de la famille…

— En rêve, papa ! Dis-lui de se réveiller !

Et il ne fut plus question de la bien-aimée de Jean à partir de ce moment. Pour alléger le sujet, révisant les événements de 1951 dans une revue française, il demanda un soir à sa fille :

— Tu savais que l'actrice Maria Montez était morte ? Il paraît qu'elle s'est noyée dans son bain après une défaillance cardiaque. Son bain était trop chaud, selon ceux qui sont venus constater la cause du décès.

— Oui, je le savais, cela date de trois mois, elle n'avait que trente-neuf ans, la pauvre. Je l'ai vue dans deux de ses films, *L'Atlantide* et *Soudan*. Elle était la femme de Jean-Pierre Aumont. Triste nouvelle ! J'ai eu plus de joie en apprenant ces jours derniers que Simone Signoret avait épousé Yves Montand. Une grande passion, dit-on. Comme tu peux voir, papa, rien ne m'échappe et je n'ai pas besoin de Marie-Reine pour m'apprendre des nouvelles sans importance comme tu les qualifies.

— Non, pas toujours, Marcelle. Pas quand il s'agit d'une actrice décédée en pleine jeunesse, mère d'une enfant, célèbre à travers le monde. Et surtout pas quand c'est *Paris Match*, une revue sérieuse, qui nous en relate les faits. Curieux que Marie-Reine ne m'en ait pas parlé cependant…

— Pourquoi l'aurait-elle fait ? Pour se faire dire que ce ne sont que des futilités comme tu les appelles ?

Le 24 décembre au soir, alors que Marcelle se préparait pour aller à la messe de minuit avec Estelle et Benjamine, elle demanda à son père assis dans le vivoir :

— Tu nous accompagnes, papa ?

— Heu, non, Marie-Reine et moi allons nous rendre à l'oratoire Saint-Joseph, cette fois. Elle y tient et ça va faire changement des chœurs de chant de la paroisse.

— Bon, comme tu voudras. À ton retour, tu comptes revenir ici ?

— Je ne crois pas, je fêterai plutôt chez elle avec un verre de vin blanc… D'autant plus qu'elle ne sera pas de notre souper demain.

— Parfait ! Ça m'évite de te le rappeler. Nous échangerons nos cadeaux demain. Régine a téléphoné de Paris pour nous offrir ses vœux. Bon, tu te prépares, Benjamine ? Tu ne vas pas t'endormir avant la fin de la messe, cette fois ?

— Non, j'ai dormi tantôt sur le sofa, je vais tenir le coup. Tu vas me donner des sous pour l'ange de la crèche ?

— Oui, mais seulement après la messe, quand on aura déposé l'Enfant Jésus sur la paille.

— Et moi, je vais allumer un lampion pour notre mère qui est au ciel, d'ajouter Estelle.

De son côté, Jean Vinais avait revêtu pour la circonstance, un nouveau complet gris rehaussé d'une cravate de même ton avec rayures rouges. Une dépense assez importante chez *Sauvé et frères* de la rue Saint-Hubert. Il avait lavé la voiture après en avoir nettoyé les sièges et s'était dirigé vers la rue Marquette où l'attendait sa chère Marie-Reine. Élégamment vêtue d'une ample robe vert bouteille, elle l'avait garnie d'un sautoir plaqué or et de pendants d'oreilles du même ensemble. Puis, chaussée de souliers neufs à talons hauts, elle n'avait pas omis de s'inonder de son *Arpège* de Lanvin, quitte à faire éternuer les autres occupants de leur banc d'église à l'Oratoire. Elle avait préparé des petits hors-d'œuvre au fromage et jambon, ainsi que des bouchées de saumon avec des olives et des cornichons dans un plat miniature de cristal.

— Tiens, tu t'es parfumé toi aussi !

— Juste un peu de *Canoe* de Dana, une eau de toilette qu'Estelle m'a achetée pour mon anniversaire.

— Ça sent très bon, la fougère même, tu devrais en mettre régulièrement.

— Non, pas pour l'école, que diraient les élèves ? Pour les grandes occasions seulement.

— Vous avez eu des nouvelles de Régine ?

— Oui, elle a téléphoné de Paris pour nous offrir ses vœux. Tout semble bien aller pour elle.

— La chère enfant... Elle nous manque terriblement.

— Oui, mais elle semble si heureuse, laissons-la à son bonheur, on célébrera en ayant une bonne pensée pour elle.

— Demain, c'est le souper habituel chez toi ?

— Oui, mais pas pour nous, j'ai un autre projet.

— Tiens, tiens... Un secret ? Une surprise que tu me réserves ?

Sans répondre, Jean sortit de sa poche un petit coffret de velours bleu qu'il lui tendit. Surprise, elle s'en empara et lui demanda, rougissante :

— C'est pour moi ?

Il lui répondit affirmativement d'un signe de la tête et, rassurée, Marie-Reine ouvrit l'écrin pour y découvrir une bague surmontée d'un éclatant diamant solitaire. Ébahie, ne sachant que dire, elle la regardait la bouche ouverte et avant qu'elle puisse reprendre son souffle et lui poser la moindre question, Jean, lui prenant la main, lui demanda solennellement :

— Veux-tu m'épouser, Marie-Reine ?

Chapitre 3

1952, avec ses promesses, s'était levé chez les Vinais comme dans toutes les maisons de l'univers. Marcelle ne savait rien encore des projets de son père. Ce dernier, lors de la remise de la bague à diamant qui avait ébloui Marie-Reine, lui avait dit :

— Demain, nous n'irons pas à la maison pour le souper. Pour fêter ce grand événement, je t'emmènerai dans la salle à manger d'un superbe hôtel pour officialiser nos fiançailles.

— Merveilleux ! Je vais me sentir comme la reine de cet endroit. Ma bague sera en valeur, ne crains pas pour cela. Mais les filles ne savent pas encore…

— Elles l'apprendront bien assez vite, c'est moi qui m'en chargerai. Je laisse passer le jour de l'An et l'annonce sera faite le matin du 2 de ce mois, j'ai tout prévu.

— Serai-je avec toi pour leur montrer ma bague ?

— Non, je veux être seul avec elles pour l'aveu et, le soir même, si rien ne nous en empêche, nous mangerons avec elles au restaurant pour fêter une seconde fois ce bel événement.

Marie-Reine n'avait rien ajouté, se fiant sur la conduite à suivre de son fiancé dont elle tenait la main au point de l'en fatiguer. Puis, regardant encore sa bague, elle lui demanda :

— Elle vient d'où, Jean ? Est-ce indiscret de te demander combien tu l'as payée ? Je suis au courant de tes finances, tu sais, et elle me paraît au-dessus de tes moyens.

— Pas trop de questions, je te prie, quoique cette bague surmontée d'un solitaire de trente-cinq points m'a coûté passablement cher. Mais comme le bijoutier est une de mes connaissances, il m'a offert un rabais que j'ai apprécié et il a accepté de me la vendre à crédit moyennant un assez bon dépôt. Donc, tout est sous contrôle et tu peux te fier à moi pour l'équilibre de mon budget selon mon portefeuille.

— Puis-je te demander quand tu comptes m'épouser ?

— Non, pas maintenant, laisse-moi y songer, je te reviendrai sur une date qui devra nous convenir à tous les deux. On ne peut se soustraire à notre vocation d'enseignants, tu le sais. Je trouverai bien une ouverture quelque part dans notre emploi du temps pour le faire. Mais, je te préviens, ce sera dans la plus stricte intimité.

— Tout me va, mon amour, je te laisse carte blanche pour la suite.

— Contente-toi plutôt de penser au souper d'apparat que nous aurons demain. Tu y seras comme une souveraine, je te le promets.

— Je t'aime, tu sais…

— Bien sûr, Marie-Reine. Moi aussi, murmura-t-il.

Mais Jean, à cheval sur ses principes, n'avait pas été enchanté du terme familier « mon amour » et de l'empressement du « je t'aime » de la part de sa fiancée. Selon lui, c'était trop tôt pour des aveux de ce genre. Il ne fallait surtout pas que Marie-Reine devienne si vite accrochée à lui. Il la voulait sérieuse et non mielleuse. Surtout pas avec des quolibets et des aveux de la sorte auxquels il avait répondu poliment du bout des lèvres. C'était, pour lui, trop prématuré dès les premières heures, pour un grand rapprochement.

Et comme l'an nouveau s'était levé sans que Marcelle ait eu vent de quoi que ce soit, sans même s'étonner que son père ne lui ait pas mentionné où Marie-Reine et lui étaient allés manger pour célébrer le premier jour de l'année, elle ne se posa pas de questions, mettant maintenant en doute la sincérité de son père qui ne lui parlait plus de rien. Pas même de sa bien-aimée dont elle n'avait plus de nouvelles depuis leur dernier entretien la concernant. Mais le lendemain, soit le 2 janvier, alors qu'il était rentré tard la veille, Jean Vinais s'était levé très tôt le matin, afin d'être à table pour déjeuner avec ses filles. Marcelle avait fait des crêpes pour Benjamine et des œufs pochés avec des rôties et du café pour les autres. Le père laissa s'écouler quelques minutes puis, coupant court au verbiage de la petite avec les grandes, il regarda Estelle et non Marcelle pour tout lui avouer, alors qu'un silence de la petite était survenu :

— J'ai demandé Marie-Reine en mariage à Noël.

Stupéfaction totale. Marcelle avait figé et Estelle, à qui il s'adressait, lui fit répéter :

— Tu as décidé de l'épouser, papa ? J'ai bien compris ?

— Oui, nous nous sommes fiancés à Noël, d'où ma demande, et nous allons nous marier cette année.

Marcelle, choquée de l'audace de son père, se leva de table et lui cria devant ses sœurs :

— Tu vas la marier ? Malgré notre conversation à cet effet ! Tu l'as fait en hypocrite cette demande ?

— Remarque que je n'ai pas de compte à te rendre, Marcelle. À mon âge, je peux décider de ce qui est bon pour moi sans vous en demander la permission. N'est-ce pas, Estelle ?

— Heu... oui, mais je ne croyais pas que c'était si sérieux entre elle et toi. Mais comme c'est fait, mieux vaut s'en réjouir...

— C'est ça ! Approuve-le et accueille à bras ouverts cette femme dans notre famille !

— Quoi ? cria Benjamine. Moi, je l'aime bien, Marie-Reine, elle me gâte beaucoup, elle m'emmène partout, elle m'achète des...

— Tais-toi ! lui cria Marcelle. On t'a-tu demandé l'heure ? Alors, ferme-la !

Le père, sur ces mots, se leva et annonça à Estelle :

— De toute façon, Marcelle veut s'en aller avec toi et nous laisser la petite dès qu'on se mariera. Elle ne veut pas avoir Marie-Reine dans notre maison et c'est son droit, elle veut louer un appartement...

— Un instant, papa ! Il faut d'abord qu'elle me l'annonce elle-même, je ne suis plus une enfant pour laquelle on décide. Écoute Marcelle, je veux bien considérer ton déplacement ailleurs, mais il faudrait en discuter, toi et moi. Je suis bien dans cette maison et la présence de Marie-Reine ne me gênerait pas. Si cette union peut rendre papa heureux, pourquoi s'y opposer ? Et comme Benjamine est enthousiasmée à l'idée...

Jean s'était levé et leur avait dit avant de quitter la table :

— Bon, je vous laisse régler cela entre vous. Moi, je me prépare, Marie-Reine veut aller voir un film quelque part pour se changer les idées. De toute façon, le mariage n'est pas encore planifié. Nous devons trouver un moment où notre enseignement ne sera pas en cause. Avant ou après l'année scolaire ? Je n'en sais rien encore, et comme Marcelle doit trouver un appartement d'ici là…

— Ce n'est pas encore fait ! hurla son aînée. Et, à bien y penser, je ne bougerai pas d'ici, c'est toi qui n'y entreras pas avec ta… ta future femme ! C'est plutôt à toi de trouver un endroit qui vous conviendra pour vos jours à venir, pas moi ! Je garderai donc la maison avec Estelle et Benjamine. Personne d'autre que nous trois !

— Non, je veux être avec papa… gémit la petite.

— Aucun problème, tu les suivras, Benjamine. Une de plus dans les jambes de ta future belle-mère, une de moins dans les miennes !

Durant ce temps, Régine, qui avait appris la nouvelle à Paris par l'entremise de son père, s'en réjouit pour lui. Elle n'avait rien contre Marie-Reine Flibeau, c'était pour elle une bonne personne qui prendrait grand soin de son époux. Lorsqu'elle apprit cependant la colère de Marcelle, elle lui fit parvenir une lettre dans laquelle elle lui disait carrément : *Laisse papa à son idée, il a besoin d'être heureux, d'être avec une femme qui l'aime. Et ta maison est la sienne ! Il a droit au bonheur autant que moi qui ai trouvé le mien ici, au milieu de ma peinture. À toi de trouver le tien, Marcelle !*

Furieuse, l'aînée avait froissé la courte lettre et l'avait jetée dans le rond du poêle. Pour qui se prenait-elle, la peintre à Paris, pour se sentir en charge de la famille ? Était-ce elle qui préparait trois repas par jour, qui faisait la lessive et lavait les planchers ? Certes non ! Alors, de quoi se mêlait-elle, l'artiste peintre ? Parce que *Brouet* réussissait avec ses pinceaux, elle se croyait permise de reprendre sa sœur aînée qui l'avait torchée depuis son enfance ? Marcelle, ne décolérant pas, se promettait de mettre une distance entre elles, à défaut de lui écrire une lettre de bêtises qui causerait une rupture sans doute définitive. Outragée et désapprouvée de part et d'autre, Marcelle Vinais ne souhaitait pas se retrouver seule et elle persistait dans son mépris pour celle qui allait prendre la place de sa mère auprès d'un mari ingrat qui allait de moins en moins fleurir sa tombe.

Le printemps s'écoulait et Jean Vinais, en contact avec sa fille Régine à Paris, lui téléphonait assez souvent pour ensuite lui passer Marie-Reine qui, agitée, voire excitée, était ravie de parler à *Brouet*, celle dont la photo avait paru dans une revue française. On savait maintenant que *Brouet* était une femme, ce qui ne dévalorisa pas l'artiste peintre à succès qu'elle devenait, puisque des femmes déjà féministes et ravies qu'elle soit une femme, achetèrent davantage ses toiles pour l'encourager. Peignant à longueur de journée, courant les symposiums, et étant de plusieurs expositions, elle vendait de plus en plus de tableaux, ce qui prenait de la valeur : son art pur et simple ! Et dans une lettre où elle avait ajouté une photo d'elle-même, élégamment vêtue et non bohème, elle avait écrit à son père : *Je me suis reprise en main, je ne suis pas encore une carte de mode, mais j'avance. La raison première ? J'ai fait la connaissance d'un bel homme de trente ans, fils d'un ministre qui, très* dandy *de son côté, aime les femmes bien vêtues et parfumées. Il se prénomme François et il est très séduisant.* À la lecture de ces derniers mots, Marie-Reine s'était écriée :

— Tu vois ? Il aime les femmes parfumées ! Dis à Régine de s'acheter *Arpège* de Lanvin, son François en sera ravi !

Mais Régine n'était pas allée jusque-là. Mieux vêtue, mais sobrement, elle se maquillait légèrement, avait coupé ses longs cheveux de tzigane pour les porter aussi courts que certaines vedettes de l'écran, et s'aspergeait de quelques gouttes de son eau de toilette *Fleurs de Rocaille* de Caron, qu'on lui avait suggérée. François avait aimé ce nouveau portrait d'elle qui lui donnait l'allure distinguée d'une femme de ministre. Dans les journaux, on avait dit à son sujet et sa nouvelle allure : *Brouet devient peu à peu une charmante Parisienne ! Quelle métamorphose ! L'amour en serait-il la cause ?* À Montréal, Marcelle qui voyait tout cela avait de l'envie plein le cœur, sans toutefois le manifester. Moins proche de Régine depuis leur différend, elle ne lui écrivait que rarement pour lui parler d'elle-même et de Benjamine, d'une nouvelle voisine de la rue Garnier, de collerettes maintenant en couleurs chez *Madame Belleville*, sans lui poser la moindre question sur elle et sans revenir sur le fait qu'elle avait trouvé un bel homme, selon les journaux, pour combler sa vie intime. Surtout pas cela ! Un désir caché de Marcelle qui, elle, ne voyait rien venir.

Les mois des premiers bourgeons avaient défilé sans heurt et Jean Vinais, toujours chez lui avec ses filles, fréquentait Marie-Reine comme il l'avait toujours fait. Cette dernière, peu invitée à partager le repas du dimanche, avait vite compris que son éventuel mariage ne plaisait pas à Marcelle qui ne lui en parlait jamais et qui la gardait loin de toute conversation. Néanmoins, sans savoir encore à quel moment ils se marieraient, Marie-Reine avait demandé à Estelle si elle voulait bien lui servir de témoin lors de la cérémonie. Ce que cette dernière avait accepté de bon gré. Monsieur Vinais, pour sa part, avait approché le principal de son école à cet effet, tout en l'invitant pour l'occasion, à être ensuite du gentil buffet qui suivrait chez sa future épouse. Ce que le principal avait accepté de bon cœur, sachant que sa femme, une écornifleuse réputée, apprécierait avec joie de sortir, d'assister à ce mariage et se bourrer à ce buffet en pique-assiette, sans connaître la future, mais quelque peu ce cher Vinais qu'elle avait croisé parfois en allant rejoindre son mari à l'école. Se doutant bien que Marcelle ne serait pas à ses noces, monsieur Vinais avait cru bon de ne rien lui dévoiler et avait planifié avec Marie Reine de se marier le samedi 26 juillet, le seul samedi où l'église n'était pas retenue par un mariage plus élaboré. Ce qui leur donnerait encore le temps de s'installer ailleurs avant la reprise des classes en septembre.

Un matin, alors qu'il déjeunait avec Benjamine, la petite lui demanda fébrilement :

— C'est pour quand ton mariage, papa ?

— Cet été. Je t'avertirai quand viendra le moment.

Marcelle, qui avait entendu de la cuisine, n'intervint pas dans leur petit dialogue, devinant que son père tentait de lui préciser le jour et l'heure de leur union, ce qu'elle ne voulait pas savoir, se jurant bien de ne pas y assister. Elle ne savait même pas si le paternel avait fait des plans sur le lieu qu'il habiterait avec sa femme après l'événement. Elle se doutait bien qu'il allait tout prévoir et que, d'ici leur grand saut, lui et sa promise allaient trouver une solution à leur futur hébergement. Mais plus le printemps s'étiolait et qu'on voyait poindre l'été, moins les visites de Marie-Reine étaient fréquentes à la maison familiale. Jean avait fini par lui avouer que Marcelle était contre son mariage et qu'elle prisait encore moins que ce soit avec elle. Marie-Reine, offusquée, se demandant bien ce qu'elle avait pu faire de mal à l'aînée pour se mériter un tel sort, préféra garder la tête haute et s'accrocher au bras de son bien-aimé sans se soucier de cette Marcelle qu'elle apprenait maintenant à garder éloignée. Elle craignait tellement que l'entêtement de Marcelle fasse reculer son père et qu'il reporte encore plus loin son union, qu'elle préféra se retenir et ne pas avouer à Jean que la haine de sa fille envers elle était réciproque. Elle avait Estelle de son côté, et la jeune Benjamine qu'elle continuait à gâter pour la sentir de plus en plus dépendre d'elle. La petite, qui n'attendait que l'été pour aller encore se baigner, lui avait demandé un jour :

— Allons-nous avoir le temps d'aller à la plage, Marie-Reine, avant votre mariage ?

— C'est fort probable, et cette fois, je t'emmènerai à la plage des Ormes où il y a moins de monde. Et nous irons aussi au parc Belmont dans les nouveaux manèges dont on parle déjà.

— Merci, c'est ce que j'attends le plus, le parc Belmont avec la grosse bonne femme qui rit dans le *Tapis magique*. Et la *Maison des miroirs* !

Elle avait mentionné « la grosse bonne femme » sans penser une seconde qu'elle était à l'effigie de Marie-Reine, qui ne le lui reprocha pas pour autant.

En France, à force de persévérance, Régine avait fait sa marque sous le nom de *Brouet* et on parlait d'elle dans toutes les revues, maintenant. Amoureuse de François, fils de ministre, profession vers laquelle se dirigeait le jeune homme, on parlait d'eux comme s'il s'agissait d'un couple populaire du cinéma. Parce qu'ils étaient jeunes et beaux, même si Régine avait une sœur aînée qui était plus jolie qu'elle à Montréal. Pas encore fiancée, mais presque, Régine réprimait ce lien qu'elle ne trouvait pas nécessaire pour autant. Et ses tableaux se vendaient dans toutes les régions de la France. Elle portait sa signature *Brouet* comme *Piaf* maintenait la sienne dans la chanson. Qu'importaient les prénoms, c'était les toiles de l'une comme les disques de l'autre que le public désirait. Et François la portait sur la main.

Pour son art comme pour son charme, elle savait si bien s'y prendre avec les hommes.

Elle écrivait encore à Marcelle, mais restait discrète sur sa carrière et sa vie privée, sachant que sa sœur connaissait tout d'elle par les revues et journaux français qu'elle achetait régulièrement. Régine se contentait de lui parler de la France, puis de François, de leurs déplacements et de leur voyage en Angleterre combiné avec une exposition en Écosse où elle était une invitée d'honneur. Et comme Régine faisait beaucoup d'argent, il fallait bien sûr s'en douter, elle ne lui parlait pas de ses appartements ici et là, pas plus que des couturiers qu'elle avait découverts avec le temps. Pour plaire à François, évidemment, mais pour les compliments de ses pairs qu'elle ne dédaignait pas quand ils survenaient. Elle avait appris à aimer le champagne et les digestifs de *Marie Brizard*, comme le *Parfait Amour*, en fréquentant de très chics restaurants avec le bel homme qui l'aimait. Rien de tout cela à Marcelle, mais presque tout à Estelle quand elle lui écrivait à l'insu de l'aînée. Elle se promettait bien de venir assister au mariage de son père sans pour autant le dire à Marcelle. Et si tel était le cas, la journée de Marie-Reine et de Jean risquait de remonter d'un cran, avec une telle présence parmi les invités. Parce que la réputation de Régine Brouet, dite seulement *Brouet*, s'était établie jusqu'ici par le biais des reportages sur « eux » et de la beauté de son art dans les revues culturelles.

En cette même période, Marie-Reine et Jean n'avaient pas perdu de temps quant à leur avenir et le lieu qu'ils habiteraient ensemble. Ils regardaient chacun de leur côté parmi les logements à louer et, finalement, à force de chercher, Marie-Reine proposa à Jean d'investir un bon montant de son compte personnel pour acheter le duplex dans lequel elle habitait le haut. Ils n'auraient qu'à expulser le locataire du bas et y descendre pour s'y installer tous deux en louant le haut à qui viendrait vite s'y intéresser. En agissant de la sorte, Marie-Reine n'aurait qu'un simple déménagement à effectuer en bas, et son logis, propre comme un sou neuf, n'aurait besoin que d'un coup de balai de sa part. Jean trouva l'idée ingénieuse, d'autant plus qu'ils seraient encore près de l'école où ils enseignaient en vivant sur la rue Marquette. Et sans changer de paroisse pour autant !

Un hic cependant, l'instituteur n'avait pas les moyens d'acheter cette maison si le propriétaire acceptait de la vendre, et son crédit n'était pas assez solide à la caisse avec tous les emprunts déjà effectués. Quitte à cela, Marie-Reine s'offrit une fois de plus d'acheter la maison, ayant assez d'argent comptant pour le faire, sans avoir à emprunter ou presque. Mais il fallait d'abord convaincre le propriétaire de leur vendre le duplex qui lui rapportait beaucoup avec deux loyers mensuels. Ce qui ne fut pas facile, il augmentait le prix de la vente à mesure que Marie-Reine insistait pour l'acheter. Si bien qu'à la fin, impatiente de régler, elle le menaça d'aller voir ailleurs s'il n'acceptait pas la dernière offre de sa part. Et craignant de passer à côté d'une bonne affaire, le propriétaire accepta de vendre son duplex à un prix plus élevé que la valeur de l'immeuble. Toutes les économies de Marie-Reine y passeraient ! Jean avait approuvé l'achat, c'était son confort qui comptait et le fait d'être encore proche de l'école. Et pour cimenter davantage son achat, Marie-Reine demanda à Jean de mettre la maison en son nom, prétextant ne pas s'y connaître suffisamment en affaires pour s'y investir. Ce qu'il accepta de bon gré. Une maison à lui payée par elle !

Tout un cadeau de noces ! lui aurait crié Marcelle si elle l'avait su. Apprenant finalement la date choisie pour leur mariage, et pour s'en désister davantage, elle avait réservé une fin de semaine de vacances dans une auberge du comté de Lanaudière, à Saint-Alphonse-Rodriguez plus exactement. Personne pour l'y accompagner cependant, Estelle et *l'autre* seraient aux noces. Sans amies, sans parenté, elle se disait qu'un bon livre serait un bon compagnon et qu'elle rencontrerait certainement sur place un vieux couple ou une dame seule avec qui converser. N'importe qui, n'importe quoi, pour ne pas voir Marie-Reine au bras de son père afficher un sourire vainqueur.

La future mariée avait tenu promesse et, dès les vacances arrivées, elle conduisit Benjamine au parc Belmont et attendit le début de juillet pour l'emmener à la plage tel qu'elle le lui avait promis. Et la petite était aux anges ! Avec ses douze ans révolus, Benjamine revint à la charge avec les talons hauts, mais cette fois à Marie-Reine qui lui avait répondu :

— Tu es encore trop jeune pour ce genre de souliers. Et à l'école, les religieuses n'apprécieraient pas te voir arriver chaussée de la sorte. Mais il se vend des chaussures avec des talons surélevés d'un pouce qui t'iraient bien.

— Vous allez me les acheter ?

— Dès qu'on ira magasiner, je te le promets.

Et ce qui fut dit fut fait et c'est grimpée sur ses petits souliers à talons élevés que Benjamine allait assister aux noces de son père quelques semaines plus tard. Des souliers qui avaient instantanément changé sa démarche de fillette en celle de jeune adolescente affranchie. Il ne lui restait plus qu'à trouver une robe plus adulte, ce dont Marie-Reine se chargerait. Au grand détriment de Marcelle, qui lui avait dit en voyant la robe et les souliers :

— Elle t'habille en femme avant ton temps ! Comme dans les livres de poupées à découper ! La salope !

— Non, c'est moi qui ai choisi la robe. Et arrête de me traiter en enfant, Marcelle ! J'ai grandi, je suis amincie, j'ai l'allure d'une grande fille et non plus d'une enfant à présent.

— Bien, oui, une fille de rue si ça continue...

— Une fille de quoi ?

— Tu vois bien que tu n'es pas assez développée du cerveau pour jouer à la petite dame ! Joue plutôt au Parcheesi avec une de tes amies. Et ne me parle plus de ta future belle-mère, ça me donne des ulcères !

1952 n'avait pas eu que ses beaux jours, un virus en Chine avait fait plusieurs morts et autant de malades. Ce qu'avait déploré Jean en apprenant la nouvelle à Marie-Reine. Puis encore consterné par la mort du roi George VI en Angleterre, à cinquante-six ans seulement, on avait pu lire dans les journaux que sa fille, Elizabeth, appelée à lui succéder, avait été dès lors proclamée reine d'Angleterre par le peuple. Ce qui avait ravi Marie-Reine, mais pas autant que le roman *La neige en deuil* d'Henri Troyat qu'elle venait de terminer, et encore moins du mariage de Brigitte Bardot avec Roger Vadim qu'on allait célébrer en décembre. Et, à travers cela, Marie-Reine avait tout planifié en vertu de leur maison et de leur union qui arrivait à grands pas. Le petit buffet n'aurait pas lieu chez elle, mais dans une salle à cause du déménagement. Elle avait déniché une jolie robe beige en bas du genou, avec de la dentelle aux poignets et au collet. Du chic magasin *Lajeunesse* de la rue Saint-Hubert. Avec un joli caluron à voilette trouée sur les yeux, du salon Adéline d'une rue avoisinante. Des souliers dentelés de suède beige, des gants trois-quarts de la même teinte, et un petit sac à main perlé trouvé chez *Dupuis Frères*, pour son avant-bras gauche, car elle devait garder la main droite libre pour le petit bouquet de roses qu'elle comptait tenir pour entrer à l'église au son de la marche nuptiale jouée à l'orgue par la cousine du curé, une aimable dame du quartier.

Finalement, malgré son horaire plutôt chargé, Régine avait décidé de venir à Montréal afin d'assister au mariage intime de son père, loin des journalistes et des photographes cependant. À l'insu de tous, avec son amoureux François qu'elle présenterait à la famille. Ils comptaient passer quelques jours à Montréal et se rendre ensuite à Québec, où elle serait l'invitée d'un événement culturel. Marcelle avait appris la nouvelle de leur venue ici, mais n'avait pas dérogé à ses plans pour autant. Régine avait manifesté le désir de lui présenter l'homme actuel de sa vie, mais Marcelle avait songé intérieurement : *Que veut-elle que ça me fasse ? Son fils de ministre n'est tout de même pas le président de la République ? Et elle, la fille d'un grand acteur ? Non, juste la deuxième fille d'un petit instituteur de quartier ! Qu'ils aillent au diable tous les deux !*

Pour les noces, peu fortuné, Jean Vinais n'avait fait aucune dépense le concernant. Son complet bleu marine, presque neuf, allait faire l'affaire après le nettoyage du *Dry cleaner* des alentours. Il n'avait pas besoin de souliers ni de cravate ni de boutons de manchettes argentés, il avait tout cela à portée de la main. Préoccupé par le futur déménagement dans sa « nouvelle demeure », il passait la plupart de son temps à rénover et modifier certains aspects du logement du bas que le précédent locataire avait négligé. Et, peu à peu, au gré des semaines de juillet qui trottinaient, le fameux jour arriva pour la plus grande joie de Marie-Reine qui, dans son anxiété, avait passablement bouffé pour reprendre les dix livres perdues sans s'en apercevoir. Jean l'avait certes constaté, ses joues plus rondes, son ventre un peu plus rebondi malgré le corset, mais à quoi bon la diminuer… Il l'avait fiancée dodue, il allait la marier enrobée. D'ailleurs, l'avait-il connue mince et effilée ? L'avait-elle seulement jamais été ?

À la fin tant attendue du plus beau mois de l'été, alors que Marie-Reine était de plus en plus agitée et dans tous ses états, le 26 fit son apparition au calendrier. La veille, un avion d'Air France avait déposé Régine et son amoureux à l'aéroport et ils avaient loué une suite dans un hôtel princier du centre-ville. Puis, hélant un taxi, ils étaient allés visiter le paternel chez Marie-Reine, qui, heureuse de retrouver Régine, la serra dans ses bras tout en faisant la connaissance de François, un fort bel homme comme on n'en faisait plus beaucoup en France. Une tête d'acteur et un sourire à conquérir bien des cœurs.

— C'est magique ce qui vous arrive, Régine ! Quel talent, quelle renommée maintenant !

— N'en dites pas trop, je fais juste mon chemin, il y a beaucoup de chance dans mon succès. Il s'agissait d'être au bon endroit au bon moment. J'avoue peindre mieux qu'avant, on évolue dans tout avec le temps, mais je ne fais que réussir toutes ces toiles avec mon cœur.

— Non, pas seulement ça, ma chérie, avec le talent privilégié que le ciel t'a donné ! d'ajouter François.

Monsieur Vinais était enchanté de faire la connaissance de cet homme, d'autant plus qu'il était fils de ministre dans son pays. Quoique François avait une admiration sans bornes pour l'enseignement, ce qui était la force de l'instituteur et de sa compagne. Même si tout semblait à l'envers dans la maison, Marie-Reine leur offrit un café et des carrés aux dattes que son futur mari aimait tant et, quand vint l'heure tardive de leur souper à l'européenne, Régine et François les invitèrent à la salle à manger de leur hôtel qu'ils regagnèrent en limousine cette fois.

Monsieur Vinais, mal à l'aise, essayait de confier le plus discrètement possible à Marie-Reine que Marcelle ne serait pas au mariage le lendemain, qu'elle était allée se réfugier dans une auberge pour éviter la cérémonie, qu'elle ne l'acceptait pas, et Régine qui avait tout saisi, de lui répondre :

— Ne t'en fais pas, papa, si elle est si forte tête, elle ne manquera à personne demain. Il y a des limites à vouloir tout régimenter. Tu es assez vieux pour savoir ce que tu fais, de quoi se mêle-t-elle ? Et Marie-Reine est une bonne personne. Elle te fera une charmante épouse.

— J'entends mon nom, vous parlez de moi, Régine ?

— Un peu, mais en bien, ne vous inquiétez pas. Au fait, vous avez rangé les toiles que vous avez achetées de moi ? Mes premiers chefs-d'œuvre ! ajouta-t-elle en riant.

— Oui, je les ai enlevées de mon mur par respect pour François, qui n'aurait peut-être pas apprécié.

— C'est mal le connaître, il est très ouvert à la peinture, aux portraits, aux nus, aux paysages réalistes, à tout finalement. Et ça lui aurait peut-être plu de voir mon premier *chum* en costume d'Adam. À moins qu'il en ait été jaloux…

— Sûrement pas ! Quoique le jeune modèle n'était pas piqué des vers, lui murmura-t-elle à l'oreille.

Ils se retrouvèrent à l'hôtel et après un copieux repas, François commanda pour le futur couple une autre limousine qu'il mit sur son compte, tout en leur disant qu'il avait hâte de les voir s'unir le lendemain. Et Régine d'embrasser son père et sa future belle-mère en leur souhaitant une nuit de sommeil non agitée, un doux repos, quoi ! Ce dont Jean allait bénéficier, mais pas Marie-Reine, qui, dans son anxiété et sa nervosité, appréhendant ce qu'elle allait vivre le lendemain, ne ferma pas l'œil de la nuit.

Peu de gens à leur mariage. La famille immédiate et le principal de l'école avec sa femme. Marie-Reine, savamment coiffée sous son caluron de mariée, se vit complimentée par Régine pour la toilette exquise qu'elle portait. Au même moment, un homme s'approcha d'elle et lui demanda timidement :

— Dites, madame Brouet, pourrais-je avoir l'exclusivité de photos et d'un court entretien après le mariage ? Je fais partie d'un grand quotidien et c'est la dame à l'orgue, une bonne voisine, qui m'a prévenu de votre présence ici ce matin.

Hésitante, elle lui répondit gentiment :

— Bon, puisque le secret ne l'est plus, j'accepterai une à trois photos de mon amoureux et moi, ainsi que deux avec les nouveaux mariés, mais pas davantage. Pour l'interview, oubliez-le, mais vous pouvez ajouter que je serai à Québec demain, où je suis invitée pour honorer un symposium qu'on y tiendra. Cela vous suffit-il ?

— Oh ! Comment donc ! Merci, madame, et ne permettez à quiconque se présenterait au nom d'un autre journal de vous approcher…

Elle l'avait interrompu pour lui répondre :

— Ne craignez rien, je serai avare de permission et de mots, vous serez le seul avec cette brève rencontre.

Marie-Reine, qui avait saisi quelques propos en prêtant l'oreille, se gonflait la poitrine de satisfaction, elle allait être dans les journaux avec son mari ainsi qu'avec *Brouet* et son amoureux. Quelle veine ! Tous les parents de ses élèves allaient la voir sous son meilleur jour ! Sans parler des lecteurs qui, en découvrant *Brouet,* n'allaient pas manquer d'apercevoir son père et sa gracieuse épouse sur les portraits. Quelle chance !

Au jubé, après que l'organiste indiscrète eut entamé le début de la marche nuptiale, Marie-Reine avança jusqu'à l'autel, non de l'allée centrale, mais de celle du côté de la sacristie, au bras de François, qui s'était galamment offert de la conduire jusqu'à son futur époux. Elle l'avait remercié en lui disant :

— C'est très cérémonial pour un si petit mariage !

Et il lui avait répondu :

— Pas quand le couple est aussi grand que le vôtre l'est !

Du tac au tac !

L'après-midi se déroula fort bien, le buffet était splendide et les quelques invités, dont le principal et son épouse, causèrent allègrement avec les nouveaux mariés. Marie-Reine était radieuse de s'appeler maintenant Madame Jean Vinais. La deuxième de ce nom depuis le décès de Jeanne, qui avait aussi été ravie de porter le nom du professeur. Régine, à l'écart avec son père, lui avait dit :

— Il est impensable que Marcelle n'ait pas assisté ainsi à ton bonheur. Je vais lui parler, moi !

— Non, ne lui reproche rien. Je suis peiné de son absence, c'est sûr, Marie-Reine aussi, mais mieux vaut en rester là. Elle finira par reconnaître ses torts. Et là, viens boire un digestif avec ton vieux père. Il y a de la crème de menthe blanche et du *Parfait Amour*, celui que tu aimes, je crois.

— Oui, je l'ai adopté en France. J'aime le bleu nuit de ce liquide qui détend l'estomac après un souper trop chargé. Et ne me dis plus « ton vieux père » en parlant de toi. Tu courtises à peine la cinquantaine !

Les quelques personnes présentes se dispersèrent vers trois heures de l'après-midi et Estelle regagna le domicile avec Benjamine dans la voiture du principal de l'école qui allait les déposer en rentrant. À la toute fin, il ne restait que Régine et François, son amoureux comme elle le qualifiait, et monsieur Vinais finit par lui demander :

— On ne vous a présenté que sous le prénom de François. Vous voulez bien nous dire quel est votre nom de famille, celui de votre père, j'imagine.

— Oui, à ma naissance, mais je l'ai changé officiellement avec son consentement dès le début de mes études pour ne pas être en conflit avec lui puisque nous allons un jour nous retrouver au Parlement ou pas loin l'un de l'autre. Moi, « le fils de… » je n'y tenais pas. J'ai dès lors utilisé le nom de jeune fille de ma grand-mère maternelle qui est Rubin et je l'ai fait valider par la loi. Donc, François Rubin pour tout vous dire, ce que mon père a qualifié d'astucieux, mais de grâce appelez-moi François tout simplement. Comme le font mes collègues en France. On finira même par oublier que je suis le fils d'un ministre avec le temps.

— Bon, me voilà renseigné et j'en suis honoré, François. Ma fille vous fera une charmante compagne si le jour vient pour vous aussi.

— Et vice versa, n'est-ce pas ? répliqua François dans un éclat de rire.

Au même moment, Marie-Reine s'était avancée pour avertir son époux sans déranger leur conversation :

— Il ne faudrait pas oublier que nous prenons l'avion en fin de journée... Le temps d'aller nous préparer. De toute façon, Régine manifeste le désir de s'en aller et d'aller se reposer à l'hôtel avant son discours à faire à Québec et repartir ensuite pour la France...

— Oui, on lui en demande beaucoup trop, ajouta François. Et elle est incapable de refuser chaque fois.

— Tel père, telle fille ! rétorqua Marie-Reine. Jean se donne aussi corps et âme pour toutes les causes croisées sur son parcours... Tandis que moi...

— Bon, allons-y, Marie-Reine, sinon c'est toi qui nous feras rater notre vol en soirée.

— Puis-je vous demander où vous allez ? questionna François.

— Oh, pas loin, juste à New York ! Un petit voyage de noces improvisé durant lequel Marie-Reine compte trouver des billets pour un opéra quelque part.

— Vous aimez l'opéra, madame Vinais ? Autant que mon père qui, avec un autre ministre, ne peut s'en passer ? Ils n'en manquent pas un seul à Paris !

— Oui, François, j'adore l'opéra, tous les opéras, mais avec une petite préférence pour ceux de Puccini, *Turandot* surtout !

Le couple avait repris le chemin de la maison, et Régine et François, celui de leur hôtel. Mais rendue dans leur suite, malgré les objections de son père, Régine trouva le numéro de l'auberge où résidait Marcelle et l'appela, quitte à la déranger pendant son fastueux souper. Lorsque cette dernière répondit pour lui dire qu'elle descendait bientôt souper, Régine s'emporta :

— Encore ta tête dure, non ? Tu as voulu mettre papa mal à l'aise, mais il n'a été que peiné, Marie-Reine aussi.

— Je n'ai pas de remontrance à recevoir de toi, Régine. Pars avec ton amoureux et ne viens pas envenimer le reste de mon bénéfique séjour ici.

— Là n'est pas mon intention, mais comment as-tu pu faire cela à papa, lui qui nous a élevées tout seul après la mort soudaine de maman ? Et ne m'interromps pas ! Comment as-tu pu oublier tous les sacrifices qu'il s'est imposés pour avoir toujours ce qu'il nous fallait sur la table ? Il en a arraché en empruntant à gauche et à droite, il s'est oublié pour nous durant toutes ces années et maintenant qu'il peut enfin penser à lui, tu le sors de sa maison et tu refuses de le voir heureux ?

— Bon, arrête un peu ! Heureux avec cette grosse mégère qui va le mener par le bout du nez ? Et ce n'est pas lui que je ne voulais pas voir heureux, mais elle ! La vache de Marie-Reine qui s'est même emparée de Benjamine...

— Oui, et puis ? Tu t'occupais de *l'autre*, toi ? Tu la choyais, tu lui donnais de l'affection, de la tendresse ? Non, c'est elle qui l'a fait, papa me l'a confirmé. Je ne veux pas que cette conversation érige un mur entre nous, Marcelle, nous sommes si peu nombreux maintenant, mais j'avais ce reproche à te faire, ces choses à te dire et je ne m'en suis pas privée. Pour sauver le cœur en or de notre père et celui de Marie-Reine, une bonne personne que tu n'as pas su apprécier.

— Elle, je te la laisse, tu peux t'en gaver !

— Bon, sur ces mots, je te quitte, je dois me rendre tôt à Québec demain matin et nous devons faire nos bagages ce soir, François et moi. Avec ton entêtement, on ne se sera même pas vues et tu n'auras pas rencontré mon prétendant…

— Erreur ! Estelle m'a téléphoné et m'a dit avoir pris plusieurs photos de vous deux ainsi que de papa et sa… Elle me les montrera à mon retour et à défaut de ne pas avoir rencontré ton compagnon en personne, je le connaîtrai silencieux. Ce qui sera peut-être mieux ainsi, il parle beaucoup à ce qu'on m'a dit.

Régine, outrée de l'audace de sa sœur, raccrocha après lui avoir seulement répliqué :

— À un de ces jours, Marcelle. Si Dieu le veut et si le cœur t'en dit !

Le lundi après-midi, après une fin de semaine agréable passée à bien manger et à discuter avec un jeune couple un soir et une dame seule et âgée le lendemain, Marcelle avoua à Estelle qu'elle s'était reposée et que Saint-Aphonse-Rodriguez, dans la région de Lanaudière, était un coin charmant pour un court ou long séjour. Et comme Estelle ne lui parlait pas du jour des noces de leur père, Marcelle s'en abstint elle aussi. Quoique, à l'heure du souper, Estelle lui dit qu'elle était allée porter ses films pour les faire développer et qu'elle les aurait dans trois jours. Ce à quoi Marcelle ne répondit rien. Benjamine, plus bavarde, tentait de lui raconter la journée des noces, mais Marcelle l'interrompit d'un signe de la main catégorique. Ce qui n'empêcha pas *l'autre* de dire à sa grande sœur devant Estelle :

— Elle était belle, la mariée ! Tu aurais dû voir son ensemble, Marcelle ! Ça venait d'un grand magasin ! Mademoiselle Flibeau était très élégante, tout le monde la félicitait !

— Tant mieux pour elle ! Et j'imagine qu'elle portait son *Arpège* de Lanvin qui fait fuir tous les chats du quartier ?

— Tout de même, Marcelle ! protesta Estelle. Ne sois pas si vilaine avec elle, c'est maintenant l'épouse de papa et comme ils ne vont pas habiter avec nous…

— Ils ont leur propre maison et je leur souhaite d'être heureux dans leur erreur. Ils vont s'apercevoir…

— De quoi ? l'interrompit Benjamine. N'oublie pas que je vais aller vivre avec eux et que je vais être bien contente de ne plus être ici. On va être heureux tous les trois ! Sans toi, Marcelle Vinais, tu sauras !

La petite allait poursuivre lorsque Estelle posa son index sur ses lèvres, ce qui fit taire la sœurette, en lui rappelant toutefois :

— Il ne faudrait quand même pas que tu oublies que c'est Marcelle qui a veillé sur toi depuis ta naissance. Ne sois pas ingrate, Benjamine, le bon Dieu ne te le pardonnera pas !

Après le retour des nouveaux mariés, Jean Vinais s'empressa d'aller quérir la petite avec ses valises chez Marcelle, qui le reçut poliment, pas davantage. Estelle s'informa de leur voyage à New York et il lui raconta avoir effectué un agréable séjour et que Marie-Reine avait pu assister non pas à un opéra, mais à la comédie musicale *Wish You Were Here* au théâtre Impérial, qu'elle avait beaucoup appréciée. Puis le magasinage. Les sacs à main, les gants, les souliers, les bijoux, tout ce qu'une femme comme elle pouvait désirer. Et, voyant que ses propos ennuyaient Marcelle, il demanda à Estelle si Benjamine était prête, et la petite, arrivant en courant, lui dit :

— Oui, papa, j'ai tout ce qui m'appartient dans ces bagages.

— Bon, embrasse tes sœurs et rends-toi vite à la voiture, j'apporterai tes effets.

Benjamine embrassa d'abord Estelle et, timidement, Marcelle qui lui avait tendu sa joue en lui disant : « Sois heureuse quand tu seras chez papa. » Ce même soir, néanmoins, Marcelle, se remémorant le départ de *l'autre* qu'elle avait élevée, versa quelques larmes au creux de son oreiller.

L'automne s'esquivait sans trop faire de bruit et au début de novembre, le 5 plus précisément, Estelle fêtait ses vingt et un ans en compagnie de son père, de Marie-Reine et de Benjamine à leur demeure de la rue Marquette. Pour sa majorité, ce qui était un événement à l'époque, les époux Vinais lui avaient acheté un bracelet en nacre de perles qui lui servirait de souvenir. Marie-Reine avait cuisiné un rôti de bœuf qu'elle avait trop fait cuire, mais dont personne ne s'était plaint, et avait acheté du pâtissier six mokas à la crème fouettée pour elle et ses invités. Marcelle, comme bien souvent, avait refusé de se joindre au groupe, attestant qu'elle comptait inviter Estelle au restaurant le lendemain soir pour fêter, seule avec elle, ce bel anniversaire.

Depuis le mariage de son père, elle ne s'était rendue qu'une fois chez lui pour une visite de courtoisie, en ne s'adressant pas ou très peu à sa belle-mère qui n'avait pu la reconquérir. Marie-Reine faisait des efforts surhumains pour se rapprocher d'elle ; Marcelle, aucun. Et elle n'avait invité son père et sa femme qu'une seule fois à souper pour voir si Benjamine était aussi heureuse qu'elle le prétendait avec ce vieux couple. Ce qui était le cas, et la petite lui en mit plein la vue avec sa chaînette en or qui retenait son signe astrologique, cadeau de Marie-Reine en passant près d'une vitrine d'un bijoutier. Donc, comblée par sa nouvelle « mère », la plus jeune des Vinais n'avait pas à se plaindre de son sort fort enviable.

Or, après ce tête-à-tête avec Estelle au restaurant de la rue Mont-Royal, les deux jeunes femmes s'empressèrent de regagner la maison et de se mettre à l'abri d'une pluie diluvienne qu'on annonçait. Marcelle en profita pour lui offrir, en fin de soirée, un magnifique châle de laine mauve, qu'elle avait acheté chez *Madame Belleville*. Estelle en avait été enchantée et l'avait grandement remerciée. Marcelle, pour clore cette soirée, lui avait dit :

— Il faudrait bien faire un voyage ensemble cet hiver. Que dirais-tu du Mexique ?

— Heu... oui, mais c'est cher se rendre là. Et en avion...

— Ne crains rien, j'ai des économies, ça ne te coûtera pas un sou.

— Bien, laissons passer les Fêtes et on en parlera après si tu veux bien. Je ne suis pas trop friande de voyages, tu le sais...

— Je sais, mais il faudra t'y faire. Tu ne vas pas passer ta jeunesse à regarder le décor de la rue Garnier, j'espère !

— Non, peut-être pas, mais il y a des endroits moins éloignés... Comme à Burlington...

— Voyons ! En plein hiver ! C'est aussi froid qu'ici ! Bon, attendons que l'an nouveau se lève et nous en discuterons ensuite.

— Tu sais que papa nous invite à souper à Noël ?

— Oui, mais j'ai refusé ! Il y a toujours un bout à la fréquenter, elle ! Tu iras si ça te plaît, mais ne compte pas sur moi. Je verrai *l'autre* quelques jours plus tard pour lui remettre son cadeau. Au diable, la grosse... Je me retiens une fois de plus !

Et la semaine s'écoula telle que planifiée. Monsieur Vinais était venu prendre Estelle en voiture pour la ramener chez lui pendant que Marcelle, après être allée seule à la messe de minuit, s'était couchée en s'endormant sur des chansons du temps des Fêtes de Perry Como, dont elle avait l'album.

Étrangement, entre Noël et le jour de l'An, Estelle convia son père à venir seul à la maison pour une mise au point à laquelle personne ne s'attendait. Il se présenta sans son épouse, restée avec Benjamine, et, inquiet, il se demandait s'il s'agissait de la santé de sa troisième fille plus ou moins chétive comme sa défunte mère. Mais bien installés au salon avec un bon thé chaud à la main, Marcelle dans un autre fauteuil en face de lui, Estelle, légèrement mal à l'aise, leur dit après quelques bouts de conversation sans intérêt, comme la pinte de lait maintenant à vingt sous...

— J'ai une annonce des plus sérieuses à te faire, papa, ainsi qu'à toi, Marcelle. Après les Fêtes, je quitte la maison.

— Comment ça, tu quittes la maison ? Sois plus précise, Estelle !

— Voilà, je quitte la maison, Marcelle, pour me réfugier au couvent des Sœurs de la Providence de la rue Fullum. J'entreprendrai dès lors mon postulat et ensuite mon noviciat pour devenir religieuse.

Marcelle faillit perdre connaissance ! Que lui radotait donc la seule sœurette qu'il lui restait ? Mais avant qu'elle puisse prononcer un seul mot, Estelle poursuivit en lui disant :

— Tu te demandais où j'allais souvent cet automne, tu croyais que je m'attardais à la bibliothèque, mais c'était là, Marcelle. Je voulais mesurer mes chances d'être acceptée et voilà que c'est fait. Devenir religieuse me tient à cœur depuis longtemps sans que j'en parle. Mais c'est fait, on m'accepte et on m'attend…

— Tu es tombée sur la tête ? Toi, sœur de la Providence sans même y avoir songé sérieusement ?

— C'est tout songé, Marcelle, c'est là ma vocation, je la ressens fortement. Qu'en dis-tu, papa ?

— Bien… si c'est là ton désir, ma fille, je ne vais certes pas m'y opposer. Tu es maintenant en âge de faire ce que tu veux sans mon approbation. Et si ton cœur te dicte de te donner au bon Dieu…

— Pas juste à Lui, papa. Il y aura bien sûr la prière au gré de ma piété, mais il y aura aussi l'enseignement dans les orphelinats, les tâches dans les hôpitaux, les missions à l'étranger, et j'en passe. C'est le dévouement qui est à la source de cette congrégation.

— C'est très noble ma fille et si le Seigneur t'appelle à Le servir de cette façon, ce n'est pas de ma part que tu vas ressentir la moindre opposition.

— C'est ça, encourage-la, toi ! Et moi, dans tout ça ? Seule comme une dinde dans ma maison ? Une maison déjà trop grande…

— Des détails qu'on pourra revoir ensemble, Marcelle. Ne te sers pas de cet argument pour anéantir un si beau moment et contrarier ta sœur. Elle a fait son choix et ce sera fort honorable pour la famille d'avoir une religieuse dans sa lignée.

— En fait, le sujet est clos, Marcelle. J'ai déjà accepté et on m'a désigné un nom, je serai sœur Estelle Marie.

Chapitre 4

Marcelle était au désespoir ! Plusieurs mois après le départ de Régine et celui de *l'autre* ensuite, elle devait maintenant faire face à l'éloignement d'Estelle ! Et essayer de composer avec la solitude qu'elle ne pouvait envisager. Elle n'était pas revenue sur le sujet avec sa sœur cadette en début d'année, elle attendait que le mois s'allonge pour tenter de nouveau sa chance. Ce qui se produisit un soir qu'elles étaient au boudoir à écouter la radio :

— Tu es vraiment sérieuse, Estelle ?

— De qui ? De quoi ? De mon départ ? Évidemment ! On ne plaisante pas avec ces choses-là, une vocation, c'est à prendre au sérieux.

— Tu n'as pas songé à moi qui serai seule ici... Sans personne d'autre que les murs à qui parler ?

— Écoute, Marcelle, cela m'attriste, mais il te faudra composer avec ce qui te semble un coup au cœur par une décision.

— Laquelle ?

— C'est bien simple, fais revenir Benjamine à la maison, demande-lui de venir vivre avec toi et non avec papa. Comme elle grandit de plus en plus et qu'elle aura treize ans le mois prochain, elle sera une compagne pour toi et non plus une gamine.

— L'idée n'est pas bête, mais acceptera-t-elle de quitter la maison de papa ? Marie-Reine la gâte beaucoup, ce que je ne saurai faire, je n'en ai pas les moyens…

— Bien oui, tu sauras et tu le pourras, Benjamine n'est pas exigeante. Tu pourras sortir avec elle, vous pourrez aller au cinéma toutes les deux… Veux-tu que je parle à papa de cette solution pour toi, Marcelle ?

— Non, je le ferai moi-même, je suis assez grande pour régler ce problème.

— Pour ce qui est de moi, n'oublie pas que la première année à la maison mère, c'est pour le postulat, pour s'acclimater au quotidien de la vie religieuse. L'année qui nous ouvre le cœur sur tout ce que nous envisageons. Après, il y a le noviciat, une période d'initiation et de probation à la vie religieuse stable. Ce que nous faisons de plein gré. Et c'est à la fin de cette deuxième étape qu'arrive la prise d'habit, et puisqu'il n'y a pas encore d'engagement formel de la part de la future religieuse, celle-ci est libre de quitter quand bon lui semble.

— Dis donc, tu connais les règles comme ton petit catéchisme ?

— Si l'on veut, car je ne m'engage pas les yeux fermés dans une si profonde vocation. C'est réfléchi, Marcelle, j'y songe sérieusement…

— Bien, si c'est ainsi, j'espère que l'une ou l'autre de tes premières années t'ouvrira les yeux. Tu es bien trop jolie pour aller t'enfermer chez les sœurs.

— Jolie ? Si tu le penses, sache qu'on ne donne pas que des filles laides au bon Dieu. Et je ne serai pas la seule sous le voile à avoir de beaux yeux verts.

— Bon, n'en parlons plus si tu le veux bien, je vais parler à papa de la solution que tu m'as suggérée. Ça va le sortir de tous les journaux qu'il parcourt sur les États-Unis depuis que Eisenhower a été élu président.

— C'est bien que tu le fasses, Marcelle. On verra bien…

Comme Estelle semblait bien décidée et sûre d'elle dans son choix, Marcelle n'en doutait pas, l'aînée n'attendit qu'une semaine avant de convoquer son père à la maison un soir où Estelle s'était absentée. Une fois seuls tous les deux, ils parlèrent d'abord de faits divers et, impatiente d'arriver au but, Marcelle lui lança à brûle-pourpoint :

— Je ne sais pas ce que tu en penseras, papa, mais j'aimerais que Benjamine revienne vivre avec moi. Cette solution réglera la solitude que je ressens déjà, et Estelle en est l'instigatrice. Elle croit fermement que Benjamine… Tiens ! pour couper court, la petite sera aussi à l'aise avec moi qu'avec ta femme qui est plus âgée.

— Remarque que Marie-Reine l'aime beaucoup et que c'est vice versa. Benjamine sort souvent avec elle et comme Marie-Reine est jeune de caractère…

— Peut-être, mais pas aussi agile que je le suis. De plus, je suis la grande sœur de Benjamine, pas une étrangère.

— Bon, n'allons pas plus loin avec ces viles remarques. Attendons plutôt de voir ce que la petite en dira. Je lui en parlerai, c'est certain, mais je ne te promets rien, je respecterai sa décision, c'est une jeune fille à présent, plus une enfant.

— Oui, je sais, et c'est à ce titre que je veux l'accueillir et la traiter sous mon toit. À nous deux, nous formerons une bonne équipe, elle et moi.

— Je te connais, Marcelle, permets-moi d'en douter...

— Non, pas cette fois, papa, sinon je risquerais de finir seule, ce que je ne veux pas. Parle-lui et reviens-moi vite, je t'en prie. Et ne compte pas sur Estelle pour changer d'idée, sa vocation est bien ancrée en elle et c'est le mois prochain qu'elle nous quittera. Tu l'accompagneras, n'est-ce pas ?

— Évidemment ! Avec qui d'autre pourrait-elle se rendre sur la rue Fullum avec ses bagages ?

— Elle n'en aura pas beaucoup, elle n'apportera que le strict nécessaire, m'a-t-elle dit.

— Bon, tant mieux, le coffre de ma voiture sera moins lourd que pour Régine lorsqu'elle est partie.

— Oui, une autre, celle-là, qui n'a pas hésité à me laisser derrière elle pour supposément faire sa vie.

— Une vie qui lui réussit, Marcelle.

— Bien, si tu le dis... Quant à moi, attendons la suite !

De retour chez lui, avant de parler à Benjamine, monsieur Vinais s'adressa plutôt en catimini à Marie-Reine qui, étonnée de cette idée, lui répondit ;

— Voyons, Jean... C'est elle qui nous l'a confiée ! Je m'y suis attachée, moi ! Et la petite est bien ici, je prends soin d'elle, je la sors, je l'habille...

— Je sais tout cela, Marie-Reine, mais Marcelle a besoin d'elle pour le moment. Sans personne, elle va défaillir, ma pauvre fille. On ne peut pas l'abandonner à son sort quand Estelle l'aura quittée.

— Je comprends, je compatis avec elle, mais la petite aura son mot à dire. Nous ne pouvons pas la retourner chez Marcelle sans son consentement.

— Non, je sais, et c'est pourquoi je lui parlerai demain quand tu iras chez ton médecin. Je verrai bien ce qu'elle en pensera et je respecterai ce qu'elle en dira. Mais toi, es-tu à l'aise avec l'idée ?

— Bien... est-ce que j'ai vraiment le choix ?

— Ton mot à dire, peut-être ?

— Non, je te laisse le champ libre, c'est ta fille, non la mienne. Mais j'avoue que la voir partir me chagrinerait beaucoup. Je vais me sentir seule sans elle...

— Allons, pas avec moi à tes côtés, lui répondit Jean en lui massant le dos de la paume de sa main.

Dès l'aube, ou juste un peu plus tard, alors que Marie-Reine se faisait conduire chez le médecin par son époux, ce dernier s'empressa de revenir afin de déjeuner avec *l'autre* qui grillait déjà ses tranches de pain croûté pour en faire des rôties. Assise à la table avec son père, ce dernier lui demanda :

— Tu as des projets pour la journée ?

— Oui, on devrait aller au centre d'achats, mais ça dépendra de Marie-Reine après sa visite médicale, elle a les pieds enflés ces temps-ci et elle marche moins longtemps.

— À ce propos, comme Marie-Reine n'est plus en âge de sautiller comme toi, que dirais-tu de retourner vivre avec Marcelle à la maison paternelle ?

Surprise, Benjamine leva les yeux sur son père et lui demanda :

— Pourquoi ? Marie-Reine ne veut plus de moi ici ?

— Non, Benjamine, ta belle-mère t'adore et tu le sais bien. C'est que Marcelle, avec le départ d'Estelle, craint énormément de vivre seule. Elle aura besoin de compagnie pour profiter de la vie, et elle a pensé à toi comme compagne pour le faire.

— Ça me surprend, elle ne m'aime pas !

— Bien non, elle t'aime voyons, sinon elle ne m'aurait pas demandé de t'en parler, elle aimerait...

Debout, les sourcils froncés, la petite se manifesta :

— Non, papa, elle me traite comme une enfant, ce qui n'est pas le cas ici !

— Elle ne le fera plus, elle me l'a souligné, tu seras une jeune fille pour elle, pas une petite sœur qui n'a rien à dire. Elle me l'a promis, elle a tellement peur d'être seule, surtout la nuit. Je ne t'y force pas, ma petite, je te le demande tout simplement et nous ferons ce que tu décideras.

— Est-ce que Marie-Reine est au courant de cette proposition ?

— Oui et elle va respecter ta décision. Elle te croit assez mûre pour le faire. Alors, qu'en dis-tu ?

— Pourrais-je y penser, papa, avant de te répondre ?

— Bien sûr, Estelle ne part que le mois prochain, tu n'auras pas à t'installer demain avec tes bagages.

— Une fois de plus un déménagement ! Et parlons-en de mes bagages, j'en ai tellement maintenant...

— Bon, je vais lentement aller reprendre Marie-Reine chez le médecin et on réglera ce problème avec elle, si tu veux bien.

— Oui parce que je veux avoir son opinion, ça va lui faire de la peine, je le sens.

Dès le retour de Marie-Reine à la maison, après l'avoir entendue dire à son père qu'elle devait couper le sel, surtout les chips pour ses jambes enflées, Benjamine surgit pour lui demander :

— Tu es au courant de ce que Marcelle a planifié pour moi ?

— Heu… oui, ma chouette, mais c'est à toi de décider, lui répondit sa belle-mère sans sourciller, faisant mine d'être à l'aise avec le sujet.

— Tu ne t'ennuieras pas de moi si j'accepte de partir d'ici ?

À ces mots, Marie-Reine la pressa contre son cœur et lui avoua :

— Bien sûr que je vais m'ennuyer sans toi, j'en ai déjà le cœur blessé. Mais c'est à toi de décider, mon ange, je ne peux m'y opposer, et si c'est pour le bien-être de Marcelle…

— Peut-être, mais elle ne m'aimera jamais comme toi tu le fais. Avec elle, je n'aurai pas grand-chose, je me demande même si j'aurai la permission de porter les souliers que tu m'as achetés.

— Bien oui, tout cela s'arrangera, elle a promis à ton père qu'elle allait considérer le fait que tu auras bientôt treize ans, que tu n'es plus une enfant.

— J'ai déjà de la peine d'avoir à te quitter, je t'aime tellement…

À ces mots, Marie-Reine, qui se retenait, éclata en sanglots et ses larmes tombèrent au milieu de sa poitrine.

— N'ajoute rien, j'ai déjà le cœur à l'envers, ma chouette, balbutia-t-elle. N'aggravons rien, ton père nous regarde avec sévérité. Va plutôt vers lui et dis-lui ce que tu décides…

— Pourquoi si vite ? Estelle ne s'en va que dans un mois.

— Ce qui te permettra de constater si tu es bien avec Marcelle ou…

Voyant que ça s'éternisait, Jean fit signe à sa femme de ne rien ajouter et, regardant Benjamine droit dans les yeux, il lui demanda sérieusement :

— Oublie le temps de réflexion, tu décides quoi, ma petite ?

— Bien… je vais y aller, je vais essayer, mais si ça ne marche pas entre elle et moi, dis-lui que je vais revenir ici sans tarder.

Quelques jours plus tard, malgré la neige abondante de la veille, Jean Vinais reconduisait Benjamine chez Marcelle, avec ses trois valises et deux sacs à poignée bien remplis. Les effusions avec Marie-Reine avaient été longues. Trop longues pour le père, qui avait hâte de les séparer toutes deux et de faire monter Benjamine dans sa voiture. En cours de route, aucun échange ou presque. À l'arrivée, Marcelle s'empressa d'accueillir sa jeune sœur avec un sourire démesuré. Dans le portique, ouvrant l'un de ses sacs, Benjamine troqua ses bottes à neige contre les souliers à talons surélevés que Marie-Reine lui avait achetés. Un geste spontané pour démontrer à sa sœur aînée que c'était elle désormais qui allait décider de ses choix calculés. Estelle s'empressa de venir l'embrasser et lui dire qu'une bonne soupe chaude mijotait sur le poêle de la cuisine. Marcelle, la débarrassant de ses valises, avait dit à son père :

— Merci de ce que tu as fait pour moi, papa, je me sens déjà soulagée. Je lui ai préparé sa jolie chambre. J'ai acheté un nouveau couvre-lit fleuri et j'ai déposé deux chocolats sur sa table de nuit. Je vais en prendre soin, ne crains pas.

— Marie-Reine était fort chagrinée de la perdre, tu sais…

— Elle s'en remettra.

Le 3 février, le Parlement adoptait une loi faisant d'Elizabeth II la reine du Canada. Ce qui avait plu à Jean Vinais et davantage à sa femme qui vouait un culte à cette jeune souveraine, digne de son défunt père. Marie-Reine néanmoins s'ennuyait de sa jeune protégée et lui téléphonait assez souvent pour s'enquérir de son bien-être. Ce qui avait fini par agacer Marcelle qui en avait avisé son père :

— Papa, dis-lui de décrocher de Benjamine, qu'elle est très bien avec moi, et qu'elle ne l'appelle pas aussi souvent. Elle a même tenté de l'emmener magasiner avec elle et je l'en ai empêchée. Il faut que la petite se détache d'elle. Que ta femme se trouve d'autres occupations, elle perd son temps avec Benjamine qui ne peut tout de même pas se fendre en quatre pour nous plaire en même temps, Marie-Reine et moi. Elle habite maintenant sous mon toit.

Ce qui avait fait répondre le paternel à sa fille aînée :

— Comme tu voudras, Marcelle, je lui parlerai, mais il est normal que Marie-Reine s'ennuie de la petite, elle l'a eue si longtemps. Puis, un petit magasinage de temps à autre…

— Non, c'est passé toutes ces attentions maintenant. Qu'elle se trouve d'autres divertissements !

Toutefois, Benjamine se trouvait plus ou moins bien avec Marcelle qui, malgré ses bonnes intentions, retombait souvent dans son rôle de mère qu'elle avait tenu si longtemps. Elle la traitait en jeune fille le plus souvent possible, mais lui refusait parfois des sorties ou des déplacements à moins que ce soit avec elle. Par protection ? Non, par emprise sur cette jeune enfant comme elle la considérait encore, avec ses treize ans à peine révolus. Pour son anniversaire, Estelle lui avait offert une boîte de chocolats aux cerises que Benjamine apprécia, et Marcelle, dans sa générosité, l'avait emmenée chez *Madame Belleville* de la rue Mont-Royal où la petite put se choisir un foulard de laine et des mitaines, selon ses goûts. On lui avait préparé un gentil souper qui se termina par un gâteau de fête à la vanille cuit par Marcelle, surmonté de treize bougies que Benjamine éteignit d'un seul souffle. Marie-Reine et Jean lui avaient fait parvenir dans une boîte ornée d'un chou de satin, une blouse à manches longues très féminine, très adulte, de teinte orangée, que Benjamine s'empressa de porter pour la soirée. Au grand déplaisir de Marcelle, qui n'avait pas omis chez *Madame Belleville*, de s'acheter une collerette en coton lisse de deux tons, vert et beige, une nouveauté dans le rayon spécialisé du magasin.

Benjamine avait renoué avec une amie du quartier, ce qui la sortait de ce monde austère qu'elle partageait avec Marcelle et Estelle. De temps en temps, l'aînée l'invitait au cinéma non loin de chez elle pour voir un film décent choisi par elle. Cette fois, c'était *High Noon* avec Gary Cooper et Grace Kelly. Benjamine comprenait assez bien l'anglais, Marie-Reine le lui apprenait, mais elle aurait préféré se rendre un peu plus bas en ville pour voir *Singin' in the Rain* avec Gene Kelly et Debbie Reynolds, un musical plus rafraîchissant dont on avait beaucoup parlé à sa sortie l'année précédente. Mais, comme Marcelle s'efforçait de la traiter en adulte, elle lui imposait des productions cinématographiques plus sérieuses. De nouveaux films arrivaient dans les cinémas, mais Marcelle, qui avait horreur des foules, préférait attendre qu'ils soient en programme double dans les cinémas du quartier où c'était moins cher, huit mois après leur sortie en salle. Avec sa jeune amie, Anna, d'origine italienne, Benjamine allait patiner, jouer aux quilles ou se rendait chez elle en fin de journée pour goûter les bons spaghettis de sa mère. Puis, elle l'invitait souvent à la maison où, à son tour, Anna se délectait du pâté chinois de Marcelle. Heureusement qu'elle avait cette amie, sinon sa vie se serait écoulée entre deux adultes plutôt austères, encore plus vieilles d'allure que l'était Marie-Reine.

Monsieur Vinais ne venait pas souvent chez ses filles, surtout avec son épouse. Se sentant peu le bienvenu avec elle, il s'en abstenait et préférait trouver une raison pour ne pas s'y rendre, que d'observer Marcelle regarder sa femme avec son air bête. Marie-Reine devait donc se contenter d'aller chercher la petite en autobus pour la sortir un peu de chez elle et l'emmener sur la rue Mont-Royal où Benjamine choisissait des vêtements et surtout des souliers de sortie à talons d'un autre pouce plus haut. Ce qui avait fait plisser les lèvres de Marcelle. *De quoi se mêlait donc « la grosse » pour changer l'allure de Benjamine sans même lui en parler ?* pensait-elle. Ce qui n'était pas le cas d'Estelle qui, lui regardant les pieds, lui avait dit :

— Ils sont beaux ! En autant que tu puisses marcher avec sans t'enfarger !

En plein mois de mars, alors que l'hiver battait son plein, c'était le moment et l'heure pour Estelle de se rendre à la maison mère de la rue Fullum. Apercevant la voiture de son père devant la porte, Marcelle se mit à pleurer en serrant Estelle sur son cœur. Benjamine, moins sensible à ce départ, à cause de la distance déjà établie entre sa sœur et elle, l'avait embrassée sur la joue et lui avait demandé :

— Tu vas nous appeler, parfois ?

— Oui, je verrai, au gré des permissions qu'on va m'accorder.

Et ce fut le seul échange de leur part. Monsieur Vinais avait sonné et, se débarrassant de la neige qu'il avait sur le parka, il s'empara des deux petites valises de nécessités et laissa Marcelle et Estelle faire leurs adieux entre elles.

De Paris, Régine avait téléphoné à un fleuriste de Montréal pour faire livrer un bouquet de roses blanches quelques jours avant le départ d'Estelle, et Marie-Reine avait demandé à Jean de lui remettre une jolie paire de gants de laine blanche pour contrer le froid qui devait sévir dans ce qu'elle appelait les couvents. Régine l'avait appelée le matin même pour lui dire :

— Enfin, c'est ton grand jour ! Et je vois que ta décision était bien mûrie...

— Oui, Régine, plus que jamais, et ce postulat va me permettre de m'acclimater au quotidien de la vie religieuse, d'apprendre l'histoire de la communauté, et de réfléchir sur l'appel personnel de la vie religieuse que j'ai senti. On apprend aussi la réflexion, la méditation et la prière. Peu à peu, étape par étape, on change nos habitudes de vie pour celles d'une vie en communauté, entre autres l'heure du réveil, le partage de responsabilités à travers les tâches journalières, les études religieuses, et le changement d'habit séculier pour l'habit religieux qui consiste, selon la communauté, en un voile léger sur la tête et une robe aux couleurs de la congrégation.

— Décidément ! Tu as tout appris et rien ne semble te faire peur. Tu es vraiment motivée, ma petite sœur.

— Oui, plus que motivée, désireuse d'appartenir au Seigneur et de me dévouer pour les êtres en détresse, ce qui viendra plus tard.

— Sur ces mots, sois heureuse, Estelle, et reste en contact avec moi. Écris-moi de longues lettres à défaut de me téléphoner, j'habite si loin de toi.

— Oui, je t'écrirai durant mes heures de loisir. Et toi, bonne chance dans ta peinture et salue ton ami de ma part.

L'auto venait de s'arrêter rue Fullum où Jean Vinais devait déposer sa fille devant la maison mère. Fort curieusement, la neige s'était aussi arrêtée de tomber. Le père, affectueusement, déposa un baiser sur le front d'Estelle et lui dit :

— Prends soin de toi, ma fille, et sois heureuse là où le bon Dieu t'envoie. Téléphone-moi quand tu le pourras. De notre côté, tu auras régulièrement de nos nouvelles par Marcelle qui sera certes en communication avec toi.

Puis, sonnant à l'adresse indiquée, une religieuse vint ouvrir pour accueillir avec bienveillance la postulante qu'elle reconnaissait. Monsieur Vinais rentra les petits bagages de sa fille et, souriant une dernière fois à Estelle qui le regardait repartir, reprit la route de sa maison où l'attendait sa femme avec une soupe aux légumes mijotée pour le dégager du froid qui, encore, lui traversait le corps.

C'en était fait. Estelle, qui allait devenir sœur Estelle Marie chez les religieuses de la Providence, était maintenant «au couvent», comme disait Benjamine à son amie. Seule avec Marcelle, le printemps se poursuivit sans la moindre anicroche entre elles. La petite était serviable et aidait beaucoup dans la maison. Les tâches ménagères ne lui faisaient pas peur et Marcelle en était ravie. Pas encore bonne cuisinière cependant, Marcelle lui apprenait comment faire un pain de viande et un poulet en casserole. Puis, de plus en plus d'autres plats pour se dégager de son poêle pendant que *l'autre* y était. Benjamine apprit aussi à coudre avec sa grande sœur ainsi qu'à tricoter en peu de temps. La petite était douée pour les travaux artisanaux. Avec son amie Anna, elles allaient parfois au cinéma et toutes deux, pas même en âge d'y entrer, n'avaient aucun problème avec leur allure de femme qui les faisait paraître avoir au moins seize ans, ce qu'on ne vérifiait jamais. Elles avaient vu *Gentlemen Prefer Blondes*, avec Marilyn Monroe et Jane Russell, un film que Benjamine avait adoré, et elles avaient écouté ensemble à la radio, les Oscars directement d'Hollywood, où Shirley Booth, la préférée du peuple américain cette année-là, avait remporté le trophée de la meilleure actrice pour son rôle dans le film *Come Back, Little Sheba*. À l'école, tout allait bien et, sans être la première de son groupe, Benjamine se classait parmi les dix premières alors que son amie Anna traînait à la queue, peu studieuse de nature.

Benjamine n'étudiait guère. Sa sœur Marcelle ne l'y poussait pas, et Marie-Reine n'était plus là pour le faire, mais instinctivement elle avait toujours de bons résultats lors des examens mensuels. *Elle est douée*, aurait pu dire son père quand il avait écho de ses notes. La petite aimait fouiner dans les revues que Marcelle achetait et fut triste et consternée de lire que la première greffe du rein en France, à partir d'un donneur vivant, sur Marius Renard, un jeune charpentier de seize ans, avait échoué. Le jeune homme était mort vingt et un jours plus tard. Puis, avec Marcelle cette fois, elle était allée voir le film *Peter Pan* de Walt Disney, avec Bobby Driscoll, afin de constater si une partie de son cœur d'enfant battait encore pour ce genre de film depuis *Blanche-Neige* et *Cendrillon*. Et c'était le cas puisqu'elle était allée en voir d'autres un peu plus tard. Ce qui alarmait quelque peu Marcelle, c'est qu'elle avait remarqué que sa sœurette était de plus en plus attirée par les garçons du quartier. Et pas les meilleurs selon leur allure. Des jeunes qui fumaient déjà à quinze ans, d'autres qui buvaient de la bière. Avait-elle hérité de sa sœur Régine pour être attirée par des voyous et non par des garçons à cravate et chemise blanche ? Marcelle, mine de rien, la surveillait de près. Benjamine semblait avoir plus de points en commun avec Régine qu'avec elle ou Estelle. Plus désinvolte, plus excitée, plus audacieuse, plus…

Décontenancée, Marcelle lui avait interdit de fréquenter Anna, se doutant bien que c'était elle qui lui présentait ces garçons, la plupart, des jeunes de sa parenté ou de la rue voisine. Benjamine protesta, attestant que son amie n'y était pour rien et qu'elle était en âge de choisir elle-même les garçons qu'elle voulait fréquenter. Et pour la première fois depuis son arrivée chez elle, sa grande sœur lui avait fermement rétorqué :

— Non, la petite ! Pas à treize ans ! Tu n'es encore qu'une enfant ! Et volage en plus ! C'est moi qui suis ta mère comme je l'étais avant et tu vas m'obéir. Plus de cette Anna dans les parages, et tes études avant ton rouge à lèvres. Premièrement, tu es trop jeune pour en porter, c'est défendu à l'école et, deuxièmement, débarque aussi des souliers à talons hauts de Marie-Reine, tu te déhanches comme une guidoune !

Ce qui fut le début d'une seconde guerre entre elles !

À Paris, Jacques Brel avait fait ses débuts et, aux États-Unis, les chanteurs se succédaient au rythme des semaines. Benjamine, portée sur le *Hit Parade*, préférait, bien entendu, les vedettes américaines telles que Rosemary Clooney et Frankie Laine dont elle faisait tourner les disques sur le *pick-up* portatif que Marcelle lui avait acheté. Entre ces deux-là, ça allait bien un jour, moins bien le lendemain, car malgré l'obéissance et le respect qu'elle lui devait, la petite s'élevait souvent contre son aînée qui ripostait par des privations de sorties ou d'autres menaces du genre. Un jour qu'elle était en colère, Benjamine lui avait dit :

— Je vais retourner vivre chez papa, ils étaient plus aimables que toi.

— Bien, fais donc ça et débarrasse le plancher si tu n'es pas bien avec moi. J'ai pour mission de te protéger, de t'avoir à l'œil et j'ai les deux yeux rivés sur toi, pas seulement un. Tu me caches plein de choses et tu revois encore cette Anna qui a une mauvaise influence sur toi.

— Je ne la fréquente plus, mais je ne peux pas l'éviter à l'école, on est dans la même classe.

— Oui, je sais, malheureusement ! J'aurais souhaité qu'elle double son année, celle-là ! Mais n'aie pas le malheur de la réinviter ici parce que c'est moi qui vais la sortir aussitôt rentrée. Trouve-toi une autre amie comme Sylvaine de la quatrième maison plus loin.

— Non, une niaiseuse, la Sylvaine ! Elle pense encore que les bébés naissent dans les choux !

— Tout de même ! Son père est avocat et sa mère une secrétaire diplômée. Ils ne laisseraient pas leur fille dans l'ignorance avec ces ragots-là. Si tu ne l'aimes pas, tant pis, parce que les filles de ton âge ne sont pas légion dans le quartier. Toutes plus vieilles que toi ou plus jeunes. Bien, arrange-toi avec tes troubles, mais ne ramène jamais Anna ici, je te préviens !

— Non, non, elle a d'autres amies, elle se tient avec Sylvio et Sofia Drouda de la rue Fabre. Aussi avec une dénommée Paulette… que je ne connais pas. Elle a son clan, ne t'inquiète pas, son père est un homme connu dans le quartier.

— Ah oui ? Connu de qui ?

— De presque tout le monde, c't'affaire, c'est le cordonnier !

On arrivait peu à peu aux Fêtes et Marcelle n'avait pas l'intention de voir surgir Marie-Reine à sa table. Benjamine aurait bien aimé renouer avec celle qui l'avait choyée, mais son père lui avait répondu :

— N'insiste pas, Benjamine. Ne contrarie pas ta sœur. Nous allons t'inviter la veille de Noël pour prendre ton cadeau et, le lendemain, tu souperas avec Marcelle qui en aura sûrement un autre pour toi.

Et c'est ainsi que s'écoula Noël cette année-là. Une jupe ample noire et une blouse blanche de Marcelle, et des boucles d'oreilles plaquées or de son père et Marie-Reine. De son côté, Benjamine n'avait offert qu'une minuscule boîte de bonbons clairs à Marcelle, qu'elle avait pu payer de sa petite banque en forme de poire dans laquelle elle avait des économies. Des bonbons que sa grande sœur apprécia, sachant que la petite dépensait ses sous au fur et à mesure qu'elle en avait.

Et l'année sauta d'un pas pour se rendre en 1954 où Benjamine fêtait ses quatorze ans en février. Pour son anniversaire, Marie-Reine l'avait emmenée au magasin de chaussures pour lui acheter cette fois des souliers à talons hauts, comme ceux des dames, des souliers qui rendirent Benjamine folle de joie à l'idée de les porter le jour même. Marcelle, qui l'avait vue avec son cadeau dans les pieds qu'elle avait chaussés aussitôt rentrée, lui avait dit :

— De quoi elle se mêle encore la grosse ? Remarque que j'aurais pu te les acheter, tu as l'air d'une fille de dix-huit ans, juchée comme tu l'es maintenant. Tu n'as plus rien d'une enfant, mais comme elle l'a fait avant moi et que je m'en doutais, j'ai pensé t'offrir un *choker* en argent avec des boucles d'oreilles qui forment un ensemble. Es-tu contente ?

— Oui, mais je n'ai pas de rouge à lèvres, Marcelle.

— Pas grave, tu prendras l'un des miens. J'en ai deux flambant neufs en réserve dans mon sac de cosmétiques.

Et voilà ! Quatorze ans et la jeune fille qui en paraissait plus, se mit à se dandiner comme une femme dans la maison. Elle se coiffait souvent d'un chignon pour avoir l'air encore plus âgée et aimait, quand Marcelle ne la regardait pas, s'enduire le visage d'un fond de teint qu'elle lui dérobait à son insu.

On avait eu des nouvelles d'Estelle, qui, se sentant de plus en plus religieuse, ne parvint pas à douter de sa foi et de son choix. Son postulat achevait et, bientôt, elle allait entreprendre son noviciat avec la même ferveur. Une période d'initiation et de probation à la vie religieuse stable. La personne qui choisissait de poursuivre le faisait toujours de plein gré. Et il n'y avait pas encore d'engagement ferme de la part de la future religieuse, celle-ci était libre de partir quand bon lui semblerait. Ce qui n'était guère dans les vues d'Estelle qui, dans sa modeste chambre, priait le soir pour le genre humain et les défavorisés. Elle téléphonait parfois à Marcelle, mais leurs conversations étaient brèves. Puis, elle écrivait à Régine, en France, et cette correspondance était beaucoup plus étoffée que les appels à son père ou à sa sœur aînée. Régine, de loin, avait le don de la garder dans son cœur et de le lui faire sentir. Elle l'écoutait, l'encourageait, et sœur Estelle Marie s'enquérait de son art, de sa santé, sans toutefois lui demander des nouvelles de son bien-aimé. Ce qui eut été indiscret de la part d'une sœur énormément réservée. Et Régine, s'en doutant bien, lui parlait de Paris, de ses expositions, mais jamais de lui. Elle préférait garder ainsi le respect que sa sœur, religieuse, lui portait.

Sans jamais avoir beaucoup de sous dans sa sacoche, Benjamine se fiait souvent sur Anna pour lui payer un *sundae* au caramel qu'elle lui rembourserait, disait-elle. Ce qu'elle ne faisait guère, n'étant pas plus riche le lendemain que la veille. Mais pour pallier cet inconvénient de manque d'argent, elle avait accepté d'aller garder le bébé d'une jeune mariée qui habitait sur la rue Chambord dans un deuxième étage. Cette dernière travaillait certains soirs comme serveuse dans un bar, et son mari, un culturiste d'un studio de la rue Sainte-Catherine, travaillait aussi le soir à faire de ses élèves des champions musclés. Doris et Frank étaient les noms de ces braves gens qui promettaient de bien la payer pour ses services quand elle viendrait garder l'enfant. Voyant qu'il s'agissait d'un couple marié avec un bébé, Marcelle ne s'opposa pas à ce déplacement qui renflouerait quelque peu le portefeuille vide de sa sœurette. Or, une fois, deux fois, tout allait bien. Mais Benjamine qui découvrait de plus en plus sa sensualité avait eu le béguin pour cet homme de trente et un ans, beau et musclé comme un Adonis selon les images qu'elle avait vues de ces dieux grecs dans un livre sur l'histoire. Mais l'homme, bien à sa place, ne lui avait que souri et lui confia le poupon, un garçon, qu'elle allait garder après que sa femme fut partie et qu'il allait en faire autant.

Néanmoins, d'une fois à l'autre, Benjamine s'enticha de ce bellâtre italien et n'avait qu'une seule envie, l'embrasser comme elle l'avait fait avec ce jeune voisin de son âge qui n'avait pas osé récidiver, vu ses lèvres gercées que Benjamine dédaignait. Mais le Frank en question, avec sa bouche charnue l'attirait autrement. Si bien qu'elle s'imaginait avec lui sur le sofa en train de déposer ses lèvres sur les siennes. Un rêve de toute adolescente face à un mâle qui la subjuguait. Un soir où Doris n'était pas encore rentrée de son travail, c'est Frank qui avait surgi pour lui dire qu'il allait prendre une douche et ensuite la ramener chez elle dès qu'il entendrait sa femme monter. Haletante, elle attendait sur le divan et, à sa sortie de la salle de bain, avec seulement un autre maillot de culturiste sur le dos, il s'essuya les mollets d'un dernier coup de serviette blanche. Elle le regardait les yeux grands ouverts et se rendit compte qu'il mâchait une gomme. Sans y être invité, il vint s'asseoir à ses côtés et la jeune fille, encore innocente, mais quelque peu en transe, huma l'arôme qui se dégageait de sa gomme aux fruits. De là, une envie encore plus forte de l'embrasser. Que cela ! Un baiser qui lui permettrait de goûter son haleine fruitée. Frank s'étant rapproché de son visage, lui souriait et, machinalement, le baiser fut échangé. Un baiser comme Benjamine l'avait souhaité. Ses lèvres audacieuses sur les siennes, sa main qu'il avait posée sur son cou pour l'attirer à lui, et soudain, la langue… Heu, heu non ! Benjamine ne voulait pas se rendre jusque-là et encore moins qu'il glisse son autre main dans son corsage en souhaitant descendre plus bas tout en l'embrassant goulûment. Vivement, elle se dégagea, le repoussa gentiment et lui dit :

— Non, monsieur Frank, je ne suis pas en âge. Je ne veux pas aller plus loin.

— J'aurais cru pourtant. Alors, pourquoi me faire des yeux de chatte en chaleur qui veulent tout dire et me repousser juste après ?

— Je voulais un baiser, pas plus, je n'ai que quatorze ans…

— Ben oui, et après ? J'en connais des filles de ton âge qui n'ont pas peur d'un homme ! Bon, comme tu veux arrêter là, enfile ton manteau, je saute dans mon pantalon et je te ramène chez toi. Ma femme arrive en taxi...

Déçu, mais honnête tout de même, le monsieur Muscle de quelques rues voisines, après l'arrivée de sa femme, la reconduisit chez elle en lui parlant tout simplement de la pluie et du beau temps. Et Benjamine, ce soir-là, se coucha toute étourdie. Elle se demandait ce qui venait de lui arriver. Elle s'était laissé un peu faire par Frank pour ensuite le repousser, tandis que d'autres filles allaient plus loin... Était-elle « niaiseuse » comme Anna le lui avait dit, sans savoir de quoi il s'agissait, en apprenant sa courte histoire censurée ? Bref, reprenant conscience de son geste, de l'invitation très claire de sa part quant au baiser et de son recul à peine voilé de ce qui aurait pu s'ensuivre, elle préféra fermer les yeux. Elle avait souhaité un tendre baiser d'un prince charmant et celui de Frank avait été plus brusque, quoique fort invitant. Mais Benjamine, malgré ses talons hauts et son rouge à lèvres, n'était pas encore femme sur cet angle de la vie. La fois suivante où Doris l'appela pour revenir garder, elle avait refusé en lui disant qu'elle avait maintenant un emploi du soir et lui remit le numéro d'Anna qu'elle pourrait atteindre le soir même. Et Frank, peu déçu de l'absence de Benjamine, se réconforta rapidement dans les bras de la jeune Italienne qui valait cent fois la débutante de la rue Garnier. Malgré tout, Benjamine était contente de s'être rendue si loin avec un homme. Sa sensualité s'éveillait davantage et elle comptait bien se trouver un garçon de son âge, moins expérimenté que l'Adonis de son livre d'école. Elle ne revit Frank qu'une fois lors d'un achat à l'épicerie et se contenta de lui sourire poliment alors qu'il en faisait autant. Et sa pauvre

Doris allait être trompée fort souvent avec un tel mari. Sans même aller plus loin que sur son divan avec qui serait là pour garder son enfant. Toutefois, lorsqu'elle revit Anna, celle-ci la pointa du doigt avec un léger reproche :

— Frank m'a dit que tu avais gardé chez lui et que tu avais repoussé ses avances. C'est donc pour ça que tu m'as envoyée à ta place pour garder ?

Prise au piège, Benjamine avoua tout en ajoutant qu'elle n'était pas en âge, que Frank était un homme marié.

— Ça change quoi quand on est attirée ? C'est juste passager une telle affaire. Tu n'es qu'une sainte nitouche, Benjamine Vinais ! Mais je ne t'en veux pas, c'est moi qui m'en occupe du gars musclé. Et tu ne lui manques pas avec ce qu'il obtient de moi.

— Tu devrais avoir honte, Anna ! Un homme marié et père d'un enfant ! lui cria-t-elle dans son envie.

— *So what!* Il est tellement beau !

À Paris, tout allait merveilleusement bien pour Régine et ses toiles. Elle exposait, elle vendait, elle présidait des symposiums, elle se rendait en Belgique pour des présentations, et, en revenant, se dirigeait jusqu'à Londres où elle était invitée dans les salons d'exhibitions. Tant et si bien que François avait décidé de ne pas la suivre dans ses périples, il avait sa propre carrière à mener de main ferme. Repoussant la compagnie des femmes, *Brouet* n'avait pas d'amies parmi elles. Mais les hommes étaient multiples dans son entourage. Elle s'entendait beaucoup mieux avec eux et pouvait se gaver de leurs pouvoirs quand ils en avaient sur le plan promotionnel ou celui des ventes.

Pendant ce temps, Marcelle découvrait dans le *Paris Match* la cuisine-salon de Michèle Morgan et Henri Vidal. Appelant Benjamine qui écoutait des disques dans sa chambre, elle lui montra leur appartement « cuisine » et s'écria : « Dire qu'il s'agit de demeures de personnes plus riches que nous et mieux nanties. Regarde-moi ça, la petite ! Une cuisine bien ordinaire ! Peu de comptoirs ! Une simple table à café pour manger et ça joue les stars américaines. Tout ce qu'il y a de beau dans ce décor, c'est son mari ! Ce n'est pas à Hollywood qu'on verrait une actrice vivre aussi modestement avec son amoureux ou son amant ! »

Benjamine, qui l'avait approuvée pour ne pas la contrarier, retourna dans sa chambre sans rien dire pour écouter une seconde fois *If You Believe*, le plus récent succès de Johnnie Ray.

1954, année des surprises, et Marilyn Monroe allait en faire partie en chantant devant cent mille soldats à une base militaire en Corée. L'année aussi où Françoise Sagan allait signer, à dix-huit ans, son premier best-seller, *Bonjour tristesse*. Monsieur Vinais allait, pour sa part, suivre de près le tremblement de terre en Algérie ainsi que la mise au point du vaccin contre la poliomyélite en France. À Montréal, ce qui intéressait les Vinais, c'était le noviciat d'Estelle qu'on célébrait dans la piété. Comme les religieuses ne pouvaient visiter leurs parents qu'en compagnie d'une autre religieuse, Estelle s'en abstint durant son postulat. Elle n'avait pas tenu à faire partie du monde actuel, la correspondance et quelques appels téléphoniques lui avaient suffi. Néanmoins, lors de la prise d'habit qui allait suivre en cette période, les parents des novices pouvaient être invités. Et c'est ainsi que Marcelle, Benjamine, le paternel et Marie-Reine purent assister dans la piété à ce moment solennel. Ce qui impressionna Benjamine qui ne considérait plus Estelle sur le même pied. Elle la voyait plutôt comme une sainte à qui la Vierge allait apparaître.

Sur le plan des études, on peut dire que ça se gâtait un peu pour Benjamine. Elle avait de bons résultats, mais pas d'excellents. La fréquentation des garçons occupait son esprit au point que ses bulletins scolaires déclinaient d'un mois à l'autre. Son père s'en était mêlé, il avait semoncé sa fille de son mieux, l'adjurant de s'appliquer, d'oublier les sorties, d'obtenir son diplôme, de songer à son avenir. Mais si un jeune homme arrivait dans son quartier, c'était plus fort qu'elle, il fallait qu'elle s'y intéresse et fasse en sorte d'être invitée à sortir avec lui avant qu'Anna ne s'en empare. Marie-Reine, qui la trouvait turbulente, se détachait de plus en plus de sa protégée. Benjamine lui rappelait trop les dernières de classe auxquelles elle enseignait. Très heureuse avec son Jean qu'elle portait sur la main, elle avait appris davantage à cuisiner et s'occupait de la maison le soir, après avoir préparé ses cours du lendemain. Toujours distante avec Marcelle, elle ne s'était rendue chez elle qu'une seule fois alors que l'aînée soulignait l'anniversaire de son père. Un repas discret, un verre de vin, un porte-monnaie en cuir, cadeau de Marcelle et de Benjamine à leur papa et, le gâteau entamé, après un café chaud, les Vinais rentrèrent chez eux.

Une fois de plus, après les festivités de Pâques et celles de Noël et du jour de l'An, la porte se referma sur l'année en cours pour s'ouvrir sur la suivante. Toutefois, le soir du 31, elles devaient faire un saut au magasin de *Madame Belleville* qui recevait, vers neuf heures, ses meilleures clientes pour un petit lunch et un verre de vin. Benjamine était contrariée de s'y arrêter, elle n'aimait pas tellement cette dame Belleville avec ses chignons gris et ses lunettes sur le nez, qui tentait chaque fois de lui vendre ce qui ne lui allait pas. Son magasin était destiné aux personnes plus âgées. Pour ne pas déplaire à Marcelle, elle s'y prêta et se retrouva parmi un tas de vieilles paroissiennes, la plus jeune des clientes étant Marcelle qui, elle aussi, avait hâte de quitter les lieux. Mais la commerçante insista pour qu'elle prenne avec Benjamine un doigt de vin, et offrit à Marcelle un cadeau de fin d'année pour sa fidélité à son magasin. Marcelle ouvrit le sac de soie enrubanné et y découvrit une collerette brune avec les souhaits de la propriétaire. Une collerette qu'elle avait refusé d'acheter durant l'année, la trouvant trop vieille pour elle et d'un brun foncé qui n'allait pas rehausser ses robes noires. Une collerette que *Madame Belleville* lui refilait enfin, n'ayant pu la vendre à personne. Or, pour ne pas négliger la sœurette, la dame offrit à Benjamine un mouchoir blanc que la jeune fille fourra rapidement dans sa sacoche. Puis, après quelques pâtisseries légères, les sœurs Vinais sortirent du magasin en remerciant la commerçante qu'elles laissèrent avec les autres clientes qui s'étaient dérangées pour un cadeau aussi absurde qu'inattendu.

Marcelle et Benjamine se rendirent ensuite à la messe du jour de l'An et, en plein milieu de l'office, Marcelle, après un étourdissement, sentit que ses jambes la supportaient mal. S'assoyant durant l'élévation, elle vit que Benjamine la regardait sans rien comprendre et elle ferma les yeux. Non pas pour retrouver son équilibre, Marcelle Vinais était à demi évanouie. Affolée, Benjamine tentait de la ranimer et quelques voisins de banc, constatant l'état de la jeune femme, tentèrent de lui venir en aide, mais Marcelle, à demi consciente, s'agrippait au bras de Benjamine, les yeux mi-ouverts sur elle. Une dame, sortant un mouchoir de son sac à main, l'imbiba d'eau bénite et le lui passa sur le front. Et là, peu à peu, Marcelle ouvrit les yeux en se demandant bien ce que faisaient ces quelques personnes inconnues attroupées au-dessus d'elle. Le bedeau était venu discrètement constater l'état de la malade alors que le curé poursuivait son service religieux. Benjamine, en sueur, ne savait que faire ou dire, mais indiqua tout de même au bedeau l'adresse où elles habitaient sur la rue Garnier, mais comme une ou deux dames les connaissaient, on n'avait pas eu à aller plus loin pour leur identité. Poussée par les élans des gens, remise ou à peu près de son malaise, armée de sa fierté et de sa bonne volonté, Marcelle parvint à se lever, à regarder autour d'elle et à murmurer à la dame au mouchoir :

— Ça va aller, merci, laissez-moi me remettre seule.

— Vous avez presque perdu connaissance, madame. Est-ce le diabète ?

— Non, absolument pas, je n'en souffre pas, je ne comprends pas, je ne souffre de rien, répondit-elle dans un léger sursaut d'énergie.

— Dans ce cas, quelqu'un va vous ramener à la maison, on ne peut pas vous laisser rentrer à pied après un tel incident.

Au moment où tout le monde se leva à la fin de la messe, Marcelle et Benjamine en profitèrent pour s'esquiver en douceur par la porte de côté :

— L'air frais me fera du bien. Viens, marchons lentement, tout semble se replacer.

Le bedeau, qui était sorti avec elles, s'offrit de les ramener dans sa voiture et Marcelle, malgré son orgueil, n'eut d'autre choix que d'accepter, elle se sentait encore fragile. Arrivé à destination, il lui demanda poliment :

— Est-ce que ça va aller ? Vous pourrez marcher jusque sur le palier ?

— Oui, ma sœur va m'y aider. À deux, tout sera réglé, merci, monsieur, et excusez-moi pour le dérangement.

— Voyons, madame, c'était mon devoir à titre de sacristain, on ne laisse pas une personne sans lui venir en aide après un malaise. Ça vous arrive souvent ?

— Non, jamais, je suis en parfaite santé ! lui répondit Marcelle sur un ton quasi impatienté.

Même mal en point, elle n'avait pas besoin de l'appui de cet homme qui la diminuait. Pas même d'un soupçon de sa compassion ! Regardant Benjamine, elle lui dit :

— Allons, débarre la porte et surtout pas de questions, ce n'est qu'une simple indigestion ! Peut-être le poulet qui n'était pas frais.

— J'ai mangé la même chose que toi pour souper.

— Ou les bouchées au saumon de *Madame Belleville* ?

— Voyons, on venait de les avaler et j'en ai mangé au moins huit sans que ça me dérange. C'est sûrement quelque chose d'autre…

— Bon, ça suffit ! Va faire bouillir de l'eau et prépare-moi un thé, ça va me réchauffer. Et plus de questions, je te répète que c'est une simple indigestion !

Chapitre 5

En ce mois frisquet de février 1955, Benjamine fêtait ses quinze ans. Selon Marcelle, *l'autre* qui se suffisait de plus en plus à elle-même n'avait pas besoin d'un cadeau recherché. Elle lui offrit donc du maquillage et des rouges à lèvres pour qu'elle cesse de fouiller dans les siens. Le soir, c'est avec Anna que Benjamine allait fêter et cette dernière lui paya un *banana split* et un *coke* de la fontaine, en plus de lui remettre un foulard jaune et noir que sa mère avait tricoté. À l'insu de Marcelle, elles se voyaient encore ces deux-là, car Benjamine s'entendait à merveille avec la jeune Italienne et ne cherchait pas d'autres amies. Le lendemain, elle visitait son père et Marie-Reine, plus distante avec elle depuis ses mauvaises notes en classe. Toutefois, on lui offrit de jolis gants de cuir bruns pour s'appareiller au manteau d'hiver beige et brun qu'elle portait le dimanche ou dans ses belles sorties. Et ce fut ainsi que Benjamine se sentit encore plus femme avec ses quinze ans et son corps qui se métamorphosait en celui d'une jeune femme, et de se faire siffler dans la rue par des camionneurs qui la croisaient aux intersections. Ce qui ne lui déplaisait pas, elle aimait être une fille qui ne passait pas inaperçue. D'autant plus qu'elle était de plus en plus belle avec ses cheveux blonds, ses yeux verts enjôleurs et sa taille de guêpe qu'elle avait hâte d'exhiber quand l'été viendrait. Anna, plus enrobée, avec les cheveux noirs et le teint plus foncé, plaisait aussi, mais pour une autre raison avec ce que son allure et sa tenue vestimentaire dégageaient. Très développée de la poitrine, ce qui se révélait le plus de ses décolletés et qu'elle aimait mettre en valeur lorsqu'elle allait au restaurant avec Benjamine. Si bien que quelques hommes, même en compagnie de leur femme, salivaient devant... l'étalage !

En ce même mois, dans un autre contexte, Marie-Reine apprenait la mort de Paul Claudel, dramaturge et poète dont elle avait lu *L'Annonce faite à Marie*, ainsi que *Le Soulier de satin* au début de son enseignement. Elle aimait cet auteur, frère cadet de la sculpteure Camille Claudel. En France, Régine était encore en vogue, mais au Canada et en Angleterre, son étoile pâlissait. Encore en couple avec François, elle n'était guère présente pour lui, ce qui rendait leur relation titubante. *Brouet* exposait, mais les critiques révélaient qu'elle peignait moins et que la majorité de sa production était vendue. Une défaillance de son ambition dont elle ne s'expliquait pas la cause. Elle écrivait souvent à son père et avouait dans ses lettres qu'elle était épuisée de tous les efforts déployés et qu'elle supportait de moins en moins la notoriété alors que, pourtant, elle dégringolait au palmarès des célébrités. Elle téléphonait à Marcelle de temps à autre, mais rien ne se dégageait de ces échanges sans valeur. La grande sœur ne parlait que de ses rénovations dans la maison, du ménage qu'elle y faisait... Tandis que Régine tentait de l'intéresser à François, à ses récentes expositions, ce qui laissait l'aînée indifférente, toujours envieuse du sort de sa célèbre sœur. Aucun contact de la part de Régine avec Estelle qui, au couvent, ne s'informait pas d'elle. Celle avec laquelle elle avait le plus bel échange était Marie-Reine, cette enseignante et belle-maman qu'elle gardait dans son cœur vu ses connaissances pour les arts et son intérêt pour la culture en général. Et Régine, dans sa tour d'ivoire, ne s'informait pas de *l'autre*, sa pauvre petite sœur arrivée par accident et aux prises encore avec Marcelle... accidentellement ! Elle était trop jeune pour que *Brouet* s'intéresse à elle. Peut-être que plus tard... Sauf qu'elle avait remarqué sur une photo reçue d'elle lors de ses quinze ans, que Benjamine s'alignait pour être la plus jolie des quatre sœurs Vinais. Un visage angélique, des traits parfaits et un tour de taille qu'aucune des trois autres sœurs ne pouvait se vanter. Sans être jalouse d'elle, Régine se demandait de qui elle tenait pour être aussi belle, puisque son père et sa mère étaient bien ordinaires. Un heureux mélange sans doute. Le meilleur des deux. Marcelle n'était pas mal de sa personne, mais Estelle, maintenant voilée, n'avait rien pour qu'on s'arrête devant elle malgré son sourire fort invitant. Pour parvenir à ses fins et gagner encore plus d'argent, Régine ouvrit une galerie d'art à Paris où ses toiles étaient plus en valeur ainsi que celles de plusieurs autres artistes méconnus qui lui versaient leurs économies pour être exposés à ses côtés.

Mais ces artistes, femmes ou hommes, se rendirent vite compte que la galerie de *Brouet* n'attirait que des visiteurs et non de potentiels acheteurs. Que des étudiants pour la plupart, qui ne faisaient que comparer les toiles de l'une à l'autre en passant leurs commentaires. Régine n'avait vendu que deux toiles des siennes sur sept, exposées au mur de son établissement et, indignée de la situation et aux prises avec des exposants qui ne lui versaient plus leurs gages pour le loyer, elle décida de fermer ses portes et d'envoyer tout ce beau monde au diable avec leurs tableaux ! Un autre échec dont elle avait du mal à se remettre. On venait la rencontrer pour des entrevues, on prenait des photos, on la demandait encore pour présider un événement culturel, mais pas aussi loin qu'avant, pas en Suisse ni en Angleterre, seulement en région, pas loin de Paris où le déplacement ne coûterait à peu près rien aux promoteurs, et le maigre cachet versé à l'artiste invitée, encore moins.

Triste nouvelle en début du mois de mars, madame Brouet, mère de la défunte Jeanne et grand-mère maternelle des filles Vinais, décédait d'un arrêt cardiaque. Septuagénaire, elle avait toujours eu une frêle santé sans songer que le destin pouvait lui jouer un tour néfaste. Jean en fut attristé, il aimait bien sa belle-mère qui l'avait secondé lors de la mort de Jeanne et qui l'avait même encouragé à se remarier. Vivant seule puisque sa fille Philomène était infirmière à Toronto, c'est une voisine qui l'avait retrouvée morte dans sa chaise berçante. On lui fit des funérailles sobres, mais appréciées de la famille. Jean s'était rendu au salon funéraire afin d'offrir ses condoléances à Philomène, sa belle-sœur qu'il n'avait revue que quelques fois depuis le décès de Jeanne quinze ans plus tôt. Par respect, Marcelle se rendit aux obsèques à l'église en compagnie de Benjamine qui n'avait pas vu très souvent cette grand-mère qui, sans la blâmer, n'avait pas apprécié la venue au monde du gros bébé qui avait détruit la vie de sa fille aînée. Philomène les avait donc accueillies poliment, pas plus. Estelle, de son couvent, avait fait parvenir un chapelet béni à sa tante Philomène, et Régine, de Paris, avait télégraphié des fleurs à déposer sur la tombe de sa grand-mère. Et tout se replaça, la grand-mère fut assez vite oubliée, la tante Philomène aussi, sauf de Jean Vinais qui considérait cette parenté comme la sienne. Marie-Reine n'avait pas assisté aux funérailles, elle s'était contentée de signer une carte de sympathie que Jean avait déposée dans le panier prévu à cet effet au salon mortuaire. Et dès lors, sauf par Philomène qui le portait tant bien que mal, le nom des Brouet allait être perpétué que par Régine qui s'en servait pour sa carrière dans la peinture. Jean avait profité du décès de sa belle-mère pour déposer des fleurs sur la tombe de sa chère Jeanne quand on descendit auprès d'elle, la dépouille de sa vieille mère. Une fosse que madame feu Brouet avait achetée lors du décès de Jeanne. De retour à la maison après ce funèbre événement, Jean semblait accablé et Marie-Reine lui avait dit en lui massant une épaule :

— Si tu me l'avais permis, j'y serais allée avec toi. Du moins au cimetière…

Et Jean de lui répondre :

— Non, Jeanne n'aurait pas aimé te voir là avec son mari, elle était très possessive, ma première femme.

Avril, le printemps bat son plein et Jean apprend à sa femme, en écoutant la radio, que Churchill vient de donner sa démission à la reine en tant que premier ministre de l'Angleterre. Intéressée, mais tout de même frivole à ses heures, Marie-Reine répliquait en lui annonçant que l'actrice Olivia de Havilland venait d'épouser, à Paris, le reporter Pierre Galante. Ce qui faisait ni chaud ni froid à Jean qui ne s'arrêtait guère sur les nouvelles légères. Néanmoins, il avait été très ému par le fait que vingt-deux enfants avaient péri dans l'explosion d'un cinéma à Liège, en Belgique. Il imaginait ses élèves au milieu des victimes... Jean aimait tant les enfants, surtout les écoliers en âge d'être instruits. Ce drame l'avait fortement secoué. Peu porté sur les sports, il n'avait pas réagi cependant au fait que Maurice Richard avait été suspendu par Clarence Campbell, ce qui avait suscité une émeute alors que la moitié de la ville était indignée de cette injustice. Le 9 mars, Édith Piaf arrivait à Montréal pour une série de spectacles au *Her Majesty's* et Benjamine, peu attirée par cette chanteuse française, refusa d'aller la voir en personne avec Marcelle qui l'y invitait. C'est donc seule que l'aînée se rendit au théâtre afin de l'entendre chanter *Bravo pour le clown*, *Miséricorde* et ses autres grands succès. Seule au balcon avec un billet payé moins cher, elle avait vivement apprécié le récital malgré le chapeau orné de plumes d'oie d'une dame âgée en avant d'elle.

Était-ce le début de l'été ? Sans doute puisque le mois de juin ouvrait ses bras aux gens qui en avaient eu marre de l'hiver. Et le 20 de ce mois, une équipe scientifique de l'Université Harvard observait à Ceylan une éclipse de Soleil de sept minutes, la plus longue depuis le XIe siècle ! Toutefois, un autre événement important se préparait dans la famille Vinais, les vœux perpétuels d'Estelle au couvent où elle s'était réfugiée. Évoluant au sein de la communauté qui allégeait ses principes au fur et à mesure des ans, sœur Estelle Marie s'était liée d'amitié avec une autre novice du nom de sœur Hélène Marie, une fille de son âge avec laquelle elle partageait ses heures de loisir. Hélène lui avait appris comment faire des mots croisés et, de son côté, Estelle lui enseignait l'histoire de France qu'elle connaissait si bien. En plus de jeux de société qu'elles partageaient le soir jusqu'à ce que le temps de la prière soit signifié par un appel général. Commençait alors la période du silence. Au moment des vœux perpétuels, sans qu'Estelle ait manifesté le désir de quitter, cette belle cérémonie se fit pour trois autres sœurs en même temps qu'elle, dont sœur Hélène Marie qui avait fait son noviciat avec elle. Les vœux perpétuels, c'était la consécration ultime. Un peu comme le mariage, fidèle à Dieu et ses engagements dans la communauté pour la vie. Un beau moment duquel sœur Estelle Marie et les autres se relevèrent après la prosternation comme les épouses de Dieu à tout jamais. Ce qui avait fait dire à Marcelle :

— On vient de la perdre à vie, celle-là ! Sa dévotion, son engagement religieux et sa vie de recluse avant sa famille ! Dieu me pardonne, mais je n'admets pas que ma petite sœur ne soit plus avec nous.

Et Benjamine, du haut de ses quinze ans de lui répondre :

— Voyons, Marcelle, c'est là sa vocation ! Tu ne vas tout de même pas t'obstiner avec le bon Dieu ?

De son côté, l'adolescente qu'elle était contestait très fort les études à venir. Elle disait à Marcelle :

— Je ne compte pas aller trop loin. Après mon diplôme de neuvième année, je veux aller travailler, je ne moisirai pas sur les bancs d'école avec rien en tête pour l'avenir.

— Voyons, Benjamine, tu ne vas pas faire comme nous et te retrouver sans une instruction supérieure ? Tu pourrais devenir une professionnelle dans un domaine ou l'autre si tu le voulais. Tu es si intelligente…

— Intelligente, c'est une chose, mais studieuse, c'en est une autre. Je déteste apprendre, je veux foncer dans la vie avec ce que je sais. Anna travaille déjà dans une industrie de betteraves…

— Parle-moi surtout pas d'elle ! Une sotte, une arriérée qui préfère mettre des betteraves dans des pots plutôt que de s'instruire. Sans diplôme de rien… Une septième année de justesse ! Je t'avais défendu de la fréquenter et tu persistes. Tête de cochon ! Quand donc vais-je réussir à te mettre du plomb dans la tête ? Elle sort avec des hommes mariés, ta copine ! Elle se déhanche devant tous les mâles avec son buste à les rendre dingues ! Je l'ai vue agir sans qu'elle me voie au centre d'achats. C'est ça le genre d'amie que tu veux ? Il faut que j'en parle à papa, je n'arrive à rien avec toi !

— Dis-lui ce que tu voudras, Marcelle, mais Anna n'est pas si pire que ça. Tu la noircis sans cesse ! Mais c'est de mes études et de mon avenir que je te parlais, pas d'Anna et de sa vie intime. C'est là son choix !

— Alors, ne prononce plus son nom devant moi ! Elle est mal partie dans la vie, cette fille-là ! Ses pauvres parents…

— Ils ne sont pas à plaindre, Anna leur donne la moitié de son salaire chaque semaine, son père ne travaille plus, il a fermé sa cordonnerie de quartier à cause de la compétition de ceux installés dans les centres d'achats.

Et Benjamine, adolescente, quelque peu rebelle comme tant d'autres, écoutait Marcelle d'une oreille sourde pour tendre l'autre à ses instincts qui la poussaient vers sa meilleure amie et non sa sœur. Marcelle avait avisé son père du comportement de Benjamine, mais il ne voulait pas intervenir et lui avait répondu : « Il faut que jeunesse se passe, Marcelle. » Même si Marie-Reine n'était pas de l'avis de son mari. Benjamine était indisciplinée et c'était inacceptable pour l'enseignante qu'elle était. Il ne fallait surtout pas tourner le dos aux études devant elle. Donc, Jean ne se mêla pas de ce petit différend et laissa Benjamine fréquenter l'amie qui lui plaisait tout en disant à sa plus jeune au bout du fil :

— Si c'est une bonne fille, pas de problèmes, mais si c'est le contraire… À toi de juger, tu es assez grande pour le faire.

Benjamine continua donc à fréquenter Anna qui, de son côté, sortait maintenant, en plus de Frank, avec un autre culturiste que ce dernier lui avait présenté. Un gars plus jeune que lui, vingt-trois ans à peine, et apte à devenir un *Monsieur Montréal* s'il persistait dans son entraînement régulier. Un gars de bonne famille, mais sans instruction, prénommé Larry. Un anglophone qu'Anna avait rencontré chez Frank un soir du mois de mai. *La salope !* se serait certes écriée Marcelle si elle avait vu cette Anna le premier soir de leur rencontre, défaire le lit double d'un *Tourist room* de la rue Amherst.

À Paris, tout déclinait dans la vie de Régine. Son art comme ses amours. Sa vie de couple avec François s'effritait de plus en plus, elle le sentait et fermait les yeux pour ne pas les ouvrir sur sa culpabilité. Un certain matin, il lui avait dit après un petit déjeuner:

— Je pars dès demain, j'ai loué un appartement pour un certain temps, il faut que je réfléchisse sur notre avenir, Régine. Ne m'en veux pas, mais je ne peux me contenter d'une vie banale à deux sans promesse d'avenir.

Le regardant elle lui avait répondu:

— Ce n'est pas une mauvaise idée, François. De mon côté, ça me permettra aussi de me questionner et de constater où nous en sommes dans notre relation. Mais reviens-moi vite pour que nous puissions tout mettre au point sur notre liaison.

Rien de plus, rien de moins. Quasi indifférente sur son départ qu'elle provoquait elle-même. Sans oser lui avouer qu'elle ne l'avait jamais assez aimé au point de s'engager pour un long terme avec lui, et encore moins de l'épouser. François se donna tout le temps requis, il attendit un mois avant de lui donner de ses nouvelles et de lui proposer une rencontre dans un lieu plus neutre que leur appartement. Elle opta pour un petit bistrot qu'ils fréquentaient tous les deux et, à l'heure convenue, François arriva le premier pour ensuite galamment lui tirer la chaise sur laquelle elle prit place. Quelques biscuits au gingembre pour elle, un café pour chacun, et c'est elle qui engagea la conversation.

— Alors, qu'as-tu décidé de faire de notre fréquentation?

— J'ai eu le temps de réfléchir, Régine, tout en me consacrant à mon travail, et j'en suis venu à la conclusion que tu ne m'aimais pas. Pas assez du moins pour faire ta vie avec moi.

— Je t'ai pourtant dit dès les premiers moments que le mariage ne m'intéressait pas, que j'aimais la vie de couple, mais sans engagement formel.

— Oui, je sais, mais ce que je déplore c'est qu'au fil du temps tu n'as jamais considéré ce que l'autre envisageait. Moi, j'aspire à me marier, à avoir des enfants, à mener une vie rangée avec ma femme et à évoluer ensemble selon notre parcours. Comme c'est là, avec toi, ça ne se produira pas.

— C'est exact, parce que tout ce que tu désires n'est pas dans mes vues. Je suis avant tout une artiste, François, pas une femme qui espère se faire vivre par un mari fortuné.

— Ce que je ne suis pas encore, mais remarque que tu aurais pu être une artiste en même temps qu'une mère de famille aimante…

— Ne me parle pas des enfants, je n'en veux pas, je n'ai pas l'instinct maternel. Mieux vaut être franche.

— Oui, je comprends, mais remarque aussi que tous ces moments loin de toi durant tes voyages m'ont permis de rencontrer d'autres femmes. Je ne suis pas resté à me tourner les pouces durant tes absences prolongées. Un ami de mon comté, un député ami de mon père, est arrivé un soir au restaurant où j'étais invité en compagnie de sa fille, une future avocate de vingt-quatre ans et, en causant poliment, elle et moi, la chimie entre nous a opéré. Depuis ce jour, j'ai revu Odette deux ou trois fois. Je n'éprouve pas pour elle ce que je ressentais pour toi, mais elle répond à mes critères et veut devenir mère un jour et dépendre quelque peu de son mari. Ce que je cherchais avec toi, Régine, mais c'est peine perdue.

— Alors, tout se règle, François. Fréquente-la, épouse-la et ayez de beaux enfants.

Cela dit sur un ton d'indifférence qu'elle se forçait à employer, choquée et peinée de cet aveu de sa part qui était signe de rupture entre eux.

— J'aurais souhaité...

— Non, n'ajoute rien, cela nous fera mal pour rien. Va vers ton destin et laisse-moi me prêter au mien. Tu passeras prendre tes affaires personnelles et nous nous quitterons sans bruit, sans éclats, puisque nous sommes d'accord tous les deux sur la marche à suivre.

— Tu n'es même pas chagrinée de me voir partir... Je vois que tu ne m'as guère aimé, que je n'étais qu'un compagnon pour tes déplacements et un agent pour tes contrats. Rien d'autre que ça, Régine, et ça me peine.

— Bon, il faut que je rentre maintenant. J'ai une rencontre demain et je dois m'y préparer. Appelle-moi avant de venir prendre tes vêtements et ce qui t'appartient. Et si je ne suis pas là, comme tu as encore la clé, tu pourras t'en servir et la laisser tomber dans la fente de la boîte aux lettres avant de partir.

Le soir même, seule chez elle, pensant à tout ce qu'elle avait vécu avec François et chagrinée de le perdre, Régine s'essuya les yeux, quelques larmes étaient tombées. Son amour-propre l'avait conduite à être au-dessus de la situation alors qu'en son for intérieur, celui qui venait de la quitter lui manquait déjà.

Deux jours plus tard, François était venu en son absence prendre ses choses et était reparti sans lui laisser le moindre mot d'adieu. Rien ! Comme s'il partait d'une chambre meublée dont la location était terminée. Durant ce temps, ayant retrouvé peu à peu ses esprits, Régine se demandait comment elle allait faire face au rejet de plus en plus évident de la société culturelle. *Brouet* n'avait plus la cote chez les artistes peintres de Paris, son nom avait plus que pâli, il ne voulait presque plus rien dire, surtout à un nouveau public charmé par la marée montante d'œuvres de nouveaux venus, figuratifs ou impressionnistes, mais plus contemporains. Pas réalistes dans leur art comme elle l'était restée. On n'allait pas l'oublier, mais la considérer comme une artiste quelque peu déchue dont le talent ne séduisait plus. Elle aurait pu accepter l'offre de François, l'épouser et se retrouver dans l'aisance malgré sa déroute, mais sa fierté lui avait fait perdre de vue l'avenue où le bonheur l'attendait à bras ouverts. Ce que lui reprocherait sans doute son père.

À Montréal, pendant ce temps, Jean Vinais était plutôt songeur. Il avait la tête ailleurs et Marie-Reine ne parvenait pas à saisir ce dont il s'agissait. Elle avait beau le questionner, peut-être un peu trop, il s'éloignait d'elle en lui disant qu'elle était trop accaparante, de le laisser respirer un peu. Elle assuma donc être responsable de son changement d'attitude et se mit en frais de ne pas l'envahir autant. Il était sans doute épuisé par les cours qu'il donnait chaque jour à trente-trois élèves, mais de son côté, elle subissait le même sort à l'école où elle enseignait. C'était donc du donnant-donnant dans l'enseignement... Comme son comportement ne changeait pas, qu'il était toujours pensif et taciturne, elle l'affronta un soir en lui demandant :

— Qu'est-ce qui se passe, Jean ? Tu n'es plus le même... Serais-tu malade ? Me caches-tu quelque chose ?

— Non, ma santé est bonne, du moins, je le crois. Je n'ai rien de particulier, Marie-Reine, il arrive à tout le monde d'être parfois désabusé...

— Oui, mais de quoi ? Serait-ce de moi ? Je fais pourtant des efforts pour être à la hauteur de ce que tu attends. Allons, ouvre-toi, il y a certes quelque chose que tu me caches. On ne peut être dans ton état sans avoir une raison valable. Serais-tu au bord de la dépression ?

— Non, rien de tout cela. Un mauvais moment à passer tout simplement. Un questionnement... Tu sais, avec trois filles que je suis pas à pas depuis le départ d'Estelle, c'est parfois lourd pour le cœur.

— Tiens ! C'est donc un malaise du cœur ? As-tu consulté ?

— Non, tu ne comprends rien. Je parle de sentiments du cœur, pas d'une indisposition vasculaire. De toute façon, tout va se replacer, le temps est un grand maître et nous apporte toutes les réponses à nos questions.

— Donc, si tu te questionnes, c'est que quelque chose te dérange. Et tu ne veux rien dire !

Impatienté, il lui répondit d'un ton ferme :

— Non Marie-Reine, parce que tu ne peux rien faire pour moi ! Et trêve d'inquisition, tu m'embêtes plus que tu m'aides avec toutes ces questions !

Cette fois, face au ton inhabituel employé envers elle, Marie-Reine se tut et se réfugia dans le boudoir, très malheureuse de la situation. Il n'y avait rien de plus pénible pour elle que de ne pas savoir, et elle sentait que son mari la respectait de moins en moins avec le temps. Comme s'il n'avait plus confiance en son jugement.

Mais le motif était tout autre et Jean savait ce qui n'allait pas dans sa tête ou ce qui, peut-être, allait trop bien. Lors de ses dernières rencontres avec les parents, il avait reçu un collègue venu avec son frère, issu d'un second lit et donc plus jeune, à qui enseignait monsieur Vinais. Le compagnon de travail voulait savoir ce qui se passait avec son demi-frère, qui échouait sans cesse en mathématique. Sauf qu'il n'était pas seul, une fort jolie femme l'accompagnait. Jean croyait qu'elle était la mère de l'élève, mais non, elle était la cousine de son collègue venu l'attendre après ses classes. Une conversation s'engagea entre le trio, et Jean se rendit compte que cette femme du début de la quarantaine lui plaisait. Son sourire, sa tenue vestimentaire, ses dents blanches, ses cheveux d'un noir ardent, sa démarche, ses jambes, son tour de taille... Bref, un léger coup de foudre. Et davantage lorsqu'il apprit qu'elle était adjointe d'un avocat fort connu, partageant le même bureau. Études tardives, il lui restait une ou deux sessions avant d'être une avocate diplômée travaillant à son propre compte. Ce qui enchanta Jean, évidemment, qui s'ébahissait devant les gens instruits ou qui persistaient à le devenir. Après leur départ, encore sous le charme de la belle inconnue, il s'informa le lendemain à savoir si elle était mariée et son collègue de lui répondre :

— Non, Huguette n'est pas mariée. Elle n'a pas encore trouvé l'homme de ses rêves. Elle a eu quelques compagnons, mais elle ne cherche plus, elle veut réussir sa carrière d'avocate dans la délinquance juvénile avant de se pencher sur sa vie intime. C'est une ambitieuse et elle deviendra un jour une femme de renom dans le domaine judiciaire. Elle s'intéresse aussi à la politique où les femmes ont peu de place actuellement. On dirait qu'elle veut changer le monde !

— Peut-être et je lui souhaite de réussir, mais quelle jolie femme que cette cousine ! Elle vit à Montréal ?

— Jean ! Tu es un homme marié ! Comment peux-tu t'intéresser à ma cousine ?

— Le fait d'être marié ne nous enlève pas le droit d'en regarder une autre quand l'occasion se présente. Ce n'est pas une infidélité que d'avoir un… comment dirais-je ?

— Un béguin, Jean Vinais ? Une attirance ?

— C'est beaucoup trop, tout ça... mais pas loin, répondit-il en riant.

— Alors, sois rassuré, Huguette t'a trouvé fort intéressant. Elle m'a même questionné sur ton état civil et personnel. C'est tout dire pour une fille qui ne s'intéresse à rien d'autre qu'à ses dossiers légaux. Ça pourrait même être prometteur avec un bon célibataire, ce que hélas, tu n'es pas. Marie-Reine, dans ton cas, a été un très bon choix.

— Bien, si tu le dis…

Mais son béguin n'allait pas s'évaporer le lendemain. Jean songeait fréquemment à cette Huguette dont il ne connaissait que le prénom. Il la voyait sans cesse dans ses rêveries ; elle l'habitait entièrement. À tel point qu'il devint songeur en ne pensant qu'à elle, un état d'âme que Marie-Reine, sans rien avoir à se reprocher, n'arrivait pas à comprendre. Sans même se douter que son union matrimoniale, si édifiante pour elle, était peut-être en péril. Car pour Jean Vinais, ça n'allait pas s'arrêter là.

Entre-temps, chez Marcelle et Benjamine, tout se déroulait sans heurts en cette fin d'année. *L'autre* allait encore à l'école, sans le moindre intérêt toutefois, et Marcelle misait sur l'obtention de son diplôme de neuvième année pour lui redonner l'élan qu'elle avait anéanti d'elle-même. Benjamine était assez têtue cependant, ce qui irritait sa grande sœur qui la comparait à Régine dans de tels moments. Le 30 septembre, on annonçait la mort tragique de James Dean et Benjamine en fut très affectée. Marcelle fut peinée de voir mourir accidentellement, à vingt-quatre ans seulement, une jeune vedette déjà au sommet, mais sur le plan acteur, ce n'était pas une grande perte selon elle qui n'avait pas aimé ses films, ce qui était contraire aux goûts de Benjamine et d'Anna qui, toutes deux, vénéraient presque ce beau blond *de Rebel Without a Cause* qu'elles avaient vu deux fois.

À Paris, malheureusement, c'en était fait de *Brouet* qui ne pouvait plus se battre avec la concurrence déloyale de peintres plus jeunes qui prenaient maintenant sa place. Découragée d'être de plus en plus ignorée du milieu et d'un public qui ne lui était pas fidèle, peinée d'entendre dans les couloirs que François allait épouser sous peu Odette, la fille d'un député, elle se mit en frais de vendre, à l'insu des journaux à scandale, ses appartements meublés à Paris, ainsi que ceux qu'elle possédait en Angleterre et en Belgique. Des ventes que réalisa son agent d'immeubles en quelques jours seulement et qui gonflèrent le portefeuille quasi à sec de l'artiste qu'elle n'était plus aux yeux des ingrats des pays qui l'avaient acclamée durant plusieurs années.

Dans le monde artistique, avec les nouveaux venus dans tous les domaines, les têtes tombaient. Aussi bien au cinéma que dans la chanson. Les grandes vedettes de l'écran d'hier se devaient d'accepter des rôles de second plan, et cela, c'était si on faisait appel à eux. Dans la chanson, c'était pire encore, un nouveau venu damait le pion à une vedette établie et cette dernière tombait de son piédestal du jour au lendemain. La triste rançon de la gloire à laquelle *Brouet* n'avait pas échappé dans son art pourtant culturel. En octobre, elle avait téléphoné à son père pour lui demander s'il pouvait l'héberger avec peu de bagages pour quelque temps, quitte à mettre le reste en location quelque part. Lui ayant avoué sa situation lamentable dans son univers démantelé, il avait bien sûr accepté de la prendre sous son aile jusqu'à ce qu'elle retrouve son aplomb à Montréal où elle était encore en vogue. Marie-Reine, enchantée de la recevoir sous son toit, espérait du même coup remettre un sourire sur le visage de son cher Jean, qui fronçait les sourcils plus souvent qu'il ne souriait. Régine, dans son orgueil démesuré, se jura de ne plus revoir Paris, ni la Belgique, ni l'Angleterre. Ces endroits devaient rester dans les ténèbres de ses pires déboires. Surtout Paris, responsable de son cuisant échec. Elle quitta donc la France en novembre pour arriver chez son père qui l'accueillit à bras ouverts. Marie-Reine, honorée de sa présence, avait meublé pour elle la plus belle des chambres de sa demeure. Elles étaient tombées dans les bras l'une de l'autre et Régine lui avait dit: « Je te donnerai des tableaux pour garnir tes murs, tu n'auras pas à les payer cette fois ! »

Et Marie-Reine, ébahie, doubla de respect pour elle avec des *Brouet* en vue dans ses appartements, elle qui n'avait pas osé accrocher au mur, devant son mari, les nus du Jean-Guy d'antan, qu'elle avait relégués dans un placard.

Régine, installée chez son père rue Marquette, s'empressa de visiter Marcelle et Benjamine qui la reçurent comme l'une de leurs sœurs et non comme l'artiste qu'elle était. Un après-midi en leur compagnie, un souper préparé par Marcelle, un appel le lendemain à Estelle qui, dans son couvent lui parlait des jeunes enfants auxquels elle enseignait maintenant dans un orphelinat, ainsi que de sœur Hélène Marie, sa meilleure compagne du moment, celle qui la faisait rire avant que la supérieure chuchote pour les faire taire au moment de la prière. Puis, Régine se disait qu'elle irait à la chasse aux maisons même si Marie-Reine la suppliait de ne pas partir, de rester avec eux avec cette belle chambre rien qu'à elle. Quelques journalistes avaient téléphoné, ayant eu vent de son retour à Montréal pour y rester, mais elle n'accorda qu'une brève entrevue à l'un d'entre eux, en lui disant qu'elle avait eu le mal du pays. Pieux mensonge ! Ses toiles peu nombreuses, et en entreposage, attendirent que l'an nouveau se lève pour être exposées dans une galerie d'art où la patronne chérissait depuis toujours *Brouet* et sa peinture. Et après ce déménagement et tout le trouble que cela lui avait causé, Régine put respirer d'aise et se reposer durant la journée lorsque ses deux parents étaient à l'école en train d'enseigner aux enfants. Seule dans sa chambre et exténuée, elle dormait longuement pour retrouver ses forces et elle y parvint, petit à petit, même les fins de semaine alors que son père lisait le journal dans le boudoir et que Marie-Reine tricotait en se berçant tout doucement, pour ne pas déranger ses siestes.

Néanmoins, Régine ne comptait pas attendre longtemps avant de trouver son propre gîte quelque part, avec l'argent accumulé. En novembre, c'était certes le meilleur temps pour acheter une maison, quitte à l'habiter plus tard. Régine fit donc appel à un agent d'immeubles qui, enchanté de sa demande, lui promit de chercher dans les environs pour commencer. Elle lui avait dit :

— Je veux que ce soit dans l'est de la ville, pas trop loin d'ici. Je désire une petite maison d'un seul étage, sans sous-sol, séparée de celle des voisins, cinq pièces et d'un seul plancher, sans escalier à monter. Si vous êtes capable de me trouver cela, je suis acheteuse immédiatement.

L'homme promit et, en expert dans son domaine, il revint la revoir quatre jours plus tard pour lui dire :

— J'ai trouvé exactement ce qu'il vous faut, madame Vinais. Une coquette maison d'un seul étage et de cinq pièces, plus une chambre à débarras derrière la cuisine. Elle est sur la rue Monsabré, dans la paroisse Notre-Dame-des-Victoires, et le propriétaire espère la vendre au plus tôt pour aller vivre à Québec dans la maison de sa vieille mère. C'est très joli et très propre, une femme de ménage s'y rendait chaque semaine. Ce propriétaire qui tentait de la vendre seul depuis un mois et demi n'a pas trouvé d'acheteur et encore moins maintenant, vu le temps des Fêtes qui approche. Il a donc accepté de m'en confier la vente. Si la maison vous intéresse, il serait prêt à baisser le prix demandé et vous la céder dès le début de janvier, le temps pour lui de déménager. Mais je vous certifie que cette maison est un petit bijou, madame. Rien pour une famille avec des enfants, mais pour une personne seule…

Puis, la regardant de plus près, il ajouta :

— Je vous reconnais, vous êtes une grande artiste, vos tableaux sont exposés à travers le monde.

Ce à quoi Régine avait répondu :

— Non monsieur, je ne suis pas une grande artiste, je ne suis qu'un instrument au service de la peinture. Mon père ira visiter la maison ce soir ou demain si cela vous convient et nous verrons si l'on achète ou pas.

— Vous ne viendrez pas la voir vous-même, madame ?

— Non, je me fie à mon père, il sait ce que je veux. Il choisit et moi j'achète. Cela vous convient-il ?

L'homme était au septième ciel ! Vendre une maison en novembre alors que le marché était presque fermé, c'était inespéré. Mais il avait reconnu *Brouet* et il sentait que cette maison lui conviendrait. Artiste bohème comme elle l'était, elle allait en tomber amoureuse au premier regard, et la rue Monsabré n'était pas si loin du quartier de son père. Il se disait : *C'est dans le sac !* Et il n'avait pas tort.

Monsieur Vinais se rendit avec l'agent d'immeubles le lendemain pendant que le propriétaire s'était absenté pour la soirée. Il fit l'inspection du bâtiment, regarda les maisons détachées des voisins, pas trop près ni trop loin, et fit signe à l'agent qu'il était prêt à négocier si le propriétaire acceptait une légère baisse. L'agent s'empressa de contacter le vendeur de la propriété à la première heure le lendemain et l'homme lui indiqua qu'il était prêt à baisser de deux mille dollars le prix demandé, si le montant de la vente était payé comptant.

Jean Vinais, content de sa transaction, avait dit à sa fille dès le lendemain :

— Sors ton carnet de chèques, Régine, tu auras la plus jolie maison qui soit pour une bouchée de pain ! Je l'ai fait baisser, il faut savoir profiter du bon moment d'achat dans ce domaine. Et tu vas l'aimer, crois-moi, une maison d'artiste peintre, sans personne pour te déranger. Les voisins de chaque côté sont des personnes âgées. Alors, on passe les Fêtes ici et tu t'y installes juste après. On t'aidera pour le ménage à faire s'il y en a vraiment. Mais chose certaine, tu vas nous manquer, à Marie-Reine et moi.

Heureuse de son achat, Régine alla visiter la petite demeure alors que le propriétaire était absent et rentra ravie à la maison de son père.

— C'est splendide, papa ! Quelle trouvaille ! Le genre de petite maison que j'avais vue en rêve ! J'ai vraiment hâte de m'y installer. Il ne me reste plus qu'à m'acheter une voiture.

— Tiens ! Tu conduis maintenant ?

— Oui, mais je ne conduisais pas à Paris, j'étais toujours véhiculée. Un autre achat que tu vas m'aider à réaliser, je ne m'y connais pas en automobile.

— À ton service, Régine ! Mais d'ici là, il faudrait bien songer au souper du temps des Fêtes !

Chez Marcelle, on ne savait rien de ce qui se passait chez papa Vinais et Marie-Reine. Régine appelait l'aînée de temps à autre, mais ni l'une ni l'autre ne se dérangeaient pour une visite. Benjamine s'en foutait, elle avait maintenant un nouveau *chum* à présenter à sa grande sœur pour obtenir son approbation. Un garçon de bonne famille, cette fois. Un jeune homme qui n'aimait pas Anna, ce qui plairait à Marcelle. Cette voluptueuse Anna qui, pour meubler son cœur trop grand pour un seul cavalier, se rendait encore garder l'enfant du couple pour se blottir dans les bras de Frank, lorsque sa femme travaillait tard et qu'il était seul avec le petit à la maison. Elle avait même délaissé Larry, le jeune culturiste anglais, pour n'être qu'à Frank qui avait plus qu'une simple emprise sur elle. Anna souffrait d'une réelle dépendance affective pour cet homme qu'elle qualifiait comme le plus beau mâle de la planète. Ne pouvant s'en passer, se réfugiant sans cesse sur ses genoux pour assouvir ses vices, la jeune Italienne jouait ainsi avec le feu.

Décembre se montra le bout du nez et Marcelle, contrant ses habitudes, avait dit à Benjamine qu'elle ne ferait pas un souper traditionnel, qu'elle seule et son nouvel ami seraient à table, que Régine allait sans doute souper avec son père et sa femme. Ce que Benjamine approuva avec joie. Les réunions familiales n'étaient plus de son bagage. Elle préférait la tranquillité et ses sorties au cinéma ou ailleurs avec Anna ou son nouveau *chum* du quartier. Toutefois, par un soir de décembre, alors qu'elle étudiait dans sa chambre et que Marcelle était dans la cuisine, elle entendit cette dernière lui crier :

— Benjamine ! Viens ici, j'ai besoin d'aide !

La petite s'empressa de s'y rendre et trouva Marcelle assise sur une chaise, le souffle court et quasi évanouie. Comme à l'église il y avait peu de temps.

— Qu'est-ce que tu as, Marcelle ? Ça revient ?

— Je ne sais pas ce que c'est, mais ça ressemble à ce que j'ai eu à la messe…

— Veux-tu que j'appelle le médecin ?

— Non, je vais m'en remettre toute seule…

Sans finir sa phrase cependant, Marcelle se mit à tousser au point d'en perdre sa contenance, avec une main sur la bouche, l'autre sur sa poitrine dans un effort de retenue. Benjamine, à ses côtés avec un verre d'eau, ne savait quoi lui dire sauf…

— Tu es vraiment malade cette fois, il faut demander de l'aide.

Mais Marcelle était tombée par terre en tirant sa chaise avec elle.

Chapitre 6

Le docteur avait dit à Marcelle, remise de son évanouissement, après l'avoir examinée :

— Il faut venir passer des tests, mademoiselle Vinais. Ça m'inquiète ces étourdissements et cette toux soudaine.

— Oui, j'irai vous voir, parvint-elle à lui murmurer en retrouvant son souffle avec l'aide de Benjamine qui l'avait replacée sur sa chaise, puis dans un gros fauteuil du salon.

Comme la petite avait appelé le médecin, Marcelle ne put se soustraire à cette visite, mais s'en sortit assez bien en prétextant un malaise passager et avec l'idée de ne pas aller le voir pour un suivi tel que demandé. Son père, qui avait été rejoint par Benjamine lors de l'incident, avait dit à Marcelle lorsqu'elle avait repris ses esprits :

— Il va falloir que tu te rendes à l'urgence pour une radiographie. On ne joue pas avec de tels symptômes, Marcelle. Tu fais peut-être de l'anémie.

— Mais non, c'est Benjamine qui dérange tout le monde pour rien. Elle est nerveuse, la petite, je ne me suis pas évanouie, je suis juste tombée par l'effort demandé pour me lever de ma chaise. Alors, ne t'inquiète pas pour moi, papa. Si c'était grave, je me rendrais pour une radiographie, mais je crois que ce n'est qu'une anomalie sans conséquence, sans doute un restant de rhume que j'ai eu dernièrement, un léger refroidissement que j'ai passé avec le sirop *Deux Sapins* que j'avais dans l'armoire. Donc, rien de terrible et occupe-toi plutôt de Régine qui semble couler de beaux jours en ta compagnie.

Et ce qui avait été une légèreté pour Marcelle allait s'avérer avec le temps un problème plus sérieux, mais fidèle aux Vinais, elle avait la tête dure elle aussi.

Apprenant par Benjamine que Marcelle avait été très malade, sœur Estelle Marie lui paya une courte visite en compagnie de sœur Hélène Marie, ne pouvant sortir du couvent pour une visite sans être accompagnée. Marcelle l'avait reçue gentiment et, la rassurant sur son état de santé, elle faisait tout pour ne pas tousser, ne serait-ce que d'un iota. Ravie de rencontrer sœur Hélène Marie qui, pourtant, se tenait à distance dans l'embrasure du salon avec un verre de limonade servi par Benjamine, Estelle put s'entretenir avec sa grande sœur et la mettre en garde :

— Moi, je passerais quand même des examens à ta place, Marcelle. Avec tous les microbes qui courent ces temps-ci…

— Non, non, je suis aussi forte qu'eux, je n'ai rien à redouter de ce côté. Et toi, ça va bien à la communauté ?

Et Estelle, plus que comblée de pouvoir lui parler des petites orphelines, se lança dans un réquisitoire pour elles, allant jusqu'à demander à Marcelle d'envoyer un peu d'argent de temps en temps pour soutenir l'orphelinat qui les recevait comme pensionnaires. Puis, après des mots d'encouragement, les deux religieuses repartirent et Marcelle, contente de cette visite, avait dit à Benjamine :

— Dommage qu'elle soit voilée, celle-là, car c'est elle qui s'occuperait de moi et non toi qui ne fais que commérer la nouvelle de mon malaise.

— Faut bien que quelqu'un le fasse ! Tu aurais pu en mourir !

Et Marcelle qui cheminait vers ses vingt-huit ans de lui répondre :

— Non, je suis plus forte que tu le penses ! Mêle-toi de tes affaires la prochaine fois ! Donne-moi juste un verre d'eau. T'as vu ? Je reprends connaissance de moi-même. Ne sois pas si sotte à l'avenir…

À ces mots qu'elle ne digérait pas, Benjamine s'était plainte à son père lors d'une conversation :

— J'étais mieux chez toi, elle n'a aucun respect pour moi, elle me traite encore comme une enfant et j'aurai bientôt seize ans ! Y a toujours des limites ! Dis-le à Marie-Reine. Est-ce parce que Régine vit avec vous autres que tu ne veux pas me ravoir chez toi ?

— Non, Régine part dans quelques jours pour habiter sa propre maison et même à cela, quand il y a de la place pour une, il y a de la place pour deux, ma chouette. Ne te méprends pas sur ma bienveillance, je vous aime toutes égales, Estelle comprise, même loin de nous dans ses bonnes intentions. Là, tu vis avec ta grande sœur et tu devrais te montrer plus indulgente, sa vie n'a pas toujours été facile depuis ses douze ans…

— Peut-être, c'est sans doute pour ça qu'elle est devenue une vieille fille avant son temps. Une vieille fille détestable !

Régine, en ce début d'année, avait emménagé dans sa nouvelle maison avec l'aide de son père et du concierge de l'école pour le déménagement. Ses meubles en entreposage avaient été livrés et, malgré la neige et quelques bons coups de vent, l'artiste peintre avait pu se réfugier loin des regards du voisinage dans sa petite demeure, après avoir fait bonne provision de denrées pour ne pas avoir à sortir pour quelques semaines. Seul une fois encore, mais sous les ordres de sa fille, Jean Vinais était allé voir les voitures pour en acheter une à Régine, et revint le soir même avec la photo d'une Renault de l'année précédente, à meilleur prix que la jeune femme s'empressa de commander, se souvenant de ses quelques expériences avec cette voiture alors qu'elle vivait à Paris. Un petit morceau de la Ville Lumière qui lui resterait malgré tout. Marie-Reine avait été peinée de la voir partir, mais elle comprenait qu'une jeune femme de son âge avait besoin de liberté et de beaucoup plus qu'une chambre d'invité pour s'épanouir.

Aussitôt installée, *Brouet* se remit à peindre peu à peu, mais des toiles plus figuratives, des paysages d'hiver qu'elle voyait de sa fenêtre tout en modifiant le décor, ainsi que des fruits et des noix dans une corbeille de paille, d'autres petites natures mortes, mais le tout signé de Régine Vinais maintenant. Plus de *Brouet* à l'horizon, même si certains critiques la blâmaient pour avoir renié le nom de son ascension ainsi que celui de sa mère. Mais Régine voulait rompre avec le passé, quitte à vendre à meilleurs prix des toiles moins grandes et donc moins onéreuses, ce qui lui permettrait tout de même de garder son art vivant. Marie-Reine aurait souhaité qu'elle peigne encore des nus, surtout des mâles, mais Régine lui avait répondu :

— Je ne peins pas de nu sans modèle. On n'imagine pas un nu sans le voir. Même Michel-Ange avait son David devant lui et Léonard de Vinci, sa Joconde sous les yeux. Et comme je ne connais personne pour le moment... On verra bien un peu plus tard, Marie-Reine, et je te promets que lorsque le temps viendra tu auras un tableau...

— Oh ! je ne disais pas cela pour ça, Régine, je ne pensais qu'aux facettes de ton talent...

Et Régine se contenta de lui sourire en coin, ce qui fit rougir sa belle-mère un court instant.

Au même moment ou presque, on apprenait que la célèbre artiste de music-hall, Mistinguett, était morte en France à l'âge de quatre-vingts ans. Vedette quelque peu de la chanson, elle avait été populaire avec *Mon homme* dont le disque s'était fort bien vendu. Jean Vinais avait parcouru ce court entrefilet dans son journal sans même le mentionner à Marie-Reine qui, de son côté, l'avait lu dans *La Presse* sans en parler à son mari.

Pour les seize ans de Benjamine, âge où elle pouvait maintenant entrer au cinéma sans avoir à se déguiser en femme, son père et Marie-Reine lui offrirent un joli coffre à bijoux dans lequel elle trouva un collier de perles roses avec des boucles d'oreilles assorties. Deux cadeaux d'un seul coup ! Fort reconnaissante, elle accepta ensuite un parfum rapporté de Paris de la part de Régine, tandis que Marcelle, plus terre à terre, lui avait offert des bottillons d'hiver à semelles antidérapantes, pouvait-on lire sur la boîte. Estelle, de son lieu où elle enseignait, lui fit parvenir une médaille de la Vierge dans une carte lui signifiant, en plus de ses souhaits, qu'elle la gardait dans ses prières. Et sa bonne amie Anna l'invita dans un gentil restaurant de la rue Mont-Royal, où elle lui paya un charmant souper suivi d'un morceau de *coconut cream pie*, sa préférée. En ajoutant une boîte en long dans laquelle elle trouva un bracelet plaqué argent avec ses initiales au centre. Une fois de plus, Anna en profita pour l'inviter chez elle pour un souper occasionnel et Benjamine lui avait répondu :

— Je ne peux pas m'y rendre, Anna, et tu sais pourquoi.

— Voyons, Benjamine, c'est si loin ce petit baiser inoffensif. Tu crois que Frank s'en souvient vraiment ? Comme il ne tient qu'à mon bonheur, il serait content de voir ma meilleure amie à notre table, ou si tu préfères je pourrais t'inviter sans qu'il soit là.

— Non, ce serait insultant pour lui. Mieux vaut m'abstenir encore de le rencontrer. Il s'en allait plus loin que le baiser ce soir-là, je m'en souviens.

— Oui, mais ça n'est pas arrivé et c'est toi qui ensuite m'as donné ta place comme gardienne en sachant que moi, avec ma réputation de courailleuse de gars, je ne lui résisterais pas. Avoue que c'est ce que tu as pensé à ce moment-là.

— Heu, oui, un peu, mais je me doutais que tu savais te défendre mieux que moi si ça ne t'intéressait pas.

— Ça n'a pas été le cas comme tu peux voir, on est ensemble maintenant et je l'adore ce type-là. Alors, c'est non pour une petite invitation ?

— Je ne sais pas… Peut-être que plus tard… Mais pour le moment, je serais gênée de me retrouver en face de lui après l'avoir carrément repoussé ce soir-là.

— Crains pas, il n'en a pas été offensé, il t'a vite remplacée avec moi qui suis arrivée comme gardienne la fois suivante. Bon, je n'insiste pas, mais tu manques un bon repas, je fais des raviolis à la viande avec une salade à l'ail mieux que ma mère !

La même Anna qui, avant son cheminement avec Frank, lui avait rappelé un certain soir du mois précédent comment le bonheur entre eux était survenu avant un presque malheur…

Benjamine s'en souvenait et se remémorait la scène. Sur ses talons hauts avec un seyant petit deux-pièces, elle s'était dirigée au restaurant du quartier pour rencontrer Anna à l'heure convenue qui, dans un coin, la cigarette au bec, l'attendait fébrilement :

— Il m'en arrive une bonne ! lui avait-elle dit ! J'ai failli me faire tuer !

— Tuer ? Par qui ? Un accident de voiture ?

— Non, par la femme de Frank qui nous a surpris tous les deux en train de jouer sur le sofa. Elle est rentrée plus tôt que prévu sans faire de bruit et hop, Frank n'a pas eu le temps de renfiler son maillot. Elle a crié, elle m'a traitée de vache, elle m'a montré la porte de la cuisine pour que je sorte par en arrière en m'injuriant et j'ai déguerpi vite, j'avais peur qu'elle me pousse en bas de l'escalier. Puis, elle a apostrophé son mari, lui a ordonné de prendre la porte lui aussi et de ne jamais revenir, qu'elle allait se séparer et qu'il aurait à verser une pension pour le petit et un montant pour elle aussi. Frank n'a pas eu d'autre choix que de paqueter ses affaires et de partir. Il a couché chez un ami ce soir-là et le lendemain il s'est mis en frais de trouver un loyer et d'aller prendre ses affaires qu'elle avait jetées au bas de l'escalier. Une vraie furie, cette femme !

— Mon Dieu ! Quelle histoire ! Et toi dans tout ça ?

— Bien, elle a appelé mon père, lui a dit qu'elle m'avait surprise avec son mari et m'a traitée de chienne au bout du fil. Mon père, quoique saoul, lui a dit de ménager ses paroles et lui a raccroché au nez. Puis, il m'a demandé ce qui était arrivé et je lui ai avoué que j'étais amoureuse de Frank et que je comptais m'installer avec lui un jour. Il a demandé à le rencontrer et Frank est venu à la maison deux jours plus tard. Charmant, gentil avec mes parents, il les a conquis en offrant un travail d'homme de ménage au studio de culture physique à mon père, et un autre emploi à ma mère comme femme d'ascenseur à leur édifice de la rue Amherst où il travaille comme instructeur. Et mes parents, comblés par l'offre salariale des deux côtés, ont accepté que j'aille vivre avec lui en ajoutant qu'à seize ans j'étais même en âge de me marier.

— Tu vas faire quoi maintenant ?

— Bien, je vais m'installer avec lui ! C'est ça le bonheur total !

— Il a quel âge ton Frank, maintenant ?

— Trente-trois ans le 20 juin qui vient, mais toujours aussi beau, je l'ai dans la peau jusqu'aux oreilles, Benjamine !

— Deux fois ton âge ! Tu ne le trouves pas un peu vieux pour toi ?

— Non, pas quand tu le regardes ! Il est beau comme un dieu, il sent bon, il a un corps parfait ! Pis moi, j'suis pas si belle. Encore chanceuse qu'il m'aime avec quelques livres en trop, lui un culturiste tout en muscles !

— Bon, je vois, rien à faire, tu en es folle de ce type-là ! Il te traite bien au moins ?

— Comme une reine ! Je lui fais déjà la cuisine, je fais le ménage, je fais tout ce que je peux pour lui plaire.

— À genoux devant lui si je comprends bien.

— Tu n'aurais pas pu mieux dire ! répondit Anna, qui avait saisi au sens propre ce qui était au figuré.

Cette chère Anna qui, ce soir-là, ayant oublié le dangereux incident du mois de janvier, invitait Benjamine chez elle pour un ravioli. Comme si de rien n'était. Comme si Doris, la femme de Frank, n'allait pas chercher à se venger en lui arrachant les cheveux si elle la croisait dans la rue. Comme si le seul fait d'être « aimée » comme elle le croyait, et non seulement utilisée, allait s'avérer un bonheur éternel avec lui, comme dans les contes de fées. À moins que ce Frank en soit réellement épris, ce dont doutait un brin sa copine, sans en rien dire à Anna pour ne pas crever son nuage sur lequel elle partageait de doux et pourtant forts ébats, avec l'homme que son besoin d'appartenance avait choisi.

Benjamine, qui se remémorait cette rencontre avec son amie, réalisait à quel point elle pouvait être insouciante. Elle l'invitait maintenant à venir souper avec elle et son Frank, sans penser à l'enfant qu'il avait délaissé pour le confier à sa femme seulement. Un petit gars de presque deux ans qui, sans doute, le cherchait des yeux. Mais Anna, dans son égocentrisme involontaire, ne vivait que pour le jour présent, en se foutant d'hier et du lendemain. Anna qui, toutefois, avait le cœur sur la main quand il s'agissait de plaire à sa seule amie qu'elle venait de combler d'un bracelet argenté avec ses initiales. Sa seule amie qu'elle ne voulait pas perdre, tout en voulant garder jalousement dans sa dépendance sexuelle l'homme auquel, aveuglément, elle appartenait envers et contre tout jour et nuit.

Rue Monsabré, Régine avait rénové sa coquette maison pour en faire un joli studio avec tout ce qui lui permettrait de peindre et de mener du même coup une existence sans souci comme elle l'espérait. Mais il lui arrivait encore de penser à François et de se demander comment il vivait sans elle avec Odette qui avait pris sa place dans son cœur. Mais elle chassait vite de ses pensées ces idées avec le pinceau qui la taquinait devant la toile blanche qui l'attendait. Elle avait beaucoup dépensé cependant. L'achat de la maison, celui de la voiture, les modifications apportées à la demeure, les taxes, le chauffage, bref, tout ce qui allait de pair avec la propriétaire qu'elle était devenue. Et une maison n'était pas comme un appartement à Paris, il fallait l'entretenir sans cesse. Et elle se rendait compte que ses économies fondaient et qu'à défaut de vendre des toiles, elle aurait de la difficulté avec les fins de mois. Elle se mit donc en frais de regarder ici et là pour voir si elle pourrait trouver un emploi qui lui conviendrait sans trop ternir sa réputation.

Elle en parla à son père qui, très habile entremetteur, en discuta avec le directeur de son école. Ce dernier lui proposa de demander à sa fille, qui désirait travailler le plus possible dans l'ombre, si elle accepterait de devenir une accompagnatrice des élèves en difficulté de la septième à la neuvième année, dans leurs devoirs scolaires. Un travail qui se ferait par téléphone avec certains, les plus recommandés, et qu'elle pourrait effectuer sous le nom de mademoiselle Vinais, une proposition qu'elle accepta, étant bonne en français et en histoire, après s'être rendu compte que ce travail passablement rémunérateur allait délivrer plusieurs professeurs de cette tâche ingrate. Un boulot qui ne lui demanderait qu'une heure ou deux de sa journée le soir venu, alors que Régine Vinais, et non plus *Brouet*, avait rangé ses tableaux. Dès lors, dans son petit studio, elle commença à signer de nouvelles toiles, moins grandes, plus abordables, qu'elle exposerait ensuite dans une galerie établie qui les vendrait à des communautés, des personnes plus âgées et de nouveaux venus, adeptes des natures mortes et des fleurs d'un réalisme sans pareil, domaine dans lequel l'artiste peintre avait toujours excellé. On lui reprocha, évidemment, d'abandonner son nom *Brouet* qui l'avait rendue si populaire et qui servirait davantage aux ventes et, sur ces conseils, Régine effaça le nom de Vinais sur sa première toile pour le remplacer par *Brouet* et, par ce fait, vendre à plus haut prix ses œuvres méritoires.

Avec son travail du soir du lundi au vendredi et son art, elle put vivre confortablement sans perdre ce qu'il lui restait de ses placements à la Caisse populaire tout en conservant ce qu'il lui restait de notoriété. Son père, fier d'avoir pu l'aider ainsi, se félicitait de son devoir accompli avec sa deuxième fille qu'il admirait tant. Mais sur le plan intime, rien en vue pour Régine. Un professeur, collègue de son père à l'école, avait tenté un rapprochement en venant lui remettre le bulletin mensuel d'un élève récalcitrant, mais elle l'avait repoussé poliment. Avec ses quarante ans révolus, cet homme à petites lunettes rondes sur le nez et quasi chauve n'avait rien, moins que rien du François qu'elle avait connu. De toute façon, Régine ne cherchait pas de compagnon, son art et son travail du soir suffisaient à bien remplir ses journées. Pour ce qui en était de ses nuits, elle s'endormait aussitôt couchée après une journée qui l'avait quasi épuisée avec ses toiles inachevées à cause des élèves en difficulté qui l'appelaient alors qu'elle n'avait pas encore soupé.

Monsieur Vinais, de son côté, toujours en pâmoison devant cette Huguette rencontrée une seule fois, fut plus que surpris lorsque le jeune professeur dont elle était la cousine lui dit un matin :

— Tu sais, Jean, ma cousine que tu as rencontrée...

— Oui, y a-t-il du nouveau avec elle ?

— Bien, je lui ai parlé plus sérieusement de ton intérêt pour elle et, crois-le ou non, elle accepterait volontiers un somptueux souper quelque part en ville avec toi.

— Allons, je suis marié, c'est même toi qui défendais le sort de ma femme avec moi...

— Oui, elle le sait, mais elle a cru comprendre à travers tes sourires que ton second mariage battait peut-être de l'aile et, si c'était le cas, elle se voit toute désignée, sans le moindre scrupule, à te rencontrer de temps à autre pour un souper quelque part.

Fort excité à l'idée de la revoir, gonflé de fatuité, Jean Vinais répondit sans penser plus loin que le bout de son nez :

— Bien sûr, n'importe quand ! Tu peux m'arranger cela ?

— Oui, si tu me promets de ne pas m'impliquer dans cette affaire auprès de Marie-Reine si ça allait plus loin. Ta femme est aussi du milieu scolaire et je l'aime beaucoup. Elle ne mérite pas que je m'immisce dans son couple…

— Ne t'en fais pas, mon mariage s'en va dans les rochers pour s'y fracasser !

Ce qui rassura le collègue qui, en soupirant d'aise, lui avait répondu :

— Je ne pensais pas que c'était à ce point fragile, rien n'y paraît chez Marie-Reine qui est toujours joviale et souriante… Dans ce cas-là, je t'arrange un rendez-vous avec Huguette et la suite n'appartiendra qu'à toi, je ne me mêle plus de rien après.

Jean, fort heureux, avait planifié son rendez-vous avec Huguette dans une salle à manger d'un hôtel de l'ouest de la ville. Pour être très loin de toute connaissance et surtout de Marie-Reine, à qui il avait prétexté une réunion scolaire un vendredi soir, ce qui était hors de l'ordinaire avec les calendriers des écoles.

— Un vendredi soir ? Est-ce possible ? avait questionné Marie-Reine.

— Oui, lorsque c'est urgent. Nous serons trois professeurs et un inspecteur et nous discuterons de cas sérieux que nous avons à l'école. Tu devrais savoir que les garçons sont moins dociles que les filles.

— Je sais, mais comme Régine les seconde si bien le soir…

— Régine en aide plusieurs dans leurs devoirs, mais pas pour la discipline. Son rôle se limite à les faire avancer, pas à mieux se comporter. Et puis, cesse de me questionner, je ne pars pas en voyage, je ne serai absent qu'un bout de soirée. Je serai rentré avant que tu sois couchée.

Ce à quoi Marie-Reine ne répliqua pas, voyant qu'il était à un doigt de perdre patience si elle insistait par une question de plus. Mais elle remarqua cependant que son mari, après une douche, avait changé de vêtements. Chemise blanche avec cravate, complet noir pressé, souliers retouchés avec la cire en pot, imperméable au bras en cas de pluie, Jean avait franchi la porte sans même lui dire *Bonne soirée* tellement il avait hâte de bénéficier de la sienne.

Tel qu'entendu, il attendit dans le hall de l'hôtel que sa mystérieuse invitée se présente. À sept heures pile, Huguette faisait son entrée, toute de rouge vêtue sous un imperméable glacé noir, et lui tendit la main. Le chignon frais coiffé, les lèvres aussi flamboyantes que sa robe, les ongles vernis, le mascara bien appliqué et de longues boucles d'oreilles argentées qui lui tombaient pas loin des épaules. Elle lui sourit plusieurs fois et, après un bout de conversation sur la pluie qui viendrait contrer l'hiver qui s'achevait maintenant, ils se dirigèrent à la table que Jean avait réservée. Ils commencèrent par un apéritif, un mimosa pour elle, un bloody Ceasar pour lui, et ils commandèrent un plat raffiné et onéreux, mais peu lourd pour l'estomac, se composant de plus de légumes que de viande. Avec l'approbation de sa compagne, Jean commanda un vin blanc de qualité d'une belle région de France, vin qu'il allait payer deux fois plus cher dans un tel endroit.

— Puis-je vous demander votre nom au complet, Huguette ? Je n'aime guère me servir que de votre prénom, cela me semble impoli…

— Non, appelez-moi Huguette, mais pour mieux vous renseigner, je suis Huguette Sèvre, fille d'Arthur et de Bernadette, ajouta-t-elle en riant.

Elle avait des dents éclatantes, elle sentait bon, bref elle l'avait fait monter dans son cœur et ses envies de plusieurs crans, lui le petit instituteur si simple et si peu exigeant. Huguette, cependant, remarqua que le côté sensuel de son compagnon, pourtant très réservé, semblait vouloir se manifester. Ils passèrent un à un tous les sujets sans importance pour ouvrir le dialogue. Huguette lui parlait de son dur labeur auprès des jeunes gens en détresse face à la justice, et lui, des élèves mal élevés de son école, que des garçons, évidemment. Ils partagèrent les joies et les peines de leur ingrate profession, et elle parvint à le faire parler de ses filles et de son état matrimonial, elle qui était une célibataire endurcie.

— Vous êtes en couple, mon cousin m'en a parlé. Votre deuxième femme, je crois ?

— Oui, ma première épouse est décédée en donnant le jour à notre dernière fille, Benjamine, qui était un trop gros bébé pour elle.

— Oh, mon Dieu ! quelle tristesse…

— Puis, avec le temps, une consœur de l'école des filles insista pour que je la fréquente et, de fil en aiguille, la relation nous mena jusqu'au mariage. Mais, si vous le permettez, j'aimerais ajouter que ce mariage est presque révolu. J'ai l'intention de me séparer d'elle, de reprendre ma vie en main... Vous comprenez ?

Huguette avait appris tout cela de son cousin, mais elle était ravie qu'il amène le sujet sur le plancher sans avoir à trop le questionner. Ce qui ne l'empêcha pas de pousser doucereusement...

— Vous ne l'aimez plus, Jean ?

— C'est peu dire, je ne l'ai jamais aimée. C'était plutôt un mariage de circonstance. Pour ne plus être seul, dans mon cas, et pour se sentir en sécurité dans le sien. Je ne crois pas que Marie-Reine m'ait aimée, c'était un mariage réfléchi, sans le moindre engouement de part et d'autre. Du moins, me concernant.

— Et avec personne en vue ? Ni maintenant ni avant ?

— Avec mes études et mes occupations, très peu de fréquentations. Une amie ou deux à l'école normale, mais rien de sérieux. Je commence à peine à penser à moi, répondit-il innocemment.

Pour ajouter d'un trait :

— Mon trop grand dévouement pour les autres, vous comprenez ? Et, fait accompli, je me penche davantage sur ma vie sociale. À cinquante-quatre ans, vous savez...

Huguette affichait un air déçu. Il dérogeait de beaucoup du questionnement entrepris, mais le vin aidant elle lui déclara sans détour :

— Je ne suis pas une briseuse de ménage pour autant.

Étonné, mais ravi de ce revirement direct, il répondit comme si tout était réglé entre eux :

— Il n'en serait rien, Huguette, mon ménage est déjà en mille miettes depuis longtemps !

Ils se jurèrent de se revoir, de se fréquenter même, car Huguette Sèvre, aussi réservée semblait-elle, était tombée sous le charme de ce bel homme d'à peine cinquante-quatre ans, très bien de sa personne, beau comme les mâles bien conservés de sa génération. Dans la force de l'âge, instruit, possédant une maison et des filles devenues adultes, sauf la dernière qui traînait encore dans l'adolescence, et mal marié, en voie d'une séparation qu'il admettait dans un souffle échappé. Oui, cet homme pourrait lui apporter la sécurité, non pas financière, elle semblait avoir plus d'argent que lui, mais la sécurité émotive, elle qui vivait seule depuis trop longtemps déjà. Ils se quittèrent après un dessert et un digestif, elle lui tendit la joue et ils se promirent de se revoir dès qu'ils en auraient l'occasion. Dès qu'il aurait réglé son conflit matrimonial, avait-il ajouté. Et Jean Vinais, heureux et fort désireux de connaître cette jolie créature plus intimement, rentra chez lui au moment où Marie-Reine déposait son livre pour aller se mettre au lit. Assez tardivement puisque le lendemain, elle n'avait pas à se lever pour aller enseigner. Ce qui ne l'empêcha pas de dire à son mari :

— Tu rentres tard pour une simple réunion scolaire.

— Oui, parce qu'un des professeurs m'a suggéré d'aller prendre une bière en sortant, ce que j'ai accepté vu que demain, c'est congé.

— Une bière ? Tu bois rarement de la bière…

— Façon de parler Marie-Reine, une bière veut dire un p'tit coup dans le vocabulaire des tavernes. Un verre de vin blanc, plutôt, avec des crevettes et une salade à l'ail dans un petit bistrot.

— Ça s'est bien passé, la réunion ?

— Heu, oui... mais j'aimerais mieux qu'on remette la description à demain, je suis très fatigué ce soir, la journée a été tumultueuse.

Marie-Reine n'ajouta rien, suivit son mari qui se dirigeait vers la chambre et, tout près du lit, penchée dans son dos, elle put humer une odeur de parfum qui n'avait rien en commun avec son... *Arpège* de Lanvin !

Toutefois, dès le lendemain, encore sous l'effet du charme déployé par Huguette et voyant que Marie-Reine le regardait encore d'un air méfiant, il lui avait dit au petit déjeuner :

— Crois-tu qu'on s'en va vers du solide, toi et moi ?

Éberluée, saisie, elle ne put que répondre après un long silence :

— Que veux-tu dire ? Je ne te suis pas.

— Bien, je parle de nous deux, de notre vie matrimoniale, de notre avenir... J'ai l'impression qu'on s'en va nulle part, que notre union n'est pas vouée au succès.

— Pourquoi me dire des choses pareilles ? Nous formons un beau couple, je ne te refuse rien, je suis une bonne épouse...

— Oui, je sais Marie-Reine, mais le mariage ce n'est pas que le fait d'être ensemble, il faut un entendement plus fort...

— Tiens ! C'est donc pour ça que tu es si pensif depuis un certain temps ? Tu te questionnes, tu doutes de mon amour, Jean ?

— Non, du mien, Marie-Reine. Je ne sais plus où j'en suis dans ma vie de couple. Tu es certes une bonne épouse, mais je suis à l'âge où les hommes, dans une mûre réflexion, se posent bien des questions.

— Ah, oui ? Lesquelles ?

— À savoir ce qui serait meilleur pour eux. Non pas du côté intime, pas ce qu'on voit au cinéma, mais du côté intrinsèque des sentiments qui déroutent parfois ou qui questionnent. J'aimerais avancer, aller plus loin, mais je me sens captif et retenu comme dans un carcan, tu comprends ?

— Non, je ne comprends pas, puisque ces choses ne m'arrivent pas de mon côté. Et ce n'est pas parce que tu es un homme que c'est plus excusable. Tu es certain de ne pas avoir rencontré quelqu'un d'autre ces derniers temps ? Ton débit me laisse croire que tu veux en arriver à une…

— Arrête, ne va pas plus loin, et oublie ces idées qui te tenaillent. Du moins pour quelque temps. J'ai besoin d'air, j'ai besoin de me retrouver, Marie-Reine, j'ai besoin…

— De tout à ce que je vois, sauf de moi ! Mais je n'irai nulle part juste sur un coup de tête de ta part pour que tu te retrouves, comme tu dis. En suis-je là, moi ?

— Non, toi tu es d'une autre école…

— Oui, celle des filles, toi celle des gars !

— Ce n'est pas ce que je voulais dire. Une école de pensée…

— J'avais compris, je ne suis pas sotte. Je tentais de t'éloigner du sujet premier de notre entretien, mais je me rends compte que tu es fort décidé ce matin. Tu veux vraiment me quitter, Jean ? Serait-ce que tu ne m'aimes plus ?

Il pencha la tête en ne répondant rien. Ce qui fortifia les doutes de sa femme, qui ajouta d'un ton plutôt austère cette fois :

— Toi, tu as rencontré une autre femme ! C'est ça le drame ! Une femme plus jeune et plus jolie qui porte un autre parfum que le mien, je l'ai senti sur ton veston hier soir, quand je t'en ai dégagé. C'est ça, non ?

— Que vas-tu donc t'imaginer ? Je te parlais de notre couple, Marie-Reine, pas d'une conquête éventuelle. Si tu veux bien, remettons à plus tard cette conversation. Réfléchissons chacun de notre côté d'ici là...

— Je n'ai rien à réfléchir, Jean Vinais. Et n'insiste pas, je ne partirai pas !

Le soir venu, alors que Jean était à l'extérieur en train de déblayer un peu de neige tombée, Marie-Reine s'était emparée du téléphone pour appeler Régine à son aide. En larmes, elle lui avait dit dès que l'autre avait répondu :

— Il veut que je m'en aille, Régine ! Il veut que je parte ! Ton père veut me mettre à la porte !

— Quoi ? Bien, voyons donc ! Une petite chicane de ménage, j'imagine ?

— Non, il semble avoir rencontré quelqu'un d'autre, une autre femme, j'ai senti un parfum qui n'était pas le mien sur son veston, hier soir, après qu'il soit rentré d'une supposée réunion à l'école. Tu es au courant s'il y a eu une réunion ou pas ?

— Heu... non, je fais un service téléphonique habituel, je ne suis pas au courant des réunions scolaires ou autres. Je ne suis pas affectée à l'école, moi, juste aux élèves avec des troubles d'apprentissage. Mais pour revenir à papa, que se passe-t-il ? Tu es une si bonne épouse. Que peut-il avoir à te reprocher ?

— Il prétend que notre union ne va nulle part… Il veut que je parte, il veut se défaire de moi, Régine ! Après tout ce que j'ai fait pour lui et que je fais encore ! Tu peux lui parler ?

— Bien, je vais tenter de l'amener sur le sujet, mais je n'ai pas l'habitude de me mêler des conflits de ce genre, aussi bénins soient-ils. Car je sens que ce n'est qu'une passade. Jamais papa ne se séparerait de toi, tu es une perle d'épouse pour lui. Une femme incomparable, Marie-Reine.

— J'aimerais mieux que ces mots viennent de lui. Ce qui n'est pas ce que pense ton père. Il veut me voir hors de sa vue et je me demande bien pourquoi… Tu vas m'aider, Régine ?

— Bien, je vais voir. Si rien ne se règle pour toi d'ici demain, je lui parlerai. Il sait que nous sommes proches l'une de l'autre, il ne va pas s'y opposer.

— Écoute, ça ne peut pas finir aussi bêtement, lui et moi. Sans savoir pourquoi en plus ! Je n'ai pas arrêté de pleurer cette nuit, la tête enfouie dans mon oreiller, j'avais peur qu'il se réveille, mais comme j'étouffais mes sanglots… Je l'entends qui dépose le balai sur la galerie avant de rentrer. Il faut que je raccroche ! Je me fie sur toi, tu es ma seule bouée, Régine !

Chez Marcelle, toujours égale à elle-même, Benjamine avait rompu avec le bon garçon de son quartier. Sa grande sœur qui aimait bien ce jeune homme avait dit à *l'autre* qui avait maintenant seize ans :

— Pareille comme Régine, toi ! Tout meurt avant de naître ! Tu ne t'attaches à personne, pas même à un garçon de bonne famille.

— Je n'y peux rien, Marcelle, ce gars-là n'a rien en commun avec moi, il aime les sports, ce que je n'aime pas, il lit des essais littéraires, moi des romans, il n'aime pas le cinéma, il préfère les pièces de théâtre, pas moi ! Bref, il est ennuyeux et froid comme un poisson mort !

— Qu'est-ce que tu veux dire ?

— Rien, je me comprends, je ne suis plus une enfant, tu l'as dit. Alors, oublie-le comme je le fais et on se reparlera de fréquentations au prochain qui se présentera.

— Bon, remarque que tu es encore jeune. Un jour viendra...

— Oui, c'est ça, Marcelle ! À chacun son tour l'assiette au beurre, comme tu dis souvent. Et arrête de me comparer à Régine, elle ne veut rien savoir de moi, celle-là, comme si je n'existais pas ! Pour une sœur à qui je ressemble...

— Tu sors encore ? Où t'en vas-tu comme ça ? Tu as de l'école demain.

— Je sais, je sais, je m'en vais juste boire un *coke* au restaurant avec Anna.

— Ah non ! Pas encore celle-là ! Une garce !

— Ne recommence pas, Marcelle, c'est mon amie, je m'entends bien avec elle et elle est de mon âge.

— Bon, vas-y, mais ne fais pas exprès pour me rappeler son nom quand tu sors le soir avec elle, ça me rend irritable !

Dans *La Presse* comme dans le *Paris Match*, on parlait du prochain mariage en juin de Marilyn Monroe avec le dramaturge Arthur Miller. *Le jour et la nuit!* selon un reporter français qui ne voyait pas l'attrait de la part de cet homme de lettres pour une star si peu cultivée. Comme si Marilyn se cherchait un père, comme elle l'avait fait avec Joe DiMaggio, le joueur de baseball qu'elle avait épousé en 1954 et divorcé l'année suivante, et maintenant cet homme bien ordinaire physiquement. Mais il faut croire que la vedette ne recherchait pas la beauté physique d'un homme, mais son intelligence, et la sécurité avec lui. Peut-être cherchait-elle effectivement un père ou un grand frère, elle qui était si seule dans la vie ? Ce qui revenait à dire que, même avec un nom reconnu, les valeurs du cœur ne sont pas toujours faciles à comprendre. Lors de la cérémonie des Oscars à Hollywood, Benjamine avait été peu édifiée par le choix d'Ernest Borgnine comme meilleur acteur et plus ravie du côté féminin de voir l'actrice italienne Anna Magnani remporter le même honneur pour son rôle dans *The Rose Tattoo.* Ce qui avait plu au père d'Anna vu que l'actrice oscarisée était de sa nationalité.

Jean Vinais, qui ne lisait guère ces balivernes, était plutôt concentré sur son prochain rendez-vous avec Huguette Sèvre. La seconde fois, plus téméraire que la première, Huguette employa le tutoiement entre eux, un rapprochement soudain que ne lui reprocha pas Jean. Et à la fin de la soirée, un dénouement sensuel dans une chambre d'hôtel où Jean fut transporté au septième ciel non seulement par celle qu'il désirait, mais par celle qu'il aimait follement. Huguette, à demi endormie et tirée du lit par lui, prit place sur un tabouret pour lui dire en remontant ses longs bas de soie noirs :

— Écoute, Jean, je ne veux rien précipiter, mais je ne tiens pas à fréquenter sérieusement un homme marié.

Ne s'attendant pas à ce quasi-ultimatum de sa part, il lui répondit après l'extase :

— Ne t'en fais pas, je suis déjà en voie d'y arriver, j'ai d'ailleurs déjà commencé à lui en parler. Je vais me défaire d'elle sans plus tarder, Huguette. J'ai besoin d'une femme comme toi et je serai un homme idéal pour toi. Vient un temps où les êtres qui se ressemblent s'assemblent, et après ces moments plus qu'intimes… D'ailleurs, ma femme m'a confirmé qu'elle allait partir, quitter la maison ces jours-ci…

Ce qui était loin d'être fait.

Pour Estelle, tout se passait bien à l'orphelinat où elle enseignait. Malheureusement, sœur Hélène Marie n'avait pu la suivre, on lui avait confié une mission en Haïti où elle se trouvait présentement. Estelle ne communiquait pas trop souvent avec ses trois sœurs, mais elle téléphonait de temps en temps à son père qui lui donnait des nouvelles de toute la famille, et Estelle, quand l'une était mal prise dans une situation ou un dilemme quelconque, priait pour elle. Elle ne regrettait pas sa vocation, loin de là, mais depuis le départ de sœur Hélène Marie, il n'y avait aucune autre sœur de qui elle pouvait se rapprocher, toutes étaient relativement plus âgées qu'elle. Alors, elle occupait son temps entre la lecture, les mots croisés, le jeu d'échecs avec une sœur très habile, et la prière. Elle aimait bien ses petites orphelines, elle leur donnait toute l'affection qui leur manquait, mais elle anticipait quand même d'aller œuvrer dans un hôpital ou dans une résidence de personnes âgées et seules qui pourraient mieux bénéficier de ses capacités. Peut-être un jour… En attendant, le silence et la prière occupèrent beaucoup de son temps et, durant ses loisirs, les mots croisés s'emparèrent de quelques heures depuis qu'elle les réussissait assez bien. Sur son lit, néanmoins, un livre que Marcelle lui avait fait parvenir, *Trois contes* de Gustave Flaubert, à peine ouvert.

Benjamine avait finalement obtenu son diplôme de neuvième année et ne comptait pas aller plus loin dans ses études. Anna aurait pu lui trouver un emploi chez un fabricant de cigares, mais papa Vinais s'y était opposé à cause des dangers pour ses poumons à travailler ainsi dans le tabac. Elle laissa donc s'écouler l'été, en profita tant bien que mal avec Anna quand elle en avait la chance, car cette dernière consacrait la plupart de ses journées à Frank quand il était auprès d'elle. Donc, pas de plage Mon-Repos pour Benjamine cette année-là, et pas de parc Belmont ni La Fontaine non plus. Elle alla plutôt au cinéma avec Marcelle quand l'aînée voulait bien la suivre dans le choix de ses films, ou seule de temps à autre. Puis arriva l'automne, et la petite, moins grande qu'elle, comme l'appelait sa sœur, se mit à chercher un travail qui lui conviendrait. Mais son degré d'instruction ne lui permettait pas des emplois de bureau où la dactylographie était requise. Mais comme elle était cordiale et possédait une très jolie voix, Benjamine décrocha un poste de réceptionniste chez un grossiste en denrées alimentaires. Les clients l'aimaient beaucoup, elle était polie et fort agréable au bout du fil lors des commandes, et le salaire était assez généreux pour qu'elle puisse se payer des vêtements et des souliers à la dernière mode qu'elle trouvait sur la rue

Saint-Hubert. Elle se sentait femme maintenant et se complaisait à sortir avec Anna qui avait le même âge qu'elle et qu'elle trouvait plutôt esclave de son beau mâle. Anna n'aurait pas détesté que son beau culturiste la fiance tout simplement, mais avec ce qu'il devait payer pour son fils et son ex-épouse, Frank n'avait pas envie d'accrocher une autre femme à son cou, aussi jeune fût-elle. De toute façon, pourquoi la fiancer, alors qu'il obtenait tout d'elle sans lui passer la bague au doigt ?

La fin de l'année s'annonçait et Benjamine, sans se soucier de rien, apprenait que Gina Lollobrigida venait de tourner *Notre-Dame de Paris* avec Anthony Quinn, film dans lequel elle incarnait la belle Esmeralda alors que Quinn personnifiait Quasimodo, le bossu maltraité du roman de Victor Hugo. Elle comptait bien aller le voir dès que le film se trouverait à l'écran.

Mais en attendant, ce mois de décembre, souvent maléfique pour Marcelle, n'allait pas l'épargner cette fois encore. Mal en point, toussant de plus en plus, surtout en l'absence de sa jeune sœur, elle avalait des sirops, suspendait des sachets de camphre à sa poitrine et sortait avec l'aide de ses remèdes maison, épuisée et très essoufflée. Elle disait que c'était le froid qui était la cause de ses quintes de toux, mais allez donc savoir… C'était le mal de l'année dernière et de celle d'avant, chaque fois avant l'hiver. Elle se disait que c'était sans doute des allergies aux vents qui précédaient les tempêtes. Donc, elle n'alla pas consulter pour autant, jusqu'à ce que Benjamine lui commande de le faire. Sans l'écouter, Marcelle toussait de plus en plus en son absence et c'est finalement son père qui put la convaincre d'aller au moins voir le médecin de famille pour tenter d'avoir l'heure juste sur son malaise récurent qui prenait de l'ampleur avec le temps. À tout le moins, obtenir de bons médicaments pour prévenir, cette fois, et non tenter de s'en sortir seule si les évanouissements se manifestaient.

Marcelle s'y rendit contre sa volonté et, sur place, le bon docteur, après l'avoir auscultée, lui présenta un papier signé pour aller passer des radiographies à l'hôpital le plus près. Sans lui remettre la moindre prescription pour le moment. Il voulait d'abord savoir ce dont elle souffrait. Et Marcelle s'y rendit un certain lundi, sans être poussée par son père et le médecin qui n'insistaient plus auprès d'elle. Elle passa donc les fameux examens et on prit plusieurs radiographies de sa gorge et de ses poumons, qu'on transféra ensuite au laboratoire pour en lire les résultats. Puis, on les fit parvenir au médecin qui en prit connaissance. Le soir venu, après sa dernière consultation, il appela sa patiente pour lui demander de le recevoir à la maison, cette fois.

À son ton grave et solennel, Marcelle se doutait bien qu'elle avait un sérieux malaise. Or, le lendemain, pendant que Benjamine était à son travail, le médecin se présenta en après-midi chez mademoiselle Vinais qui le reçut avec une tasse de thé chaud qu'elle venait de préparer dans sa petite bouilloire. Assis confortablement en face d'elle, il l'entendit siler, se racler la gorge, se dégourmer et courir après son souffle, elle en était mal à l'aise. Retrouvant une bouffée d'air frais, sa jeune patiente réussit à lui demander dans un effort :

— Puis, qu'est-ce que j'ai docteur ? J'ai failli mourir étouffée hier soir. Qu'est-ce que j'ai donc pour me tenir après les meubles, de peur de me retrouver sur le plancher ?

Le vieux docteur, du genre habituellement paternel, retrouvant un air grave, inspira et releva les yeux sur elle pour lui annoncer d'un ton bas, quasi confidentiel :

— La tuberculose, Marcelle.

Chapitre 7

Stupéfaction ! Le choc ! Effondrement total ! Et Marcelle, du creux de son fauteuil, demanda au médecin :

— Vous avez dit tuberculose ?

— Oui, hélas, et ça me fait mal de vous annoncer cette mauvaise nouvelle alors que j'étais confiant. Mais c'est la vérité, Marcelle, les examens poussés ne mentent pas.

Retrouvant un peu son souffle coupé court, Marcelle parvint à lui demander sur un ton qu'elle voulait un tantinet optimiste :

— Mais il existe des médicaments pour ça, non ? Ou un tonique ? Un sirop peut-être ?

— Non, la tuberculose c'est beaucoup plus sérieux, ce n'est pas qu'un rhume ou une grippe. Et c'est contagieux. Il faudra songer à éloigner votre petite sœur de vous. Chez vos parents, peut-être ?

— Contagieux pour combien de temps, docteur ?

— Assez longtemps pour qu'on prenne les dispositions nécessaires dans votre cas.

— Est-ce qu'on survit à la tuberculose ? Est-ce fatal ?

— Pas nécessairement, mais la survie n'est pas facile et ce n'est pas ici que vous allez l'obtenir.

— Que voulez-vous dire ?

— Il faudra vous hospitaliser, Marcelle, et ce, dans les plus brefs délais, pour que les spécialistes en la matière vous prennent en charge.

— Donc, vous voulez m'hospitaliser dans un sanatorium ? Avec les consomptions ?

— On emploie ce terme de moins en moins, Marcelle. On dit tuberculeux ou tuberculeuses pour les désigner maintenant.

— N'empêche que je vais passer pour l'une des leurs…

— Vous êtes une des leurs, Marcelle, et vous n'y êtes pour rien si la bactérie s'est attaquée à vous.

Et le brave docteur, patient, tenta de lui expliquer que la tuberculose causée par le *Mycobacterium*, aussi appelé Koch, provoquait une tuberculose latente. Que c'était une maladie à traitement obligatoire qui se développe plus souvent au niveau des poumons. Ça peut diminuer au fil des années… La bactérie à l'origine de la maladie provoque une toux sèche, ce qui est le signal d'alarme…

Il allait continuer lorsque Marcelle, impatiente, lui lança :

— Arrêtez avec vos grands mots, docteur, c'est du chinois pour moi ! Je me demande juste comment cela a pu m'arriver…

— Et moi, je me demande juste si vous allez accepter de suivre les règles pour vous en sortir, vous comprenez ? Je vous ai déjà dit que les agents pathogènes s'attaquent aux poumons…

— Ça va, n'allez pas plus loin… Il faut que je pense aux autres, surtout à Benjamine qui risquerait d'être infectée. Vous n'avez pas parlé cependant d'antibiotique…

— Qui sera sans doute inutile dans votre cas avancé. La thérapie risque d'être de longue durée, Marcelle, mais il vous faudra être courageuse et affronter chaque jour avec détermination.

— Bon, assez les grands discours ! Où voulez-vous m'envoyer, docteur ?

— À l'hôpital du Sacré-Cœur qui possède un pavillon à cet effet. Et vous verrez rendue là que vous n'êtes pas la seule dans cet état. Et je vous sens assez forte pour vaincre cette bactérie, même si cela peut prendre des mois. Vous serez bien traitée et on vous aura à l'œil chaque jour.

À ce moment, Marcelle se mit à tousser de nervosité et le médecin, constatant que la toux était sévère, ajouta :

— Il ne faut plus tarder, Marcelle, je vous conduirai moi-même si vous ne voulez pas partir en ambulance, mais il faudra que Benjamine sorte d'ici dès ce soir.

— Voilà qui va la rendre mécontente, elle n'a que moi pour s'occuper d'elle.

— Allons, votre père saura bien s'en charger…

Le soir même, alors que le bon docteur s'entretenait avec Jean Vinais au sujet de sa fille, ce dernier, désemparé, sentit son cœur faiblir. Puis, dans un moment de fierté, il répondit au docteur :

— Dans ce cas-là, dites à Benjamine de faire vite ses valises, je passerai la prendre d'ici une heure. Marcelle s'en va quand au sanatorium de l'hôpital ?

— Demain à la première heure. Remarquez que la petite peut passer la nuit ici si elle se tient assez loin d'elle. Ça fait d'ailleurs plusieurs mois qu'elle côtoie sa grande sœur sans que rien n'arrive. Une nuit de plus ne changera rien, mais faites en sorte de venir la prendre demain matin après mon départ pour l'hôpital avec Marcelle.

Cher Jean Vinais ! Alors que Marie-Reine tendait l'oreille, elle lui demanda après la conversation terminée.

— Marcelle est très malade, si je comprends bien…

— Oui, la tuberculose. Tout un choc pour elle !

— Ah, mon Dieu ! la pauvre, elle ne méritait pas cela.

— Non, et il va nous falloir aller prendre Benjamine et la ramener chez nous une fois de plus.

Réfléchissant le temps d'une minute ou deux, Marie-Reine rétorqua :

— Non, Jean, c'est moi qui vais aller vivre avec elle pour un bout de temps. Cela nous permettra de remettre nos différends en question chacun de notre côté. Ce sera comme s'accorder un sursis…

— Voilà qui est une bonne idée. Alors prépare tes choses et va au chevet de notre petite Benjamine dès demain, elle aura grand besoin de toi.

Une excellente suggestion de Marie-Reine qui, dans son bénévolat de femme au cœur tendre, allait ainsi donner à son mari la chance de voir celle qu'il semblait fréquenter sans personne pour surveiller ses allées et venues. Et qui sait, peut-être sauver son couple. Mais pour Jean, ces rencontres futures avec Huguette le réjouissaient beaucoup plus que la peine qu'il éprouvait face à Marcelle. Chagrin qu'il épongeait d'un coin de mouchoir quand la tristesse le secouait.

Benjamine avait mal réagi quand, rentrée plus tôt, le médecin encore sur les lieux l'avait mise au courant de la pénible situation. Pleurant à torrents, elle avait dit à Marcelle à travers ses sanglots :

— Je te disais souvent de consulter... Tu auras dû m'écouter !

— Allons, Benjamine, le mal est fait, l'interrompit le docteur. Il faut maintenant y faire face avec autant de courage que la malade. Il te faudra retourner chez ton père pour éviter la contagion.

— Je n'y tiens pas ! Je suis capable de rester seule et d'attendre le retour de Marcelle.

— Ce qui risque d'être long et, à seize ans, ce serait une négligence que de te laisser seule dans une aussi grande maison.

— Allons, Benjamine, écoute le docteur, retourne chez papa et je reviendrai vite après ce séjour à l'hôpital, tu verras que ce ne sera pas long.

Sur ces mots encourageants de sa sœur, elle se moucha et riposta :

— Oui, mais Marie-Reine ne me tolère plus comme avant... Le fait d'avoir laissé l'école.

— T'en fais pas, Marie-Reine a passé l'éponge, c'est une femme très indulgente. Ce n'est que sa profession d'enseignante qui l'a fait sursauter, mais elle ne s'oppose pas à tes choix pour autant. Laisse-moi juste aller recevoir ces soins à l'hôpital et je te reviendrai vite, je te le promets.

— Bon, puisqu'il le faut, mais c'est à reculons que je me rendrai là. Il y a une drôle d'atmosphère depuis quelque temps chez papa. Et comme Régine n'est plus sur les lieux...

— Ne t'en fais pas, tout va bien aller pour toi. Tu as ton travail, tu ne seras là que le soir seulement, ce qui nous permettra de fermer la maison durant mon absence.

— Et la désinfecter, ajouta le docteur en regardant les planchers plus ou moins propres.

Apprenant plus tard ce même soir que Marie-Reine allait plutôt venir habiter avec elle et non se rendre chez son père, Benjamine soupira d'aise. Avec sa belle-mère sous son toit, c'est encore elle qui en serait l'occupante, donc la maîtresse des lieux. Et Benjamine, dans son for intérieur, comptait bien rappeler Marie-Reine à l'ordre si elle s'imposait un peu trop dans la maison paternelle de la rue Garnier. Elle allait l'avoir à l'œil !

La nuit fut brève pour tous, Marcelle n'avait pas réussi à s'endormir malgré le cachet laissé par le docteur, Benjamine avait dormi tant bien que mal, Marie-Reine, chez elle, avait fermé l'œil qu'un peu durant la nuit, et seul Jean Vinais avait dormi comme un loir avec Huguette dans ses pensées. Au petit jour, attendant que le docteur soit parti avec Marcelle, il arriva devant la porte de sa demeure et aperçut Benjamine à la fenêtre. Marie-Reine, emmitouflée dans un manteau de fourrure, descendit la première avec une valise à la main et trois autres que Jean transportait derrière elle. Souriante quoique triste en pensant à Marcelle, elle embrassa la jeune fille sur le front pendant que monsieur Vinais en faisait autant sur sa joue, et Benjamine, vêtue correctement, avait dit à son père en entrant :

— J'ai pris congé pour la journée, on a compris mon désarroi au travail. J'ai mal dormi, j'ai peine à absorber la nouvelle, je n'ose pas y croire.

— Je sais que c'est difficile, ma grande, mais Marcelle a du cran et elle va s'en sortir assez vite malgré les doutes de son médecin. Nous irons la voir dès que permis.

— Et moi, je t'assisterai dans tous tes besoins, Benjamine, de lui dire Marie-Reine. Et nous pourrons reprendre comme avant, quand tu vivais avec nous, que nous sortions ensemble, et tout le reste.

Puis, s'adressant à son mari, elle lui dit:

— Tu peux partir et retourner à tes affaires, Jean. Tu enseignes demain, ne l'oublie pas. On t'a donné ta journée, ça va, mais la vie doit continuer. Moi, j'ai pris une semaine à mes frais pour me dévouer auprès de Benjamine.

La regardant de plus près, la petite avait senti que Marie-Reine arrivait avec un dévouement rempli de bonnes intentions. Heureuse, la méfiance dissipée, elle lui proposa la chambre d'invité lorsque Marie-Reine lui signifia:

— Merci, ça va aller, Benjamine, je l'ai d'ailleurs déjà occupée. Mais cet après-midi, deux femmes de ménage que j'ai engagées hier vont venir désinfecter la maison. Le lavage des murs et des plafonds et tout le reste de la demeure à l'eau de Javel, et les planchers frottés au savon Barsalou. Elles vont me coûter cher, mais ça vaudra le coup, on ne peut pas prendre de chance avec la contagion, tu comprends?

— Bien sûr, répondit Benjamine, ravie d'un tel ménage, en ajoutant qu'elle avait de la lavande en aérosol pour dissiper l'odeur des produits sanitaires après leur travail accompli, alors que c'était Marie-Reine qui en défrayait le coût de sa sacoche.

Jean Vinais était retourné à ses occupations et, dès son retour à la maison, il avait réussi à joindre Huguette et à lui rapporter les derniers faits concernant sa fille aînée, mais peu intéressée, Huguette ne connaissant pas Marcelle, elle demanda à Jean s'ils allaient se revoir bientôt, et ce dernier de lui répondre :

— En fin de semaine, ma chérie, dès que j'aurai visité Marcelle à l'hôpital si on m'y admet. Et ne t'en fais pas pour ma femme, elle est actuellement aux côtés de Benjamine pour en prendre soin durant l'absence de sa grande sœur.

— Une bonne samaritaine tout de même que ta femme ! Tu n'as aucun remords la concernant ?

— Bien non, voyons, je n'ai qu'un brûlant désir dans le cœur, celui de te revoir et de revivre une nuit d'amour comme la dernière fois. Et toi ?

— Je n'attends que ce moment, mais avec ta fille gravement malade…

— Elle est entre bonnes mains, Huguette, je ne peux rien faire d'autre que d'espérer sa guérison.

— Mais c'est très sérieux la tuberculose, ce n'est pas qu'une grippe passagère…

— Oui, je sais, mais Marcelle est courageuse et elle s'en sortira, tu verras. Les poumons sensibles, certes, mais une tête forte comme il ne s'en fait plus !

Dès qu'installée dans la maison paternelle, Marie-Reine reprit ses bonnes habitudes avec Benjamine. Ce qui voulait dire la choyer et se rapprocher d'elle comme ce fut le cas pendant si longtemps. De son côté, Benjamine ne dédaignait pas ces marques d'attention, même si elle devenait une jeune fille accomplie avec les jours. Après le grand ménage de la maison, Marie-Reine y alla de ses talents culinaires et la petite, comme on la désignait encore, se retrouvait devant une table bien garnie chaque soir. Marie-Reine, ouvrant large sa bourse l'amena à deux reprises pour de nouveaux vêtements chez *Madame Belleville* ainsi que chez *Eaton*, là où les rayons étaient plus à la hauteur de l'adolescente. Et sans lui reprocher de ne plus être aux études, Marie-Reine s'informait de ses journées à son travail, de ses gages qui étaient raisonnables, et de ses patrons qui la considéraient énormément. Elle supportait même les visites d'Anna qui venait parfois souper à la maison avec elles.

De son côté, arrivée à l'hôpital où elle allait séjourner, Marcelle fut surprise du nombre de malades que le pavillon contenait. Toutes des femmes, comme si la tuberculose ne s'attaquait qu'à elles. Les hommes étaient sans doute logés ailleurs, mais grâce à son père qui avait une influence auprès des religieuses par le biais d'Estelle, Marcelle put obtenir une chambre privée pour une somme additionnelle qu'il déboursa sans rechigner. Enfin, on pouvait aller la visiter, mais avec beaucoup de précautions les premières fois. Bien soignée, traitée aux petits oignons, Marcelle semblait faire des progrès, mais elle avait de fortes rechutes qui la retenaient au lit fort souvent. Un mois, deux mois passèrent et l'état de la malade était stable, sans amélioration à l'horizon. Elle avait causé avec une ou deux filles dans le même état qu'elle, sans tisser de liens et s'en faire des amies pour autant. Marcelle n'était pas du genre à socialiser de la sorte, d'autant plus que ces femmes étaient peut-être plus affectées qu'elle-même.

À la maison, Benjamine venait d'avoir ses dix-sept ans et Marie-Reine l'avait invitée au restaurant le plus près sur la rue Mont-Royal afin de souligner l'événement. Un assez bel endroit où elles purent déguster le plat du jour de la maison qui consistait en un rôti de porc frais avec des pommes de terre en purée, précédé d'une soupe aux flocons d'avoine et suivi d'un carré aux dattes pour dessert. Et sa chère belle-mère la combla d'un foulard de soie et d'un collier plaqué or avec boucles d'oreilles que Benjamine trouva fort à son goût. Mais Marie-Reine n'allait pas visiter Marcelle pour autant, sachant fort bien que la malade ne désirait pas la voir à son chevet et faire mine de la plaindre. Très sincère pourtant, Marie-Reine aurait été plus que compatissante envers ce qu'elle traversait, mais Marcelle, intérieurement, ne prisait guère que ce soit elle qui s'occupait de la maison et de sa jeune sœur, comme si elle était indispensable. Sans savoir cependant que sa pauvre belle-mère traversait de durs moments avec son père. Jean venait de temps en temps sur la rue Garnier afin de voir si tout se passait bien et repartait enchanté lorsque Benjamine lui disait que Marie-Reine la traitait en jeune femme et non en gamine qu'elle était naguère auprès d'elle. De retour chez lui, monsieur Vinais s'empressait de téléphoner à sa dulcinée pour lui dire :

— Tout va très bien du côté de Benjamine. Ma femme en prend soin et c'est tout ce qui compte pour moi. Mais j'ai hâte que le printemps s'amène afin de pouvoir entamer la séparation que je prévois et de me retrouver avec toi dans ma maison ou ailleurs selon ton choix. Je me meurs de ne pas être constamment avec toi, je t'aime comme je n'ai jamais aimé, ma douce. Plus je sens Marie-Reine loin de moi, plus je me sens bien, elle empoisonnait ma vie, cette femme. Et j'ai des plans avec toi plein la tête dont je te reparlerai lorsque j'irai veiller chez toi. Sauras-tu attendre jusque-là ? Permets-moi de l'espérer, je me sentirais anéanti sans toi. Je t'aime tant, tant, tant…

Un long soupir au bout du fil, aucune réponse, et Jean, inquiet, lui demanda :

— Rien à dire de ton côté, ma chérie ?

— Oui, tout ce que tu dis est prometteur, mais au risque de me répéter, il ne faudrait plus tarder. Moi, jouer le rôle de celle qui attend le dénouement… Pas pour moi, Jean ! Bouge !

Sans même lui dire qu'elle l'aimait aussi après un tel aveu de son amant.

Si Marie-Reine avait entendu ce bout de conversation entre eux, elle aurait certes compris que son cher Jean ne réfléchissait pas sur leur avenir, mais plutôt sur celui de sa bien-aimée. Que deviendrait-elle si son mari insistait à vouloir rompre sans une raison valable ? Elle n'avait que lui dans la vie, que lui à qui elle avait tout donné d'elle-même, la maison incluse qu'elle avait payée de ses économies.

À l'orphelinat où elle enseignait, sœur Estelle Marie avait eu vent de la grave maladie de Marcelle. Se sentant impuissante et voulant tellement être à ses côtés, elle approcha la directrice pour lui demander si elle pourrait être affectée dans un hôpital et céder sa place à une autre sœur dans l'enseignement auprès des orphelines. La directrice, comprenant fort bien qu'elle voulait soigner sa sœur alitée, lui avait répondu :

— Écoutez, je vois là votre grand cœur, mais je ne peux vous changer de poste avant d'avoir une remplaçante pour prendre en charge les enfants. Il vous faudra être patiente si vous désirez aller soigner votre sœur ainsi que les autres tuberculeuses de cet hôpital. Je n'ai actuellement que des sœurs plus âgées qui ne peuvent prendre la relève de votre dévouement auprès des petites filles. Nous aurons bientôt trois religieuses qui vont prononcer leurs vœux perpétuels et l'une d'entre elles, jeune comme vous, pourrait être désignée à votre place, mais je vous demande d'être patiente. Le moment viendra si Dieu le veut bien.

Et sœur Estelle Marie, qui se morfondait pour être auprès de Marcelle, n'eut d'autre choix que d'espérer être transférée dès qu'une religieuse aussi capable qu'elle soit disponible pour prendre la relève à l'orphelinat. Elle priait chaque soir pour la guérison de sa sœur, et téléphonait à Benjamine pour avoir des nouvelles de Marcelle, n'ayant aucun moyen pour l'atteindre à l'hôpital. Marie-Reine, de son côté, s'efforçait de lui dire où en était sa sœur dans son cheminement, mais Estelle voulait la voir en personne, lui éponger le front, lui donner ses médicaments. Mais la directrice insistait pour lui répondre :

— Pas encore, sœur Estelle Marie, pas encore. Priez le Seigneur, Il saura vous écouter si telle est Sa volonté. La jeune sœur robuste dont je vous parlais n'aime pas tellement les enfants, elle ne saurait prendre votre place, elle me l'a avoué. Elle préfère aller en mission dans un pays du Sud, mais j'ai en vue sœur Angélique Marie qui elle, joviale et bien portante, penche du côté de l'enseignement. Qui sait si votre vœu ne sera pas exaucé. Mais il faut prier chaque soir pour mériter, de la part du Seigneur, cette grande faveur.

Entre-temps, Régine, qui se penchait sur le sort de Marcelle, était allée la visiter à Sacré-Cœur, et était revenue plutôt optimiste sur la guérison de la malade. Toutefois, à l'écoute aussi sur le sort de Marie-Reine avec son père, elle déplorait que sa belle-mère soit rejetée du paternel au profit d'une autre femme, si cette dernière existait vraiment. N'était-elle pas comme Jean pour le juger, la Régine ? Après s'être défaite de François pour ne pas avoir à l'épouser ? Insouciante de l'avoir fait se débattre pour tenter de la garder près de lui ? Tel père, telle fille ? C'était fort possible, mais elle devait tout de même se ranger du côté de Marie-Reine qui n'acceptait pas d'être évincée après avoir tout sacrifié pour lui, même son compte en banque. Et comment son père pouvait-il avoir une autre femme en tête, lui qui avait été fort sage de ce côté après la mort de Jeanne, jusqu'à ce qu'il décide d'épouser Marie-Reine beaucoup plus tard ? Quel démon du midi le tenaillait donc ? Elle ne cherchait pas à comprendre, mais jugeait que le moment n'était pas encore venu de se mêler de cette affaire nébuleuse, tant et aussi longtemps que Marie-Reine, désespérée, ne lui demande carrément son aide. Dans son gîte magnifique de la rue Monsabré, elle peignait, lisait, écoutait des émissions culturelles à la radio, et ne sortait que pour aller quérir ses denrées non pas au gros marché *Dominion* du quartier, mais chez l'épicier le plus près où il y avait moins de monde, surtout le lundi. Ses toiles signées *Brouet* se vendaient, et son emploi avec l'école le soir lui suffisait pour arrondir ses fins de mois. Elle se rendait avec sa petite Renault voir Marcelle de temps à autre, mais comme cette dernière n'était pas plus accueillante qu'au temps où elle était à la maison, Régine espaça ses visites et se contenta de s'enquérir de son état de santé auprès de son père.

Le printemps arriva, puis l'été le suivit avec un beau mois de juin ensoleillé. Sur la grande véranda d'asphalte de l'hôpital, les lits étaient alignés pour les malades qui voulaient profiter des bénéfices du soleil dans leur état, dont Marcelle qui ne se fit pas prier pour sortir de sa chambre pour humer l'air frais du nord de la métropole. Benjamine s'était rendue à plusieurs reprises auprès de Marcelle, sans toutefois l'approcher plus que permis. Sa grande sœur lui demandait de ses nouvelles, s'excusait de ne pas lui avoir offert de cadeau pour ses dix-sept ans, ce que Benjamine ne lui reprochait guère, et s'informa de son emploi comme réceptionniste. Ce sur quoi Benjamine lui avait répondu :

— Je cherche autre chose présentement, je n'en peux plus d'être au bout du fil à chaque instant pour donner des renseignements ou transférer les appels. J'aimerais trouver quelque chose de plus discret. Je vais voir du côté des marchands du quartier. Vendeuse peut-être ?

— Non, ne fais pas cela. Benjamine, garde ton emploi et prends des cours du soir afin de parfaire ton éducation. La dactylographie et la sténographie pourraient certes t'aider à mieux te placer. C'est ce que je voulais faire, moi, lorsque j'avais moins que ton âge et que…

— Oui, je sais, tu en as été empêchée par papa qui t'avait demandé de tout laisser pour prendre soin de moi, *l'autre*, comme tu m'appelais…

— Oui, comme je t'appelle encore dans mon cœur, ma petite sœur, mais je tente de me corriger devant les gens. Tu n'es plus une enfant maintenant.

— Mais ça persiste, je le sens... Qu'importe, ça ne me dérange pas. Comment oublier après t'avoir entendue dire tant de fois que je suis celle qui a fait mourir maman.

— N'en dis pas plus, regarde comme je suis punie, vois où j'en suis maintenant...

— N'en parlons plus, Marcelle. L'important, c'est que tu prennes du mieux et que tu sortes de cet endroit. Ça fait déjà presque six mois que tu es alitée, les progrès doivent se faire sentir. Qu'en pensent les médecins sur place ?

— Que je prends du mieux, mais que j'en aurai pour encore plusieurs mois avant de m'en sortir complètement.

Au même moment, un monsieur d'environ trente ans s'approcha de Marcelle et, s'excusant d'interrompre la conversation, demanda à la patiente dans sa chaise longue :

— Vous n'avez pas mangé votre salade de fruits, Marcelle ?

— Un peu seulement, monsieur Norbert, j'avais quelques nausées ce matin.

— Bon, je vous délivre de ce cabaret et je reviendrai un peu plus tard avec un léger repas, il faut garder vos forces, ajouta-t-il avec un grand sourire.

Benjamine, qui avait observé la scène sans que Marcelle la présente à l'infirmier, demanda à sa sœur dans une minime timidité :

— Il est empressé auprès de toi, cet homme. Norbert est-il son nom de famille ?

— Non, son prénom, et ne va pas t'imaginer quoi que ce soit, c'est son devoir d'être empressé auprès des malades...

— Avec un sourire comme celui qu'il t'a fait, Marcelle ?

Jean Vinais avait appris il y a quelques semaines le décès de l'acteur Humphrey Bogart. Sans avoir vu plusieurs de ses films, il avait apprécié son talent dans *The Barefoot Contessa* aux côtés d'Ava Garnier, un film qu'il était allé voir avec Marie-Reine à sa sortie. Mais il avait été plus impressionné un peu plus tard par le drame qui s'était déroulé à la Gare centrale alors que les policiers avaient abattu le malfaiteur qui s'était transformé en bombe vivante et avaient aussi découvert une autre bombe à retardement qui aurait pu tuer plusieurs personnes. Sans que tout ceci ne lui fasse oublier cependant le triste sort de Marcelle qui se débattait dans un lit blanc de l'hôpital, cherchant à vaincre par tous les moyens cette tuberculose qui faisait des ravages un peu partout. Le paternel allait souvent la visiter, lui apportant les mots d'encouragement de la famille, tout en épongeant d'un papier-mouchoir la sueur qui perlait sur le front de la malade.

— Je suis découragée, papa. J'ai peur de ne pas m'en sortir. Je perds tellement de poids.

— Non, ne pense surtout pas de cette façon, tu vas t'en remettre, ce n'est qu'une question de temps. Tu vas ensuite retrouver la maison et ce qui t'incombait avant.

— Tu es trop optimiste, j'en ai vu une partir l'autre soir. Pas pour chez elle, mais pour le grand voyage. Elle n'avait que trente-deux ans... Ça m'a bouleversée, elle semblait plus forte que moi et soudain...

Marcelle, revivant ce fait, se mit à pleurer tout doucement, pendant que son père tentait de lui remonter le moral en lui disant que la patiente en question était sans doute partie parce que c'était Dieu qui décidait du sort des humains, que…

— Arrête ! Tu me fais penser au prêtre qui vient nous visiter avec ses sermons sur mesure pour nous encourager. Et quand il s'en va, on est toutes plus démoralisées qu'avant. Parle-moi plutôt de toi, tu dois trouver le temps long sans Marie-Reine à tes côtés ? Elle a bien du courage d'avoir pris la relève auprès de Benjamine qui semble l'apprécier.

— Non, ça va pour moi, j'ai été longtemps seul entre la perte ta mère et la venue de Marie-Reine. Je compose assez bien avec la solitude, je prépare mes cours du lendemain, je lis beaucoup, j'écoute de la musique classique à Radio-Canada, et je cause avec Régine qui, de son côté, se tire assez bien d'affaire avec sa peinture. Elle vend plusieurs toiles ces temps-ci, elle n'est pas à plaindre.

— Je sais, tout ce qui lui arrive de bon ne m'arrive pas à moi ! Tout pour elle, rien pour les autres ! Telle est sa devise. Elle est née sous une bonne étoile, celle-là !

— Ne sois pas envieuse, Marcelle, ta sœur a traversé de pénibles moments avant de retrouver son équilibre.

— Peut-être, mais sans avoir à vaincre une maladie grave, elle ! Que son moral dont elle a la maîtrise. Quitter son cher François ne semble pas l'avoir affectée outre mesure.

— Elle s'est fait une raison, Marcelle, mais comme elle parle peu de ses sentiments, on ne saura jamais comment elle a vécu cette cruelle séparation.

— Bah, facilement, un de perdu, dix de retrouvés avec elle, « cruelle » est un bien grand mot pour elle ! Arrête d'en faire une sainte femme, papa, elle a plutôt le sang de Marie-Madeleine dans les veines. Dieu me pardonne, mais elle pourrait même endormir le pape et la Sainte Vierge avec les faux regrets qu'elle confesse avec des larmes de crocodile !

La laissant à ses noires pensées, Jean l'embrassa sur le front même si ce n'était guère permis et lui promit de prier pour elle chaque soir afin que la bactérie qui la tenaillait encore quitte ses poumons et la rende comme elle l'était, plus jeune, intacte et forte.

Le soir, d'un pas réfléchi, Jean conduisait sa voiture jusque devant l'appartement de sa chère Huguette qui l'attendait avec un souper aux chandelles et un vin blanc fruité comme il les aimait. Ils soupèrent, s'embrassèrent de temps en temps, et Jean remarqua le long déshabillé d'hôtesse que sa chère Huguette portait. Rouge et noir avec quelques paillettes argentées ici et là. Avec, dans ses pieds menus, des sandales à talons hauts et fins, comme celles que portent certains mannequins dans les défilés de mode. Puis, la chambre, l'amour, les soubresauts de la part de Jean et les petits cris de jouissance de sa chère compagne. Il était aux anges ! Jamais il n'avait eu de relations comme celles qu'il vivait avec Huguette. C'était quelque chose de nouveau pour lui, quelque chose d'inédit. Mais relevant une mèche tombée sur son front, Huguette lui demanda dès que revenue au salon pour le digestif :

— Et puis, quoi de nouveau avec ta femme ?

— Bien, ça s'en vient, mon amour, ça ne devrait plus être long.

Se levant brusquement, elle le toisa du regard pour lui dire :

— Encore la même chanson ! Rien ne se passe, Jean ! Tu étires ta relation et je ne le supporte plus ! Je n'ai pas l'intention d'aller plus loin, je t'en avais averti…

— Non, non, arrête, n'ajoute rien, je te jure que d'ici un mois tout sera réglé, mon ange. Il ne me reste qu'à tout mettre sur papier avec mes avocats. Je veux être à toi le plus tôt possible, mais comprends un peu qu'avec la maladie de Marcelle, ma femme s'est réfugiée auprès de Benjamine et que je ne peux la sortir de là en ce moment pour la mettre à la porte. Elle fait actuellement son devoir, mais réalise qu'elle n'est plus chez moi, qu'elle ne fait plus partie de ma vie.

— Oui, mais elle reviendra, non ?

— Absolument pas ! Dès que Marcelle sera en mesure de quitter l'hôpital, si Dieu le veut, Marie-Reine ne reviendra plus chez moi. D'ici là, j'aurai vendu la maison et, sans qu'elle le sache, nous emménagerons ensemble dans un nouveau lieu qu'elle ne verra jamais.

— Sait-elle au moins que j'existe ?

— Elle s'en doute, mais j'ai opté de tout faire ça sans éveiller les soupçons et sans que Régine, qui est de son côté, n'en sache rien. Est-ce que cet ultimatum la concernant peut te rassurer, mon amour ?

— Non, affranchis-la et ta fille avec ! Je ne suis pas un meuble qu'on achète, je suis la femme avec qui tu veux vivre ! Cesse de me cacher et sors-moi vite au grand jour, sinon…

Puis, voyant que son amant avait froncé les sourcils sur ce torrent de menaces, elle se ravisa et lui dit :

— Je ne doute pas de toi, mon chéri, mais j'ai tellement hâte de t'avoir à moi jour et nuit. Pardonne mon impatience, j'ai tendance à te croire et je vais attendre le moment patiemment. Mais je te préviens, si ça retarde encore d'un autre mois, je dégage…

— Tut, tut, tut, lui murmura-t-il, en posant son index sur ses lèvres rouges pour qu'elle se taise.

Profitant du moment, Huguette ajouta, en laissant s'ouvrir le haut de son peignoir pour l'attiser une fois de plus :

— Excuse mes emportements passagers, mon chéri, ça fait partie de mon tempérament. Mais ce n'est pas méchant. Plutôt instantané quand je désire quelque chose de déchirant… Comme toi que j'aime éperdument !

Alors que juillet se pointait, Benjamine, qui n'avait rien oublié du dialogue avec Marcelle sur sa mère qu'elle n'avait pas connue, se mit en tête d'aller porter des fleurs sur la tombe de Jeanne qu'elle avait fait mourir sans en être responsable. Ne sachant pas comment se rendre au cimetière, elle demanda à Marie-Reine si elle voulait bien la conduire et cette dernière, empruntant la voiture de Marcelle, véhicula Benjamine jusqu'au cimetière où reposait sa mère. Sur les lieux, ayant retracé la fosse de Jeanne Brouet, épouse de Jean Vinais, elle demanda à Marie-Reine de la laisser seule pour quelque temps, qu'elle la rejoindrait à l'entrée du cimetière quand elle aurait déposé les fleurs et fait quelques prières. Ce que la brave belle-mère accepta en se dirigeant près de la voiture pour s'y installer à l'abri du soleil trop plombant pour elle.

Sur la tombe de Jeanne qu'elle n'avait jamais vue ni connue, Benjamine prit une grande respiration et déposa les roses blanches sur une dalle du monument pour ensuite s'agenouiller et ouvrir le monologue qu'elle avait dans le cœur pour sa mère : *Tu m'as très peu connue, maman, juste le temps d'entendre mes premiers cris et mes pleurs qui ont suivi, mais moi j'ai senti que je quittais ce corps où j'étais bien au chaud pour être ensuite vivante sur ta poitrine où l'on m'avait déposée. Je n'ai pas vu ton sourire, j'avais les yeux clos, et je n'ai pas senti ton haleine quand tu m'as sans doute chuchoté quelques mots d'amour, mais j'ai ressenti un rapprochement si fort... comme si je voulais retourner là d'où j'arrivais pour être protégée comme durant les mois qui ont précédé ma naissance. J'étais un gros bébé, trop gros pour toi, mais je n'y pouvais rien, c'est toi qui m'avais trop bien nourrie dans ton ventre au gré de tes caresses. Si bien que, hélas pour toi, maman, tu n'as pas pu survivre à ce pénible accouchement. Marcelle ne m'a jamais pardonné de t'avoir fait mourir, maman... Je suis devenue* l'autre *pour elle, Régine et Estelle, parce que peu désirée, j'étais une étrangère dans la famille, celle qui avait fait mourir leur mère dans la nuit qui avait suivi. Mais ce n'était pas ce que je voulais, maman, je désirais sans doute être dans tes bras, emmitouflée dans un châle de laine en t'écoutant chanter de jolies chansons pour provoquer mon sommeil. J'aurais voulu, maman... Non, j'arrête, je ne vais pas plus loin, je sens que je vais éclater en sanglots. Mais sache que je t'ai toujours aimée sans te connaître.*

Puis, reprenant son souffle, elle poursuivit sans se soucier des gens penchés sur une tombe voisine : *Tu as bercé mon enfance et je t'ai demandé souvent, devant ton portrait, si tu m'aimais. Comme moi je t'aime, maman, comme je t'aimerai toujours... Je reviendrai t'apporter d'autres fleurs, des roses blanches ou roses, des marguerites et aussi des lys si j'en trouve... Pardonne-moi, maman, de t'avoir enlevé la vie sans l'avoir voulu. Pardonne-moi ce départ involontaire, tu étais si chère à notre père en ce temps-là. Oui, pardonne-moi de t'avoir fait mourir et demande au bon Dieu de me bénir quand je serai en larmes devant ton portrait en noir et blanc devant lequel je prie chaque soir pour le repos de ton âme. Tu étais si belle, tu ressemblais à Estelle... Pardonne-moi, maman, juste ça, rien d'autre, et je me sentirai délivrée d'un gros poids de culpabilité que je traîne sans être capable de m'en délivrer...*

Elle allait poursuivre lorsqu'elle entendit derrière elle les pas de Marie-Reine qui avançait, croyant qu'elle s'était égarée quelque part en voulant rebrousser chemin. Mais Benjamine ne s'était égarée que dans ses pensées en répétant si souvent à sa mère bien-aimée : *Pardonne-moi, maman...*

Durant ce temps, à l'hôpital du Sacré-Cœur, les choses semblaient aller bon train pour Marcelle qui, conversant chaque jour avec Benjamine, se rendit compte que tout se passait assez bien entre elle et Marie-Reine. Ce qui la rassura sur le sort de sa jeune sœur pour laquelle elle s'inquiétait sans cesse. Benjamine lui racontait à peu près tout, sauf sa visite sur la tombe de leur mère pour ne pas que Marcelle se culpabilise de l'avoir dirigée jusque-là dans son dialogue qui avait incité *l'autre* à le faire. Respirant les jours d'été avec plus d'aisance que l'air étouffant de sa chambre, elle passait de longues heures sur l'immense galerie de l'étage, parvenant même à s'endormir en plein soleil certains après-midi.

Si bien que Norbert, qui veillait constamment sur elle, venait lui remonter son drap pour lui protéger la figure du soleil trop ardent en juillet. Il s'en occupait plus que voulu, ce dont Marcelle s'apercevait, et souvent au détriment d'autres patientes qui auraient pu bénéficier de ses faveurs. Norbert Vaillant, sans se manifester à quiconque, s'était épris de Marcelle Vinais. Elle était pour lui le genre de filles que sa mère, avec laquelle il vivait, serait ravie de rencontrer. Il savait Marcelle célibataire, il avait tout appris d'elle et son cœur battait pour la première fois au rythme de ses sentiments pour elle. Des collations bien préparées, des repas jamais froids, son thé *Red Rose*, son préféré, qu'il était allé lui acheter, les friandises qu'il rapportait du magasin général du quartier, la médaille de la Vierge qu'il disait avoir trouvée alors qu'il l'avait achetée pour elle. Bref, toutes les attentions possibles, mais pas encore le moindre aveu, trop gêné de s'avancer de peur d'être rejeté.

Norbert Vaillant qui, malgré ses trente-quatre ans, n'avait encore jamais connu l'amour avec une autre fille. Sa mère avait tenté de lui présenter à maintes reprises des jeunes femmes disponibles du quartier, mais il n'avait pas cédé au chantage de rester « vieux garçon » et s'accommodait très bien de la situation. Madame Aurore Vaillant, veuve et mère de ce seul garçon, l'aimait profondément, cependant. Elle ne cherchait que son bonheur et elle le lui disait souvent, sans qu'il réponde positivement quand elle allait plus loin. Les yeux sur lui, elle trouvait néanmoins que son fils était moins compliqué depuis quelque temps, qu'il était plus aimable, plus affable. Elle se demandait quelle mouche pouvait l'avoir piqué et avait eu le cran de le confronter sur son étonnant changement de personnalité. Pris par surprise, ne s'attendant pas à un tel questionnement de sa part, il lui avait répondu naïvement, les yeux dans le néant: « Je crois que je suis amoureux, maman ! »

Dans son lit blanc, l'accueillant avec le sourire comme chaque fois qu'il se manifestait, Marcelle lui dit un beau matin:

— J'ai lu qu'au Canada on a procédé à la création d'un Conseil des Arts avec une dotation de cinquante millions de dollars. Le saviez-vous ?

— Oui, j'ai entendu la nouvelle et ça m'a bien réjoui.

Et sans y penser le moindrement, il ajouta d'un trait:

— Un endroit où nous pourrons aller ensemble, Marcelle, quand on y présentera de la grande musique… Oh ! excusez-moi, ce n'est qu'un Conseil pour l'instant, pas une salle de concert.

— Ce qui finira bien par arriver, monsieur Norbert. On ne va pas rester avec l'auditorium *Le Plateau* indéfiniment. De plus grandes salles vont se succéder au fil des années.

— Vous pouvez oublier le *monsieur*, Marcelle, je serai plus à l'aise avec juste mon prénom, si vous me le permettez.

Il pleuvait, la soirée s'annonçait triste à la demeure paternelle. Marie-Reine lisait dans le boudoir et Benjamine, dans sa chambre, cherchait dans les annonces classées du journal un nouveau travail ou une école où parfaire son instruction. Le mois d'août ne promettait pas d'être aussi ensoleillé que l'avait été juillet, quelques feuilles tentaient déjà de se défaire des branches qui les retenaient. Vers sept heures, le téléphone sonna, Marie-Reine répondit et cria à Benjamine du boudoir :

— C'est pour toi, ton amie Anna, je crois.

— Bon, je le prends, demande-lui d'attendre quelques secondes.

Puis, au bout du fil, Benjamine put entendre sa grande amie en larmes, ayant peine à s'exprimer correctement :

— Voyons, que t'arrive-t-il ? Parle, Anna ! Cesse de pleurer !

À l'autre bout du téléphone, la pauvre Anna fit un effort pour lui demander :

— Peux-tu me rejoindre au restaurant du coin, Benjamine ? Je serai là dans quinze minutes si tu viens...

— Oui, je peux, mais pourquoi ? Qu'est-il arrivé ? Tes parents ? Qui est malade ?

— Personne. Je t'expliquerai. Frank m'a quittée ! Il m'a demandé de partir hier, il retourne vivre avec sa femme qui le réclame, le petit s'ennuie de lui, dit-elle. Ah ! la vache ! Et il a accepté bien entendu, ça commençait à coûter cher ce qu'il lui versait chaque mois plus le loyer ici et moi à entretenir, même si je lui donnais la moitié de ma paye...

— Bon, j'arrive, je veux connaître la suite maintenant.

Benjamine avisa Marie-Reine qu'elle devait sortir, rejoindre son amie qui avait un lourd problème et, sans plus, prit son parapluie pour se diriger à pied jusqu'au restaurant où Anna, quasi trempée, l'attendait dans une petite table en coin avec un café noir et une cigarette *Sweet Caporal* à la main.

Benjamine commanda une *Orange Crush* et, regardant sa pauvre amie, la mine défaite, elle lui demanda :

— Commence au commencement, comment est arrivée cette rupture ? Il t'aimait tant, et toi...

— Oui, je l'aimais follement et je l'aime encore, je ne veux pas le perdre. Cette chienne l'a appelé pour une rencontre...

— Anna ! Ménage tes paroles, il s'agit de sa femme, la mère de son enfant, pas d'une simple rivale. Et puis ?

— Elle voulait le voir, il est allé chez elle, il a vu le petit qui lui souriait, qui était fier de le voir et...

Anna se moucha avant de poursuivre :

— Comme de raison, elle a eu le meilleur sur moi, elle lui a demandé de revenir, qu'elle était prête à fermer les yeux sur sa relation avec moi et sur toutes ses infidélités. Elle lui disait l'aimer encore et que s'il le voulait bien, ils pourraient reformer le couple qu'ils étaient au commencement de leur mariage. Et Frank, mou comme un flan, a accepté sa proposition. Je me demande bien pourquoi ! Il m'avait, moi...

— Bien, si c'est son enfant qui lui a remué le cœur, il faut le comprendre. Je ne crois pas que ce soit que l'argent...

— Non, parce qu'il en fait en masse au gym avec les gars qui viennent chaque soir pour se faire des muscles. Mais Frank, mou comme du bon pain, si elle l'a eu avec le p'tit, il n'a pas pu refuser avec son enfant dans les bras. Je sentais cependant qu'il était fatigué de moi sans être assez homme pour me le dire. Si c'était ça...

— C'est possible, c'était trop beau entre vous deux, trop fort, tu étais accrochée à lui... Qui sait s'il ne s'est pas tanné de toujours... Tu sais ce que je veux dire, non ?

— Oui, mais il aimait ce que je lui faisais, il adorait être au lit, il ne se plaignait de rien... J'étais prête à tout...

— J'imagine, mais ce n'est pas que ça une histoire d'amour, il faut que le cœur parle aussi, Anna. Et son petit gars a déclenché un effet chez lui qu'il ne ressentait pas avec toi. Écoute, je ne veux rien brusquer, mais que vas-tu faire maintenant ? Il est bel et bien parti ?

— Non, il va le faire demain. Il va vendre ses meubles et casser le bail avec le propriétaire en lui trouvant un autre locataire. Il a tout pour lui, l'écœurant, c'est moi qui suis sur le trottoir à présent ! Avec juste mes effets personnels, pas même la clef de notre logement…

— Allons, tu ne traînes pas nulle part. Où vis-tu en attendant ?

— Chez mes parents, c't'affaire ! Où veux-tu que j'aille ? Ils m'ont reprise quand ils ont su qu'il m'avait sacrée dehors. Mais ils ne le blâment pas, que veux-tu, Frank leur a trouvé des emplois qu'ils ont encore. Ils ne jurent que par lui, mon père m'a même dit que j'étais trop jeune pour lui ! Allons donc ! Frank m'appelait sa femme, il ne me considérait pas comme une adolescente. Je m'en vais sur mes dix-huit ans, Benjamine, j'ai l'âge de raison, non ?

— Oui, et je remarque que tout s'arrange assez bien malgré ta peine, tu as un toit avec la maison de tes parents, tu seras nourrie et logée tant que tu voudras… Tu sais, des hommes il y en a d'autres, pas seulement Frank et ses bras musclés.

— Je sais, mais c'est lui que j'aime, j'en suis encore folle, Benjamine ! Je ne peux m'imaginer me coucher le soir sans lui, j'en suis malade juste à y penser…

— Bon, maintenant que tu as partagé ton chagrin, il va te falloir le surmonter sans plus tarder. Frank t'a quittée ? Tant pis pour lui !

— Non, tant pis pour moi, c'est moi qui perds en maudit, parce que lui, à part sa femme qu'il n'aime pas, va en trouver d'autres, les filles sont après lui comme des mouches à… Tu sais ce que je veux dire ? Mais il m'était fidèle, il me l'avait juré !

— Tu peux maintenant retourner chez toi ? Moi, je dois rentrer, il fait presque déjà noir et il pleut encore. On pourrait se rappeler demain si tu veux bien…

— Oui, et merci d'être venue. Tu es bien fine, Benjamine ! Je n'ai que toi comme amie. Est-ce qu'il serait possible de m'héberger pour la nuit ?

— Pourquoi ? Tu as ton chez-toi…

— Penses-tu que je vais moisir là longtemps ? Sans Frank pour défaire le lit chaque soir ? Non ! C'est mal me connaître. Et je me demandais si, finalement, nous pourrions partager un appartement dans un bloc ensemble…

— Pas pour l'instant, Anna, n'y pense même pas. J'habite avec Marie-Reine qui est très bonne pour moi et, même pour ce soir, je ne pourrais pas t'imposer à elle. On reparlera de tout ça si tu le veux bien.

— Oui, à moins que Frank me revienne en rampant…

— Comme un homme encore amoureux, Anna, pas comme un serpent ! Et s'il a choisi de retourner avec sa femme et son enfant, respecte au moins son choix. Ce sera bon pour le petit d'avoir un papa tout à lui !

Et de retour chez elle après cette soirée mouvementée par le drame d'Anna causé par la perte de son homme, Benjamine avoua à Marie-Reine que sa pauvre amie avait rompu avec son *chum* sans aller plus loin dans leur union hors mariage. Ne l'écoutant que d'une oreille, jumelant le sort d'Anna avec le sien, s'il fallait que Jean... Marie-Reine ferma les yeux pour ne pas y penser et, retrouvant un simili sourire, annonça à Benjamine le décès de l'acteur Oliver Hardy, diffusé à la radio.

— Qui ?

— Oliver Hardy. Il n'avait que soixante-cinq ans. Tu as vu quelques-uns de ses films ? Il jouait en duo avec Stan Laurel.

— Non, ça ne me dit rien, j'ai surtout vu les films d'Abbott et Costello, moi, les deux comiques.

— J'oublie toujours que tu es plus jeune, mais moi j'ai vu leurs films et, regarde ici dans *La Presse*, ils ont mis une photo du célèbre tandem. Oliver, c'était l'gros !

Chapitre 8

Enfin, Estelle avait eu la permission de quitter l'enseignement à l'orphelinat pour se rendre à l'hôpital du Sacré-Cœur, afin d'œuvrer auprès des malades de la tuberculose, dont sa sœur Marcelle qu'elle s'était empressée de revoir. Sœur Thérèse Marie, qui était en charge de ces religieuses, l'accueillit avec bienveillance, la dirigeant ensuite vers le couvent derrière l'hôpital où elle allait séjourner après son dur labeur auprès des patientes. Tout se fit dans le bon ordre et, après quelques instructions de la religieuse chevronnée, sœur Estelle Marie put regagner l'hôpital et vaquer à quelques occupations en compagnie d'une jeune religieuse du nom de sœur Claire Marie qui allait devenir son alliée, pour ne pas dire son amie. Marcelle, qui ne savait rien de cette mutation, fut des plus surprises de voir arriver, aux côtés de sa chaise longue sur la véranda, nulle autre que sa sœur Estelle qui, sourire aux lèvres, lui avait dit :

— C'est moi qui vais m'occuper de toi à partir d'aujourd'hui.

— Estelle ! Tu as pu être transférée ? Dieu merci ! Je suis si contente de te voir malgré les bons soins des autres religieuses, dont sœur Claire Marie qui est très dévouée pour nous. Les soins sont appropriés et moi, depuis un certain temps, je vais beaucoup mieux. Si ça continue ainsi, je pourrai être délivrée de ce sanatorium et retourner à la maison, selon les médecins traitants. Ça fait presque deux ans que je suis ici, et comme le bon Dieu n'a pas voulu de moi de l'autre côté, je pourrai retourner m'occuper de Benjamine qui en sera contente, même si Marie-Reine lui vient en aide temporairement.

— Tu n'as besoin de rien de spécial ? Des papiers-mouchoirs, des pastilles, des choses de la pharmacie que nous n'avons peut-être pas ici ? Tu veux d'autres chocolats ? J'en vois sur ta table de chevet…

— Je n'ai besoin de rien, Estelle, et lorsque c'est le cas, Norbert s'empresse d'aller me les chercher. C'est l'ami le plus dévoué que je peux avoir ici.

— Un homme ? Voilà qui me surprend…

— Oui, mais Norbert n'est pas qu'un préposé, c'est également un infirmier diplômé affecté aux soins des malades. Il vient chaque jour prodiguer à Berthe, la dame de la troisième chaise derrière moi, son traitement à l'insuline pour le diabète, parce que la pauvre femme n'a plus la force de s'injecter elle-même. Et le soir, il s'occupe de nos petits besoins personnels. C'est un ange, cet homme !

— Mon Dieu ! Un peu plus et il était médecin !

— Oui, il aurait pu le devenir, mais son dévouement pour les malades s'est limité à être infirmier, on manque tellement d'hommes dans cette profession.

— En plus d'aller quérir tes petits besoins comme le chocolat que je vois dans ton cabaret.

— Erreur, Estelle ! C'était un cadeau de sa part. Moi, je ne commande rien du restaurateur, j'ai tout ce qu'il me faut ici, mais essaie de savoir pourquoi, Norbert s'est attaché à moi. Je suis sa préférée, m'a-t-il murmuré.

Cela ajouté en riant, bien entendu, mais Estelle avait compris, par les yeux pétillants de Marcelle, que ce type était plus qu'un dévoué préposé pour elle, et devinant son trouble, elle lui avait déclaré :

— Comme tu as un chevalier servant, cela va me permettre de m'occuper davantage des autres, peut-être plus délaissées que toi.

— Oui, fais-le, surtout pour les petites gâteries dont elles sont privées. Moi, avec Norbert, j'ai vraiment tout ce qu'il me faut, sauf les *kleenex* qu'on ne nous remet pas en quantité ici. Ça, il va me les acheter. J'ai quand même les moyens de me les payer !

— Tu es sûre que cet infirmier n'est rien de plus qu'un ami, Marcelle ? À t'entendre, si tu étais à la maison, je pourrais m'imaginer qu'il a aussi conquis ton cœur.

— Allons, arrête de te prendre pour un émissaire, toi ! Pour une bonne sœur, tu sautes vite aux conclusions ! Et je te connais, va, toute petite chose prend de l'ampleur avec toi. Norbert Vaillant ne fait que son devoir. Peut-être un peu plus avec moi depuis le temps qu'il est sur cet étage, mais rien qui vaille la peine d'en scruter les angles comme tu es portée à le faire.

— Bien non, Marcelle, et cela te regarde. Je ne suis pas ici pour voir comment se portent tes sentiments, je suis là pour ton état de santé qui semble drôlement s'améliorer. Peut-être suis-je arrivée trop tard pour te venir en aide ?

— Non, Estelle, je suis rassurée de te savoir là, à quelques pas de moi. Contente d'avoir quelqu'un de la famille à mes côtés constamment, surtout avec le mal que tu t'es donné.

— Je t'avoue que ça n'a pas été facile. J'avais le cœur gros de laisser les petites orphelines entre les mains d'une autre sœur, mais que veux-tu, quand une chose a fait son temps... Bon, je te quitte pour l'instant, je dois me rendre auprès d'une patiente arrivée depuis peu et qui désire faire ma connaissance. Sœur Claire Marie ne peut tout de même pas me présenter à toutes les dames de lit en lit... Mais une seule question avant de te laisser te reposer.

— Oui, vas-y, je t'écoute.

— Ce Norbert... Est-ce un homme marié ?

— Non, célibataire, Estelle. Et de quelques années de plus que moi. Je me ferai un plaisir de te le présenter quand il passera dans notre département.

Méfiante et plutôt taquine, Estelle lança à Marcelle avant de regagner son poste :

— Curieux que tu l'appelles Norbert, c'est familier, tu connais pourtant son nom de famille !

Benjamine avait maintenant dix-huit ans et, après avoir étudié durant des mois la dactylographie, elle avait réussi, grâce à Marie-Reine, à décrocher un emploi comme secrétaire chez un dentiste du nord de la ville, ce qui ne lui demandait pas tellement d'heures de bureau dans la paperasse. Avec juste assez de savoir-faire pour recevoir les clients et leur remettre des reçus de paiement. En plus de s'occuper des rendez-vous téléphoniques, un travail peu épuisant qui lui convenait fort bien. En fait, ce dentiste était celui de sa belle-mère. Marie-Reine avait plaidé sa cause lorsque l'ancienne secrétaire avait pris sa retraite, et le dentiste, plus ou moins âgé, était ravi d'avoir du sang neuf parmi son personnel qui ne se composait que d'une assistante dentaire et de Benjamine au poste de la réception. Aux anges, se sentant valorisée par cet emploi inespéré et bien payé, Benjamine se dandinait la tête haute depuis qu'elle avait un diplôme de secrétaire à afficher.

Un certain soir avant de partir, un jeune homme d'environ vingt et un ans entra dans la salle d'attente pour attendre son père, le dentiste, qui allait le ramener à la maison. André, de son prénom, était un fort beau garçon aux yeux noisette et cheveux bruns avec des dents éclatantes, cela allait de soi avec un père dentiste. Il discuta quelques instants avec Benjamine qu'il rencontrait pour la première fois et lui apprit qu'il était lui aussi en voie de devenir dentiste et de succéder ainsi à son père. Fort troublée par ce beau gars instruit qui la regardait avec complaisance, elle se présenta plus officiellement comme la fille d'un professeur pour lui en mettre plein la vue, et lui avoua qu'elle n'était à cet emploi que depuis quelques semaines seulement. Et lorsqu'il partit avec son père et qu'elle suivait derrière eux en fermant à clef la porte du cabinet, elle l'avait déjà en tête pour peut-être une éventuelle sortie, s'il n'avait pas de petite amie.

De son côté, la pauvre Anna ne s'était pas encore remise de la perte de son amant. Livrée à elle-même chez ses parents, elle avait dépéri terriblement et remontait peu à peu la côte à force d'encouragements. La jeune Italienne, qui n'avait pas cherché à se consoler dans les bras d'un autre, avait appelé Frank à plusieurs reprises pour lui demander de la fréquenter au moins en cachette de sa femme, n'importe où, n'importe quand. Mais ce dernier l'avait gentiment remise à sa place en lui disant qu'il avait jeté son dévolu sur son enfant, ce beau petit gars pour lequel il vivait maintenant qu'il ne couraillait plus, qu'il était devenu fort sérieux sur ce plan et qu'il avait acheté, avec l'aide de la banque, le gymnase où il enseignait depuis assez longtemps. Devenu propriétaire et fier de l'être, il avait changé de voiture et sa clientèle prit un nouvel essor avec ce jeune maître du studio de trente-cinq ans, comparé au précédent propriétaire qui, dans la cinquantaine avancée, était plus ou moins en forme. Les abonnements redoublaient et Frank en était fier, car en plus d'être le *boss* de l'entreprise, il avait gardé le poste d'instructeur auprès des gars qui venaient de partout pour tenter d'avoir un corps comme le sien en peu de temps. Ce qui n'était pas le cas lorsque quelques feluettes se déshabillaient afin de montrer leurs bras avec de tout petits pruneaux sur les biceps. Comment faire des *Monsieur Montréal* avec de tels spécimens ? Mais Frank ne leur enlevait pas l'espoir de s'améliorer et encaissait leurs paiements chaque mois.

Donc, Anna, complètement rejetée de l'homme qu'elle aimait, remonta la pente tout doucement et, rétablie de sa dépression, s'acheminait sur ses dix-neuf ans en décembre et, bilingue, se trouva un emploi dans un grand magasin de l'ouest de la ville.

Elle changea d'attitude et d'habillement pour la circonstance, et se trouva un appartement pour ne plus être à la merci de ses parents. Rentrée de son travail ce soir-là, Benjamine s'était empressée de l'appeler pour lui parler discrètement du fils du son patron prénommé André, et Anna de lui répondre après l'avoir écoutée attentivement :

— Ben, dis donc, t'as un bel avenir en vue, toi !

— Anna ! Arrête tes suppositions ! Je ne l'ai vu qu'une fois. Il me plaît, mais...

— Mais quoi ? Belle comme tu l'es, c'est pas possible que tu deviennes la femme d'un dentiste un jour ?

— Je n'y pense même pas !

— Admets cependant que ce serait mieux d'être la femme d'un dentiste que de marier un *truck driver* !

C'était le printemps, 1958 s'annonçait sans bavures pour la famille Vinais, sauf que, chez le paternel, ça grouillait terriblement, les murs en étaient témoins. Jean, pour ne pas déplaire à Huguette, se devait d'agir promptement maintenant, sinon sa belle fermerait ses volets à tout jamais. Et comme il en était fou et possessif, il se mit en frais de tout vendre ce qui lui appartenait sans en parler à Marie-Reine, qui habitait encore avec Benjamine, et termina sa triste mission volontaire en vendant la maison qui était à son nom, sans en glisser un mot à celle qui l'avait payée. Ce qui fit qu'après un certain moment, la maison fermée pour donner la chance au nouvel acheteur d'en faire le ménage, il se retrouva avec ses effets chez sa maîtresse pour quelque temps. Il téléphonait à Marie-Reine de temps à autre, pour s'assurer qu'elle ne savait rien de son départ et de la vente de son duplex sur la rue Marquette. Mais comme toute chose finit par se savoir, Marie-Reine croisa au centre d'achats une voisine qui lui demanda en l'apercevant :

— Dites donc, madame Vinais, vous habitez où maintenant ? Je ne vous ai même pas vue déménager ?

— Je suis chez ma belle-fille depuis des mois, sa sœur aînée est hospitalisée et elle avait besoin de moi. Mais ça va mieux pour elle et vous allez me revoir dans les parages prochainement.

— Quels parages ? Vous comptez revenir dans le quartier ?

— Mais non, chez moi tout simplement, où mon mari m'attend.

— Je ne comprends pas, madame Vinais, la maison a été vendue, il y a une nouvelle famille qui l'habite et vous parlez de revenir ?

— Heu... Comment ? Je... je ne saurais vous répondre pour l'instant, mais excusez-moi, je veux retourner chez ma belle-fille avant que la pluie nous surprenne.

— Allez et bonne chance, mais n'oubliez pas votre sac à poignée que vous avez déposé par terre.

Dans la voiture, appuyée sur le volant, la tête entre les mains, Marie-Reine avait peine à croire ce que cette mégère venait de lui apprendre. Elle avait pourtant parlé à Jean la veille et il lui avait dit que tout allait bien, de prendre son temps, de veiller sur Benjamine... Ah ! le salaud ! Il ne pouvait pas avoir fait cela ? Tout vendu pendant qu'elle n'était pas là ? Avec ses vêtements et ses souvenirs dans la poubelle ou chez Régine ? Il fallait donc qu'elle sache, l'artiste peintre, qu'elle est de complicité avec lui... De retour chez

Benjamine, les provisions sur la table de la cuisine, elle téléphona à Régine sans tarder. Cette dernière qui rentrait tout juste d'une exposition en Mauricie, lui répondit, le souffle court :

— Tu pourrais me laisser défaire ma valise, Marie-Reine ? Je rentre à peine de ce séjour et je suis extrêmement fatiguée.

— Écoute, Régine, je ne te parlerai pas longtemps, mais est-ce vrai que ton père a vendu la maison durant mon absence ?

— Comment, la maison ! Qui a pu te mettre pareille idée en tête ?

— Une voisine rencontrée au marché qui était fort surprise de ne pas m'avoir vue déménager.

— Bien, voyons donc ! Papa ne peut avoir fait ça en si peu de temps, je n'ai été absente que trois semaines. C'est vrai que je ne lui ai pas parlé... Et c'est insensé, c'est ta maison, Marie-Reine ! Comment pourrait-il la vendre sans ton autorisation ? Et pour aller où ?

— Je n'en sais rien, mais la maison est à son nom et, si c'est vrai, il m'a joué un sale tour, ton père ! Parti avec une autre sûrement, je m'en doutais !

— Écoute, ne bouscule rien, je vais l'appeler dès que j'aurai sauté dans mes pantoufles après toutes ces journées passées debout à la galerie et les symposiums. Je te rappelle dès que j'ai de ses nouvelles...

— Remarque qu'il m'a appelée il y a deux jours pour s'enquérir du bien-être de Benjamine, mais il n'était sans doute plus à la maison, le téléphone n'avait pas le son coutumier du nôtre, c'est comme s'il me téléphonait de plus loin.

— Je l'appellerai, Marie-Reine, je n'en reviens pas. J'ai peine à croire ce que j'entends. C'est sans doute quelque chose de non valable de la part de la bonne femme qui t'a apostrophée au marché. Tu n'es pas allée vérifier ses dires ?

— Non, j'avais trop honte. Tout le monde me connaît sur la rue Marquette. J'habite là depuis si longtemps.

— Bon, je l'appelle et je te reviens avec la suite. Ne bouge pas de la maison, je serai vite de retour sur ta ligne.

— C'est bien... Sans toi, je ne saurais quoi faire, Régine. J'ai déjà le cœur en lambeaux...

— Sans doute pour rien. Prends sur toi, Marie-Reine, je te rappelle dès que je serai allée au fond de cette histoire incohérente avec lui.

Et Marie-Reine avait raccroché sans avouer à Régine, de peur de perdre sa confiance, qu'elle avait douté d'elle, la croyant de connivence avec son père.

Régine prit quand même le temps de défaire ses bagages, de manger et de se mettre à l'aise avant d'appeler son père à son travail. Le joignant au bout du fil, elle lui demanda :

— Ça va bien, papa ?

— Heu... oui. Tu es revenue de ton exposition ?

— Oui, et ça s'est bien passé. Ce n'était quand même pas loin pour terminer ma tournée. J'ai vendu plusieurs toiles, dont trois nus au même client. Je suis revenue presque les mains vides. Et ça m'a plu, j'ai réalisé que *Brouet* n'était pas morte pour eux. On m'a même demandé des autographes, moi qui en signe rarement depuis quelque temps. Et toi, qu'as-tu fait de bon durant ces moments ?

— Bien... j'ai vendu la maison.

— Oui, je viens de l'apprendre.

— Ah oui ? Par qui ?

— Par Marie-Reine qui l'a su d'une voisine rencontrée au marché. Alors, explique-moi pourquoi tu as fait cela.

— Parce que j'ai trouvé un bon acheteur…

— Non, à d'autres, papa ! Tu n'avais pas l'intention de vendre avant mon départ. Qu'est-il arrivé ?

— Il faudrait qu'on se rencontre et que je t'explique tout, Régine. Je ne peux pas garder ça pour moi indéfiniment…

— D'accord, on se verra, mais pourquoi avoir vendu ?

— Parce que j'ai eu un bon prix.

— Non, pour une autre raison sans doute. Mais tu n'avais pas le droit de faire ça, la maison est à Marie-Reine, c'est elle qui l'a payée.

— Désolé, mais elle était à mon nom. Marie-Reine me l'a cédée quand nous l'avons achetée. Donc, libre d'en faire ce que je voulais.

— Sans même lui en parler ? Et son investissement, papa ? Tu sais fort bien que c'est elle qui a tout déboursé et qui rembourse l'excédent à la banque chaque mois. Elle a vidé son compte pour cette maison, tu n'avais pas le droit de la vendre sans son autorisation et sans l'avoir consultée. C'est ta femme après tout…

— Pas pour longtemps, j'ai l'intention de demander la séparation de corps, je veux refaire ma vie autrement.

— Où donc habites-tu maintenant ?

— Heu… ailleurs. Si tu veux tout savoir, rencontre-moi demain dans le hall de l'hôtel Windsor à l'heure du dîner, et tu seras entièrement affranchie. D'ici là, aucun mot à Marie-Reine.

— Je regrette, elle attend mon retour d'appel pour savoir ce qui se passe. Elle semble décontenancée, elle ne comprend rien à ce geste, elle est allée constater sur place et elle est tombée sur le nouvel acheteur qui lui a confirmé l'achat de la maison. Il lui a dit de revenir avec un homme à gros bras pour récupérer ses affaires laissées dans des boîtes de carton dans la cave, mentit-elle.

Ce qui allait se révéler exact.

— Bon, dis-lui ce que tu voudras, je m'en remets à toi, mais viens demain et tu connaîtras la raison profonde de mon geste. Quant à Marie-Reine, j'ai l'intention de lui remettre la moitié de l'argent de la vente.

— La moitié ? La totalité, papa ! C'est elle qui l'a payée !

Sur ces mots, Régine avait raccroché, fort désappointée de l'attitude de son père. Très protectrice envers Marie-Reine, elle ne pouvait s'imaginer qu'il lui avait fait une telle offense. Attendant une heure ou deux pour décompresser, elle rappela Marie-Reine pour lui dire :

— J'ai parlé à mon père et, effectivement, il a vendu. Il dit avoir obtenu un bon prix…

— Voyons donc ! Sans même me demander mon avis ? C'est ma maison ! Pas légalement, mais il sait très bien que c'est moi qui l'ai payée de mes économies.

— Il a dit qu'il allait te remettre la moitié de la somme encaissée…

— Me prend-il pour une idiote ? Elle est à moi entièrement, il n'a qu'à remettre l'argent dans mon compte pour que je puisse en acheter une autre ailleurs. On ne jette pas sa femme dans la rue aussi cavalièrement pour une autre femme.

— Qu'as-tu dit ? Une autre femme ? Comment le sais-tu ?

— Je ne la connais pas, je ne l'ai pas encore vue, mais il a une autre femme dans sa vie. Mon intuition me le dit, Régine. On ne quitte pas sa femme pour s'en aller vivre en appartement après un vol comme celui qu'il vient de commettre à mon égard. Où était-il quand tu l'as appelé ?

— À son travail, je n'ai pas d'autre numéro pour l'instant, il n'a pas voulu répondre à cette question.

— Il vit sans doute chez cette femme ! Il me quitte pour une autre, Régine. Et si c'est le cas, qu'il soit assez homme pour me le dire. Je ne ferai pas de scandale pour ça, mais me dérober ma maison en plus, je vais le traîner en Cour, je ne suis pas folle et il va s'en rendre compte.

— Bon, calme-toi, je le rencontre demain et je vais tout t'apprendre. En passant, tes effets sont dans le sous-sol de la maison, je l'avais deviné et il n'a pas nié. Mais chose certaine, il est mieux de te remettre ton argent, sinon…

— C'est la prison pour lui ! s'exclama Marie-Reine, sans tenir compte que s'il était mesquin, il avait tous les droits sur la maison, elle, aucun !

Une nuit de plus à sommeiller et Régine se rendit le lendemain à l'heure convenue dans le hall de l'hôtel Windsor où son père l'attendait. Vêtue modestement, mais de bon goût, elle prit place dans le fauteuil que le serveur lui offrait et commanda un verre de vin blanc en guise d'apéritif, ce que son père allait boire durant le repas. Elle, rien d'autre, elle voulait rester sobre. La regardant dans les yeux, il lui murmura :

— J'espère que tu me comprendras, Régine, je suis tombé amoureux d'une autre femme que je fréquente depuis plusieurs mois.

Puis, augmentant le ton maintenant que l'aveu était fait, il ajouta :

— Une femme intelligente, élégante, bref, une femme sur mesure pour moi. Elle est procureure de la Couronne auprès des jeunes délinquants, la plupart mineurs. Une avocate judiciaire pour mieux préciser. Je vis maintenant avec Huguette, tel est son nom, et nous formons un couple heureux.

— Bon, ça va, mais qu'arrive-t-il de Marie-Reine dans tout cela ? Elle se doute qu'il y a une autre femme, elle me l'a déclaré. Son intuition féminine l'a portée à deviner, même si tu n'as pas eu le courage de le lui avouer. Tu es parti comme un voleur, papa ! Ça ne se fait pas quand on est marié et qu'on a une bonne compagne dans sa vie. Marie-Reine ne méritait pas cela.

— Oui, une bonne compagne, je l'admets, mais l'amour est parfois plus fort que la raison. Huguette, c'est toute ma vie, je n'y peux rien, je la suivrais jusqu'au bout du monde si elle me le demandait. Puis, tu as bien quitté ton François, toi ?

— Oui, mais pas pour un autre homme et pas sauvagement comme tu l'as fait, on s'est parlé lui et moi, on s'est expliqués longuement. Et nous n'étions pas mariés. Ne compare pas ma rupture à ton insolent coup de matraque envers ta femme. C'est ignoble ce que tu as fait ! Et son argent à présent ? Je parle de tout son argent, pas la moitié, papa ! Marie-Reine a travaillé toute sa vie pour ces économies et tu ne vas tout de même pas partir avec les poches bien remplies de ce qui ne t'appartient pas !

— Je compte bien le lui rendre un jour…

— Pas un jour, maintenant, papa ! Tu l'as cet argent, tu as vendu la maison comptant, tu n'as pas le droit de la priver de ce qui lui revient. Elle a tout sacrifié, elle, même ses petites économies, et là, où va-t-elle aller, tu penses ?

— Actuellement, elle est avec Benjamine… Dis, on commande un plat ?

— Non, juste une entrée de poulet en salade pour moi, tu m'as coupé l'appétit. Jamais je n'aurais cru que tu aurais fait un tel mauvais coup pour une autre femme. Toi, si intègre, si avenant, si peu porté à blesser les gens, tu as presque tué ta femme avec ton geste. Marie-Reine n'en dormira pas de la nuit quand je lui dirai qu'elle avait raison, qu'une autre femme a pris sa place sans même un aveu de ta part. C'est lâche ce que tu as fait, papa, et jamais je ne te le pardonnerai. Mais je suis là non pas pour te plaindre ou te comprendre, je suis ici pour que Marie-Reine ne perde pas son argent. Et je m'attends à ce que tu me le remettes sans tarder. Ta maîtresse fait assez d'argent pour t'entretenir, non ? Et avec ton salaire hebdomadaire… Non, rends vite son argent à Marie-Reine où je m'unis avec elle pour te le soustraire par la loi.

Le dîner s'achevait. Jean avait pris un steak tartare et termina avec une crème de menthe blanche que sa fille refusa. Régine, encore hors d'elle, s'apprêtait à se lever et partir lorsque son père la retint par le bras pour la rasseoir et lui dire :

— Attends juste un peu et vois qui vient là, c'est pour notre table.

Et, sûre d'elle, hautaine, altière, vêtue comme une millionnaire, Huguette Sèvre s'avança, et Jean, courtois et empressé, lui tira un fauteuil. Puis, après l'avoir présentée à Régine qui ne l'avait guère bien accueillie, Huguette se permit de lui dire :

— On voulait vous faire la surprise !

— Une surprise dont je me serais passée, madame. Et je m'en moque, j'allais partir. Il n'était pas nécessaire de vous déplacer. Une autre mauvaise idée de mon père, sachant que je n'aurais pas cherché à vous rencontrer.

— Mais moi, oui, *Brouet* n'est pas une inconnue dans le milieu où je travaille. Une de mes compagnes a même un tableau signé de vous.

Sans rien répondre, Régine se leva et exprima devant elle sa dernière volonté à son père :

— Tu remets tout ce que tu dois à Marie-Reine, papa, où tu ne me revois plus. Est-ce assez clair ?

Puis, fière de son emprise sur la situation, Régine tourna les talons et se dirigea vers la porte sans avoir salué Huguette ou embrassé son père. Ni vue ni connue pour la sauvegarde du bien-être de la pauvre Marie-Reine, qui n'allait plus savoir que faire ni où aller après le retour de Marcelle qui s'annonçait imminent vu le progrès de sa guérison.

Huguette, restée muette sur place, regardant Jean, lui dit tout simplement après le départ de sa fille :

— Elle se prend pour qui, la *Brouet* ? Si tes autres filles sont pareilles comme elle, j'aime mieux ne pas les connaître. Quel manque de respect à mon égard ! Je suis une avocate de profession…

— Oui, ma chérie, et elle une artiste peintre de renom. À qui donc le gain de cause dans une telle confrontation ?

— Qu'importe ! Ne t'avise plus de m'inclure dans tes plans et de me faire humilier de la sorte. Tu ne l'as même pas rappelée à l'ordre, tu regardais par terre comme un innocent, Jean ! Et je ne tolérerai plus un tel traitement causé par ton inaptitude à la confronter seul. Bon, règle la facture et viens, cette mauvaise rencontre a fait ma journée ! Me parler de haut comme si elle était une diplômée ! Et m'ignorer ensuite ! *Brouet* n'est qu'une fille du peuple mal élevée !

— Tout de même, n'exagère pas, c'est moi qui l'ai élevée…

— C'est tout dire ! Sans contrôle parental, sans fermeté, Jean Vinais ! Ah ! la gueuse, me réduire à néant devant toi en m'ignorant comme si j'étais une femme de ménage ! Ah !... Viens-t'en vite avant que j'explose publiquement et ne me mêle plus à tes histoires de famille. Je ne veux plus jamais la revoir, la Régine ! Qu'elle aille au diable avec ses pinceaux ! C'est moi qui plaide à la Cour chaque jour, pas elle qui ne fait que peindre des fleurs sans grand talent, j'ai vu la toile de mon amie… Il y en a de semblables chez *Woolworth* à moins de cinq dollars ! Allez, grouille et suis-moi, on rentre et ne me parle plus jamais d'elle ni des deux autres. C'est avec moi que tu vas vivre, Jean, pas avec l'une de tes trois filles qui n'ont même pas réussi à se trouver un prétendant. Un insuccès pour toi ! Quand j'y pense, une avocate de la Cour traitée de la sorte…

Et Jean qui suivait sa bien-aimée, la tête basse comme un gamin qu'on venait de punir pour une mauvaise action, trouva la force et le courage de lui répliquer :

— T'attendais-tu à une révérence de sa part, Huguette ?

De retour de ce dîner, Régine s'empressa de rappeler Marie-Reine pour tout lui raconter :

— Écoute, je rentre à peine de ma rencontre avec mon père. Et tu avais raison, il a une autre femme dans sa vie, je suis désolée de te le confirmer.

— N'en sois pas désolée, je m'en doutais, Régine, sauf que je ne sais pas encore qui elle est…

— Moi oui, il a eu le cran de l'inviter à la fin du repas pour me la présenter, mais il a eu tort, cette improvisation a mal tourné. Une femme mûre, plus grande que lui, distinguée d'allure par sa tenue vestimentaire, mais pimbêche dans son approche. Parce que cette femme, qui n'est qu'une avocate pour les jeunes qu'elle fait condamner en Cour, se prend pour le juge. Je l'ai détestée après cinq minutes en sa compagnie et je l'ai ignorée, même du regard, Marie-Reine. Je la sentais humiliée, mais elle n'allait pas avoir le dessus sur moi. Elle semble mener mon père par le bout du nez et il va avoir à se repentir longtemps d'être tombé dans ses filets. Sur le plan financier, il m'a promis qu'il allait trouver l'argent pour te le rendre.

— Mais il l'a cet argent, il a vendu la propriété comptant…

— Oui, mais qui sait si le montant n'est pas déjà dans le compte de banque de sa nouvelle flamme ? Elle a beau être à l'aise… Ce genre de femmes n'en a jamais assez !

— Est-elle jolie, au moins ?

— Non, et ça doit être pire en se levant le matin sans sa couche de maquillage. Avec son chapeau à voilette et ses multiples bijoux, on peut dire qu'elle est passable, mais du genre poule de luxe, selon moi. Si elle n'avait pas une position à la Cour, j'aurais pensé à autre chose la concernant. Elle s'appelle Huguette, je n'ai pas trop saisi son nom de famille, papa ne l'a pas répété. Mais je lui ai bien fait sentir que s'il ne te remettait pas ce qu'il te doit, il me perdrait du même coup. Donc, c'est ton avoir ou moi ! Et ce, dans les plus brefs délais !

— Mon Dieu, c'est tout ce que je veux, Régine. Quant à lui, il peut aller au diable vert avec sa maîtresse, je n'éprouve plus rien pour lui. Avec ce que tu m'apprends, il vient de souffler sur la dernière étincelle qui brûlait encore en moi. Et je t'en remercie. Que ferais-je sans toi, Régine ? Je suis seule au monde…

— Non, pas avec moi, Marie-Reine. Tu es une si bonne personne, une femme si honnête, si dévouée. Comment a-t-il pu te tromper avec cette femme, lui qu'on dit intelligent et cultivé ? Le démon du midi, peut-être ? Non, sûrement pas, on les choisit plus jeunes que soi à ce moment-là, pas plus âgée avec la face poudrée.

— Que vais-je faire maintenant ? Où vais-je aller ?

— Tu as un toit présentement et Benjamine à tes côtés ? Ne te soucie pas du lendemain, tout va se régler… Pour ce qui est de mon père, laisse-moi affranchir ma petite sœur sur le sujet. Et j'en avertirai aussi Marcelle lors d'une visite à l'hôpital.

— Tu savais qu'Estelle était maintenant auprès d'elle ? Elle s'est fait muter à l'hôpital pour se dévouer pour les malades et aussi pour sa sœur, il va sans dire.

— Bon, tant mieux pour Estelle et encore plus pour Marcelle. Je les verrai donc toutes les deux quand j'irai parler à Marcelle du drôle de bonhomme qu'est devenu son père.

Tel que planifié, Régine renseigna sa petite sœur sur le comportement de leur père, et Benjamine, ne le croyant pas d'emblée, dut admettre quelques instants plus tard que c'était là un dur coup pour Marie-Reine, qui ne le méritait pas.

— Pourquoi avoir fait cela ? C'est lui qui voulait à tout prix épouser Marie-Reine quand elle enseignait à l'école voisine de la sienne. Il la voyait dans sa soupe à ce moment-là !

— Je sais, mais c'est fini, Benjamine. Ainsi va le temps, un jour pour toi, l'autre pour quelqu'un d'autre. Actuellement, c'est sa catin qui le fait se soumettre à elle. Sa femme a certes fait son temps puisqu'il est parti, mais Marie-Reine ne l'a jamais soumis, c'est plutôt lui qui était vilain avec elle.

— Oui, je sais, je l'ai vu faire souvent…

— Alors, vivons dans le présent, Benjamine, vivons dans le moment actuel et sois des plus gentille avec elle à chaque instant. Elle aura grandement besoin de ton soutien. Elle se sent si perdue…

— Sans argent en plus, sauf son salaire… Papa n'a pas de quoi être fier.

Tel que convenu, Régine fit un effort pour se rendre au chevet de Marcelle dans les jours suivants, puisque l'aînée ne réclamait jamais sa présence. En sa compagnie, après lui avoir parlé de sa santé, Régine demanda à voir aussi Estelle, le temps d'une confidence. La petite religieuse, fort contente de revoir Régine après tout ce temps, prit place à côté du lit et Régine, sans tarder, les mit au courant de la fuite de leur père avec une autre femme, de l'abandon de Marie-Reine, de sa maison vendue, ainsi que de l'argent dérobé à leur belle-mère. Marcelle, sidérée, fronça les sourcils et demanda à Régine :

— Coudon ! Est-il tombé sur la tête ? Que lui arrive-t-il ? Je vais lui dire ma façon de penser, ce ne sera pas long !

— Non, Marcelle, occupe-toi d'abord de ta santé. Je lui ai parlé, j'ai même rencontré sa maîtresse qu'il avait fait venir à mon insu à la salle à manger de l'hôtel. Bref, tout ce que tu pourrais lui dire ne viendrait que fortifier ce que je lui ai craché au visage.

— Régine, ne parle pas comme ça ! C'est ton père ! s'exclama Estelle.

Puis, redevenant sereine, elle ajouta :

— Je vais prier pour lui ce soir.

— Non, Estelle, prie plutôt pour qu'il rende à sa femme l'argent qu'il lui a volé !

Au moment où elle allait quitter pour rentrer chez elle, Norbert, qui s'était approché du petit groupe, lui demanda en la regardant de plus près :

— Vous êtes *Brouet*, n'est-ce pas ? Ma mère a deux toiles de vous dans son salon.

Ravie du compliment, Régine lui sourit, le remercia ainsi que sa mère, et lui demanda de bien veiller sur sa sœur qui avait besoin de petits soins. Il répondit :

— C'est ce que je fais chaque jour, madame, Marcelle est la femme la plus importante de ma vie. Plus que ma mère, et votre sœur le sait !

Régine eut un léger sourire, comprenant que cet homme vouait un culte à sa sœur aînée, et à ces mots, sœur Estelle Marie chuchota à Marcelle :

— J'avais vu clair, n'est-ce pas ?

Ce qui lui valut de la part de l'aînée :

— Tais-toi, il risque de t'entendre, et chuchoter n'est pas poli.

Mais la jeune religieuse, sourire aux lèvres, venait tout de même de saisir ce dont elle n'avait pas douté depuis son arrivée comme infirmière pour toutes les femmes de cette division de l'hôpital. Après le départ de Régine et de sœur Estelle Marie, retournée auprès d'une autre patiente, Norbert dit à Marcelle :

— Donc, *Brouet* est votre sœur et je n'en savais rien...

— Il aurait fallu me questionner, Norbert, je ne suis pas la publiciste de ma sœur qui, d'ailleurs, ne veut pas sortir de l'ombre à moins d'être en conférence dans une galerie d'art.

— Une belle personne de votre famille, sœur Estelle Marie aussi, mais comparée à vous...

— Chut ! n'en jetez plus, la cour est pleine...

— Que pourrais-je dire de plus, Marcelle ? À part le fait d'avoir bien peur que vous puissiez sortir d'ici bientôt et que votre départ me causerait... Je n'ose prononcer les mots, vous les avez sans doute devinés.

Le surlendemain, Jean Vinais se manifestait auprès de sa fille aînée au téléphone de son lit d'hôpital, et avant qu'il ne se confonde en quoi que ce soit, Marcelle lui lança brusquement :

— Comment as-tu pu faire ça, papa ? Quitter bêtement ta femme pour tomber dans les bras d'une autre ! Tu me déçois comme ce n'est pas possible. Ta pauvre Marie-Reine, malgré nos petits différends, est une brave femme qui a tout mis en œuvre pour te rendre heureux et tu as été incapable de l'apprécier.

— Marcelle ! Laisse-moi au moins t'expliquer…

— Non, il n'y a rien à expliquer, papa, Régine m'a tout raconté et je trouve cela dégueulasse de ta part. Sa maison en plus ! Où va-t-elle aller sans argent maintenant ? Tu lui as tout pris. Sa maison et sa confiance en toi. Elle doit pleurer à chaudes larmes à moins d'être assez forte pour regarder de haut l'être ignoble que tu as été pour elle. Et qui est donc cette Huguette dont tu t'es entiché ? Celle qui t'a fait tomber dans ses griffes ! Où donc as-tu pu rencontrer une telle femme ?

— C'est un de mes collègues qui me l'a présentée. Huguette est sa cousine, nous nous sommes revus et puis…

— Qu'importe le « et puis », tu aurais pu t'abstenir de la fréquenter. Tu es un homme marié, papa ! Tu avais choisi Marie-Reine pour t'accompagner jusqu'à la fin, elle a même vidé son compte en banque pour que tu sois à l'aise dans ta propre maison. Je ne m'explique pas ce qui a pu t'arriver et je ne te le pardonne pas. Tromper ta femme avec une autre, ça se pardonne, mais la voler de son avoir et la mettre dans la rue, c'est impardonnable.

— Si tu me donnais juste la chance de m'expliquer…

— Aucune explication ne sera valable, papa, et sans couper les ponts comme Régine vient de le faire, je vais encore prendre tes appels, mais je ne veux plus te revoir. Surtout avec elle ! Je vais bientôt sortir d'ici et penser à ma vie maintenant, pas à celle des autres. Et encore moins à l'avenir de mon père qui s'en va tout droit en enfer avec ce qu'il aura sur la conscience. Sur ces mots, je raccroche, je n'ai rien à ajouter, papa.

— Une petite minute, voyons…

Mais Marcelle avait raccroché sans que son père puisse prononcer un autre mot.

L'été s'échelonna sur une période de chaleur et septembre vint souffler les feuilles des arbres devant la maison de la rue Garnier. Marie-Reine, toujours en poste auprès de Benjamine, avait senti que la jeune fille avait redoublé d'attention pour elle. Pour ne pas la confiner dans son triste drame et la laisser poursuivre sa vie sans être obligée de s'accrocher à la sienne, Marie-Reine lui avait dit un matin :

— Tu es gentille de t'en faire pour moi, Benjamine, mais je suis assez forte pour traverser l'épreuve toute seule. Pense à toi, à ton existence coutumière, à ce nouveau travail chez le dentiste dont le fils semble te plaire, à ton amie Anna qui se remet elle aussi d'un abandon cruel, et que la vie continue pour nous toutes, Marcelle incluse qui recouvre de plus en plus la santé, quoiqu'elle risque de rester frêle ensuite.

— Oui ! Pauvre elle ! Mais que vas-tu devenir quand elle va revenir ici, Marie-Reine ? Où donc vas-tu aller vivre ?

— En temps et lieu, Benjamine, je vis un jour à la fois présentement et je peux compter sur Régine à qui je confie tous mes maux. Elle me protège et me suggère tout ce qui me remonte le moral. Elle a même menacé ton père de lui intenter un procès s'il ne me remettait pas mon argent. Je n'en demande que la moitié, mais Régine insiste pour que je retrouve la somme entière, ayant déboursé jusqu'à mon dernier sou pour cette maison. Je la laisse donc faire, elle a plus de caractère que moi, elle ne ferme les yeux sur rien, elle…

— Tu as finalement su comment il avait rencontré cette femme ?

— Oui, par Marcelle qui l'a appris de ton père, et par Régine qui me l'a répété. Cette Huguette Sèvre est la cousine d'un professeur qui enseigne à la même école que ton père et que je connais bien. Inutile de te dire que je l'ai approché la semaine dernière en allant à une réunion où il se trouvait et, mal à l'aise, il tentait de s'excuser d'avoir laissé entrer cette femme dans la vie de ton père, c'est même lui qui a servi d'intermédiaire entre les deux. Mais comme ce type m'aime beaucoup, il n'a pas voulu aller plus loin, m'a-t-il dit et il s'est confondu en excuses une fois de plus. Mais il n'est tout de même pas responsable de cette liaison… Un peu, sans doute, mais ton père est assez vieux pour juger d'une situation. Il vous a élevées avec tant de rigueur et de responsabilité, il surveillait vos moindres gestes, et voilà que c'est lui qui est tombé de son siège dans le péché en maintenant une relation avec cette femme en dépit de celle qui l'attendait à la maison. Il a ruiné ma vie, je comptais terminer mes jours avec lui, mais plus grave encore, il m'a ruinée en me délestant de mon argent. Mais il faut que je cesse de ruminer, que je change de sujet, ça ne fait qu'empirer mon mal… Je n'ai plus que mon salaire pour vivre et ma pension quand je prendrai ma retraite, ce qui n'est pas pour demain. À moins que, bienveillant, il me redonne ce qu'il m'a pris. Mais avec cette mégère, comme Régine l'appelle, on peut s'attendre à tout s'il décide de la combler de voyages, de visons et de bijoux en or pour rester dans ses bonnes grâces. Tu vois ? J'en parle encore et je ne devrais pas, tu pourrais porter un mauvais jugement sur lui avec tout ce que tu entends…

— C'est déjà fait, Marie-Reine.

De son côté, Jean Vinais, chez sa maîtresse, cherchait à se sortir de tout ce trouble sans la mettre en colère. Récemment, Huguette lui avait dit :

— Une séparation, ce n'est pas assez, Jean ! Je veux un divorce le plus tôt possible, moi.

— Oui, mon amour, mais cela va demander un certain temps. Il faut que les avocats s'en mêlent et que ma femme ne s'y oppose pas.

— Elle ne s'oppose à rien à ce que je vois ! Manipule-la une fois de plus et demande-lui de signer les papiers au plus sacrant ! Moi, c'est d'ici la fin de l'année que je veux vivre comme étant ta femme, quitte à payer de mon argent pour accélérer le processus.

— Je veux bien, mais de son côté, Marie-Reine veut ravoir l'argent de la maison, c'est elle qui l'a payée…

— Comment ? Tu ne m'en avais rien dit ! Tu me disais que la maison était à ton nom…

— Ma femme m'avait donné ce droit sur papier, mais c'est quand même elle qui l'a payée. Elle veut la ravoir ou l'argent, et Régine s'en est mêlée, elle a même consulté un avocat pour Marie-Reine.

— Ah, celle-là ! Je sens qu'on va l'avoir dans les jambes, la *Brouet* ! Elle va tenter de nous mettre des bâtons dans les roues ! Essaie d'arranger cela avec leur avocat pour ne lui remettre qu'une partie du montant, et en paiements différés.

— Ma femme accepterait peut-être un tel arrangement, mais pas Régine. C'est elle qui contrôle Marie-Reine et qui la garde sous sa protection. Ma fille ne me parle plus depuis notre rencontre et elle ne me parlera plus tant que je n'aurai pas réglé le cas de ma femme et de son argent.

— Que tu lui as volé, en somme ! Ce qui n'est pas bien de la part d'un mari, mais passons. J'ai une maison en vue pour nous et j'ai la moitié de la somme requise pour l'acheter, mais tu devras fournir l'autre moitié, qu'importe d'où viendra l'argent.

— Pas maintenant, pas si vite, Huguette, nous ne sommes pas encore séparés.

— Non, c'est vrai, mais je veux que tu l'annonces à tes filles en leur disant que d'ici la fin de l'année, ce sera fait. Un simple aveu pour qu'elles nous fichent la paix jusqu'à ce qu'on soit officiellement ensemble.

Puis, le sentant soucieux face à ses exigences, Huguette se rapprocha de lui et, lui jouant du genou, elle lui effleura la crinière en lui murmurant à l'oreille :

— Je t'aime tant, mon bel amour.

Dans les pommes une fois de plus, chaviré sous son emprise, il se leva de son fauteuil pour la suivre lorsqu'elle lui indiqua, de l'index, l'entrée de la chambre.

Septembre allait amener ses défunts dans le monde de l'actualité. Le 11 septembre 1958, Camillien Houde, le maire de Montréal, perdait la vie, ce qui attrista ses citoyens qui, nombreux, défilèrent devant son cercueil. Mais pas Régine qui, l'ayant rencontré lors d'une présentation de ses œuvres, n'avait tout de même pas les dignitaires dans le cœur. Elle fit parvenir ses condoléances, rien de plus, qui s'éparpillèrent parmi tant d'autres dans une corbeille de l'hôtel de ville. Puis, un mois plus tard, c'était au tour du pape Pie XII de rendre l'âme. Ce qui attrista sœur Estelle Marie qui pria longuement pour le repos de son âme, jusqu'à ce que Jean XXIII lui succède à Rome.

Benjamine, la seule à qui se confiait maintenant le paternel, avait appris, lors d'une conversation avec lui, qu'il comptait divorcer de Marie-Reine avant Noël. Désemparée, n'osant pas le croire, elle en fit part à Régine qui se promettait bien de récupérer l'argent de sa belle-mère avant le fâcheux moment. Puis à Marcelle qui, de sa chaise longue du balcon de l'hôpital, lui avait répondu :

— Il est devenu fou ou quoi ? Lui que j'admirais tant, lui que... Je ne peux pas dire que je l'ai aimé profondément, il m'a fait perdre mon avenir en me retirant de l'école pour m'occuper de toi et de la maison. Tout de même, je le respectais assez pour ne pas m'élever contre lui. Sauf que maintenant... Qu'il aille au diable, Benjamine ! Ne le laisse pas gâcher ta vie avec ces idioties qu'il propage maintenant. Pauvre Marie-Reine... Est-elle au courant ?

— Non pas encore, Régine va lui en parler lors d'une prochaine rencontre entre elles. Moi, je ne m'en mêle pas, Marie-Reine est trop sensible pour que je lui fasse de la peine. Elle a déjà le cœur assez gros comme c'est là ! Et pas facile de lui remonter le moral quand elle est songeuse dans la chaise berçante, un livre toujours ouvert au même chapitre sur les genoux.

Ce que fit toutefois Régine dès qu'elle eut l'occasion d'inviter Marie-Reine chez elle. Cette dernière, plus décontenancée que choquée, lui répondit :

— Je m'y attendais, il est rapide dans ses décisions. Et elle l'a sûrement mis au pied du mur pour que ça se déroule sans tarder. Je ne me bats plus, Régine, et je vais les signer ces papiers de divorce. En autant que je ne perde pas ma maison… Je me fie entièrement à toi pour récupérer mon argent.

— Oui, c'est tout ce que je veux pour toi, Marie-Reine. Et ce, jusqu'à la dernière cenne dans un seul et unique remboursement. On va bien voir si la plaidoirie de son Huguette va avoir le dessus sur nous. Mon avocat ne pense pas grand bien de cette juriste. Elle est sans merci, paraît-il, et envoie tous les jeunes délinquants dans une école de réforme, qu'ils aient dérobé une automobile pour une balade ou un simple *scotch tape* dans un *Woolworth*. Grand cœur, cette femme-là, n'est-ce pas ? Et c'est avec elle que mon père veut faire vie commune ? Il n'a plus toute sa tête, tu vois bien !

— Oui, mais il a cette vilaine femme dans son lit et mon argent pour la faire vivre. Dis, elle a quel âge à peu près cette avocate ?

— Je croyais te l'avoir dit… Environ quarante ans, un an ou deux de plus… Pourquoi ?

— Pour être sûre qu'il ne lui fera pas d'enfants !

— Ce qui serait certes le comble !

Mais Marie-Reine n'avait rien à craindre, Huguette ne désirait pas d'enfants, ils devenaient tous de petits voyous à l'adolescence, et les filles de petites bonnes à rien. Donc, son seul but était d'avoir un compagnon en bonne et due forme. Elle ne voulait pas vieillir seule et encore moins vieille fille, comme on disait souvent. Elle avait donc prévu une fête dans la plus stricte intimité dès que Jean aurait retrouvé sa liberté. Elle ne voulait pas de faste, que son nom qu'elle voulait porter publiquement, sans y avoir droit, pour épater la galerie. Ce qui ne fut pas très long parce que Marie-Reine avait hâte d'en finir avec cette histoire et avait signé les documents dès qu'elle les avait reçus. Ce qui accéléra davantage la rupture et qui permit à Huguette, avec ses contacts à la Cour, de les faire approuver avant les autres dans la pile. Et ce qui lui donna l'occasion de dire à Jean :

— Ça y est ! Tout est conclu ! Tu es un homme libre maintenant. On se met en couple quand ?

— On l'est déjà, et Marie-Reine ne s'est même pas opposée…

— Non, elle avait sans doute hâte de te laisser à moi, mon homme ! C'est elle la femme libre à présent et non toi puisque tu vas te mettre encore la corde au cou, façon de parler, mais avec moi cette fois, et tu vas voir, je vais te rendre heureux, mon amour.

— Bon, décide du moment où on prend maison, et je te suis. Mais avant, tu voulais faire une petite fête…

Cette dernière phrase n'était pas tombée dans l'oreille d'une sourde, et Huguette Sèvre, dès le lendemain, invita l'un de ses confrères de la Cour municipale avec son épouse, à venir célébrer le début de leur cheminement à deux dans une salle adjacente d'un petit hôtel du nord de la métropole. Son cousin instituteur avait refusé son invitation, et pour cause, prétextant un voyage non décidé de l'endroit encore, avec sa femme. Il avait sur la conscience le fait d'avoir été l'entremetteur entre Huguette et Jean Vinais, et d'avoir ainsi contribué au malheur de Marie-Reine qu'il aimait beaucoup. Ce qui permit à la cousine d'accepter avec joie la présence d'un autre confrère judiciaire avec son fils et plusieurs autres camarades se joignirent au petit groupe dans le seul but de passer une belle soirée et de profiter d'un bon repas avec vin, sans qu'il n'en coûte rien. Huguette décida du moment de cette soirée que Jean, opposé au ridicule, désapprouvait, mais Huguette lui tint tête et le *party* eut lieu un samedi soir de novembre avec une douzaine d'invités, la plupart des étrangers, un photographe, et un vieux prêtre de ses connaissances pour bénir la bague à diamants qu'elle avait elle-même achetée. Pour ensuite boire le vin d'honneur avec les invités et manger les quelques bouchées, et non un repas, commandées d'un traiteur. Ce que voulait surtout Huguette, c'était une bague à l'annulaire et quelques photos en souvenir de cette soirée que prendrait le jeune homme venu avec son père.

Jean Vinais avait tenté d'inviter Benjamine pour se sentir moins seul de son côté, mais la petite lui déclara qu'elle ne ferait jamais cette offense à Marie-Reine avec qui elle demeurait, en ajoutant qu'elle n'était pas d'accord avec cette mascarade. Jean voulut inviter un collègue de son école, mais Huguette s'y opposa, attestant que seul son cousin qui enseignait et qui lui avait présenté Jean serait admis s'il changeait d'idée pour son voyage avec sa femme, non confirmé. Ce que ce dernier refusa encore, lui affirmant cette fois qu'il partait avec son épouse, la même fin de semaine de novembre qu'elle avait choisie pour le souper. Pour l'occasion, Huguette avait fait l'acquisition d'une robe de dentelle blanche agrémentée de perles au collet et aux manches d'un vert tendre. Sur sa jolie coiffure de l'après-midi, elle avait ajusté un grand chapeau de feutre vert et blanc, orné de quelques plumes et d'une voilette. Puis, avec un petit bouquet à la main et des souliers de toilette fraîchement sortis d'un grand magasin, elle était entrée, solennelle, comme si elle était la jeune fiancée d'un grand film à succès. Ce qui avait fait sourire quelques invités. Lui, plus modestement vêtu, complet marine avec chemise blanche et cravate à rayures rouges, avait épinglé à sa boutonnière un œillet blanc qui lui porterait sans doute chance ou malheur. De retour chez eux, avec deux ou quatre invités, dont le père et son fils, ils débouchèrent le vin blanc de circonstance pendant que le jeune homme la croquait en photos de tous côtés. Après le digestif, le café et les compliments d'usage, les quelques convives repartirent après un tollé de remerciements et avoir souhaité au couple tout le bonheur anticipé. C'est finalement ainsi qu'Huguette Sèvre, fière de son coup, avait déjà la main haute sur son conjoint. Pour faire honneur à leur « engagement », ils partirent le lendemain pour un court séjour à New York où la justicière avait réservé une suite dans un chic hôtel et aussi des places de choix pour voir une pièce à Broadway dans un théâtre fort populaire. En laissant la note finale de ces dépenses à son cher mari qui n'eut d'autre choix que de piger dans l'argent de Marie-Reine pour en défrayer les montants exorbitants. Rêve accompli. Devenue officiellement devant témoins sa concubine, Huguette comptait bien dès lors prendre le dessus sur ce compagnon qui ne jurait que par elle. Leur première nuit à New York fut simplifiée, un tantinet torride, loin d'être comme celles de ses moments de conquêtes. Madame était épuisée de sa soirée de la veille et du trajet effectué en voiture.

Le lendemain, pas plus en forme que le soir précédent, elle lui demanda d'être rapide et moins exigeant dans son approche, prétextant qu'elle devait se reposer et prendre ses comprimés prescrits pour son mal de dos… imaginaire !

En novembre encore, le 15 plus précisément, on apprenait que l'acteur Tyrone Power était mort à quarante-quatre ans seulement d'un arrêt soudain du cœur. Marcelle en fut peinée, elle l'aimait bien et avait vu plusieurs de ses films, dont *The Eddie Duchin Story,* avant d'être malade. Elle avait dit à Norbert qu'elle était désolée pour l'acteur et sa famille.

— Si jeune…

Et il lui avait répondu :

— En autant que toi, tu restes en vie, ma douce.

Parce qu'ils se tutoyaient maintenant.

Chapitre 9

Benjamine Vinais, dite encore *l'autre* par Marcelle, venait d'avoir dix-neuf ans en ce 12 février 1959. Pour ce bel anniversaire, Marie-Reine l'avait emmenée au restaurant après lui avoir payé une jolie blouse de soie vert menthe de chez *Madame Belleville* qui avait reçu ses dernières commandes du printemps à venir. Benjamine en était ravie et se confondit en remerciements auprès de celle qui la secondait dans sa solitude du moment. Marcelle, de l'hôpital, avait chargé Norbert de lui trouver une assez grosse boîte de chocolats qu'elle lui remettrait lors d'une prochaine visite, et son père, même s'il n'était pas dans ses bonnes grâces, lui fit parvenir des roses chez elle, avec son nom et celui d'Huguette qu'elle s'empressa de rayer sur la carte du fleuriste, pour que Marie-Reine ne puisse le lire. Régine, de son côté, lui avait peint un mignon tableau de roses rouges dans un vase transparent, signé de sa main, avec ses meilleurs vœux. « Pour un coin des murs de ta chambre », avait-elle ajouté.

Au travail, le dentiste lui avait offert un joli foulard de laine tricoté par son épouse, et André, le fils qui passait au cabinet de son père assez souvent depuis quelque temps, avait déposé sur le comptoir de la réception une boîte de friandises de chez Laura Secord, avec une carte de souhaits signée de son prénom. Il ne restait plus qu'Anna pour s'ajouter à la fête et, le lendemain, elle se manifesta avec une invitation à boire un Coca-Cola au restaurant du coin pour lui remettre, du même coup, une broche plaquée or d'un oiseau prenant son envol, que Benjamine épingla à son manteau le soir même.

À la fin du mois de février, c'était le trentième anniversaire de l'Aviation royale canadienne que Jean Vinais tentait de souligner à Huguette qui ne savait que faire de cet événement peu sensationnel, disait-elle. Marie-Reine, pour sa part, suivant à la lettre tout ce qui se passait en France et à Hollywood côté cinéma, fut ravie de voir Charlton Heston remporter l'Oscar du meilleur acteur pour son rôle dans le film *Ben Hur* qu'elle avait vu avec Benjamine au cinéma Capitol, peu après sa sortie en salle.

À l'hôpital où elle séjournait encore, Marcelle avait en tête de sortir de là et de reprendre sa vie en main. Elle se considérait comme guérie, alors qu'elle ne l'était pas et qu'elle allait rester faible fort longtemps. Mais l'envie de retrouver sa liberté la faisait insister sans relâche auprès de son docteur de l'établissement. Au point qu'il lui dit un matin du mois d'avril :

— Je crois que je vais vous délivrer de votre chaise longue d'ici le mois prochain, mademoiselle Vinais. L'été s'en vient et vous pourrez reprendre des forces chez vous dans votre propre chaise longue.

— Enfin ! Merci, docteur, ce sera le plus bel été depuis longtemps chez moi !

L'après-midi, lors d'une visite de Norbert auprès d'elle pour lui apporter des oranges du marché, elle lui annonça :

— Tu ne le croiras pas, mais je vais sortir d'ici le mois prochain. Le docteur vient de me le confirmer. Je suis folle de joie !

Content pour elle, mais déçu d'après le rictus qu'il offrait, Norbert ne sut rien ajouter au bonheur qu'elle anticipait. Pour lui, il allait perdre la compagne de ses plus beaux jours en tant qu'infirmier, bref, la femme qu'il aimait. Retenant sa déception, il lui répondit peu après dans un calme apparent :

— Bon, voilà qui va changer ta vie… À la maison avec ta jeune sœur… Ce sera un grand vide pour moi ici. Je n'ose imaginer mes jours après ton départ, Marcelle.

— Voyons Norbert, avec toutes les femmes que tu as à secourir chaque jour ! Le travail te permettra de combler le vide comme tu dis, ce qui est quelque peu exagéré.

— Non, Marcelle, et il me faut te le dire, je ne comptais pas sur un départ aussi précipité pour te l'avouer, mais je t'aime et je voudrais t'épouser !

Un cri du cœur lancé à la dérobée après le bref entretien qui l'avait précédé. Marcelle, étonnée et laissée sans réponse, finit par lui murmurer pour que personne ne l'entende :

— Allons, tu n'es pas sérieux, on se connaît à peine et jamais je n'aurais pensé…

— À peine, dis-tu ? Ça fait un an et plus que je te vois chaque jour, que je te comble de petits gestes amoureux et tu n'as encore rien vu ? C'est toi qui es indifférente à ce que je vois, mais si tel est le cas, je respecterai ton choix, mais je te répète que j'aimerais t'épouser et faire ma vie avec toi. Nous pourrions vivre de beaux jours ensemble... Tu n'y as pas pensé, parfois ?

— Heu, non... Tu me prends par surprise... Je sentais que tu avais de l'affection pour moi, mais de là à m'imaginer que c'était de l'amour... Non, je n'y ai jamais pensé parce qu'une telle demande ne m'est jamais arrivée avant. Et là, dans mon état... Je suis l'aînée de la maison, celle qui a eu plus de droits et de permissions que mes sœurs, mais celle qui a pris soin de tout le monde. Telle a été ma mission...

— Allez, cesse de parler du passé et regarde un peu l'avenir, Marcelle. Ensemble, nous pourrions faire un long bout de chemin, j'aimerais tellement que tu deviennes ma femme. Ne suis-je pas un bon sujet pour toi ?

— Certes oui, comme ami, comme confident, mais comme mari, je t'avoue n'y avoir jamais songé.

— Alors, fais-le, Marcelle, penche-toi un peu sur mes sentiments et interroge un peu les tiens. Je te le répète sans que tu sois obligée de me répondre maintenant, mais je souhaite t'épouser. Prends le temps qu'il faudra pour réfléchir, je sens que je te brusque un peu avec cette demande inattendue, mais comme tu comptes partir bientôt, je n'ai pas pu me retenir. Tu me promets d'y penser, mon ange ?

Et Marcelle d'acquiescer, fort étonnée de ce « mon ange » qu'il venait d'ajouter à sa phrase. Déçu et peiné en cet après-midi d'avril, Norbert avait osé se manifester avec le plus joli qualificatif du dictionnaire. Toute femme serait émue de se faire appeler « mon ange » par un homme qu'elle n'imaginait pas comme compagnon de vie... encore ! Mais comme il semblait insistant et qu'il avait quelques trémolos dans la voix, elle lui répondit pour le rassurer quelque peu :

— Je vais y penser, Norbert, laisse-moi juste un peu de temps.

Seule dans sa chambre le soir, incapable de fermer l'œil, Marcelle se mit à songer à la proposition de Norbert et, chemin faisant entre son cœur et sa raison, elle en vint à se dire que l'épouser ne serait pas la plus mauvaise affaire qui soit. Norbert était gentil, aimable, réconfortant et assez bel homme pour qu'une femme s'y intéresse. De plus, avec son éducation et le fait qu'il habitait encore avec sa mère... Un type sans reproches, un homme qui porterait sa femme sur la main. Néanmoins, elle n'était pas amoureuse. Elle avait beau défiler toutes ses qualités dans sa tête, elle sentait bien qu'elle ne l'aimait pas comme il semblait l'aimer. Elle l'appréciait beaucoup, elle le respectait, elle était sa préférée, et en douce amie qu'elle était tout de même capable de se dire qu'elle l'aimait peut-être. À sa manière, elle qui n'avait encore jamais aimé. D'un autre œil, elle se voyait vivre avec lui, partager ses jours à venir, rencontrer sa mère, se sentir appréciée malgré la maladie qui l'avait secouée... Oui, il y avait aussi cela dans ses pensées. La maladie. Avec les traces que la tuberculose allait laisser en elle. Avec le peu de résistance de son corps depuis que le dysfonctionnement s'en était emparé. Et malgré ses quintes de toux incessantes, son combat de jour en jour que Norbert avait vécu auprès d'elle, il voulait l'épouser. Donc, cet homme l'aimait vraiment... Pourquoi pas elle de son côté, quand elle y pensait avec son raisonnement, les yeux fermés sur les sentiments ? L'épouser était la seule chance qu'elle aurait d'avoir une vie normale avec quelqu'un d'autre. Éviter ainsi de se retrouver seule une fois de plus et d'attendre que les années lui enlèvent tout espoir de se manifester auprès d'un autre. Quel autre ? Aucun autre homme ne lui demanderait de l'épouser et encore moins de vivre avec elle. Elle toussait encore, elle râlait même parfois, et elle se disait guérie. Du moins, elle le croyait.

Épouser Norbert s'avérait finalement comme sa seule chance de revivre ailleurs que chez elle, de respirer un été avec un compagnon à ses côtés et non seulement avec la balançoire et les écureuils. Sans savoir si Benjamine allait rester encore longtemps avec elle... Quel avenir peu prometteur que celui de rentrer chez elle et de voir les autres en sortir ! Même Marie-Reine qui ne voudrait en aucun cas s'occuper d'elle. Loin d'être sur la même longueur d'onde que sa belle-mère, Marcelle savait que son retour à la maison la ferait fuir, d'où l'abandon pour elle de la part de la seule femme qu'elle avait malmenée. Quant à *l'autre*, mieux valait ne pas y penser. Toujours entichée d'Anna comme amie et ayant en vue un jeune homme à son travail, elle partirait un jour, avec sa fougue et sa jeunesse, loin d'elle. Pour ne pas avoir à vivre sa vingtaine avec une malade en convalescence qui ne retrouverait jamais plus ses forces d'antan. C'était à y penser, à sérieusement y songer. Norbert s'avérait son unique chance de sortir du marasme qui l'attendait, en allant vivre avec un homme qui l'aimait même si ce verbe était encore inexistant pour elle. Un geste qui allait surprendre toute la famille, surtout Régine que Marcelle aimait supplanter lorsque c'était possible. Alors, pourquoi hésiter ? À qui donc demander conseil puisqu'elle n'avait que Norbert dans son existence, pas même son père depuis qu'elle avait pris des distances ? Elle ne dormit pas de la nuit et attendit que le jour se lève pour y songer davantage durant ses siestes qui viendraient compenser son manque de sommeil. De plus, sans qu'elle y ait pensé un seul instant, elle avait maintenant trente ans, l'âge où la plupart des femmes de son époque ne songeaient plus au mariage, ancrées le plus souvent parmi les « vieilles filles » de leur temps. Un titre qu'elle laisserait volontiers à Régine qui avait un an de moins qu'elle seulement. Trente et un ans en ce 4 septembre qui venait… Et Norbert qui en avait trente-quatre… C'était, à bien y penser un motif pour ne plus attendre, au cas où l'heureux élu changerait d'idée, la sentant lente à accepter ou, du moins, à le laisser seulement espérer.

Marcelle attendit deux jours avant que Norbert revienne, il avait eu son jour de congé la veille. Aussitôt de retour, il s'empressa d'aller la voir, de lui offrir un beau sourire, et sans rien lui demander sur ce qu'il souhaitait, il se mit à faire la liste de ce qu'elle aurait besoin à la pharmacie du coin quand il s'y rendrait en fin de journée. Remarquant son silence sur sa proposition de mariage, espérant que rien n'ait changé dans ses pensées, elle lui dit :

— Norbert, il faudrait que je te parle. Tu permets ?

— Bien sûr, je n'attends que cela, moi.

— Bon, voilà, après mûre réflexion, j'ai décidé d'accepter ton offre de devenir ta femme. Je te préviens cependant qu'avec moi tu auras une épouse malade…

Fou de joie, il répondit sans hésiter:

— Je serai là pour prendre soin de toi, mon ange! Comme je le fais ici! Alors, tu veux bien? On se marie? C'est ma mère qui va être contente d'apprendre cela, je lui ai souvent parlé de toi.

— Elle connaît mon état de santé?

— Absolument, elle sait où je travaille et elle sait tout de toi, ma chérie.

— Vais-je la rencontrer bientôt, ta chère mère?

— Oui, et si tu acceptes, elle aimerait qu'on aille vivre avec elle les premiers temps. Pour prendre soin de toi, mieux te connaître... Jusqu'à ce qu'on trouve un toit pour nous deux seulement.

— Bon, c'est acceptable, mais pas pour longtemps, Norbert. Une vie à deux, ce n'est pas une vie à trois.

— Et tu verras, ma mère est avenante et elle sera très près de toi.

Sans lui révéler cependant que sa mère, apprenant qu'il comptait l'épouser, avait répliqué à son fils:

— Je veux bien croire que c'est une femme charmante que tu aimes, mais c'est une femme malade, Norbert... Elle ne pourra pas te donner d'enfants et tu seras son infirmier sans cesse.

— Ce qui me va, maman, des enfants, on n'y pensera même pas. Marcelle n'a pas la santé pour en faire et moi, les enfants, tu sais...

Et Aurore Vaillant avait fini par accepter ce futur bonheur de son fils qu'elle trouvait bien seul à trente-quatre ans, sans petite amie, sans personne d'autre qu'elle pour converser le soir.

De retour aux côtés de Marcelle, il lui avait demandé :

— Est-il vrai que le docteur a prolongé ton séjour ici d'un autre mois ? Que tu ne seras libérée qu'en mai ?

— Non ! Je n'en savais rien ! Pourquoi ?

— Parce qu'il ne te sent pas assez forte pour t'occuper de toi-même une fois rendue à la maison. Ta petite sœur, ça ne lui dit rien de bon pour la surveillance que demande une malade. Benjamine va finir par s'en aller ou rencontrer un gars qui saura l'aimer, tu comprends ?

— C'est déjà fait, elle a un œil sur le fils de son patron. Une idylle est amorcée. Mais il y aura ta mère...

— Oui, quoique les soins apportés à une malade ne sont pas de son calibre. Oublions-la pour le moment... Or, vu qu'on retarde d'un autre mois, j'ai un projet en tête que je compte réaliser avec toi, si tu le permets.

— Vas-y, je t'écoute.

— J'aimerais qu'on se marie dans la plus stricte intimité, Marcelle. Et que le mariage soit célébré ici, dans la petite chapelle de l'hôpital, là où l'on s'est connus, là où j'ai appris à t'aimer...

— Excellente idée pour le mariage dans la plus stricte intimité, mais je n'avais pas pensé le faire ici... Bonne idée cependant, aucun déplacement, quelques invités proches de nous et un départ pour moi d'ici ensuite, si le mariage est prononcé avant qu'on me délivre de cet endroit.

— J'ai tout calculé et ce sera le cas, ma douce. On pourrait se marier le mois prochain, tu choisiras la date, ça peut être n'importe quel jour de la semaine, je me suis informé, il y aura un prêtre sur les lieux pour le célébrer. Donc, une journée du mois de mai et, peu après ton retour chez toi, on repart avec nos effets chez ma mère. Selon mes calculs, ton congé de cet hôpital devrait se faire la dernière semaine du mois de mai.

— Bien simple alors, marions-nous la troisième semaine de mai, le plus près possible de ma sortie d'ici, je n'aurai pas à être une femme mariée avec une chaise longue sur la véranda comme voyage de noces.

— Mieux encore Marcelle, lorsque j'aurai la date définitive de ton départ d'ici, nous choisirons un jour ou deux avant pour nous marier. Je me charge de tout, je veux que ma femme soit libre de me suivre le soir de nos noces, pas quatre ou cinq jours plus tard.

— Alors, vérifie tout, Norbert, moi je ne saurais le faire. J'ai perdu depuis longtemps la notion du temps.

Conquis, heureux comme un roi, Norbert Vaillant se pencha et déposa un baiser que sur le front de sa bien-aimée, de peur d'attirer l'attention s'il se penchait sur sa joue ou... ses lèvres !

De retour à la maison le soir, avisant sa mère que tout était réglé et que Marcelle avait accepté de l'épouser, cette dernière lui répondit :

— J'espère bien ! C'est elle qui est malade et elle est bougrement chanceuse d'avoir décroché un homme qui s'occupera d'elle et de sa santé.

Pourtant, ni méchante et ni commère, Aurore était quelque peu inquiète du choix de son fils. Parce qu'avec Marcelle elle ne serait jamais grand-mère.

Le lendemain, lorsque Benjamine vint la visiter avec quelques fleurs pour son vase bleu, sa grande sœur, sourire aux lèvres, lui chuchota :

— J'ai deux bonnes nouvelles pour toi, Benjamine. La première, c'est qu'on va me libérer de l'hôpital le mois prochain et, la deuxième, c'est que juste avant, je vais me marier !

La bouche grande ouverte, n'y comprenant rien, Benjamine lui demanda :

— Ai-je bien entendu ? Avec qui ?

— Norbert Vaillant, l'infirmier qui m'aime tant. Il m'a demandé en mariage et j'ai accepté avant de finir mes jours seule sur la rue Garnier quand tu seras partie de la maison.

— Oui, je vois bien, mais laisse-moi reprendre ma respiration, je l'ai perdue dans ta confidence. Tu l'aimes à ce point, cet homme ?

— Sûrement, autrement je ne l'épouserais pas, mentit-elle.

— C'est étrange, je ne t'ai jamais sentie amoureuse de lui, aimable bien sûr, mais pas plus…

— Écoute, ne me questionne pas davantage, je serai sa femme et le mariage aura lieu ici, à l'hôpital, là où l'on s'est connus, dans la plus stricte intimité. Il y aura les proches parents et Marie-Reine si elle veut bien y assister, sur son côté, sa mère seulement, il n'a ni frères ni sœurs, il est fils unique et son père est décédé depuis longtemps. Après le mariage, je vais sortir d'ici, me rendre à la maison pour un jour ou deux afin d'emballer mes affaires et nous allons ensuite aller habiter chez lui pour un certain temps, nous déciderons ensuite du choix d'une maison ou d'un appartement. Il est prêt à me décrocher la lune cet homme-là ! Je suis comblée !

— Je vois bien ça, mais c'est vraiment prématuré, tu le connais à peine…

— Voyons, à peine ! Je le connais depuis le premier jour de mon arrivée, c'est donc une assez longue fréquentation, tu ne trouves pas ?

— Heu… vu sous cet angle, oui, mais qui vous mariera ici ? Il y aura un officiant sur les lieux ?

— Oui, le prêtre qui vient administrer les mourantes et qui réconforte celles qui se remettent de cette pénible maladie. Norbert se charge de tout ! Tu seras présente, n'est-ce pas ?

— Absolument ! Ma grande sœur qui se marie, je ne pourrais pas manquer cela. Attends que j'annonce la bonne nouvelle à Anna !

— Ne te force pas à le faire avec elle, je ne la veux pas ici le jour de mes noces.

— C'est vrai, j'avais oublié que tu ne l'aimais pas… Pourtant…

— N'insiste pas Benjamine, pas d'Anna devant mon mari, elle est si mal engueulée, si peu distinguée.

— Bon, c'est réglé ! Que nous, ta proche parenté, Marcelle. Mais je ne m'empêcherai pas de lui apprendre la bonne nouvelle, elle sera contente pour toi. Et, dis-moi, penses-tu inviter papa à ton mariage ?

— Je ne sais pas encore. J'y songerai et je verrai, mais si je fais une exception cette fois, je ne veux pas qu'il soit avec elle. Tu sais de qui je parle, n'est-ce pas ?

— Oui, mais il te faudra choisir entre papa et Régine, ces deux-là ne se côtoient plus depuis la mésaventure de Marie-Reine.

— J'ai pourtant appris qu'il remettait à son ex-femme le prix de la maison par des versements mensuels. C'est quand même de bonne foi…

— Oui, mais Régine voulait le montant au complet, pas des grains de sable chaque mois comme elle qualifie ces versements, mais comme il a un compte avec sa nouvelle compagne, nul doute qu'elle contrôle assez bien la totalité de son avoir. C'est une vilaine, la Huguette !

— J'imagine et je ne veux pas la connaître ! Alors, annonce mon mariage à qui tu voudras, mais pas trop à Anna et son culturiste, aux autres, mais oublie Régine, je le lui apprendrai moi-même. Quant à Estelle, elle est encore ici en devoir, je la vois chaque jour ou presque.

— D'accord avec tout ça, mais pour clarifier un point, Frank a quitté Anna, il est retourné avec sa femme…

— Tant mieux ! Il a fini par comprendre, lui, que ta chère Anna ne valait rien !

Le lendemain comme de coutume, Estelle s'amena auprès d'elle avec ses médicaments. Trouvant que Marcelle était pimpante et même coiffée du matin, elle lui demanda :

— Que t'arrive-t-il pour être si en train, ma grande sœur ?

— Rien de spécial, je me marie, Estelle ! Que ça !

— Bon, je vois, avec Norbert, j'imagine ?

— Comment ? Tu n'as pas sursauté ?

— Voyons donc, je voyais cela venir. Ou quelque chose du genre. Sans le marier, tu aurais pu décider d'aller vivre avec lui en sortant d'ici.

— Non, c'est encore mieux, je vais porter son nom et avoir une vie à deux dans la tradition et non un concubinage qu'on blâmerait.

— Tu l'aimes au moins, Marcelle ?

— Oui, pourquoi cette question ? Tu en doutes ?

— Je ne sais pas… Mais réponds-moi, l'aurais-tu épousé si tu l'avais rencontré alors que tu étais en bonne santé ?

— Heu… oui, sans doute, si nous nous étions rencontrés !

— Je te demande juste d'être honnête avec ce type et de ne pas le considérer comme une bouée, Marcelle. C'est un bon garçon, il a fière allure, il mérite d'être aimé à sa juste valeur. Est-ce vraiment ton cas quand tu t'interroges toi-même ?

— Oui oui, n'en doute pas. Je serai une excellente épouse pour Norbert, pas une simple malade dont on prend soin. Nous allons d'ailleurs aller vivre avec sa mère les premiers temps.

— Pourquoi ? Est-ce une si bonne idée ?

— Peut-être pas, mais je ne suis pas pour le contrarier avant même de l'avoir épousé. Il me l'a demandé si poliment. Ce ne sera que pour un certain temps, jusqu'à ce qu'on décide où aller, lui et moi. Et comme l'union sera bénie ici par le prêtre que tu connais, tu pourras y assister, Estelle ! J'aurai ainsi toute ma famille pour partager ce grand bonheur.

« Ce grand bonheur » qui rendait tout de même sœur Estelle Marie sceptique. Elle savait que sa sœur était prête à tout pour ne pas se retrouver seule avec sa maladie, mais de là à épouser son infirmier… *Dieu décidera si tout va bien aller !* songea-t-elle, pour fermer cette parenthèse de sa journée dans une prière.

Régine, qui avait eu vent du prochain mariage de Marcelle avec son infirmier, s'empressa de lui téléphoner à l'hôpital pour la féliciter, mais également pour ajouter.

— Je ne comprends pas que tu te sois précipitée ainsi sur sa demande, tu es d'habitude si réservée, si lente à réagir.

— Oui, mais j'ai eu l'avantage de le faire. Il m'a donné le temps nécessaire, la demande de sa part n'a pas été faite hier.

— Dis-moi honnêtement, est-ce que tu l'épouses par insécurité, Marcelle ?

— Un peu si tu veux, il est si protecteur et je me sens en confiance avec lui. Oui, il y a de cela dans ma décision, mais aussi le fait qu'à trente ans, presque trente et un, je ne veux pas me retrouver seule. C'est la seule chance qui s'offre à moi pour sortir de mes angoisses. Mais outre cela, Régine, je l'aime assez pour en faire mon mari. Norbert est l'homme le plus gentil, le plus courtois qu'on peut rencontrer dans sa vie. Plein d'attentions, rempli d'empathie pour les autres, généreux de sa personne, et fils unique avec une mère que je ne connais pas encore, mais qui m'accepte pour son fils malgré ma maladie. Que ferais-tu à ma place ? Passer outre parce que je ne suis pas follement amoureuse ? J'ai été assez honnête de le lui avouer et il n'a pas hoché de la tête ni sourcillé. Norbert m'accepte telle que je suis. Avec mon tempérament pas toujours facile et avec une maladie quasi incurable. Alors ?

— Vu de ce point, je comprends, Marcelle, et peut-être en ferais-je autant. Tout ce que je te souhaite, c'est un bonheur intime et salutaire à l'horizon. Benjamine m'a aussi dit que tu comptais aller vivre chez sa mère avec lui au début de votre union ?

— Ah ! la coquine, la grande langue ! Je lui avais dit que j'allais tout t'expliquer !

Oui, en effet. Je ne peux refuser cette offre de ma future belle-mère que je n'ai pas encore rencontrée. Mais elle semble charitable et remplie de compassion pour la malade que je suis. Elle m'attend à bras ouverts selon Norbert. Mais ce sera de courte durée, nous comptons bien acheter une maison un peu plus tard ou, du moins, déménager dans un logement qui ne sera qu'à nous deux. Je ne serai pas la plus vaillante des épouses, mais je cuisine bien, au moins, et nous aurons une femme de ménage, c'est certain. Et je crois qu'il nous sera possible d'être heureux en dépit de nos difficultés. Tu seras présente à la petite chapelle de l'hôpital pour mon mariage, n'est-ce pas ?

— Oui, je trouve très original de vous marier là où vous vous êtes rencontrés. C'est très inusité, mais ce sera fort apprécié, en comparaison des mariages traditionnels dans les églises avec la photo de groupe sur le parvis à la sortie. Bien sûr que je serai là ! J'accompagnerai Marie-Reine si elle est invitée.

— Là, j'ai un problème, Régine. Je voulais inviter papa seul, sans « sa femme » comme il l'appelle, mais si Marie-Reine est là, ça risque de causer des flammèches, ce que je ne voudrais pas le jour de mon mariage.

— Alors, c'est bien simple, ne l'invite pas, lui, après ce qu'il a fait. Ça réglerait tes doutes et Marie-Reine qui t'aime bien sera heureuse d'assister à ton bonheur, elle qui a perdu le sien. Je sais que papa la rembourse actuellement, mais au compte-gouttes seulement. Une fois par mois comme s'il lui remettait une pension alors que c'est son propre argent qu'il glisse sur un petit chèque par la poste. Je n'aimerais pas me retrouver en sa présence avec les lourds tracas qu'il a causés à Marie-Reine et les querelles à ce propos que nous avons eues ensemble. Savais-tu que j'avais été remerciée de l'école pour le travail que je faisais chaque soir avec les élèves en difficulté ? Abolition de poste, avait-on inscrit, mais je me demande si papa n'y serait pas pour quelque chose... Je ne peux le confirmer mais ce serait possible, il m'en veut tellement... Mais si tu tiens à l'inviter, fais-le, c'est aussi ton père, et je m'arrangerai pour être carrément distante avec lui. C'est ta journée, Marcelle, fais-en ce que tu veux, mais je serai là, que mon père y soit ou pas. En autant que sa chipie ne soit pas à son bras !

— Non, s'il vient il sera bien entendu que je ne veux pas voir sa chère Huguette à son bras. *Over my dead body*, Régine !

Et par acquit de conscience, Marcelle invita son père par une petite carte sans texte achetée par Norbert. Elle lui demandait d'être présent à son mariage à l'hôpital, mais sans Huguette, sinon de s'en abstenir, que Marie-Reine serait là et qu'il n'était pas question, en ce qui la concernait, que sa compagne, qu'elle ne connaissait pas, soit présente le jour de ses noces. Recevant l'invitation, Jean la cacha dans sa poche afin de ne la montrer que plus tard à Huguette qui serait certes hors d'elle. Il laissa s'écouler la journée et, après le souper bien ordinaire qu'elle lui avait préparé, il lui annonça sans hésiter :

— Ma fille se marie à l'hôpital et je suis invité. Ce sera à la fin de mai. J'obtiendrai un congé de l'école, ça tombe un vendredi.

— Pour moi, ça ne dérange rien, je ne travaille pas les fins de semaine ni le vendredi.

— Non, ça ne dérangera rien, Huguette, parce que, je suis navré de te le dire, mais tu n'es pas invitée. Marcelle ne veut que son père à ses côtés.

— Quoi ? Elle a osé te le préciser, ta fille malade ? Pour qui me prend-elle ? Ta concubine, ta maîtresse sans titre ? Je suis madame Jean Vinais comme on m'appelle au travail, la digne compagne de son père ! Quelle insolence de sa part ! Et ton ex-femme sera invitée, elle ?

— Oui, elle habite avec Benjamine dont elle prend soin et Marcelle l'estime beaucoup.

— Ça se comprend, elle ne me connaît même pas ! Moi qui vaux plus que la petite institutrice de quartier qu'est Marie-Reine ! Une avocate de la Cour !

— Ménage tes paroles, je suis aussi un instituteur, Huguette ! Une profession aussi respectable que la tienne.

— Bon, elle ne me veut pas à son mariage, la tuberculeuse ? Alors…

— Un mot de plus de ce genre et je te lance mon journal à la figure ! Comment oses-tu la traiter de la sorte ? Ma fille aînée…

— Ne t'emporte pas, d'ailleurs, c'est bien simple, si je n'y vais pas, tu n'y vas pas non plus !

— C'est ce que tu crois ? Essaie de m'empêcher de franchir la porte le jour venu ! Tu n'as aucun droit sur moi, tu n'es que ma compagne, pas ma mère ni ma femme !

— C'est ce qu'on va voir, Jean Vinais ! Je poserai un cadenas s'il le faut, mais tu n'iras pas à son mariage sans moi !

— Tu élèves la voix en plus ? Attends le jour venu, toi ! Tu ne me connais pas encore et ce sera tant pis pour toi ! Et si ça continue comme ça, on ne fera pas long feu toi et moi !

Il avait osé ! Oser la défier et la menacer alors qu'elle avait les yeux sortis des orbites pour lui crier son mépris pour sa fille. À peine ensemble depuis moins d'un an seulement ? S'il se rendait compte qu'il avait fait l'erreur de sa vie, qu'Huguette Sèvre n'était qu'une opportuniste, pas pour son argent, que pour son nom qu'elle persistait à afficher avec fierté, elle n'allait pas se laisser faire. Sans amour pour lui, sans même une affection ressentie, il n'avait plus d'importance pour elle. Et Jean Vinais, devant la réalité des faits, aurait voulu jeter par la fenêtre ce jonc sans importance qu'il tournait nerveusement du pouce et de l'index dans son annulaire.

Entre-temps, Norbert était revenu auprès de sa douce pour lui annoncer :

— J'ai tout réglé, Marcelle, j'ai obtenu la date de ton départ d'ici, qui devrait être le samedi 29 mai, alors pourquoi ne pas nous marier la veille, le vendredi 28 mai ? De cette façon, nous pourrions partir d'ici ensemble le lendemain matin. Qu'en dis-tu ?

— Heu... oui, mais un vendredi, est-ce bien choisi pour les gens qui travaillent ?

— Sans doute pas, mais pour les seuls invités que ça pourrait déranger, comme Marie-Reine qui enseigne, Benjamine qui travaille et ton père, s'il vient, je ne vois pas ce que ça dérangerait. Je suis certain que ces personnes pourraient obtenir un jour de congé vu la circonstance.

— Bon, allons-y pour le vendredi 28 mai, je t'ai donné le champ libre, je n'ai pas à m'objecter. Règle le tout maintenant.

— C'est déjà fait, mon ange, le prêtre est libre ce jour-là, et il ne nous reste qu'à trouver facilement deux témoins parmi les religieuses ou les autres infirmiers de l'endroit. J'ai tellement hâte de t'avoir à tout jamais dans mes bras ! Avise ta famille, moi, ma mère le sait déjà.

— Dis-moi, parlant d'elle, est-ce que je vais la rencontrer avant le mariage, ta mère ?

— Oui, elle se promet de venir te visiter prochainement pour faire ta connaissance, si tu l'acceptes.

— Bien sûr, mais avise-moi du jour, je veux être bien coiffée et dans un fauteuil ordinaire, pas dans une chaise longue de la véranda.

— Elle t'aimera telle que tu seras, Marcelle, ne fais pas d'efforts pour lui plaire. Elle a déjà vu ta photo d'ailleurs, celle qu'on avait prise ensemble du balcon de ciment.

— Bon, qu'elle vienne alors, je serai heureuse de la connaître et, comme nous allons vivre ensemble, elle saura à quoi s'attendre avec mon vilain caractère !

Elle avait éclaté de rire, mais Norbert savait que sa dulcinée pouvait avoir « du front » devant les injustices. Il l'avait vue s'emporter devant les médecins qui prolongeaient sans cesse son hospitalisation. Oui, elle avait du tempérament, mais avec la façon d'être de Norbert, si gentil, si doux, si aimable, jamais elle n'aurait l'occasion d'élever le ton. À moins que sa mère la pousse à bout parfois, mais non, Aurore Vaillant était une personne aussi délicate et réservée que son fiston.

Et c'est ainsi que madame Vaillant fit la connaissance de Marcelle lors de leur première rencontre quelques jours plus tard. La bonne dame, cheveux gris et chignon bien roulé, souriait tendrement à sa future bru, en lui prenant la main de temps à autre pour lui démontrer son affection.

— Vous serez très à l'aise à la maison. J'ai tout mis en œuvre pour votre confort et votre bien-être.

— Il ne fallait pas vous donner tant de mal, il faut que je retrouve un peu de mon autonomie. Et n'importe quoi, n'importe où, sera mieux que d'être ici dans un lit au matelas dur et une chaise longue qui a servi à tant d'autres. Je ne demande rien de spécial, madame Vaillant, et je ne serai pas encombrante, vous verrez, je me débrouille encore très bien dans une maison, j'ai pris soin de ma jeune sœur comme une mère. Au fait, vous aimeriez rencontrer mon autre sœur, Estelle ? Celle qui est religieuse et qui travaille ici auprès des malades ?

— Avec un immense plaisir, Norbert m'a souvent parlé d'elle.

Et Aurore Vaillant fit la connaissance de sœur Estelle Marie ce jour-là, avec de la dévotion dans le regard et une prière promise de la part d'Estelle qui en promettait à profusion à quiconque s'approchait d'elle. Elles bavardèrent un peu et Marcelle, du même coup, était rehaussée de plusieurs crans dans le cœur de sa future belle-mère. Une religieuse aussi charmante dans sa famille ! Voilà de quoi faire soupirer d'aise cette humble femme devenue un tantinet altière en pareille circonstance.

Chez Jean Vinais, l'orage de la maison grondait sans cesse. Huguette, dans son amer dépit, n'avait de cesse de lui répéter ;

— Si tu penses que tu vas aller à ce mariage sans moi, tu te trompes ! Je ne suis pas une traînée, je suis ta compagne et avocate de surcroît. On y va ensemble ou tu restes ici ! Dis-le à Marcelle avant qu'elle décide de mon sort sans même te consulter.

— Elle me l'a écrit, c'est bien assez, non ?

— Non ! Je veux l'entendre de vive voix au bout du fil et savoir pourquoi elle m'élimine ainsi de la famille ! J'ai bien assez d'avoir Régine contre moi, tandis que c'est à toi qu'elle devrait en vouloir, je ne vais pas me mettre les autres à dos comme si elles étaient les boucliers de ton ex-femme. Surtout pas de la Benjamine qui n'a que l'âge de la peau de ses fesses ! Une adolescente à peine sortie de l'enfance...

— Non, une jeune femme, Huguette, une fille de dix-neuf ans qui a un ami très sérieux, le fils d'un dentiste, futur dentiste lui-même. Une jeune femme qui peut décider elle-même qui elle aime ou pas.

— En l'occurrence, moi, qu'elle n'a jamais rencontrée. Pauvre petite idiote ! Elle préfère ta grosse bonne femme d'avant à moi qui suis si charmante ? Libre à elle ! Et tu la crois intelligente !

— Oui, parce que Marie-Reine, dans toute sa bonté, vit maintenant avec elle et qu'elle la choie de sa tendresse.

— Mon œil ! Elle veut juste récupérer son argent, celle-là, et elle braille dans les bras de tes filles pour le ravoir. Sa tendresse... À d'autres, Jean Vinais ! Ta grosse maîtresse d'école n'en a même pas pour ses élèves, la plupart se retrouvent en procès avec moi au tribunal chaque mois.

— Quelle médisance de ta part ! Ses élèves, tout comme les miens, sont de bonne famille, tous aptes à entreprendre des études professionnelles.

— Ce qui n'a pas été le cas de ta Benjamine, elle n'est que réceptionniste chez un dentiste. Le salaire le plus bas qui soit... Et elle ne tape même pas de lettres à la machine à écrire, que des comptes à payer avec l'adresse et le numéro de téléphone du patient. Et elle se met dans la caboche de pouvoir sortir avec le fils de ce dentiste fort réputé ? Petite sotte, va ! La tête aussi enflée que celle de son père !

Jean, levant la tête de son journal, la regarda avec dédain. Il pouvait supporter beaucoup d'insultes de la part d'Huguette, mais pas de jugements de la sorte sur ses filles. Reprenant son journal alors qu'elle déblatérait encore, il augmenta le son du téléviseur pour ne plus l'entendre.

Attendant l'heureux événement pour sa sœur aînée, Régine dite encore *Brouet* s'était remise à la peinture, mais avec moins de succès maintenant qu'elle ne peignait que des natures mortes « sans recherche », comme disaient les critiques de l'époque. Elle en vendait encore à quelques personnes plus âgées, mais la nouvelle vague des jeunes couples du temps présent était beaucoup moins portée sur ses fleurs et ses vases couchés dans les prés, et préférait les toiles plus gaillardes des jeunes peintres du moment dont le talent était considéré. Voyant ses revenus diminuer, surtout avec le surplus de l'école aboli pour son aide aux étudiants, qu'on trouvait obsolète, elle se mit en frais de repeindre des nus et, pour ce faire, elle s'adressa à une agence peu onéreuse qui débordait de modèles quelconques, hommes ou femmes, pour des séances de ce genre. Régine aurait préféré ne rien débourser, trouver un « Jean-Guy » comme dans son jeune temps, mais les sujets volontaires se faisaient plutôt rares parmi les jeunes gens plus instruits qui ne désiraient pas d'un tel emploi, même comme *sideline*, comme on disait dans le temps. Or, parmi les candidats soumis par l'agence, elle jeta son dévolu sur un homme de trente-deux ans, pas mal de sa personne et peu timide face à la nudité, bien proportionné, pas mal beau du visage, les bras assez musclés et sachant poser. Elle fit de lui deux tableaux consécutifs qui se vendirent dès qu'exposés. *Brouet* n'allait pas peindre de femmes nues, trop d'hommes l'avaient fait avant elle, et comme elle ne s'entendait pas avec les personnes de son sexe, elle fouillait dans leur catalogue les hommes disponibles selon leur visage, leur sourire et leur physionomie, quoi ! Sachant d'avance que le reste suivrait.

Or ce modèle prénommé Pierre, engagé pour la première fois, avait tout ce qu'il fallait pour la réussite de ses toiles. Pourquoi chercher plus loin ? En plus d'être charmant, bienveillant et très poli, même si dans la vie de tous les jours il était ramoneur, sale de poussière et de suie quand il rentrait chez lui le soir, où l'attendait sa mère pour le nettoyer et le... désinfecter ! Ce qui avait plu à Régine qui adorait pardessus tout les marginalisés de la sorte, ceux qui avaient deux personnalités distinctes. Un peu voyou le jour, bien éduqué le soir. Et apte à la conquérir, il s'en donnait la peine, car *Brouet* le regardait d'un œil intéressé quand il osait se déshabiller devant elle et non derrière le paravent. Or Pierre, dit Pierrot sur sa carte de membre, parce que ça faisait plus artiste, ne s'étonna pas de l'intérêt qu'elle pouvait avoir pour lui. Habitué aux femmes, il avait quitté sa blonde même si selon elle, il était le père d'une fille de huit ans dont elle avait la garde. Ce dont il doutait puisque cette Josée n'avait pas eu que lui dans ses draps lors de leur fréquentation.

Et les huit ou dix toiles peintes par Régine de ce Pierrot se vendirent en un temps record. Fallait croire que les jeunes femmes ne se gênaient pas pour les accrocher au-dessus de leur lit, au détriment de leurs maris qui n'étaient peut-être pas du même acabit que le modèle. *Brouet*, plus renflouée, exposa d'autres toiles de Pierrot à Paris où le succès fut immédiat et Pierre dit Pierrot, engagé régulièrement par l'artiste, n'eut pas à se plaindre des cachets encaissés par l'agence pour poser pour elle. Il l'invita même à sortir un soir, ce qu'elle refusa, préférant attendre d'être plus intime avec lui. Car il était interdit aux modèles de s'intéresser à l'artiste en quelque autre manière que ce soit, et vice versa pour les peintres qui les engageaient, au risque de perdre leur inscription de membre à l'agence. Mais Régine, en pleine force de ses vingt-neuf ans, n'allait pas se priver du plaisir d'un chevalier servant pour ne pas dire plus pour le moment. Elle l'avait dans l'œil et non seulement au bout de son pinceau, ce qui, après cinq mois de boulot avec lui, la poussa à le garder à souper un certain soir, à déboucher un bon vin d'Alsace et à se donner à lui une partie de la nuit.

Mais les chiffres tombaient d'une journée à l'autre sur le calendrier et, enfin, le 28 mai au matin, le jour tant attendu par Marcelle et Norbert se leva sur tous les arrangements en place depuis la veille. Elle, dans une robe de soie blanche avec une épinglette de perle dans le chignon frais tourné du matin, se présenta à la petite chapelle en compagnie de sœur

Estelle Marie qui lui servirait de témoin. Lui, dans un complet noir avec chemise blanche et boutons de manchettes avec pierres d'onyx, et boucle d'apparat achetée quelques jours plus tôt, était arrivé le premier avec son témoin, un infirmier d'un autre étage, fraîchement reçu dans la profession. Dans l'assistance on pouvait voir deux autres religieuses, dont sœur Claire Marie, son alliée, invitée en ce jour très particulier.

Madame Vaillant, vêtue comme pour un dimanche, était arrivée le matin au bras de son fils, et Jean Vinais, plus loin, discret dans son coin, jasait avec Philomène, la sœur de sa défunte épouse, Jeanne. Marcelle n'avait invité Philomène que la veille seulement, pour honorer le nom de sa mère, et sa tante, ex-infirmière à Toronto de retour à Montréal depuis sa retraite avait accepté d'être présente au mariage de sa nièce qu'elle voyait rarement. Le paternel avait ensuite rejoint Benjamine et son copain, André, qui avait accepté de l'accompagner, laissant Philomène aux bons soins de sœur Thérèse Marie qui était à peu près de son âge. Régine se présenta quelques minutes plus tard avec Marie-Reine qui ignora totalement son ex-époux en affichant un air serein, souriant à la mariée qui le lui rendait bien.

L'aumônier officia, une dame joua l'*Ave Maria* de Gounod sur son harmonium en place pour les jours fériés, et les heureux époux, après l'échange des vœux et des alliances, s'embrassèrent discrètement pour ensuite emprunter la courte allée de la chapelle aux sons cette fois de la *Marche nuptiale*, interprétée par l'organiste. Dans une petite salle voisine de la chapelle, on reçut ensuite les invités pour un vin d'honneur et, après les vœux de bonheur de chaque invité, tous se dispersèrent un à un, pour laisser les nouveaux époux avec le prêtre et la musicienne, dans une plus stricte intimité, telle que planifiée par le marié. Benjamine et André reprirent le chemin du bureau du dentiste qui n'avait pas eu besoin de sa réceptionniste ce matin-là, mais qui allait l'apprécier en après-midi avec les trois rendez-vous inscrits à son agenda. Monsieur Vinais quitta par une sortie adjacente sans avoir échangé le moindre mot avec Régine et sans avoir regardé son ex-femme, mais content d'avoir pu serrer la main de son gendre qu'il voyait pour la première fois et d'avoir souhaité aux mariés tout le bonheur anticipé. Marcelle avait été courtoise avec lui, le sentant malheureux sans trop savoir pourquoi, et Norbert, fier de ce beau-père vu sa carrière d'enseignant, lui promit de l'inviter à la maison sans savoir exactement ce qui avait pu se passer entre Marcelle et lui, ainsi qu'avec Régine qui l'avait ignoré et Marie-Reine son ex-femme qui ne l'avait même pas regardé. Mais il se promettait de l'apprendre et peut-être, dans son indulgence sans limites, s'en mêler. Madame Vaillant mère retourna chez elle avec Benjamine et André qui allaient la déposer en chemin, Régine rentra à son atelier après avoir laissé Marie-Reine rue Garnier, et Jean Vinais, peu pressé de retrouver sa compagne, profita de son après-midi pour aller dans un bar d'hôtel pour y dîner seul avec son verre de vin blanc habituel, ayant réussi à se rendre à ce mariage sans Huguette. Il avait craint qu'elle tente de l'y rejoindre, mais tel ne fut pas le cas. Le matin même, aux petites heures, il s'était envolé du nid sans qu'elle s'en rende compte, elle avait avalé un lourd somnifère pour dormir la veille. Mais elle l'attendait sûrement de pied ferme, il s'en doutait bien. Peu soucieux de ses éclats et ses cris cependant, il comptait ne rentrer qu'entre chien et loup, pour s'assoupir dans son fauteuil du salon et s'endormir, le vin aidant, pendant que rouge de colère, elle lui cracherait son mépris à deux pouces du visage.

L'été s'écoulait paisiblement pour les jeunes mariés chez madame Vaillant, sauf que Norbert était un peu ennuyé de voir sa mère si dévouée auprès de Marcelle, alors qu'il aurait aimé être le seul à lui prodiguer ses soins, une fois rentré de son travail. Mais pour le couple, tout se déroulait bien. Il avait été à la hauteur et elle, capable de se montrer une épouse entière malgré sa fragilité, ne le déçut pas de son peu d'attente face à sa maladie. Elle était enfin madame Norbert Vaillant et non plus mademoiselle Vinais comme on l'avait trop longtemps interpellée. Elle avait l'amour de son mari, la sécurité qu'elle souhaitait et les égards de sa belle-mère. Mais elle espérait tout de même que les mois s'écoulent pour qu'ils puissent enfin partir et avoir leur propre chez eux ailleurs, n'importe où, seuls tous les deux, et elle attendit Norbert chaque soir avec des plats qu'elle avait cuisinés le jour. Elle voulait être une épouse entière et non seulement la femme alitée qu'on traitait aux petits soins, ce qui, peu à peu, lui déplaisait. Elle désirait s'appartenir et ne dépendre de son mari que lorsqu'elle avait des ennuis. Vers la fin du mois d'août, alors qu'ils étaient tous deux dans une chaise longue du jardin de belle-maman qui était absente ce jour-là, Marcelle regarda son mari et lui demanda;

— Est-ce que tu crois que ça va être encore bien long ici, Norbert?

— Tu aurais envie de partir, n'est-ce pas, de nous retrouver seuls tous les deux, même si ma mère n'est pas envahissante ?

— Oui. Je l'aime bien, mais je serai sans cesse une malade pour elle, ce que je suis de moins en moins pour toi.

— Oui, moi je te considère comme ma femme à part entière. L'hôpital et ce qui t'y a amenée, c'est derrière nous, mon ange. Tu n'as pas à t'en faire, ce ne sera pas long, je cherche une maison un peu plus au centre-ville, plus près du quartier où tu as longtemps vécu.

— Ce serait merveilleux, je t'avoue, et je suis prête à quitter le nord de la ville, aussi belle soit la maison de ta mère. Je suis une fille du Plateau Mont-Royal, moi, pas de la rive nord. Mais que l'endroit soit où tu le voudras en autant qu'on se retrouve à deux tel que planifié avant de nous marier. Pense aussi à ton travail, ne t'en éloigne pas trop. Déménager sur le Plateau pour toi, surtout l'hiver…

— Une chose à la fois, Marcelle. N'y pense même pas ! Et ne t'en fais pas, juste un peu de patience et j'arriverai à trouver. Je cherche avec un agent d'immeuble un endroit convenable où résider.

— Pardonne-moi d'insister, mais ne choisis rien de trop loin de ton travail, Norbert. Tu fais déjà tant de sacrifices pour moi.

— Ne t'inquiète pas, je vais m'acheter une voiture et obtenir mon permis de conduire. On ne peut se fier indéfiniment sur ma mère pour nous véhiculer. Il est temps que je me grouille ! J'ai été trop gâté, je crois.

— Peut-être bien, c'est le lot des enfants uniques. Et ta mère n'a que toi dans son existence. Elle sera malheureuse de nous voir nous éloigner trop loin d'elle. Cherche en plein milieu de la ville, pas nécessairement dans mon quartier, mais dans le coin de la rue Saint-Hubert, là où il y a de la vie, des magasins et non seulement des champs de fraises comme on en voit ici ! ajouta-t-elle en riant.

— Oui, j'y verrai, ma douce, ne t'en fais pas, tes demandes sont plus que raisonnables et je tiens à les respecter. Je commence par la voiture et la maison va suivre. Ça te va ?

— Absolument, tu es si bon pour moi. C'est toi l'ange, mon chéri, pas moi. Je ne suis pas en mesure d'avoir des ailes dans mon état...

— Cesse de te diminuer, Marcelle, tu fais beaucoup d'efforts et tu vas retrouver la santé. Laissons un peu de temps au temps. Tout arrive à point dans la vie. Au fait, tu aimerais qu'on aille au cinéma ce soir ? On sort si peu souvent...

— Oui, quoique j'aime mieux quand tu m'y amènes le jour, le soir, je suis plus fatiguée. C'est encore récent cette délivrance de l'hôpital pour moi...

— Tu as raison, c'était irréfléchi de ma part. Soit, nous irons dimanche en début d'après-midi. Dans un cinéma pas loin, on présente le film *Vertigo* sorti l'an dernier, mais traduit en français, ce que j'aime bien. Un film d'Alfred Hitchcock avec James Stewart et Kim Novak, ça te tenterait de le voir ?

— Oui, j'aime les films d'Alfred Hitchcock et celui-là a remporté plusieurs prix, je crois. J'aime tes choix, jamais rien de trop violent...

— Surtout pas avec toi qui as besoin d'accalmie ces temps-ci, ma chérie.

Entre-temps, la mère supérieure des Sœurs de la Providence avait convoqué sœur Estelle Marie à la maison mère de la rue Fullum. Se demandant bien ce qu'elle lui voulait, Estelle s'y rendit avec sœur Claire Marie, ne pouvant sortir seule selon les principes de la congrégation et, sur les lieux, pendant que sœur Claire Marie attendait dans l'antichambre du bureau de convocation, sœur Estelle Marie s'entendit dire par la supérieure qui l'avait accueillie avec un sourire :

— J'ai appris que votre sœur était maintenant mariée et sortie de l'hôpital du Sacré-Cœur, n'est-ce pas ?

— Oui, en effet, un mariage à la petite chapelle de l'hôpital. Un précédent pour l'aumônier, avec de la musique de circonstance par une brave dame.

— Bon, vous la féliciterez pour moi lorsque vous aurez la chance de lui parler. Maintenant, passons aux choses qui vous concernent. Je vous ai fait venir ici pour vous annoncer que vous allez quitter l'hôpital et revenir dans l'enseignement à l'orphelinat où vous avez excellé.

— Ah oui ? Pourquoi donc ?

— Parce que vous étiez là pour votre sœur seulement et qu'il y a beaucoup d'autres malades à soigner. Selon sœur Thérèse Marie qui vous a observée, vous n'avez rien d'une infirmière et vous n'étiez pas à votre place dans un hôpital, sauf pour votre sœur, bien entendu. Vous n'étiez pas assez au chevet des autres, vous avez oublié parfois des remèdes, bref, vous n'étiez pas qualifiée pour ce milieu de soins de santé.

— J'ai pourtant fait mon possible…

— Je ne vous fais aucun reproche, sœur Estelle Marie, mais vous avez l'âme d'une enseignante, pas d'une garde-malade avec ce qu'on attend d'elle. On va donc vous remplacer à l'hôpital et vous assigner dans un orphelinat où vous allez enseigner comme auparavant. Sans doute celui que vous avez quitté il y a plus d'un an, la sœur présentement en place auprès des orphelines est épuisée par la tâche. Beaucoup plus âgée que vous, elle souffre de la goutte, ce qui est intolérable pour ses jambes. Donc, vous retournez au couvent derrière l'hôpital pour deux jours, vous faites vos valises et vous revenez me voir. Dès lors, on vous conduira à l'orphelinat qui vous est familier.

Quelque peu mal à l'aise, croyant avoir fait plus que son possible à Sacré-Cœur, Estelle se permit d'ajouter:

— Sœur Thérèse Marie aurait pu m'avertir de la situation, elle était au mariage de Marcelle.

— Non, elle ne se rapporte qu'à moi. Et comme c'est maintenant réglé, inutile de discuter avec elle, ce serait mal vu de sa part et de la communauté. Ai-je été assez précise ? C'est le Seigneur qui vous réclame auprès des petites orphelines.

— Pardonnez-moi, j'oubliais mes dévotions ! Oh, mon Dieu, si c'est Lui qui me désigne et me rappelle, comment oserais-je vous questionner davantage. Je vais Le prier ce soir au nom des orphelines qui vont me recevoir.

— Priez plutôt pour vous et demandez à Dieu de vous protéger dans cette laborieuse mission de l'âme qui vous attend.

Sur ces mots, l'entretien terminé, sœur Estelle Marie reprit le chemin du couvent de l'hôpital en disant à sœur Claire Marie, sa compagne:

— Je quitte l'hôpital, je retourne enseigner aux petites orphelines, le poste que j'avais avant. Mais je ne peux rien dire, pas même donner mon opinion, c'est le Seigneur qui en a décidé ainsi. Vous allez me manquer, sœur Claire Marie, nous étions de si bonnes alliées à l'hôpital. Mais faut croire que vous avez la compétence requise pour les malades et moi pour les enfants abandonnés bien souvent par leurs parents. Mais sœur Thérèse Marie aurait pu m'aviser avant de me livrer au tribunal de la Supérieure, faire une exception du moins, je l'avais conviée au mariage…

— Vous savez, à son âge, on devient plus que fervente sur les consignes, elle a fait ses classes avec la rigidité de la communauté, même si ça tend à s'assouplir avec le temps…

Ainsi se terminait la mission d'Estelle auprès de sa sœur aînée et des autres malades. Elle revenait à ces petites filles délaissées avec non seulement du courage, mais aussi un baluchon de tendresse et d'affection à leur verser. Ce que Marcelle trouva digne d'elle lorsqu'elle apprit l'heureuse nouvelle.

Tel que promis à son épouse, Norbert Vaillant prit des leçons de conduite avec un ami, et au bout de quelques semaines, il obtenait son permis de conduire et fit l'acquisition d'une Peugeot 203 de l'année, noire, avec toit ouvrant. Une voiture à l'image de ce qu'il était. Sobre et très élégante, raffinée et de bon ton, même si elle était plus souvent achetée par des gens plus âgés. Mais comme il n'était guère de son temps, cette voiture peu populaire était tout indiquée pour impressionner ses confrères de travail plutôt friands de voitures américaines aux couleurs vives.

Marcelle la trouvait magnifique et avait hâte de la montrer à Régine qui se baladait dans sa petite Renault déjà démodée sur le marché. Parlant d'elle, la *Brouet* s'était pas mal renflouée avec les tableaux de nus de Pierrot auxquels elle attribuait des thèmes sans limites : *Pierrot à la plage*, *Pierrot dans la nature*, *Pierrot rêveur*, *Pierrot dans la neige*, mais nu comme un ver sur chaque toile. Décidément, Pierre dit Pierrot devenait aussi et même plus populaire que l'artiste, surtout outre-mer où on se procurait la collection des toiles sur lesquelles il apparaissait. Constatant le fait et ayant peur qu'il devienne plus en demande qu'elle, Régine en fit son amant à plein temps, sans toutefois l'inviter à vivre chez elle. Ils sortaient fréquemment ensemble, elle aimait son corps, elle aimait aussi ses manières rustres de ramoneur, le voir arriver chez elle en salopette après son travail, barbouillé de suie et avec des bottes de bûcheron dans les pieds. C'est là qu'elle avait eu l'idée de le peindre, salopettes tombées aux chevilles, nu évidemment avec le titre *Pierrot voyou*, cette fois. Un tableau que toutes les femmes adeptes des gars de ce genre achetaient pour entretenir leur fantasme, mais qui fut qualifié de « provocant » par certaines revues littéraires. Et Pierre, peu conscient de l'argent que son corps rapportait à Régine, continuait de ramoner des cheminées, même si le patron de l'agence lui disait qu'il pourrait gagner deux fois plus d'argent avec son corps, qu'avec son « art », s'il devenait son gérant. Un bien grand mot pour se déshabiller seulement, selon Pierre qui n'avait pas saisi tout à fait l'allusion. Mais candidement, épris de Régine au point d'envisager de la marier, il ferma les yeux sur lesdites opportunités. Cette dernière toutefois, fidèle à sa liberté, lui avait répondu, tout comme à François naguère, qu'elle serait sa maîtresse indéfiniment s'il le voulait, mais de ne pas lui parler de mariage.

D'autant plus qu'il était supposément père d'une fillette dont il ne se souciait guère. Et, à l'instar de Marcelle qui demandait à Norbert de prendre de vives précautions pour ne pas tomber enceinte avec son peu de santé, Régine utilisait les mêmes moyens avec Pierre pour ne pas nuire à son indépendance et à sa célébrité.

Au moment où tout semblait vouloir se concrétiser pour Marcelle et Norbert, qui avaient en vue une jolie maison sur la rue Sagard, une nouvelle tomba à pic lorsque Benjamine leur offrit de reprendre la maison de la rue Garnier, alors que Marie-Reine avait déniché un logement dans le quartier où résidait Régine, et qu'elle-même, comptant partager l'appartement d'Anna pour un certain temps, était de plus en plus sérieusement engagée avec André qui allait, l'année suivante, graduer de l'université pour être reçu dentiste. Ce cher André qui la fréquentait assidûment maintenant. Ce même André Mireau, fils du dentiste Edmond Mireau, qui en était maintenant follement épris. Marcelle, fière comme un paon de l'annoncer à Norbert, le vit sourciller, ayant déjà fait une offre d'achat sur la maison de la rue Sagard à l'est de la rue Saint-Hubert, là où Marcelle lui avait demandé de chercher. Une offre qui allait être acceptée. Il s'empressa d'annuler sa proposition et se tournant vers son épouse le soir venu, il lui demanda doucement :

— Ça te ferait vraiment plaisir de retourner vivre sur la rue Garnier ? Tu n'as pas tellement de bons souvenirs de cet endroit...

— Des bons comme des mauvais, Norbert. J'ai grandi dans cette maison, elle est entièrement payée, il suffira de l'entretenir, mais revoir mon quartier, mon épicerie, ma coiffeuse, mon livreur de pain, le magasin de madame Belleville pour ses collerettes, tout cela va reprendre vie pour moi. Penses-y une minute, ça ne peut que me réjouir.

— Bien, si ça peut te faire plaisir.

Mais Norbert savait qu'il allait s'éloigner de son hôpital où il travaillait chaque jour, que l'affluence du matin et du soir allait l'embêter, à moins de se trouver du travail dans un autre hôpital, ce qu'il chercherait dès qu'installé dans la maison paternelle que sa femme aimait tant. Et cette fois, contente de ce qui lui arrivait, Marcelle ne se manifesta pas sur le fait que Benjamine allait vivre avec son amie Anna qu'elle détestait. Non, cette fois, après tant de privations avec sa longue maladie, elle misait sur le passé qui serait garant de l'avenir. Là où elle avait perdu la santé, et là où elle la retrouverait selon la volonté de Dieu. Les yeux levés au ciel, elle ne pensait qu'à elle et non plus aux autres. Pas même aux difficultés de son cher Norbert pour y revenir en pleine affluence après le travail. Indifférente, peu avenante, sans s'en sentir coupable cette fois. Comme c'était là une suggestion de Benjamine, sans doute guidée par l'au-delà et en âge de décider de leur avenir, elle ferma aussi les yeux sur l'horrible partage de logement qu'elle croyait que Benjamine allait avoir avec l'Italienne. Ravie, même si elle sentait, sans revenir sur le sujet, que cette décision ne plaisait pas à son mari, sauf qu'un soir, animée d'un minime remords, elle lui demanda :

— Tu ne sembles pas aussi heureux que moi de cette proposition, Norbert. N'est-ce pas une bonne idée pour mon moral ?

— Oui, une excellente idée puisque tu as retrouvé ton sourire dès que Benjamine l'a proposé. Je suis ravi pour toi, ma douce, et je vais voir si je ne pourrais pas changer d'hôpital, en trouver un plus près de ce quartier, pour ne pas avoir à voyager si loin soir et matin.

— Tu trouveras sûrement, les infirmiers de ton calibre n'étant pas légion encore, tu seras vite repêché par un autre hôpital.

Cette fois, sans se soucier vraiment du malaise de son mari qui, pour lui faire plaisir, se plia une fois de plus à la volonté de sa femme. C'était le seul petit accroc qu'il pouvait ressentir en son cœur, mais sans le lui reprocher évidemment.

Et ce qui devait être fait fut ! En septembre, Marcelle et Norbert quittaient la résidence de madame Vaillant pour s'installer dans la maison des souvenirs, rue Garnier, que le paternel laissait aux bons soins de Marcelle une fois de plus, en autant qu'ils défraient maintenant à deux les comptes mensuels et annuels qui seraient leurs en prenant possession de la maison.

Fort heureusement pour Norbert, intéressés par son curriculum, les dirigeants de l'hôpital Notre-Dame, beaucoup plus près pour lui que Sacré-Cœur, lui offrirent un poste fort bien rémunéré. Il allait sûrement délaisser les tuberculeuses avec regret, mais il allait tout de même s'occuper de soins de longue durée à Notre-Dame où son savoir-faire était plus que requis. Marcelle en fut ravie puisque d'une seule demande de la part de son mari, il avait vite été engagé. Ce qui la fit soupirer d'aise et qui lui enlevait une épine du pied !

Au même moment ou presque, on apprenait par la radio et la télévision la mort de Maurice Duplessis, premier ministre du Québec, à soixante-neuf ans. Plusieurs le pleurèrent, d'autres moins. Jean Vinais en était toutefois chagriné, il avait toujours eu le respect des hommes d'État, bons ou médiocres. Durant ce temps, pour Norbert Vaillant qui, sans s'en plaindre, acceptait toutes les propositions de sa femme, c'était une nouvelle vie qui commençait pour lui. Un mariage à trente-quatre ans, un séjour chez sa mère avec sa femme, l'achat d'une voiture, lui qui n'en avait jamais eu besoin, un déménagement sur la rue Garnier qui était loin d'être sa tasse de thé, et maintenant, un nouvel emploi à Notre-Dame qui le forçait à quitter l'hôpital du Sacré-Cœur qu'il aimait tant. Tout cela sans rien démontrer de la moindre insatisfaction, sans même laisser transparaître quelques plis de déception sur son front, parce qu'il avait promis à Marcelle, sur son lit d'hôpital, qu'il allait la combler de tout ce qu'elle allait désirer lorsque marié. Et il l'aimait tellement qu'il préférait se fermer les yeux plutôt que de se manifester lorsque surgissait un petit argument ou un désappointement. Madame Vaillant, néanmoins, avait été enchantée de l'idée de la rue Garnier, puisque son fils n'aurait pas de maison à payer, que l'entretien, les factures et ce qui était exigé par la Ville. Pas malheureux de se retrouver en terre inconnue sur le Plateau Mont-Royal, Norbert en prit le meilleur et délaissa à d'autres les restes qui ne l'intéressaient pas. Marcelle avait retrouvé ses habitudes d'achat à son magasin préféré, elle avait reconnu son même boulanger avec maintenant quelques cheveux gris, et déniché une nouvelle coiffeuse, la précédente ayant vendu son commerce.

Et le bonheur semblait se poursuivre au sein du couple, surtout le soir lorsque, blottie dans ses bras, elle lui murmurait sans qu'il la provoque :

— Je t'aime, mon amour, le savais-tu ?

— Oui, mais pas autant que moi, mon ange !

Pour ensuite s'embrasser après un éclat de rire d'elle et d'un léger sourire de lui.

Le mois suivant, on annonçait la mort de l'acteur Errol Flynn, à cinquante ans seulement, que seule Régine trouvait bel homme. Marcelle avait détesté ses films de cape et d'épée, et Benjamine le trouvait trop vieux pour qu'il soit parmi ses idoles. Et sur une autre colonne du *Paris Match*, à côté des décès, Astérix, lui, voyait le jour dans le premier numéro de *Pilote*, un périodique qui deviendrait fort populaire en France.

Benjamine, durant ce temps, s'en tirait plutôt bien avec sa colocation avec Anna. Cette dernière, rentrée avant elle le soir, lui préparait souvent son repas, un spaghetti italien ou des pâtés de bœuf ou de poulet. À tel point que Benjamine lui dit un soir :

— Arrête de préparer mes repas, Anna, tu vas me faire engraisser !

— Ça ne te fera pas de tort, tu es maigre comme une échalote !

— Non, seulement mince et je veux garder ma silhouette. C'est toi qui devrais manger comme moi, Anna. Oublie les remarques désobligeantes de l'une à l'autre, chacune son assiette et à chacune le maintien de son corps. Ça te va ?

— Bien, si c'est ce que tu veux ! Chacune son côté du frigidaire, un coup parti ?

— Pourquoi pas ! répondit Benjamine avec un rire que partagea Anna. On peut en arriver là, tu sais !

Mais elles s'entendaient bien toutes les deux. Elles évitaient de se rendre chez Marcelle de peur que l'Italienne soit mal reçue. Pourtant, Anna n'avait eu que de bons mots pour Marcelle, elle la plaignait d'avoir vécu la triste maladie qui l'avait hospitalisée et espérait connaître le bon samaritain, son amour, qui l'avait épousée malgré son état de santé peu enviable. Anna aurait souhaité se rendre chez l'aînée, mais Benjamine changeait sans cesse ses plans pour ne pas la blesser, en lui disant que Marcelle était alitée ces jours-là ou que Norbert, qu'elle voulait rencontrer, faisait des heures supplémentaires. Toutefois, Anna ne parlait plus de Frank à Benjamine, ayant peur de la perdre avec ce sujet qui devenait usé avec les mois. Bien sûr qu'elle y songeait encore, et bien sûr qu'elle se serait de nouveau jetée dans ses bras, mais combien de fois ? Une petite heure de temps en temps alors qu'elle le voulait encore jour et nuit, comme naguère ? Mais la fixation de sa dépendance de Frank ne se manifestait que parfois et non quand elle parvenait à l'oublier en allant danser dans les bras d'un autre qu'elle suivait quelque part ensuite, sans jamais le ramener chez elle, par respect pour Benjamine. Des relations d'une nuit assez déchaînée mais sans réussir, malgré sa véhémence, à en aimer un autre comme elle avait aimé celui qui l'avait délaissée pour sa femme et son enfant. Anna qui, bonne amie, proche de Benjamine depuis l'adolescence, lui disait être heureuse pour elle quand elle la voyait partir avec André venu la quérir pour une sortie en ville certains soirs. André que Benjamine apprenait à aimer, elle pourtant distante et réservée avec les garçons, elle qui aimait les sorties en autant qu'elles soient pavées de bonnes intentions. Elle qui désirait se marier un jour et, contrairement à ses sœurs, devenir une maman exemplaire pour ses enfants. C'est un peu tout ça qu'Anna lui enviait, elle qui, au contraire, s'amourachait du corps d'un garçon avant même de regarder la couleur des yeux. Elle qui cherchait dans chacun d'eux une parcelle de Frank sans jamais la trouver. Elle qui, avec son opulente poitrine, attirait les mâles comme le miel attire les mouches ! Elle, oui toujours et encore elle, la pauvre Anna que Marcelle, pour toutes ces raisons, ne pouvait supporter. Et tant que Benjamine était protégée par André, elle n'imaginait pas sa jeune sœur tomber, sous l'influence d'Anna, dans des bassesses. Elle savait Benjamine trop intelligente pour ne pas chercher, d'abord, le cœur d'un garçon. Bien avant son corps qu'elle se réservait sans doute pour le mariage. Ce qui se passait inévitablement avec son amoureux. Une fille bien rangée, comme le disait si souvent André. Une fille de bonne famille, comme ajoutait monsieur Mireau, patron de l'amie de son fiston, espérant sans doute que naisse un jour de cette fréquentation une merveilleuse union. La fille d'un professeur avec le fils d'un dentiste, dentiste en devenir lui-même. Quelle douce satisfaction pour un père, protecteur émérite de son garçon !

En novembre, le 25, tout choc, on apprenait cette fois le décès de l'acteur Gérard Philipe à trente-six ans, presque trente-sept qu'il allait avoir le 4 décembre. L'acteur français était au zénith de sa gloire. Marcelle en fut bouleversée, elle vouait un culte à cet acteur, elle avait vu tous ses films, dont *Le diable au corps*, l'un de ses préférés. La France fut consternée et le Canada français, dont le Québec, pleurait cet acteur dont la renommée avait dépassé plusieurs frontières.

Toutefois, avant d'en arriver à considérer un mariage entre Benjamine et André, un soir qu'Anna était rentrée plus tard que d'habitude après une sortie dans un bar avec un gars du quartier, elle s'était déshabillée dans sa chambre, puis, frappant à la porte de celle de Benjamine, elle entra, prit place au pied de son lit et, réveillant sa jeune colocataire, elle la fit sursauter en rabaissant un côté de sa brassière pour en dévoiler un sein. Se rapprochant davantage d'elle, Anna se pencha près de son oreiller pour lui dire :

— Regarde ce que j'ai là, Benjamine. Une petite bosse que je n'avais pas avant. Qu'est-ce que c'est, d'après toi ?

Chapitre 10

Marie-Reine, déménagée dans sa petite maison de stuc de quatre pièces, achetée sur les conseils de Régine après avoir quitté son logement, était heureuse d'être à deux rues seulement de l'artiste peintre et comblée par le poste d'enseignante à l'école du quartier depuis son départ de la rue Garnier. Avec Régine, elle sortait beaucoup. Du magasinage, des films au cinéma du quartier, parfois en ville, des invitations à souper de l'une à l'autre et, Pierrot maintenant installé avec Régine pour l'aider dans ses dépenses, vu son manque de revenus, avait beaucoup d'estime pour Marie-Reine qui n'avait pas eu la vie facile depuis son mariage avec Jean Vinais qui l'avait abandonnée pour une autre. Pierrot, follement épris de Régine, continuait à la demander en mariage, mais cette dernière, malgré l'amour qu'elle portait à son beau ramoneur, lui résistait. Il n'était pas riche, il gagnait bien sa vie, mais ce n'était pas ce qui inquiétait Régine qui, malgré la baisse de sa réputation en France, parvenait à régler les fins de mois avec ses économies et l'aide de son amant. Pierrot, habile de ses mains, lui sauvait beaucoup d'argent avec les réparations qui survenaient avec les ans. Occupé avec son travail journalier, il acceptait aussi de petits contrats de son agence pour être le mannequin de vêtements dernier cri pour hommes dans les revues ou magazines, ou pour promouvoir une marque de cigarette sur des panneaux-réclame. Modèle nu pour d'autres peintres ? De temps en temps, mais de dos seulement. Ses parties intimes n'étaient que pour *Brouet* qui, de ce temps, ne vendant presque rien de sa collection de nus, la ramenait à des natures mortes, des fleurs surtout, qu'elle exposait à travers le Canada. À Vancouver, Montréal, Québec et Toronto le plus souvent, où son nom voulait encore dire quelque chose. Mais Marie-Reine insistait :

— Dommage que tu refuses de l'épouser, Régine, Pierrot est un si bon garçon. Et comme tu vas avoir trente et un ans en juin... De plus, il t'aime passionnément.

— Oui, je sais et je l'aime aussi, mais il est père d'une petite fille avec son ancienne flamme...

— Qu'est-ce que ça change ? Elle vit actuellement avec un autre homme qui adore la petite, paraît-il. Reste à savoir si Pierrot est réellement le père, il affirme que sa Josée le trompait avec d'autres gars et elle-même n'est pas en mesure d'affirmer lequel est le père de son enfant. C'est tout dire ! Et tu n'as rien à craindre de ce côté, il n'a pas revu la petite depuis sa naissance... Donc chanceuse, la Josée, qu'il ait versé une pension un certain temps pour l'enfant au cas où... Mais là, tout est fini, elle a enfin un papa, la petite. Il est donc libre de cette fâcheuse liaison et débarrassé de cette copine qui abusait de ses bontés.

— Tu as raison, mais ça me coûterait ma liberté, Marie-Reine. Et qui te dit qu'il serait le même s'il était mon mari ? Je suis tellement méfiante... J'en ai vu plusieurs de ces couples qui s'aimaient à la folie se détruire dès que mariés. Marcelle est très chanceuse d'être tombée sur un Norbert soumis, ce qui n'est pas le cas de tous les hommes.

— Bon, à ta guise, mais penses-y de temps à autre, je persiste à croire que Pierrot serait le plus charmant mari qui soit. Et comme il est déjà ton amant...

— Ce qui n'est pas pareil. Oublions ça pour le moment, l'année 1960 vient à peine de se lever et il faudrait songer à acheter quelque chose de spécial pour les vingt ans de Benjamine en février.

— Oui, madame Belleville a sûrement de belles choses...

— Non, pas là, elle a du beau, mais trop vieux pour son âge. Et oublions les vêtements, elle en a beaucoup. Allons plutôt voir chez le bijoutier si nous ne trouverions pas quelque chose qui lui plairait... Un ensemble de collier, bracelet et boucles d'oreilles, peut-être ?

— Non, ça devient trop commun, toutes les femmes de mon âge achètent ça pour elles-mêmes. Moi, j'opterais plutôt pour un beau coffre à bijoux en noyer sur pieds dans lequel elle pourrait mettre ses bijoux toute sa vie. Celui qu'elle a présentement est petit et brisé à trois endroits.

— Aie ! C'est cher ce truc-là dont tu parles ! Je n'ai pas les moyens...

— Tut, tut, je t'aiderai, Régine, et nous le lui offrirons à deux. J'en ai vu un très beau chez *Dupuis Frères*.

— Bon, nous irons cette semaine avant qu'il soit vendu à quelqu'un d'autre.

Le soir même, Régine informa Pierrot du cadeau choisi pour l'anniversaire de Benjamine et ce dernier de lui répondre :

— Excellente idée ! Mais pourquoi l'acheter avec Marie-Reine ? C'est toi et moi qui allons le lui offrir, et je t'en payerai la moitié pour que tu sois plus à l'aise.

— Comme tu voudras, mon chéri, mais je t'avertis que ça va te coûter la moitié de ta paye, ce coffret-là !

— Et puis ? Rien de trop beau ni de trop cher pour ta petite sœur que j'aime beaucoup. Allons-y chez *Dupuis* ! Pas plus tard que demain. Avec la neige qu'on annonce, il n'y aura pas grand monde dans les magasins.

Régine l'embrassa, l'encercla de ses longs bras, et lui répéta à l'oreille ce qu'il avait entendu bien souvent depuis qu'il habitait avec elle : « Je t'aime, mon amour. Sans toi, je me demande bien ce que je ferais... »

Durant ce temps, chez Benjamine, tout n'allait pas si bien pour elle. Après le courage déployé pour venir en aide à Marcelle lors de ses fréquents malaises avant son hospitalisation, elle était maintenant aux prises avec Anna qui s'inquiétait nerveusement de la petite bosse détectée sur son sein gauche. Benjamine avec du cœur au ventre, Benjamine qui ne laissait tomber personne qui avait besoin de son aide, Benjamine altruiste dans l'âme et généreuse de son temps... Elle avait accompagné Anna chez le médecin qui, après un bref examen, l'avait référée à l'hôpital pour y subir un rayon X. La jeune femme, apeurée, avait dit à Benjamine en sortant :

— Il avait l'air soucieux, le médecin, il me regardait avec interrogation, j'ai peur que ce soit le cancer, Benjamine. Si c'était ça, je ne pourrais pas y faire face. J'ai entendu tant de choses sur des femmes qui avaient eu ce cancer sans pouvoir le combattre.

— Mais non, ne t'en fais pas, Anna. Ça peut être autre chose. Peut-être t'es-tu frappée et qu'il s'est formé une ecchymose ? Et à force de jouer avec, de te tâter tout le temps, tu risques d'avoir fait grossir la bosse. Ou les gars qui te sautent dessus dès qu'ils voient ton décolleté, ce qui peut provoquer une anomalie soudaine sur ton sein.

— Oui, mais ça partirait si c'était ça.

— Pas si tu l'entretiens chaque jour. Mais commençons par aller passer la radiographie demain et tu en auras le cœur net quelques jours après. Et arrête d'y penser. Ce soir, on présente un bon film en ville, ça te tente ? Il s'agit de *Suddenly, Last Summer* avec Elizabeth Taylor et Montgomery Clift. Ça vient tout juste d'arriver ici ! Au moins, ça va te changer les idées.

— Bien, pourquoi pas, elle est si belle, Elizabeth Taylor, et lui donc ! On y va, mais en taxi cette fois. Moi, les autobus à des heures indues, je n'aime pas ça. C'est plein de monde, ça se bouscule…

— Parfait, allons-y en taxi, on va payer à deux, ça coûtera moins cher et, pour le retour, je vais demander à André s'il pourrait passer nous prendre après son cours à l'université.

Et, servile prétendant, André Mireau se fit un plaisir d'aller chercher les deux filles au cinéma, la représentation terminée. Anna et Benjamine avaient adoré le film, Benjamine pour l'histoire, et Anna, incorrigible, pour Montgomery Clift qu'elle aimait beaucoup avec son regard ténébreux. Un film qui, toutefois, lui fit oublier le mal qu'elle redoutait, mais qui ne l'empêcha pas, durant la projection, de se tâter le sein gauche sous sa veste de laine qui camouflait sa robe. Le lendemain, la peur dans l'âme, l'Italienne se rendait à l'hôpital, encore avec Benjamine, pour y subir la radiographie qui déterminerait peut-être ce qu'elle avait au sein. Un examen qui ne prit pas de temps, mais qui confirma chez Anna le doute qu'elle appréhendait. Les résultats de la radiographie avaient été communiqués rapidement au médecin traitant qui avait convoqué Anna à son bureau pour lui annoncer d'un ton officiel :

— Je doute que ce soit un cancer, mademoiselle ! Mais il nous faudra un prélèvement, donc une biopsie pour en être certain.

Il va sans dire que la pauvre fille rentra chez elle, dévastée, pour attendre, le visage en larmes, que Benjamine revienne de son travail. La trouvant affaissée sur le sofa, le visage défait, les sanglots dans la voix, ne pouvant répéter ce qu'elle avait, Benjamine lui dit :

— Alors, Anna, qu'est-ce qu'il y a ? Prends sur toi, réponds-moi...

— J'ai un cancer, Benjamine, un cancer du sein, le docteur vient de me le confirmer ou presque à son bureau. J'ai failli perdre connaissance. Il parle maintenant de prélèvement... Imagine, à vingt ans ! Avec un mal qui arrive plutôt aux femmes de trente ans et plus...

Se retenant pour ne pas éclater en sanglots avec elle, Benjamine lui demanda timidement :

— Il y a sans doute un traitement, des médicaments...

— Non, il ne m'a parlé de rien, il me réfère à un spécialiste, mais je ne veux pas y aller, ça va être pire, je vais devenir folle s'il faut... Ah ! Benjamine, il faut que je retourne chez mes parents, il n'y a que ma mère pour me soutenir dans une maladie comme celle-là. Je ne peux pas rester une heure sans toi ici quand tu n'es pas là. Avec ma mère qui ne travaille que trois jours par semaine, je me sentirai moins seule pour affronter ce qui s'en vient, tu comprends ? Il va me falloir me défaire du bail ici à moins que tu désires le garder pour toi. Mais je ne pourrai plus te verser la moitié du loyer, je vais perdre mon emploi, c'est sûr, faible comme je vais le devenir. Et mes parents sauront prendre soin de moi durant les traitements, s'il y en a. Mais j'ai peur, Benjamine, pas seulement de ce cancer, mais de la mort. J'ai peur de mourir, je ne sais pas ce qui arrive après... La mort me terrifie, ça m'a toujours fait peur, tu le sais. J'en ai peur à en avoir des crampes au ventre...

— Allons, tu n'en es pas encore là, tu vas le vaincre ce cancer, tu verras. Tu es une fille forte, tu as de la résistance, tu vas te battre et remporter le combat.

— J'en suis pas sûre, moi. Tu es fine de m'encourager, mais malgré mes affrontements avec les gars, je ne suis qu'une faible fille au fond. Je fais mine d'être une fonceuse pour les éloigner, mais je tremble souvent quand l'un d'eux insiste avec trop de rigueur.

— Allons, ne pense pas aux garçons pour le moment, tu as un autre combat à mener et ce n'est pas contre eux, cette fois. Si tu veux retourner chez ta mère, vas-y, Anna, je garderai le logement jusqu'au mois de mai, et je ne renouvellerai pas le bail. Je verrai où j'irai, mais ne t'en fais pas, on ne se perdra pas de vue pour autant, je t'accompagnerai partout où tu devras aller. Le docteur ne t'a pas prescrit un médicament ?

— Ben non, voyons, ce que j'ai, ce n'est pas un mal de dents ! Oh ! excuse-moi d'employer un tel ton avec toi qui es si bonne pour moi.

— Ça va, pas d'offense, Anna, après un tel diagnostic, j'en ferais autant. Mais refuse-toi d'y croire et ne baisse pas les bras.

— Si seulement le docteur m'avait encouragée, mais non, avec un air bête, il m'a lancé le résultat du rayon X en pleine face, et il n'a même pas attendu que je voie un spécialiste avec la... j'oublie le nom, la biopsie ! Parce qu'il me sentait nerveuse, les mains me tremblaient, j'ai pleuré dans le taxi en revenant et je suis certaine que le chauffeur croyait que je venais de quitter mon mari ou mon *chum*...

— Encore de ces idées avec les hommes ! Appelle ta mère, prends sur toi, annonce-lui le résultat et demande-lui de t'héberger dès demain soir si possible. André et moi allons aller te reconduire avec ton linge, le reste pourra suivre plus tard. Fais ça, Anna, tu ne peux rien faire d'autre pour l'instant, et dans un si dur moment, quoi de mieux que ta mère à tes côtés. Allons, viens au moins manger, j'ai réchauffé une bonne soupe au macaroni comme tu les aimes. Il faut garder tes forces, Anna, ce n'est pas le temps de déposer les armes quand il faut te battre contre ce microbe-là !

— Un microbe ? Je le vaincrais, Benjamine, mais un cancer, c'est plus fort que n'importe quel humain s'il décide de s'acharner sur sa victime. J'en ai vu d'autres qui l'avaient, et aucune ne s'en est sortie... Du moins, à ce que j'en ai déduit... Pourquoi cette maladie ferait-elle une exception pour moi ? J'en pleurerais de joie si c'était le cas, mais quand je regarde en avant, je vois le néant, Benjamine, pas mon avenir. Et j'ai tellement peur de mourir !

Le lendemain soir, dans la voiture d'André qui reconduisait Anna chez ses parents, le jeune homme ne savait comment sympathiser avec elle. Timide de nature, il lui dit simplement, l'entendant pleurnicher :

— Ça va aller, Anna, ils vont trouver le remède.

— J'aimerais que ce soit vrai, mais j'en doute. Ma mère me dit la même chose, tout le monde cherche à m'encourager, sauf Benjamine qui semble voir la vérité en face.

— Bien non, voyons, se défendit Benjamine, je compatis entièrement avec toi, mais il me faut être forte pour deux en ce moment. Dis, tu as apporté tout ton linge ? Tu n'as fait qu'une valise.

— Mon linge neuf je l'ai laissé, je le prendrai une autre fois. Mais j'ai apporté tous mes effets de toilette, ma pâte à dents aussi, c'est tout ce dont j'ai besoin.

Ils arrivèrent chez la mère d'Anna qui accueillit sa fille à bras ouverts en la serrant sur son cœur dans le portique. Puis son père qui, désarmé, ne savait trop quoi dire sauf :

— J'ai fait du bon café, tu en veux une tasse, ma fille ?

— Oui, deux si c'est nécessaire, les cachets du médecin me font tellement dormir. Des pilules pour les nerfs qu'il avait à son bureau. Ça me relaxe, mais je dors beaucoup.

— C'est ce qu'il te faut, Anna. Merci de l'avoir raccompagnée, Benjamine, et remercie ton ami d'avoir entré la valise.

— Prenez-en bien soin, elle a besoin de vous plus que jamais ! de leur lancer Benjamine avant de refermer la porte et rejoindre André dans sa voiture.

En cours de route après avoir retrouvé leur aplomb depuis l'arrivée d'Anna chez sa mère, André demanda à celle qu'il aimait :

— C'est quand Pâques cette année ?

— Au mois d'avril, le 17 je crois, je l'ai noté à mon agenda pour que les clientes n'oublient pas que c'est un jour férié.

— Pourtant, un dimanche !

— Mais les personnes plus âgées ont moins conscience du temps qui passe. Pourquoi cette question ?

— Parce que, si tu es d'accord, j'aimerais qu'on se fiance à Pâques, ma chérie.

Médusée, ne sachant quoi répondre, elle parvint à balbutier…

— Tu… tu es sérieux, André ? Tu en es là dans nos fréquentations ?

— Absolument. Je vais graduer à la fin de l'année et il est temps qu'on se promette l'un à l'autre. À moins que toi…

— Non, je suis d'accord, je t'aime tellement. Mais je ne pensais pas que cette année… Tu m'as eue par surprise, mais Pâques, ce n'est pas loin, tu sais.

— Oui, je sais et ma mère le sait aussi, c'est elle qui veut préparer une petite fête dans notre grande maison, si tu es d'accord. Quelques personnes de mon côté et le choix des tiennes de ton bord. On pourrait les prévenir et voir si elles sont disponibles pour assister à cette promesse qu'on se fera.

— Je crois bien, mes sœurs, leur conjoint et Marie-Reine, mon père peut-être… On verra bien.

— Et pour la bague, nous allons aller la choisir ensemble, à moins que tu préfères que ce soit une surprise et que je l'achète sans toi.

— Oui, j'aimerais mieux ça, une bague choisie par toi puisque c'est toi qui as eu l'idée des fiançailles dans peu de temps. Peut-être allons-nous inviter Anna, mais je doute qu'elle vienne dans son état. Et ce serait peut-être mieux ainsi, Marcelle ne la supporte pas.

— Je le crois aussi, mais là, avec ce qui lui arrive... Marcelle devrait être plus indulgente, elle qui a bravé une terrible maladie, elle devrait la comprendre. Je sais qu'Anna n'est pas de son calibre, mais c'est un être humain. Et elle a un bon fond, la pauvre fille.

— On verra bien, André, mais d'ici le mois d'avril... Si rien ne se détériore de son côté. Elle est très fière de sa personne Anna, et elle ne viendra pas si elle est amaigrie de seulement quelques livres. Elle va craindre aussi le regard des autres qui auront appris d'ici là le mal dont elle souffre. Mais passons pour ce soir et merci de m'aimer autant, mon chéri. Sans te le dire souvent, je savais depuis le premier jour que tu allais être l'homme de ma vie.

De retour chez elle, après un baiser passionné, Benjamine mit un peu d'ordre dans les affaires d'Anna et téléphona à Marcelle pour lui annoncer la bonne nouvelle de ses fiançailles. Cette dernière, émue et ravie du bonheur de sa jeune sœur, la félicita chaleureusement et, revenant sur le fait qu'il allait y avoir fête chez les Mireau, elle demanda à Benjamine :

— Vas-tu inviter papa ?

— Oui, je dois le faire, mon futur beau-père veut le connaître, il admire les professeurs qui se dévouent pour les enfants dans les écoles. Mais je vais l'inviter seul, sans elle.

— Ce qui va la faire sauter au plafond !

— Je m'en fous, je ne la veux pas chez mes beaux-parents en même temps que Marie-Reine... Je ne la veux pas à mes fiançailles, celle-là.

— Bon, arrange ça comme tu voudras, mais je me demande bien comment il va s'échapper un dimanche. Surtout le jour de Pâques...

— Il trouvera bien un moyen, je ne m'en fais pas pour lui, surtout si Huguette n'a pas d'écho de mes fiançailles. Et, tandis que tu es là, Anna est retournée vivre chez ses parents, j'ai le logement à moi seule pour l'instant.

— Bon débarras, l'Italienne ! Ce n'est pas moi qui vais...

— Je te coupe la parole, je t'arrête avant que tu sois méchante envers elle, Anna est retournée vivre chez sa mère parce qu'elle a un cancer.

Un silence au bout de la ligne, et Marcelle de reprendre :

— Un cancer ? Un cancer de quoi ? Comment est-ce arrivé ?

— Un cancer du sein, Marcelle. Un cancer sournois venu on ne sait d'où... Et elle n'a que vingt ans... Elle est partie chez sa mère parce qu'elle a une peur terrible d'en mourir.

— Il y a des traitements de nos jours, le docteur va sans doute la diriger vers ces hôpitaux...

— Peut-être bien, mais j'ai eu beaucoup de peine en l'apprenant. Moi, les maladies soudaines... Surtout après toi et ce que tu as vécu...

— Oui, je sais, et je compatis avec elle. On ne mérite pas d'avoir un tel mal à un si jeune âge. Dis-le-lui, ça va la rassurer sur mes sentiments. Je ne l'ai jamais aimée, c'est vrai, mais de là à me réjouir d'une telle maladie, ce n'est pas moi. Et comme c'est ton amie…

— Je vais l'appuyer tant que je le pourrai, mais en ce moment, c'est de sa mère et de son père qu'elle a besoin.

— Évidemment. Pauvre fille, si jeune, je n'en reviens pas.

— Moi non plus, mais il faudra s'y faire, avoir du courage pour elle. Anna n'est pas combative, sa peur de la mort la met au pied du mur. Mais on verra bien avec le temps…

— Tiens-moi au courant de son cheminement. Elle est à plaindre… Et, pour terminer avec tes fiançailles, il y aura beaucoup de monde chez les Mireau ?

— Je n'en sais rien encore, André vient tout juste de me l'apprendre. Des personnes de son côté, bien entendu, et celles de notre côté que j'inviterai. Cette fois, je n'oublierai pas la tante Philomène, la seule sœur de ma véritable mère. Ce sera comme si maman était là…

— Régine viendra sûrement. Vas-tu l'inviter avec son quasi-mari qui partage sa vie ?

— Pierrot ? Naturellement, il est si gentil ce type-là ! Dommage que Régine ne l'épouse pas…

— Comme je la connais, ça viendra, mais plus tard. Elle a toujours eu le don de nous faire attendre pour tout ce qui pouvait lui arriver de bon. Toujours à part des autres, celle-là ! Et que fais-tu d'Estelle dans un tel cas ?

— Je doute qu'elle puisse venir. Elle est de retour dans l'orphelinat où elle enseignait et, comme c'est le dimanche de Pâques que nous nous fiançons, pieuse comme elle l'est, elle ne voudra pas manquer les offices religieux avec sa congrégation. Qui plus est, ce n'est qu'une promesse de mariage et non le mariage lui-même.

— Quand projetez-vous de vous marier par la suite ?

— Marcelle ! Il vient de m'annoncer ce soir qu'il désire me fiancer à Pâques ! Si Régine est trop lente, toi tu es trop vite en affaires ! Attends qu'on se promette l'un à l'autre, d'abord. Il n'a même pas choisi ma bague de fiançailles. Et tu es la première à qui j'en parle.

— Tu as raison, je suis trop hâtive, c'est un de mes défauts... Merci de m'avoir avisée la première. Je suis, tout compte fait, presque ta mère.

Chez Jean et Huguette, ça brassait autrement de ce temps. Depuis qu'elle s'était sentie exclue de sa famille, l'avocate des jeunes s'en prenait à lui régulièrement. Elle le privait à peu près de tout, même du lit conjugal qu'elle ne lui accordait que brièvement de temps en temps. Pour ses besoins à elle et non les siens. Quand arrivait le vendredi soir et qu'il était épuisé de sa semaine à l'école, elle l'envoyait faire le marché parmi la foule de ce soir fort occupé en lui disant avec rudesse :

— Allez, grouille-toi les fesses ! Il ne va plus rien rester quand tu vas arriver !

Même chose pour les courses chez le nettoyeur ou à la banque pour y déposer un chèque.

— Vas-y ! Attends pas qu'il y ait une file à la banque, sinon ils n'auront même plus de coupures de deux dollars que je te demande de me rapporter ! Un vrai flan mou, Jean Vinais ! Dépêche ! Je veux qu'on soupe au restaurant après, je n'ai rien cuisiné, je n'en avais pas le goût ! Nous irons manger du poulet rôti.

— On pourrait le commander, il arriverait au même moment que je reviendrais.

— Non, j'aime mieux aller m'asseoir et me faire servir que de fouiller avec ma fourchette dans une boîte de carton ! Je veux voir leur liste de desserts aussi.

— Mais il fait froid à ne pas mettre un chat dehors, ce soir.

— Ben voyons, poule mouillée, tu sors bien le jour, toi ?

— Bien oui, je n'ai pas le choix, je travaille, mais le soir, me prends-tu pour un bonhomme de neige ?

— Quelle réponse niaiseuse ! Un vrai gamin comme ceux que j'ai devant moi à la Cour ! Rien pour que tes filles soient fières de toi. Parlant d'elles, ça marche pas fort avec la *Brouet*, n'est-ce pas ?

— Que veux-tu dire ?

— La dame de la galerie d'art du centre d'achats m'a dit que *Brouet*, ça ne vendait plus, qu'elle avait fait son temps. Elle n'avait qu'un seul tableau d'elle collé au mur depuis des mois. Un plat de fruits qu'elle n'avait même pas réussi à vendre à rabais et pour lequel je n'aurais pas donné cinq cennes ! Encore fier de ton artiste de la famille, Jean Vinais ?

— Oui, parce que malgré les commérages de la marchande, Régine a fait ses preuves jusqu'à Paris depuis dix ans et plus, ça devrait suffire à garder son prestige en haut de l'échelle.

— Oui, ça devrait, mais ce n'est pas le cas quand une marche de l'échelle se casse à force d'essayer de monter encore plus haut ! Pis, assez parlé d'elle ! Grouille ! Vas-y en courant faire tes courses, je commence à avoir le ventre creux, moi !

— Gourmande !

— Quoi ? Ai-je bien entendu ? Répète si tu en as le courage !

— Gourmande ! Gourmande deux fois, et goinfre, gloutonne, si t'aimes mieux !

Le lendemain, en conversation avec Benjamine, le paternel apprit en sourdine qu'elle allait se fiancer à Pâques, qu'il y aurait fête chez les parents d'André et qu'il y était invité. Sans elle, encore une fois !

Gardant son calme, il lui avait murmuré pour ne pas être entendu d'Huguette qui se limait les ongles dans la salle de bain :

— T'en fais pas, je viendrai seul, elle ne saura même rien de tes fiançailles. D'ailleurs, je ne vais plus nulle part avec elle sauf au restaurant, elle est trop vilaine avec moi, elle me tasse dans un coin et je l'entends me descendre à ses supposées amies qui ne l'aiment pas. Donc, félicitations, je suis très heureux pour toi, tu mérites bien cela, ma chouette. À ton tour d'être heureuse et, pour toi cette fois, pas pour les autres. Ta mère doit être fière de toi du lieu où elle repose.

Sortant la tête de la salle de bain, Huguette lui cria :

— Qui est-ce que c'était ? Benjamine, je suppose ? Qu'est-ce qu'elle avait tant à dire ?

— Que sa soupe commençait à bouillir !

Régine fut ravie d'apprendre la nouvelle et de dire à Pierrot qu'il était également invité, à condition d'aller quérir

Marie-Reine pour l'emmener avec eux le 17 avril qui venait. Anna, contente pour son amie, déclina l'invitation à cause de la perte de poids qui survenait et dont elle était peu fière. Et sœur Estelle Marie, apprenant la nouvelle, leur avait fait parvenir un crucifix de bois de rose en leur répondant que le jour de la résurrection du Seigneur elle prierait pour eux de son banc à la chapelle, sans oublier de prier aussi pour son père, pour ses deux autres sœurs, bref, pour la famille entière, tante Philomène incluse ! Comme si sœur Estelle Marie, durant la messe de Pâques, pouvait égrener huit chapelets pour les personnes qu'elle chérissait.

Marie-Reine, dans sa petite maison construite durant la guerre, reçut la nouvelle des fiançailles de Benjamine avec une immense joie. Celle qu'elle appelait parfois « sa fille » avait enfin trouvé son prince charmant. Elle allait être présente à leur bonheur, contente que Régine puisse la véhiculer avec Pierrot. Puis, apprenant la maladie sournoise dont Anna souffrait, fort peinée, ayant été proche de la jeune Italienne qu'elle invitait souvent à souper avec Benjamine sur la rue Garnier, elle proposa donc à Benjamine, malgré l'étroitesse de son gîte, de venir le partager avec elle. Elle se promettait même de vider la chambre à débarras pour en faire une jolie chambrette pour Benjamine, le temps que durerait l'absence d'Anna. Mais Benjamine, malgré la générosité de Marie-Reine, préféra garder le logement et en payer le loyer entièrement chaque mois, quitte à se priver de plusieurs petites dépenses non essentielles dans son cas. Le nettoyeur moins souvent, la commande d'épicerie réduite en friandises et en *cupcakes* assortis, elle faisait maintenant ses propres desserts avec les conseils de Marcelle qui lui en suggérait les ingrédients. Déterminée à ne pas bouger, elle parvenait à régler le loyer et les autres comptes mensuels avec sa seule paye et ses petites économies à la caisse, peu nombreuses, car elle dépensait au fur et à mesure, la Benjamine ! Mais plus maintenant. Elle avait même délaissé le lèche-vitrine qu'elle aimait tant pour se contenter des vêtements suspendus dans sa garde-robe. André, voyant qu'elle se privait pour joindre les deux bouts, lui offrit de l'aider de son argent, mais elle refusa en lui disant que c'était là le meilleur cours d'économie qu'elle pouvait suivre.

Sur la rue Garnier, tout semblait calme, tout se plaçait comme un train sur ses rails. Marcelle s'occupait de la maison, Norbert vaquait à ses occupations à hôpital Notre-Dame, en s'efforçant d'oublier son emploi précédent. Aurore Vaillant venait les visiter de temps à autre, sans s'éblouir de leur modeste havre de paix qui n'avait rien de sa riche maison du nord de la ville. Mais ils étaient heureux, c'est tout ce qui comptait. Marcelle aimait bien sa belle-mère parce qu'elle ne se mêlait pas de leurs affaires. Discrète, elle venait manger avec eux, apportait des desserts, des mille-feuilles à la crème la plupart du temps, jasait et repartait sans tambour ni trompette. Norbert, dans son bonheur, faisait la joie de sa mère qui l'avait vu trop longtemps songeur et sans projets. Elle disait maintenant à ses voisines et ses compagnes, des Dames de Sainte-Anne, que son fils était marié et qu'il vivait avec sa femme au centre-ville, dans une belle maison de la rue Garnier.

Sans leur parler de futurs petits-enfants qu'elle n'aurait pas, évidemment. Marcelle, pour se délier les jambes et se sentir utile à la société, avait parlé d'aller travailler à l'hôpital dans le département des admissions, mais Norbert s'y était opposé :

— Pas tout de suite, mon ange. Tu risquerais de rechuter. Il est trop tôt pour te sentir comme la femme forte de l'Évangile, tu es encore fragile, tu le sais. Et tu as tellement de travail ici avec les repas et l'entretien.

— Nous avons une femme de ménage, Norbert.

— Oui, mais elle ne fait pas tout et tu t'occupes du reste. Tu te rends à l'épicerie, tu vas à la banque, tu te rends aussi au centre d'achats pour y fureter, ainsi qu'à la bibliothèque pour y voir les nouveautés arrivées. Tout cela demande de l'énergie, mon ange, et tu n'en as pas à revendre. Et si l'après-midi, tu t'ennuies vraiment, pourquoi ne pas tricoter, pour l'an prochain, des mitaines pour les enfants pauvres du quartier ? Ils les perdent constamment dans leurs batailles de balles de neige !

Sachant qu'il avait raison et qu'elle revenait souvent de ses escapades avec le souffle court, Marcelle préféra baisser les yeux, lui sourire, acquiescer et lui répondre qu'il n'avait pas tort. Avec tout l'amour qu'elle éprouvait pour lui, pendant que lui, de son côté, protecteur à outrance, la soutenait avec tendresse et affection.

Le jour de Pâques arriva et, le soir même, Benjamine, vêtue telle une princesse, attendait que son fiancé du matin à l'église vienne la chercher pour la conduire à sa demeure où les invités les attendaient. Fébrile, regardant à son annulaire la bague à diamants qu'il lui avait offerte durant la messe de la Résurrection, elle observa le beau solitaire d'environ quarante points entouré de nombreuses parcelles qui, en place comme des pétales, formaient une fleur. Une superbe bague qu'il avait choisie lui-même chez *Birks* et que sa mère avait approuvée en la voyant à son retour. Il avait eu du goût, le fiancé, guidé par la vendeuse sur les plus récents modèles de son comptoir.

Donc, à son arrivée, délivrée de son imperméable en cas de pluie, Benjamine entra au salon dans sa somptueuse robe d'un vert printemps, avec au doigt sa bague que tous voulaient voir. Elle portait des souliers à talons hauts d'un blanc immaculé et de jolies boucles d'oreilles de perles blanches, discrètes, pour ne pas faire ombrage à la beauté de la bague. Bien coiffée, les cheveux blonds naturels, le rouge à lèvres intact, l'ombre à paupières discrète, monsieur Mireau avait murmuré à sa femme : « On dirait un mannequin de tes parades de mode ! Qu'elle est belle ! André a de la chance ! »

Régine, Pierrot et Marie-Reine étaient arrivés les premiers avec de grosses boîtes que transportait Pierre jusqu'à la table réservée pour les cadeaux et, les ouvrant, Benjamine put y découvrir les plus belles pièces de cristal de roche du moment. Le vase à fleurs, le plat à fruits et les accessoires à condiments pour la table. Un ensemble merveilleusement choisi et signé : *Régine, Pierrot et Marie-Reine*, puisque cette dernière avait contribué à l'achat des cadeaux. Marcelle et Norbert arrivèrent à leur tour avec une boîte enrubannée dans laquelle Benjamine découvrit une nappe de dentelle importée, en plus de napperons de même qualité pour chaque jour. Tous s'exclamèrent devant la nappe, d'autant plus qu'elle venait de Paris. Puis, de la literie de la part des parents, un chèque dans les quatre chiffres de monsieur Mireau, et une coutellerie d'argent de la part de Jean Vinais, venu seul, bien entendu. Régine se demandait bien comment il avait fait pour exclure sa compagne du portrait, mais rusé, il avait la veille averti Huguette qu'après la messe de onze heures il devait, après l'avoir déposée, se rendre chez Régine pour y prendre une toile pour l'un de ses camarades qu'il verrait le lundi de Pâques ou peu après. Il la laissa donc à la maison, repartit seul et ne revint pas chez lui de la journée. Huguette le chercha, mais en vain, ne se souvenant pas un seul instant que son compagnon et Régine ne se fréquentaient plus depuis le grave incident avec Marie-Reine. Elle le chercha encore un peu partout, sauf chez ses filles où elle n'osait pas appeler, mais n'insista pas, ils n'avaient rien prévu pour Pâques, juste une dinde qu'ils devaient faire rôtir l'après-midi même et qui resta au frigo. Hargneuse, se mordant les lèvres, se demandant où il était passé, Huguette Sèvre l'attendit toute la journée avec l'écume à la bouche, prête à mordre s'il ne réapparaissait que le soir même. Ce qu'il ne fit pas avant le début de la nuit après être reparti de la demeure des Mireau où le dentiste, heureux de l'avoir rencontré, lui démontra son admiration face à sa profession. Madame Mireau, s'informant de l'absence de sa compagne, se fit répondre qu'elle était indisposée et qu'elle avait préféré s'abstenir de sortir. Mais Régine avait évité son père toute la soirée et Marie-Reine l'avait ignoré. Pierrot aurait bien aimé faire sa connaissance et, voulant s'en approcher, Régine l'avait retenu par la manche. Les invités du côté d'André étaient enchantés de leur soirée et monsieur Mireau, regardant sa future bru avait dit à son fils :

— Vois comme elle est belle, ta fiancée ! Veille de près sur elle, on pourrait te la voler !

Mais le jeune fiancé, amoureux et comblé par la soirée, avait trempé ses lèvres dans son verre de champagne pour les poser ensuite sur celles de sa fiancée. Benjamine, timide au départ, mais rassurée par tous ces invités qui l'entouraient, vivait une de ses plus belles journées depuis longtemps. Tante Philomène, contente d'avoir été invitée, lui avait murmuré discrètement à l'oreille :

— Cette semaine, si tu en as le temps, nous irons ensemble déposer des fleurs sur la tombe de ta mère. Et lui montrer ta bague dont elle sera très fière.

Une telle visite au cimetière se voulait un cadeau plus que prometteur de la part de Philomène, en plus de la reproduction de *La Liseuse* de Fragonard, bien encadrée, qu'elle avait fait exécuter par un expert pour ce qui serait, éventuellement, leur boudoir de détente. Après le goûter de qualité d'un traiteur et le bon vin versé dans les verres par un serveur, on goûta un peu aux desserts, on s'arrêta au café à la crème et, peu à peu, les invités repartirent pour leur maison, fort heureux de cette agréable soirée. Tous très contents de ces fiançailles splendides et de l'accueil des Mireau, sauf Jean Vinais qui, de retour chez lui au début de la nuit, entendit sa femme lui crier de son lit :

— Où étais-tu passé, toi ? Toute la journée ! Pas à la taverne, c'était le jour de Pâques ! Arrive et réponds-moi, tu ne vas pas te coucher à côté de moi sans t'être expliqué !

Où étais-tu, salaud de Vinais ? Tu ne dis rien ? T'as peur de moi, n'est-ce pas ?

Du vivoir où il s'apprêtait à dormir sur le divan, Jean lui répondit :

— Non je n'ai pas peur de toi et, où j'étais ? Pas de tes affaires ! Je n'ai pas de comptes à te rendre ! Ou plutôt oui, j'étais dans mes souliers toute la journée !

Mais Huguette n'avait rien su des fiançailles de Benjamine, soirée de laquelle elle avait été rejetée. Elle voulait bien enquêter sur l'absence totale de son concubin et se promettait d'approcher toutes ses sources, lorsqu'une secrétaire juridique lui demanda la semaine suivante :

— Vous n'étiez pas aux fiançailles de la fille de Jean ? Étiez-vous malade ?

— Quelles fiançailles ?

— Mais Benjamine et André, voyons ! Une fête superbe ! Il y avait de la parenté des deux côtés et ça s'est passé chez mon oncle Edmond.

— Chez votre oncle ? Vous êtes de la parenté ?

— Je suis une petite-cousine d'André. En somme, sa mère est la cousine de ma mère. Et comme on m'aime bien dans la famille, on m'a invitée. Tout le monde était là ! Et j'ai été impressionnée de rencontrer *Brouet*, l'artiste peintre et sœur de Benjamine. Elle était avec son amoureux, je crois... Et j'ai aussi vu votre conjoint qui conversait avec mon oncle Edmond, mais je ne lui ai pas parlé, l'occasion ne s'est pas présentée. Mais quelle belle soirée du dimanche de Pâques ! On est parties de là pas mal tard, ma mère et moi.

Se sentant prise dans une trappe à rats avec cette fille, elle venait d'un autre côté d'apprendre la raison de l'absence prolongée de son Jean, Huguette choisit de n'en rien laisser paraître et répondit à la jeune femme :

— Ça n'allait pas pour moi, vous savez, une fois par mois... J'ai beaucoup de difficulté de ce côté et Jean préférait s'y rendre seul. C'est sa fille après tout...

— Je comprends, mais laissez-moi vous dire que la coutellerie était de fort bon goût, c'est sans doute vous qui l'aviez choisie.

— Heu... non, je n'ai pas pu m'y rendre, j'étais au lit toute la fin de semaine. C'est Jean qui est allé l'acheter, mais il a bon goût quand il s'agit de présents. Dites-moi cependant, les autres filles de sa famille étaient aussi présentes ? J'ai oublié de m'en informer...

— Oui, les deux autres avec leur mari, ainsi que l'ex-femme de votre mari qui accompagnait *Brouet*. Il ne manquait que la religieuse, qui leur a fait parvenir du couvent où elle réside un joli crucifix rosé. Votre mari n'est guère bavard à ce que je vois...

— Non, c'est moi qui ne suis pas curieuse.

Mais Huguette voyait rouge en sortant de la Cour. Elle se promettait d'écraser son mari sur sa chaise quand elle le verrait. Elle se jurait la pire des vengeances... Oser lui cacher cette soirée et avoir eu le culot de s'y rendre sans elle après l'avoir laissée dans l'ignorance toute la journée. On l'avait encore évincée de la fête, et Jean ne lui en avait pas parlé. Il allait le payer chèrement ! Huguette Sèvre n'était pas justicière pour rien ! Son Jean allait se rendre à son école le lendemain, une ou deux dents en moins, se promettait-elle !

Ce même soir, rentré avant elle et préparant le souper pour deux, Jean eut la mauvaise surprise de la voir arriver avec le visage dur comme fer et de la bave aux coins des lèvres. La laissant se délivrer de son manteau de printemps, il sentait que quelque chose s'était passé, qu'elle avait pu apprendre... Mais de qui ? La voyant se diriger vers lui alors qu'il s'apprêtait à servir, elle le décolla brusquement du poêle pour l'asseoir sur une chaise et lui crier avec mépris :

— Tu croyais m'avoir avec ton histoire d'un dimanche dans tes souliers ? Tu voulais rire de moi, bien entendu, mais j'ai appris que ces mêmes souliers t'avaient traîné jusqu'aux fiançailles de ta fille dans la maison de son futur beau-père. Qu'as-tu à dire pour ta défense ?

— Tu te crois en Cour avec les jeunes ? D'où vient cette rumeur ?

— Rumeur ? Salaud ! Menteur ! Elle vient d'une cousine d'André qui était à cette soirée et qui travaille au secrétariat du ministère de la Justice. Ça ne te dit rien, n'est-ce pas, mais elle m'a vanté la belle coutellerie en argent que tu lui as achetée. C'est fort, hein ? Tout se sait, inutile de mentir, et tu ne me l'as pas dit parce qu'on ne me voulait pas là, comme d'habitude. Marcelle encore ? Régine surtout ! Ou ta Marie-Reine qui s'y dandinait, elle !

— Non, aucune d'elles, c'est Benjamine qui a décidé de m'inviter seul, de peur que ses sœurs ne viennent pas si tu étais là.

— Tiens, *l'autre* à présent ! Elle se prend pour qui, la petite dernière ? La plus que garrochée par ses sœurs depuis son enfance ! *L'autre*, comme Marcelle l'appelle encore ! Parce qu'elle va marier un futur dentiste comme son père, elle se croit déjà de la haute société ? Petite innocente, va ! Mais moins méchante que ses sœurs, c'est sans doute la

Régine qui lui a défendu de m'inviter avec toi. Et tu n'as pas protesté ! Ta douce moitié encore rejetée et tu n'as rien dit ! Tu y es même allé seul au lieu de te ranger de mon côté !

— Le bonheur de ma petite dernière passe avant tout. Elle n'a pas eu de chance jusqu'à ce jour... Et j'y tiens plus qu'à toi, tu devrais le savoir !

À ces mots, encore plus en furie, Huguette leva le bras en sa direction et, la main ouverte, s'apprêtait à le frapper quand il lui saisit le poignet et lui cria avec véhémence cette fois :

— Essaye ça juste une fois et je te quitte ! T'entends ? Je vais même te traîner devant le juge pour abus et agression... Et ce soir, tu vas manger seule, fais réchauffer ton *stew*, je sors prendre un repas à la taverne. Avec mes copains, ce qui est mieux que de passer la soirée avec une tigresse qui risque de me griffer à chaque pas près de moi. Essaie ce que tu allais faire une fois de plus, Huguette, et c'est toi qui vas te retrouver sur le cul ! Tu comprends ce vocabulaire, n'est-ce pas ? Tu l'entends chaque jour de la part des jeunes qui, sans merci, sont condamnés par toi. Essaye juste une fois et je te jure que je me sépare la minute d'après ! Notre compagnonnage est pire qu'un échec, c'est la plus grande erreur de ma vie. Je me suis fait avoir, j'en paye maintenant le prix, mais ce malaise ne va pas durer, j'ai l'intention de te quitter !

Peu remise de ses émotions, puis apeurée par le ton de voix qu'il avait emprunté pour la menacer, Huguette préféra se taire et brasser son bouilli tiède pour le réchauffer comme si de rien n'était. Étonnée à outrance de son comportement et s'apercevant que Jean avait aussi du cran, elle le regarda quitter la maison sans rien lui dire. Il l'avait menacée de se séparer ? Oh ! non, ce qui ne devait jamais arriver. N'importe quoi, un éloignement temporaire peut-être, mais pas une séparation. Huguette Sèvre ne voulait pas retrouver son nom de fille, elle était maintenant une femme respectée dans le milieu et non plus la vieille fille qu'elle était avant de vivre avec l'enseignant que ses collègues admiraient. Non, il ne fallait pas qu'elle se sépare de son nom de Vinais, ce qui lui permettait de vivre dans la dignité. Tout, mais pas cela ! Un éloignement temporaire de sa part peut-être, mais pas une séparation pour avoir seulement levé la main sur lui sans le frapper. Sans faire amende honorable à son retour le soir, elle lui dit d'un ton quasi catholique :

— Tu peux partager mon lit ce soir, mais avec ton haleine de bière, juste avant, va te laver les dents !

Régine avait de plus en plus de difficulté à joindre ses fins de mois avec seulement son argent. Elle avait, bien sûr, le soutien de Pierrot quand elle en arrachait, mais orgueilleuse à souhait, elle ne voulait pas lui avouer qu'elle avait emprunté à la banque un montant, pour la rassurer au moins, pour trois mois à venir. Comme il n'en savait rien et qu'elle lui répétait que tout allait bien, Pierre n'insista pas, attendant qu'elle se manifeste si elle était dans le besoin. Mais partager sa maison et son lit était un réel bienfait pour lui. Il aimait Régine et le lui répétait chaque soir. Pour elle qui l'avait peint nu tant de fois, Pierrot n'était pas une découverte sur le plan physique, elle l'avait vu de tous côtés, mais sans s'en plaindre, il était tellement sensuel dans ses poses qui, hélas, avaient fait le tour des ventes à Montréal, à moins de le peindre autrement. Mais depuis qu'il était son amant, Régine ne tenait plus à le peindre de la sorte, pas plus qu'en petite tenue. Elle voulait garder son modèle que pour elle désormais. Et il ne s'en plaignait pas, étant fort occupé de son côté comme ramoneur ainsi que plombier pour des gens des alentours aux prises avec des problèmes qu'il réparait sans que ça leur coûte cher. Car Pierre, avec son grand cœur, n'osait rien réclamer lorsqu'il s'agissait d'une veuve avec des enfants à nourrir. C'était alors la dame qui, finalement, avait le dernier mot en lui glissant quelques piastres dans la poche de son tablier de ramoneur, pour ne pas avoir à vivre de charité.

En cette même fin de printemps, on apprenait que les Américains avaient mis sur le marché la pilule contraceptive, ce qui réjouit nombre de femmes au pays et d'ailleurs, incluant Régine, plusieurs femmes d'ici en furent des pionnières à l'essayer. Entre-temps, en France, le *Grand Prix de la chanson* récompensait le talent de Barbara. En juin, le 22 plus précisément, Jean Lesage prenait le pouvoir comme premier ministre du Québec. Tout cela était agréable à lire, mais Régine, fort mal en point avec ses petites dettes dont les intérêts s'accumulaient chaque mois, demanda l'aide de Pierrot qui se fit un devoir de la secourir et de tout régler ce qu'elle devait. Le soir même, sur l'oreiller, après l'avoir caressé, elle lui dit :

— Tu sais quelque chose, Pierrot ?

— Non, quoi ?

— J'accepte de devenir ta femme si tu le veux encore.

Il bondit et, la regardant dans les yeux, lumière tamisée, il répondit ;

— Si je le veux ? Je l'espérais, mon cœur ! Qu'est-ce qui t'a fait changer d'idée soudainement ?

— Toi et ta façon d'être, ton sourire, tes bontés et l'odeur de ta peau quand la suie en est enlevée ! ajouta-t-elle en riant.

— Bien moi, pour moi, je n'ai de raison que celle de t'aimer comme un fou ! Je te dis oui n'importe quand, n'importe où !

— Il faudra le faire discrètement. Je sais que les médias ne s'intéressent plus à moi, mais un mariage, ça pourrait encore faire leurs premières pages. Marions-nous discrètement. Juste toi et moi, un témoin chacun, et Marie-Reine, évidemment.

— Tout ce que tu voudras, mon cœur ! Les témoins, ce n'est pas ça qui manque parmi mes collègues de métier. J'en trouverai deux...

— Non, juste un, Marie-Reine sera l'autre pour moi de mon côté.

— Et personne de ta famille ne sera là ?

— Je verrai, peut-être Benjamine et son fiancé... Mais ça pourrait choquer Marcelle de ne pas être invitée. Non, résumons-nous à ce que j'avais décidé, personne d'autre que les témoins et pas de réception. Qu'un simple jonc à s'échanger, pas de bague de fiançailles, je ne crois pas à cette sentimentalité à notre âge. Est-ce que ça te va ? Tu as de la parenté que je néglige ?

— Non, je n'ai que ma mère qui est placée dans une maison pour... Je t'en ai déjà parlé, elle a perdu la raison.

— Bon, un ami qui te servirait de témoin ?

— Oui, Ti-Paul, il pourrait venir sans sa femme...

— Alors, non, qu'elle vienne avec lui, mais personne d'autre. On ira prendre un petit lunch tous ensemble après la cérémonie, rien de spécial, juste une bouteille de vin rouge sur la table avec un plateau de sandwichs et de petits légumes. Je m'arrangerai avec le restaurateur pour ces détails. Et tu trancheras un gâteau aux fraises pour dessert, pour être un peu dans la tradition du mariage.

— Voilà qui ne va pas coûter cher et je m'en charge, Régine ! Tu as tout planifié, tout visualisé en dix minutes ! Comment fais-tu ?

— C'est mon œil observateur d'artiste peintre, sans doute. C'est comme imaginer une toile avant de la peindre.

— Dernière question. Dois-je m'habiller en gentleman ou en salopette de ramoneur ?

Elle le regarda, il éclata de rire et l'embrassa fougueusement pour lui démontrer ses violents sentiments. Puis, de retour sur l'oreiller, au petit matin ou presque, il la remercia de l'avoir choisi et lui répéta :

— Tu n'auras pas à le regretter, mon cœur, je serai le mari le plus aimant de la terre. Comme en cette fin de nuit, si ça t'est suffisant !

Et ce qui fut planifié eut lieu le mois suivant. Régine et Pierre se rendirent à la sacristie d'une église pas loin et après s'être entendus avec le curé, devant leurs témoins, ils prononcèrent leurs vœux, échangèrent leurs anneaux, assistèrent à un court sermon du curé pour l'occasion, et se mirent en frais de quitter après avoir défrayé le coût de l'union matrimoniale qui n'était guère élevé pour le temps requis. Pour son mariage, Régine avait revêtu un tailleur beige qu'elle ne portait pas souvent, avec souliers à talons hauts noirs, un petit sac à main noir, les cheveux remontés retenus par un cerceau de velours beige, de petites perles noires aux oreilles et un collier de perles beiges et noir. Bref, une tenue de mariée fort respectable. Aucun journaliste n'ayant appris son union, aucun n'était venu les croquer à l'entrée de côté de l'église. Ce qu'elle craignait et qui ne fut pas le cas. Seule Marie-Reine armée de son gros Kodak à flash avait pris à la demande de Régine, une photo de couple avant qu'ils sortent de la sacristie. Un souvenir de la journée et une preuve tangible de leur union si on l'exigeait éventuellement. Lui, bien lavé, sans suie nulle part, avait porté son habit du dimanche avec une chemise blanche à poignets doubles, et une cravate noire avec rayures blanches achetée la veille chez *Tie City*. Dans les pieds, sur de bas blancs, des mocassins noirs de qualité, et dans la main droite, à l'auriculaire, une bague de sa première communion qu'il avait fait agrandir trois fois depuis le temps, un souvenir de sa défunte grand-mère. Marie-Reine, égale à elle-même, portait un ensemble robe et manteau d'un bleu tendre de *Madame Belleville*, et un petit chapeau de soie, genre caluron avec plume installé sur son pouf quasi défait par le vent, malheureusement. Derrière ses oreilles, quelques gouttes de son *Arpège* de Lanvin, qui sentait bon, lorsqu'appliqué sans exagération. Ils se rendirent ensuite au petit bistrot choisi par Régine où les invités, le témoin avec sa femme et Marie-Reine, trinquèrent avec eux pour un bonheur futur. L'épouse du témoin, sachant vivre, avait apporté à Régine un vase rouge à fleurs en guise de cadeau, que la mariée se promettait de peindre, et Marie-Reine, mal à l'aise, était arrivée les mains vides, Régine l'ayant formellement avertie de ne lui offrir aucun cadeau, que sa présence et son appui pour la circonstance. On se quitta tous sur un au revoir, Pierre remercia son témoin, salua sa femme et monta dans la voiture de Régine, stationnée aux abords de l'église. On déposa Marie-Reine en cours de route et, Pierre dit Pierrot regarda sa femme avec tendresse en lui disant qu'il l'aimait, tandis qu'elle, en lui pressant seulement la main parce qu'elle conduisait, lui déclara :

— Tu as fini par gagner, mon chéri, me voici dès maintenant madame Pierre de La Haie, un nom pas mal recherché pour un ramoneur de cheminée !

Apprenant le mariage secret de Régine, Marcelle regarda son mari et lui dit :

— C'est bien elle, ça ! Se marier sans le dire à personne. Elle qui voulait rester célibataire toute sa vie. Je me doute bien que mon mariage l'a un peu taquinée, elle restait la seule vieille fille de la famille.

— Tout de même, Marcelle, elle ne se serait pas mariée que pour faire comme toi. Régine est trop intelligente pour jouer au chat et à la souris. Je pense qu'elle a réalisé qu'elle aimait son Pierrot autant que lui et qu'il fallait qu'elle se décide.

— D'autant plus que ses revenus baissent...

— Non, ne lui cherche pas de raison négative. Régine est une femme équilibrée et se marier dans l'ombre, ça lui ressemble. Elle est *Brouet* après tout, un nom qui attire encore les journalistes... Penses-y, se marier secrètement, c'était peut-être ce qu'il y avait de mieux à faire pour elle.

— Si tu le dis, Norbert, mais permets-moi d'en douter...

Sœur Estelle Marie, peu surprise du mariage dans l'intimité, ne se posa pas de question et pria longuement pour le charmant couple que Dieu avait réuni. Allant jusqu'à souhaiter à sa sœur plusieurs enfants à aimer. Benjamine, pour sa part, avait été surprise, croyant que Régine allait rester célibataire toute sa vie, mais trouvant que Pierrot était un bon parti, elle se réjouissait du choix de sa grande sœur qui voyait clair en tous les hommes. Elle n'avait pas épousé François, sans doute pour une raison valable, et voilà qu'elle aimait Pierre, sans doute pour autre chose. Mais comme Benjamine aimait bien ce Pierrot devenu son beau-frère, elle avait dit à André en le lui annonçant :

— C'est bien elle, cela, se marier sans personne de la famille, seule avec lui et des témoins. C'est ça, la *Brouet* ! Une artiste discrète dans son art comme dans sa vie privée. Et quand on l'annoncera quelque part dans une toute petite colonne de journal, elle en sera comblée. Sans bruit ni tapage ! Sans gros titre, qu'une petite mention seulement, puisque personne des journaux n'a pris de photos de leur union. Tant pis pour eux, tant mieux pour elle ! Mais il n'en sera pas ainsi de nous deux, n'est-ce pas ?

— Non, mon amour, je veux que notre mariage soit le plus beau du siècle ! Avec plein d'invités et des photos à n'en plus finir. On ne fait ça qu'une fois dans sa vie et je ne voudrais pas que le nôtre ait lieu dans l'intimité, en catimini. Ce sera le plus beau mariage jamais vu par ici !

— Tu es pourtant timide, André…

— Oui, je rougirai souvent, mais sur les photos en noir et blanc, on ne verra que mon sourire.

— Il y a des photos en couleurs maintenant. Les photographes sont équipés…

— Alors je ferai enlever le rouge qui me montera au visage. Ils ont sûrement des trucs pour enlever ce qu'on ne veut pas voir, même un bouton sur le nez !

La pauvre Anna, de son côté, se trouvait fort démunie, le jour, pendant que ses parents travaillaient. Seule, se sentant dépérir physiquement, elle accepta les traitements pour le cancer, mais savait d'avance que c'était cause perdue. En peu de temps, elle avait perdu beaucoup de poids et, encore fière, elle n'arrivait plus à se regarder dans le miroir de peur d'y voir ses joues décharnées et ses yeux plus que cernés. Un soir, alors que son père était seul avec elle, Anna lui demanda :

— Tu revois Frank de temps en temps ?

— Oui, quand il vient à son studio, on se salue, pas davantage, il est très occupé, les élèves affluent de ce temps-là, ils veulent tous être musclés pour l'été.

— Tu pourrais lui dire ce qui m'arrive et lui demander de passer me voir ? Une seule visite, je le lui promets. Peut-être la dernière de mon existence...

— Parle pas comme ça, Anna, tu vas voir que tes traitements vont t'aider. Tu es forte en plus. Arrête de te laisser aller et combats ce cancer qui te ronge. Tu es assez vaillante pour ça...

— Je ne sais pas, papa, j'ai l'air d'une combattante, mais je ne le suis pas. Moi, dès que quelque chose me dérange, je baisse les bras. Imagine quand c'est quelque chose de grave.

— Fais comme la sœur de Benjamine qui, elle, a vaincu la tuberculose. Elle s'est battue contre son mal, elle est restée plus d'un an à l'hôpital et elle a surmonté la maladie.

— La tuberculose, ça se guérit, un cancer comme le mien, non ! Demande juste à Frank s'il peut passer me voir. Dis-lui que c'est là une demande du bon Dieu...

— Non, je vais aller droit au but et ne pas lui demander une visite comme si on lui demandait la charité. Il accepte ou il refuse, mais il saura au moins dans quel état tu es.

Et le brave homme de croiser Frank deux jours plus tard et lui parler d'Anna, de sa demande et de son dur mal à vaincre. Frank, déboussolé d'apprendre que celle qu'il avait aimée était dans cet état, répondit à son père :

— Je vais m'y rendre, je ne sais trop quand, mais j'irai. Je passerai une heure avec elle s'il le faut pour lui remonter le moral, j'en parlerai même à ma femme. Dites à Anna de tenir bon, de ne pas se laisser aller, alors que j'arrive. Ce ne sera cependant qu'une seule visite, je ne peux l'accompagner tout au long de sa maladie alors que vous et votre femme êtes là pour la soutenir, vous comprenez ? Ma femme attend notre deuxième enfant dans quelques mois... Anna et moi, c'est maintenant derrière nous, mais je ne peux lui refuser cette demande qu'elle considère comme une faveur, ce qui n'est pas le cas. Au nom de tout ce qu'on a vécu ensemble, j'irai la voir. Je l'appellerai juste avant de m'y rendre.

Anna se montra folle de joie en apprenant que Frank viendrait la voir. Elle ne tenait plus en place, elle était agitée, nerveuse, insupportable ! Au point que sa mère lui avait dit :

— Anna ! prends sur toi, ce ne sera qu'une courte visite. Tu voulais le revoir ? Ça se fera, mais en femme évoluée quand il viendra, pas en écervelée comme celle que tu étais chaque fois qu'il te prenait dans ses bras.

— Oui, je ferai tout ça, maman, mais quand va-t-il venir ? Ça presse, je me sens aller, je me vois devenir laide, j'ai peur…

— Arrête, Anna, où tu vas te détruire toi-même. Attends au moins que ton Frank s'amène !

Le jour tant anticipé finit par se concrétiser. Un vendredi soir où les membres étaient moins nombreux au studio, Frank prit le chemin de la demeure des parents d'Anna et, avec elle, sans faire mine de quoi que ce soit, il se pencha sur sa joue et l'effleura d'une bise discrète. Il avait certes remarqué que sa chère Anna de pas si longtemps n'était plus que l'ombre d'elle-même, mais il se comporta comme si elle était encore la même qu'aux moments de leurs nombreuses unions de corps. Elle l'invita à passer au vivoir, demanda à sa mère de les laisser seuls, et prit place à côté de lui, tout près, et le remercia d'être venu en lui tâtant un biceps, c'était plus fort qu'elle.

— Papa m'a dit que tu aurais un autre enfant ?

— Pas seulement moi, ma femme aussi, répondit-il en riant. Nous allons peut-être avoir une petite fille cette fois, le mois prochain ou presque. Ce sera la petite sœur de mon gars qui regarde souvent le gros ventre de sa maman. Et toi, ça va mieux maintenant ?

— Frank ! Regarde-moi ! Je suis à faire peur ! Je me suis maquillée avant de te recevoir, mais ça n'a rien arrangé, plus rien ne tient sur ma peau déjà morte. Lorsque je sortais avec toi, je rêvais de maigrir et là, j'ai plus que maigri, j'ai la peau et les os seulement !

— Non, non, n'exagère pas, tu as perdu du poids, mais tu n'as pas changé. Tu es toujours la femme que j'ai connue…

— Et aimée, Frank ?

— Bien sûr, on a été pas mal longtemps ensemble. Je n'ai rien oublié, tu sais...

— Tu vois ? Si on était encore ensemble, c'est toi qui serais auprès de moi et non mes parents. La vie nous a séparés brusquement, tu sais, mais moi, je n'ai pas cessé de t'aimer...

Évitant de répondre, Frank sentit tout de même qu'Anna lui jouait du genou jusque dans l'entrejambe. Mal à l'aise, il se releva et réclama sa mère pour avoir un verre d'eau. Puis, reprenant place sur le divan, il s'éloigna d'elle toutefois et se mit à lui parler de son studio, de ses élèves, de ses quelques *Monsieur Muscles* à travers eux et elle s'avança près de lui pour lui dire :

— Je suis certaine qu'il n'y en a pas d'aussi beaux et d'aussi sensuels que toi, Frank ! Même avec tes trente-six ans, tu seras toujours incomparable.

Nerveux cette fois, la sentant revenir à l'attaque, de plus en plus près de lui, il sentit une main sur son genou et s'en dégagea délicatement en lui disant :

— C'est à toi qu'il faut penser maintenant, Anna, seulement à toi. L'avenir te donnera encore de beaux jours si tu t'aides un peu. Ton père m'a dit que tu ne faisais pas d'efforts, il faut en faire comme mes élèves au studio. Efforce-toi chaque jour de dépasser ce que tu faisais la veille. Un petit effort, Anna, et tu pourras reprendre ta vie avec...

Il n'eut pas le temps de terminer qu'elle lui répondit :

— Avec toi ? Avec personne d'autre ! Promets-le-moi !

— Ma femme et moi attendons un autre enfant le mois prochain, je me répète, je le sais, mais tu fais la sourde oreille. Je ne suis pas un homme libre, Anna, je ne le serai jamais plus. Garde-moi dans tes pensées, je veux bien, mais ne t'attends pas à me reprendre, ma vie est désormais avec ma femme et mes enfants.

— On sait bien ! La vieille pantoufle, on la jette ! Surtout quand on s'aperçoit qu'elle est trouée ! Ça va, Frank Tottini, tu peux t'en aller maintenant. Je voulais te revoir quelques instants et ça fait plus de quarante minutes que tu es là. Et ça ne mène à rien, je suis encore perdante avec toi. Un autre enfant en plus ! Je serai toujours celle de trop dans tes jambes ! Va-t'en, Frank, je ne le crie pas, je te l'ordonne. J'ai compris que je t'attendrais pour rien, même si j'étais pas malade. Merci d'être venu, mais va-t'en, disparais de ma vue avant que je me mette à pleurer comme une truie.

Incapable de répliquer quoi que ce soit à ces hauts et ces bas de son triste vocabulaire, Frank se leva et avant de quitter le boudoir, murmura dans un inutile effort :

— J'étais pourtant venu compatissant...

— Va-t'en, Frank ! Va-t'en ! hurla-t-elle sans le regarder.

Sa mère, qui avait entendu les derniers cris de sa cuisine, se précipita au boudoir pour dire à Frank qui en sortait :

— Vous avez fait ce que vous avez pu. Partez avant qu'elle devienne plus méchante. J'ai aussi droit à ses emportements quand elle est contrariée. Dans son état, vous savez...

Il acquiesça et allait sortir sans demander son reste quand le père, monté du sous-sol, n'ayant rien entendu des cris d'Anna, rendit à Frank son veston de cuir qu'il allait oublier en lui demandant :

— Ça s'est bien passé ? Elle ne te reconduit pas jusqu'à la porte ?

— Non, elle est perturbée, elle a envie de pleurer... Allez la consoler en tant que père, c'est ce dont elle a besoin. Tel que discuté avec vous, je ne reviendrai plus la voir, c'est trop douloureux pour elle, ça me fait mal au cœur aussi...

— Merci d'être venu, Frank, elle va maintenant cesser de te réclamer chaque jour. Ce sera un soulagement pour ma femme et moi...

Frank lui tendit la main, sortit tout doucement et reprit le volant de sa magnifique voiture sport. Impuissant, il demanda à la Sainte Vierge que sa famille vénérait tant de lui venir en aide. En se doutant bien, cependant, qu'il laissait derrière lui une jeune femme gravement malade... inconsolable !

Monsieur Vinais, de son côté, ne laissa pas Huguette s'en sortir aisément avec sa tentative d'agression envers lui. Il l'avait menacée, mais pas en vain. Quelques jours plus tard, il rencontrait son avocat et lui demanda de le délivrer de cette femme odieuse par une séparation immédiate si possible...

Chargé de plusieurs mandats à terminer avant la fin de l'année, l'avocat lui avait répondu que s'il pouvait attendre encore un peu, il prendrait sa cause en fin d'année, ce que Jean Vinais accepta, capable de vivre encore quelques mois avec cette femme si mal choisie par lui. À cause de son dévolu jeté sur elle sans trop y penser, à cause des moyens qu'elle avait employés pour le retenir jusqu'à ce qu'il s'engage avec elle pour la bagatelle. Un homme de sa trempe !

Un instituteur si instruit, se laisser avoir par une femme pour des services bien rendus. Et elle, armée jusqu'aux dents d'un savoir-faire sans pareil, l'avait enfirouapé jusqu'à ce qu'ils se retrouvent ensemble dans un hôtel de New York où, brusquement, la belle qu'elle était se mit à changer. Mais là, avec le mépris de ses filles envers elle, avec l'amour qui s'étiolait même au lit, Jean Vinais en était venu à songer seulement à s'en défaire, mais avec cette menace de la main qui aurait pu s'aggraver avec le temps, il ne ressentait plus rien pour elle. Non seulement ne l'aimait-il plus, il la détestait maintenant et avait hâte de ne plus la voir entrer le soir à la maison, si c'était elle qui partait. Or, comme l'avocat lui promettait de prendre sa cause en main dès la fin de l'année, il respira plus aisément et, détendu ou presque, il se mit à l'affronter dès qu'elle osait élever le ton. Il se permettait de ne pas rentrer pour souper, d'aller au cinéma seul comme le vendredi dernier où il s'était rendu au centre-ville voir *From the Terrace* avec Paul Newman et la très belle Ina Balin, un film de quelques mois à peine avec l'acteur préféré d'Huguette. Tout pour ne pas avoir à la côtoyer. Stupéfaite, sa femme ne comprenait pas qu'il lui réponde de la sorte alors qu'il était soumis comme un épagneul quelques mois auparavant. Elle se disait qu'il reviendrait à de meilleurs sentiments et qu'adroitement comme naguère, elle redeviendrait sa maîtresse avec quelques ébats par-ci par-là, et non seulement une compagne. Ce qui ne fut pas le cas, puisque dès la fin d'octobre, dégoûté de cette mégère, Jean avait rangé définitivement son pyjama sur le divan du boudoir. Au grand détriment d'Huguette qui ne savait plus que faire pour le ravoir dans la chambre. Elle y songeait pendant que Jean, bien résolu à s'en défaire, lisait son journal qui lui apprenait la fin de la phénoménale carrière de Maurice Richard surnommé le *Rocket* ! Heureux pour lui, il s'était dit en lui-même : *Qu'il profite bien de sa retraite, c'est grandement mérité !*

En novembre, le nez encore dans son journal, Jean apprenait le décès à cinquante-neuf ans de l'acteur Clark Gable qu'il avait vu maintes fois au cinéma depuis *Gone with the Wind*. Le dernier film qu'il était allé voir de lui l'an dernier avait été *But Not for Me* avec la jolie Carroll Baker. Jean le trouvait bien jeune pour être ainsi parti sur un arrêt massif du cœur. En décembre, le 6 précisément, Jean regardait les bulletins de la météo afin de voir d'avance le temps qu'on prévoyait pour la période des Fêtes. Trop tôt, lui disait un confrère, mais pour lui il s'agissait surtout du souper de Noël. Où irait-il s'il ne mangeait pas avec Huguette ? Qui donc l'inviterait ? Pas Marcelle, pas Régine et pas Benjamine qui serait à la table familiale de son futur mari sans aucun doute. Même invité par les Mireau, il n'aurait pu se présenter chez eux sans sa compagne avec lui, cette fois. Ce qui aurait semé le doute sur sa vie à deux. Sentant qu'il irait au restaurant avec Huguette, à défaut de faire mieux, il s'efforçait de ne pas y penser…

Le lendemain, un coup de téléphone de son avocat vint déranger ses cours en plein après-midi. On vint le prévenir en classe et il interrompit les multiplications au tableau pour aller répondre dans le bureau de la réceptionniste qui avait deux lignes sur son appareil. Décrochant, il reconnut son avocat qui lui dit au bout du fil :

— Désolé de vous appeler durant vos cours, monsieur Vinais, mais je m'envole ce soir pour New York et il était impératif que je vous parle.

— Pas d'offense, allez, les élèves sont en pause, que se passe-t-il ?

— Tel que promis, j'ai étudié votre cause, j'ai lu votre entente, j'ai vu sa copie et en examinant de près votre lien, je vais vous défaire de cette femme en un temps record. Et sans que vous soyez perdant, votre compagne n'a rien demandé en cas de rupture, elle n'est que bénéficiaire de votre assurance-vie en cas de décès, rien de plus.

— Bon, voilà qui me rassure… Mais que dois-je faire ?

— Rien d'autre que d'attendre que je vous convoque pour signer des papiers et que la Cour en vienne à dissoudre votre lien financier non recevable, sans intervention de sa part.

— Pas plus que cela ? Et si elle m'intente un procès ?

— Sur quelles affirmations, monsieur Vinais ? C'est vous qui pourriez lui en faire un avec tout ce qu'elle vous a fait subir. Et comme elle peut vivre confortablement sans votre argent, vous en serez délivré sans résistance de sa part. Donc, considérez-vous comme un homme libre dès maintenant et passez de joyeuses Fêtes avec vos enfants !

De retour en classe avec ses petits gars qui attendaient sagement, il leur sourit en leur disant :

— On peut maintenant reprendre l'arithmétique. On n'a plus qu'à compter les jours à présent.

Un enfant plus doué que les autres leva la main pour lui demander :

— Compter les jours pour quoi, monsieur Vinais ?

Chapitre 11

1961 et Benjamine venait d'être enfin majeure pour le gouvernement, libre de ses actes, même si elle n'en avait guère été privée par son père. Le jour de son anniversaire en février, André l'avait invitée à souper dans une somptueuse salle d'hôtel du centre-ville où, reçu dentiste depuis peu, il lui déclara :

— Bon, tout va bien, ma chérie, il ne nous reste plus qu'à décider de la date de notre mariage, et de partir pour une vie à deux remplie de rêve et de réalité. As-tu songé à une saison idéale pour ce grand jour ?

— Chose certaine, je ne voudrais pas que ce soit en fin d'hiver ni au printemps, il fait encore trop froid certains jours. Si ça te convient, j'ai plutôt jeté mon dévolu sur le mois de juillet, en plein été avec les fleurs dans les parterres et un ciel bleu plus fréquent. Que dirais-tu du dernier samedi de ce mois d'été, soit le 29 juillet si on peut le réserver maintenant ?

— Tu ne crains pas la canicule qui, chaque année…

— Non, j'ai moins peur de la chaleur que des froids intenses de l'hiver. Tu sembles hésitant ? Tu avais autre chose en tête ?

— Non, ça me convient, d'autant plus que les invités seront pour la plupart en vacances ou pas loin en ce mois de l'année. Allons-y, si le curé veut bien nous assigner cette date, mais quelle église vas-tu choisir ? Tu n'appartiens à aucune en particulier, tu as déménagé tant de fois ces dernières années.

— J'ai pensé à me marier à l'église où j'ai fait ma première communion quand j'habitais sur la rue Garnier. C'est la paroisse Saint-Stanislas-de-Kostka et l'église actuelle de Marcelle et Norbert. Ce qui fera aussi plaisir à mon père, encore attaché à son lieu de culte où il a fait baptiser ses quatre filles.

— Bonne idée, tu ne seras pas dépaysée, tu as vécu tellement longtemps dans cette maison, toi aussi.

— Tu veux dire que j'y suis revenue souvent, tant de déménagements en cours de route… Je ne savais plus où j'habitais un certain temps.

— Alors, nous réserverons ce jour dès que possible. Pour moi, c'est parfait, ça va me donner tout le temps requis pour installer mon cabinet de dentiste et de me monter une clientèle. On prend le digestif maintenant pour arroser davantage tes vingt et un ans ?

— Heu, non, à moins que ce soit un soupçon de *Tia Maria* que je pourrais verser dans mon café. Tu sais quoi, André ?

— Non, je t'écoute.

— J'aime moins le Pierrot de Régine depuis que j'ai appris qu'il avait abandonné sa petite fille en quittant sa blonde, Josée. C'est ignoble de la part d'un père de laisser un enfant ! Surtout quand c'est une mignonne petite qui cherchait sans doute les bras de son papa. Quel sans-cœur ! Il a baissé dans mon estime, celui-là !

— Il ne faudrait pas le juger, Benjamine, il avait peut-être des raisons profondes pour le faire.

— Non, aucune raison n'est valable quand il s'agit d'un enfant, son propre enfant surtout. Comme si la petite avait pu savoir ou être responsable d'un malaise de sa part. Il a été lâche ! Je sais que Josée a refait sa vie avec un autre homme qui élève la fille de Pierrot. La petite n'en saura rien, je sais, elle a trouvé sans doute un meilleur papa, mais plus tard elle reprochera à son véritable père…

— Benjamine ! Ne joue pas à la psychologue de cette façon. Ne nous mêlons surtout pas du passé de ton beau-frère, il a sans doute ses raisons.

— Non, il n'aime pas les enfants, il n'en veut même pas avec Régine !

— Bien non, ne m'as-tu pas dit qu'elle n'en voulait pas, elle non plus ? Et puis, arrêtons ce bavardage de famille, tout ça ne nous regarde pas. Ne deviens pas comme ma mère qui veut tout savoir ce qui se passe chez ses frères et sœurs…

— Non, je ne suis pas commère à ce point, mais disons que je le porte un peu moins dans mon cœur, ce Pierrot avec son sourire innocent. Je vois clair et plus loin que ça, moi !

— Contente-toi d'être belle, ma chérie.

— Et pas intelligente ?

— Non, tu l'es trop et ça risque de devenir un défaut, lui répondit-il en riant pour ensuite ajouter, bon, garde tout ça pour toi, Benjamine. Il ne faut pas que de noires pensées concernant ta sœur et son mari viennent ennuager le soleil de notre mariage.

Deux jours plus tard, sans plus attendre, Benjamine se rendit à la paroisse choisie et le curé, avec bienveillance, fouilla dans son agenda de mariages à venir et lui déclara :

— Le vôtre est encore pas mal loin pour avoir été réservé par d'autres, Benjamine. Personne n'a encore choisi la fin de juillet pour se marier. J'ai tout noté et je serai heureux de bénir votre union ce jour-là !

En avril, alors qu'on annonçait que le Russe Youri Gagarine avait passé 108 minutes autour de la terre et qu'il était revenu indemne de son voyage cosmique, Benjamine se rendait enfin sur la tombe de sa mère avec sa tante Philomène afin d'y déposer des roses fraîchement achetées chez le fleuriste du quartier. La terre du cimetière était encore humide des dernières neiges et des pluies verglaçantes de la fin de l'hiver et, chaussées de leurs bottillons à semelles sécuritaires, Benjamine et Philomène pressèrent un peu le pas par ce matin encore frisquet pour une visite à cet endroit discret. Puis, agenouillées toutes les deux, après que Philomène eut récité un *Notre Père* et un *Je vous salue Marie*, Benjamine, sans se gêner devant sa tante, déclara à sa maman six pieds sous terre : « Tu sais sans doute que je vais me marier cette année, n'est-ce pas ? Si je t'avais connue et si j'avais grandi auprès de toi, tu serais juste à mes côtés ce jour-là, maman. Mais j'apporterai ta photo que j'épinglerai sur mon cœur sous ma robe de mariée, pour te sentir tout contre moi ce matin-là, je te le promets, maman ! D'où que tu sois, tu dois sûrement aimer celui qui va m'épouser. André est le meilleur garçon de la terre. Tu vas sans doute me dire qu'il me mérite, mais c'est plutôt moi qui ai reçu un cadeau du ciel, peut-être de toi, maman, en tombant un jour dans ses bras. Il sera le plus excellent mari du monde et j'espère avoir plusieurs enfants de lui. Si tu m'aides à les faire, maman... Tes autres filles sauf Estelle seront là, papa aussi. Et blottie derrière la statue d'un ange, tu pourras observer notre bonheur sans que cela dérange. C'est encore frais ce matin et je dépose ces fleurs sur ton monument, en espérant qu'elles survivront assez longtemps pour que tu puisses les humer et reconnaître la main qui les a déposées. Je te quitte maman, je veux te laisser causer un peu avec Philomène. Je m'écarte donc pour lui céder la place et je t'embrasse comme je l'aurais fait, petite, si j'avais eu le bonheur d'être dans tes bras. À cet été, maman ! Protège-moi d'ici là, veille aussi sur tes autres enfants et demande au bon Dieu de venir en aide à Anna... »

Puis, se levant pour que Philomène puisse parler à sa sœur bien-aimée, cette dernière commença : « Tu sais, Jeanne... Je n'ai pas la parole facile, mais je me rappelle de toutes mes prières. » Et sur ces mots, elle se mit à réciter tout haut un très sincère *Gloire soit au Père*.

Pendant que tout était captivant pour Benjamine et son fiancé, il en était autrement pour son père et Huguette, qui allaient traverser de pénibles moments ensemble. Tel que promis, l'avocat de Jean avait déposé une requête de partage équitable de leurs biens pour son client et, renseignée sur ce fait, Huguette se mit à faire du tapage dans la maison, allant même jusqu'à le menacer de poursuites à son tour s'il approuvait les démarches. Elle avait téléphoné à un confrère et ce dernier de lui répondre qu'il ne parlerait qu'à l'avocat de son compagnon si elle voulait bien lui demander de le rappeler. Mais elle n'en fit rien. Elle craignait d'aggraver la situation en posant un tel geste. Se sachant perdue d'avance, elle avait dit un soir à Jean, qui était venu souper avec elle sur les conseils de son avocat, quand il lui avait demandé de ne pas afficher une séparation avant qu'il en ait terminé avec les procédures.

— Tu te crois fin parce que ta demande de partage de nos biens est déposée ? Un épais ! Voilà ce que tu es, Jean Vinais ! Un épais parce que je vais te démolir rendu en Cour et que je ne vais rien signer. Tu entends ? Rien ! Pars si tu veux, décampe, mais tu n'auras pas ta liberté totale parce que je m'y opposerai farouchement et que je vais rester ta compagne sans vivre avec toi. Tu pars et tu n'auras pas d'ennuis, inquiète-toi pas, mais ne cherche pas à me sortir complètement de ta vie, tu ne réussiras pas. Je ne suis pas ta Marie-Reine pour baisser les bras et prendre la plume pour signer n'importe quoi ! Tu vas m'avoir, non dans les pattes, mais dans la tête pour longtemps, car où que tu sois, je serai toujours avec toi, Jean Vinais. C'est à prendre ou à laisser…

— Ou à combattre… se permit-il de murmurer.

— Quoi ? Tu parles tout seul maintenant ? Mange vite ton dessert et prends la porte, va retrouver tes amis et gueule encore contre moi avec eux, mais tu n'auras pas le dernier mot. Et dis à ton avocat qu'il perd son temps, que je déchirerai ses papiers au fur et à mesure que je les recevrai ! C'est-tu assez clair pour l'épais que tu es ? Tu payes un avocat pour rien, tu ne te débarrasseras jamais de moi, et je t'ai assez vu, sors vite d'ici et ne pense pas que c'est moi qui vais m'en aller. Quand on aura tout réglé, tu feras tes valises et tu sacreras ton camp où tu voudras ! Quant à moi, je ne bouge pas un orteil de cette maison ! Je suis ta compagne de vie, Jean Vinais, et je le resterai jusqu'à ma mort ! As-tu les oreilles assez débouchées pour saisir tout ça ? Jusqu'à ce que mort s'ensuive, comme on se l'est promis quand on a décidé de vivre ensemble. Si tu penses que pour une main levée sur toi tu vas te défaire de moi, tu t'trompes en maudit, Jean Vinais ! Et je n'aurais pas dû te laisser arrêter mon bras, je t'aurais passé à travers le mur après t'avoir fendu la face ! Sale petit homme, va !

— Bon, c'est assez, ferme-la ! Encore des menaces pour mon avocat ! Je ne veux plus entendre le son de ta voix et encore moins voir tes yeux odieux qui m'observent ! Ta gueule, Huguette ! Plus un mot, je sors, je m'en vais et ne m'attends pas ce soir ni samedi ni dimanche, je vais dormir où je serai, mais sûrement pas à côté de toi ! Une sale vipère ! Voilà ce que tu es, madame Sèvre !

Soucieux de régler les choses au plus vite, Jean accepta une répartition de tous leurs biens en bonne et due forme après qu'Huguette, redevenue malléable, eut signé un papier le libérant de toute attache et promettant de ne plus rien lui réclamer, en plus d'un avis formel de se tenir éloignée de lui et de sa famille. Ce qui ne la dérangeait pas, elle n'avait aimé aucune de ses filles qui, elles, en retour, ne l'avaient jamais considérée. Or, délivré de sa belle qui était devenue sa bête, Jean Vinais transporta ses pénates dans un coquet appartement non loin de l'école où il enseignait et, s'emparant du téléphone, il déclara à Benjamine :

— Je suis libéré d'Huguette ! Par un document signé et confirmé. Je ne la reverrai jamais plus. Je suis un homme libre à présent, sans penser à m'installer avec une autre femme, ce que je ne ferai jamais plus, ma chouette. Dis à Marie-Reine que je vais lui rembourser son argent jusqu'au dernier sou. Et dès que j'aurai touché ma part de la vente de la maison, ou un remboursement si Huguette la garde, je la réglerai en entier. Mon avocat est en train de solutionner ce dernier détail. Nous étions moitié-moitié pour l'achat de la maison et pour les biens qui s'y trouvent.

— Tu es certain d'en être débarrassé, papa ?

— Oui, absolument ! T'en fais pas, Benjamine, le seul couple marié comme autrefois pour moi, ce sera André et toi quand le jour viendra. Tu promets de m'inviter cependant ? J'y assisterai en compagnie de Philomène pour ne pas arriver seul si tu y consens.

— Bien sûr, papa, je me demandais justement avec qui tante Philomène viendrait. Voilà qui me rassure. Elle est bien fine, la sœur de maman, elle prend soin de moi à sa manière et m'emmène souvent au cimetière avec un bouquet de fleurs qu'elle dépose chaque fois.

— Un beau geste de ta part et de la sienne, ma chouette, il faudrait bien que je m'y rende aussi avec toi. Ma chère Jeanne sera ravie de me revoir et je verserai sûrement une larme ou deux en pensant à elle quand je serai à genoux à côté de sa pierre… Tu veux bien penser à moi la prochaine fois que tu t'y rendras ?

— Oui, papa, mais ce ne sera pas avant mon mariage, j'ai tellement à faire jusque-là. Mais après, je vais trouver le temps et nous irons ensemble lui offrir des roses et un bouquet de prières qu'Estelle va me faire parvenir de son couvent. Elle en compose de bien belles et elles seront toutes pour maman, cette fois. Oui, papa, nous irons toi et moi...

Et Huguette Sèvre disparut de la vie de Jean comme si elle n'y était jamais venue. Délivré d'elle, il n'allait plus la revoir ni en entendre parler. Elle vendit la maison impayée encore et régla avec l'avocat la somme qui revenait à Jean. En toute honnêteté, même si elle aurait pu le laver quelque peu, mais avec son poste d'avocate, elle ne pouvait se permettre la moindre tache à son dossier. Pour mieux faire encore, elle demanda un transfert en Ontario ou même plus loin. Pour se détacher de la famille entière des Vinais qui lui avait porté ombrage et malheur, selon elle. On n'entendit plus parler d'Huguette et elle ne chercha pas à savoir ce que Jean devenait avec les ans. Elle s'était volatilisée à tout jamais. Séparée de lui, ce dont elle se vanterait en bonne compagnie lorsqu'on l'interrogerait sur son conjoint, elle déclarait: «Nous sommes séparés, lui et moi. Comme tant d'autres couples ! Quand ça ne fonctionne plus, vous savez... Mais encore, unis devant Dieu et les hommes... », ajoutait-elle comme une sainte femme, face à sa triste situation.

En mai, on pouvait lire et entendre que la margarine devenait légale au Québec. Ce qui avait fait dire à Marcelle: «Ça change quoi ? J'en achète quand j'en trouve et j'en mange depuis la Seconde Guerre ! C'est aussi bon que le beurre et pas mal moins cher ! » Lors de la remise des Oscars à Hollywood, celui de la meilleure actrice était allé à Elizabeth Taylor pour son rôle dans *Butterfield 8* et l'Oscar du meilleur film avait été attribué à *The Appartment* de Billy Wilder que Benjamine se promettait d'aller voir avec André. Le 2 mai, Picasso épousait en secret son modèle, Jacqueline Roque, ce qui avait fait dire à Régine : « Il a fait comme moi, il a épousé son modèle en secret ! C'est donc propre aux peintres d'être discrets. » Ce même mois, le 13 plus précisément, on annonçait la mort de l'acteur Gary Cooper que monsieur Vinais avait vu dans plusieurs films, dont *Sergeant York*, vingt ans auparavant. Un film qu'il avait adoré. Marcelle se souvenait de son regard sensuel durant ses folles années comme cinéphile et disait à Norbert :

— Tu vois ? Qu'on soit beau ou laid, jeune ou vieux, on finit tous par y passer ! Gary Cooper inclus ! À soixante ans seulement ! Encore jeune pour lui, cependant…

Puis, pour la plus grande joie de Benjamine qui avait gardé son cœur d'enfant, Walt Disney venait de porter à l'écran *Les 101 Dalmatiens*, qu'elle se promettait d'aller voir au cinéma sans André qui l'aurait traitée de « bébé », de s'intéresser encore aux dessins animés.

Les lilas avaient refleuri, les parterres de vivaces étaient réanimés, les piscines publiques étaient ouvertes et Benjamine, pensive, songeait au temps où petite fille, sa grande sœur Estelle l'amenait à la plage Mon-Repos pour se baigner et jouer dans le sable sur le bord de la rive. Dans sa petite robe de coton rouge et blanche sous laquelle elle avait son maillot de bain d'une pièce, pieds nus, sourire aux lèvres, elle s'en donnait à cœur joie et quittait l'endroit de reculons lorsque Estelle la ramenait à la maison. Mais au fil des ans, ces visites aux plages qu'elle aimait tant se poursuivaient chaque été. Avec Marie-Reine maintes fois, et aussi avec Marcelle qui n'était pas une habituée de l'eau, mais qui l'accompagnait de temps en temps. À vingt et un ans, tout près du jour de son mariage, son enfance quasi enterrée même dans ses pensées, elle comptait les nuits et téléphonait souvent à son fiancé dans sa fébrilité. C'était lui le timide des deux, mais c'était elle qui était la plus nerveuse. Le jour vint heureusement où elle ne se lèverait pas en vain. Le 29 juillet, ayant couché chez Marcelle pour être plus près de l'église, elle se rendit en vitesse chez son coiffeur qui lui fit une tête superbe avec un chignon qui allait être contourné d'un diadème de perles pareilles à celles qu'on trouvait sur sa robe. Puis, un savant maquillage, discret toutefois, appliqué de ses mains gracieuses avec l'aide de Marcelle qui s'y connaissait dans l'art de se « grimer », comme elle disait souvent. Lorsqu'elle se présenta à l'église au bras de son père, ce fut une vision pour les invités des bords de l'allée et pour son fiancé qui l'attendait devant son prie-Dieu près de l'autel. Sa robe blanche perlée aux manches, au col et au bas de la traîne, était somptueuse. Digne d'un film de Walt Disney ! Ses gants blancs, sans être longs, étaient aussi parsemés de quelques perles. Son voile qui lui recouvrait au départ la moitié du visage la rendait princesse aux yeux du prince qui l'attendait. Des souliers blancs en peau de soie, un bouquet de roses blanches et roses, coordonnées à sa robe et à son rouge à lèvres, et monsieur Mireau, une fois de plus de dire à son fils qu'il escortait :

— Je n'ai jamais vu de mariée aussi belle ! Une apparition ! Quelle magnifique jeune femme !

Et sa femme, qui avait tout saisi du premier banc, lui demanda dès qu'il se retrouva à ses côtés :

— Que fais-tu de moi le jour de notre mariage ?

— Tu étais belle, c'est vrai, mais la mode de notre temps ne te donnait pas l'allure de cette mariée trente ans plus tard.

— Bien sûr, et dans vingt ans, on va la trouver démodée, notre future bru de quelques heures. Je me demande bien de quoi auront l'air les mariées de l'an 2000 ! Les seins à l'air, peut-être ?

Edmond Mireau avait failli pouffer de rire, mais se retint, André le toisait. Lui, dans un élégant smoking gris loué pour l'occasion, portait la chemise blanche avec boucle noire, les souliers vernis noirs, et affichait un œillet rouge à la boutonnière. Les dents blanches, le sourire éclatant, il n'avait d'yeux que pour celle qui s'avançait dans l'allée. Après la *Marche nuptiale* jouée par un réputé organiste accompagné d'une soprano en voie de devenir populaire pour chanter l'*Ave Maria*, le marié s'agenouilla avec sa future pour que le curé descende bénir leur union avant de célébrer sa messe. Le « oui » un peu voilé de Benjamine, fut entendu des deux premières rangées tandis que le « oui, je le veux » d'André, retentit et fut perçu de plus loin parmi les assistants. Marcelle était fort en beauté, Norbert, très élégant aussi. Régine avait fait son possible sans rien s'acheter de neuf, et son Pierrot avait revêtu un bel habit bleu. Sœur Estelle Marie, qui n'avait pu assister à la cérémonie, avait fait parvenir quelques fleurs pour les prie-Dieu des mariés. Ce qui rehaussait ces meubles de bois plus que délavés par le temps. Puis, les vœux prononcés, monsieur et madame André Mireau sortirent de l'église pour se prêter aux photos de groupe, très chères aux mariés de cette époque. Régine, accrochée au bras de Pierre, avait souri pour la photo, ce qui était rare quand elle était dans la peau de *Brouet*, mais pour sa petite sœur en un tel jour…

On se rendit ensuite au buffet qui avait été payé par Jean Vinais, père de la mariée, même si Edmond Mireau voulait en régler une généreuse partie. Monsieur Vinais, malgré le peu d'attention qu'il recevait de la foule de gens et de ses enfants, gardait sa dignité dans de tels moments. Même si Marie-Reine, face à toutes les dépenses occasionnées, le regardait de travers sachant qu'une part de son argent était investie dans ces déboursés de la journée. La réception fut magnifique, le couple ouvrit la danse avec le slow *Because of You* joué par l'orchestre engagé, et les autres convives se joignirent à eux sur le plancher frais ciré. Pour la circonstance, Edmond Mireau y était allé d'un chèque dans les quatre chiffres, alors que Jean Vinais, payant la noce, avait ajouté à sa générosité quatre couverts en porcelaine d'Italie, acheté la veille au *Coffret à Bijoux* de la rue Mont-Royal, où le jeune propriétaire l'avait reçu avec beaucoup d'égards, vu le montant de la facture. Accompagnée de Philomène pour cet achat auquel elle ajouta un vase de cristal de sa part, elle en profita pour se choisir de jolis pendants d'oreilles en nacre de perles, elle qui n'en portait jamais. Elle était même allée chez la coiffeuse le matin des noces pour avoir l'air un peu plus jeune que l'image qu'on connaissait si bien d'elle. Anna n'était pas présente, mais elle avait fait parvenir chez Marcelle un joli cadre avec une reproduction du portrait de Marie-Antoinette avec ses enfants, gage de prospérité pour ceux qui allaient peut-être naître de cette « reine » de la journée. Régine et Pierre leur avaient offert, dans un coffret de cèdre, tout ce qu'il fallait pour agrémenter une table, alors que Marcelle et Norbert ajoutèrent sur la grande nappe des bibelots pour enjoliver la table à café et les autres de même style. Marie-Reine, moins riche, mais encore fière dans de tels événements, lui avait acheté une superbe nappe de dentelle et d'apparat pour sa salle à manger, celle qu'on étendait après les repas pour les yeux avertis des convives. Une nappe payée en deux versements, mais qui fit honneur au titre qu'elle portait dans la famille.

Puis l'heure du départ vint et, après avoir embrassé à peu près tout le monde, Benjamine partit pour revenir une heure plus tard avec André dans son joli tailleur beige et blanc pour son voyage de noces, avec souliers, sac à main et chapeau de paille turquoise pour le compléter. Et lui, de son côté, dans un habit neuf brun foncé de chez son tailleur, avait fière allure avec, en plus, tout ce qui s'y prêtait comme accessoires. Un couple élégant qu'on admirait grandement et qu'on félicitait à qui mieux mieux, mais André s'était rendu compte que, tout en étant courtoise avec Pierrot, sa chère épouse n'était pas chaleureuse avec lui. *Tiens ! Elle lui garde rancune !* songea-t-il, même si Benjamine n'avait pas à se mêler des affaires de la famille. Mais il en sourit ayant découvert un trait de caractère de Benjamine qu'il ignorait. Elle ne pardonnait pas facilement les écarts de conduite d'autrui. Puis, ce fut le départ pour Dorval où l'avion du soir d'Air Canada allait les prendre à bord pour les déposer à Paris, lieu de leur voyage de noces. Ville que Régine avait vue tant de fois, mais pour Benjamine, c'était la découverte alors qu'André s'y était rendu une première fois avec ses parents quelques années plus tôt. Et c'est dans un chic hôtel d'une grande avenue qu'ils profitèrent de leur nuit de noces. Elle, enchantée par le merveilleux mâle sur elle, lui ébloui par la dive beauté sous le drap. Se jurant de s'aimer éternellement... évidemment !

Quelques semaines plus tard, quelque chose clochait chez Norbert et Marcelle, rue Garnier. Depuis quelques jours, Marcelle souffrait de maux de tête qu'elle ne parvenait pas à soulager avec des cachets *Madelon* ou autres qu'elle avait dans sa pharmacie. Le mal diminuait, mais revenait dès qu'elle secouait la tête et elle devenait étourdie à s'agripper au mur pour ne pas trébucher dans le couloir de la maison. Inquiète, elle croyait qu'il s'agissait peut-être d'une récidive ou d'un effet secondaire de sa tuberculose, mais Norbert la convainquit qu'il n'en était rien, elle n'avait pas eu ces pertes d'équilibre avec sa longue maladie, sauf de légers étourdissements. Mais Marcelle, malgré le respect qu'elle avait pour son mari, se disait qu'il n'était pas médecin, qu'il ne pouvait savoir d'où venaient ces migraines parfois constantes et fort souffrantes, et ils décidèrent d'aller ensemble consulter le docteur qui l'avait hospitalisée. Celui qu'elle voyait encore une fois l'an pour un suivi de santé. Il lui fit passer quelques examens, dont des tests d'équilibre, mais on ne détecta rien d'anormal et Marcelle revint sagement chez elle en se disant que c'était sans doute passager, que ça allait diminuer ou s'en aller avec la fin de l'été. Mais il n'en fut rien et Norbert devint fort inquiet de se rendre compte qu'elle perdait l'usage de ses sens et quelque peu la mémoire dans son travail quotidien. Il lui arrivait parfois d'avoir de drôles de comportements, comme ranger la salière dans le réfrigérateur ou mettre le sucrier dans le congélateur que Norbert retrouvait après l'avoir cherché partout, sauf là, bien entendu. Ses repas étaient de plus en plus ratés. Dans un bœuf aux légumes, elle déposait ses carottes et ses pommes de terre ainsi que sa macédoine, et quand venait le temps d'être servi, Norbert remarquait qu'il n'y avait aucun morceau de viande dans son assiette, Marcelle avait oublié de les ajouter, ne se souvenant plus qu'il fallait en mettre. Norbert, patient, passait derrière elle en corrigeant les dégâts sans le lui dire, en remédiant aux oublis et en les notant, parce que l'état de sa femme l'inquiétait. Certains jours, pourtant, tout allait comme sur des roulettes et Marcelle ne se souvenait pas de ses manquements ou dérèglements des jours précédents. Le médecin qui la suivait de près avait décelé une sénilité précoce et passagère, ce qui arrivait surtout aux personnes âgées, mais Marcelle était hypothéquée avec ce qu'elle avait subi dans sa longue maladie... Qui pouvait dire ? Mais comme le docteur avait ajouté « passagère » au mot sénilité, Norbert ne s'en fit pas et cessa de la suivre pas à pas et de rajuster les dégâts quand ils survenaient. Pour sa part, Marcelle se complaisait à dire à Régine ou Benjamine que ce n'étaient que des reliquats de sa tuberculose et que ça allait s'en aller en peu de temps avec de bons médicaments et les attentions de Norbert qui l'aimait comme au premier jour. Il avait pu constater néanmoins que sa Marcelle, sa douce moitié, souffrait de quelque chose. Il redoutait, pour en avoir vu plusieurs à Sacré-Cœur, certains légers troubles cognitifs, mais il préférait fermer les yeux et croire tout comme elle que ça allait disparaître en peu de temps. Sans pour autant réussir à ne pas mettre un peu en doute son état plus qu'inquiétant. Mais après quelques semaines de ces bonnes intentions, Norbert constata que Marcelle rechutait dans son étrange mal et que la maison n'était plus un endroit sécuritaire où la laisser seule durant le jour.

De connivence avec sa mère, il résolut de retourner vivre dans la maison d'Aurore avec Marcelle, mais il fallait la convaincre avant de poser un tel geste. Il commença par s'entretenir avec monsieur Vinais qui, entièrement d'accord avec lui, allait reprendre sa maison si Marcelle la quittait à cause de son état de santé. Plus sûr de lui, Norbert s'appliqua dès lors à convaincre sa femme d'aller vivre chez sa mère jusqu'à ce que le médecin découvre ce dont elle souffrait. Il était évident qu'avec ses pertes de mémoire occasionnelles, Marcelle ne se souvenait même pas de ses bévues et encore moins de ce mal qu'elle combattait sans trop s'en rendre compte. Obstinée, voire entêtée, elle refusa carrément la proposition de Norbert, lui disant que c'était ennuyant chez sa mère, qu'elle n'aimait pas le voisinage, bref, tout ce qui pouvait le dissuader de l'importuner avec son plan. Sans lâcher prise pour le bien-être de son épouse, Norbert rendit visite à son médecin traitant afin qu'il l'aide dans son cheminement parce que, seul, il n'arrivait pas à convaincre Marcelle de le suivre. Le brave docteur, constatant que le mari était mal pris, donna un rendez-vous à Marcelle le mardi soir de la semaine suivante et, mine de rien, il lui dit après mûre réflexion :

— Il faudrait quitter votre maison, vous n'y êtes plus en sécurité, Marcelle. Et si le feu prenait par mégarde, c'est votre mari qu'on blâmerait de vous avoir laissée seule.

— Mais pourquoi partirais-je ? Je ne suis pas malade.

— Non, pas du mal dont vous avez souffert, mais d'un autre mal plutôt psychologique cette fois. Sur le plan cognitif, vous comprenez ? La sénilité arrive à tout âge maintenant, pas seulement après soixante-dix ans.

— Mais je ne suis pas sénile, docteur. Je sais qui vous êtes et quel est votre nom.

— Oui, sauf que le mal sournois quand il réapparaîtra ne vous empêchera pas d'oublier d'éteindre le poêle après avoir fait bouillir votre soupe. Il ne vous empêchera pas non plus de mettre votre tasse vide dans l'armoire à balai après avoir terminé votre café. Vous me suivez ? Voilà ce dont il faut se méfier. Vous avez besoin pour un certain temps d'un regard constant posé sur vous. Je vous conseille donc de trouver une solution avec votre mari qui n'est plus maître de la situation.

Le soir même, à son retour, alors que Norbert était au salon, elle s'approcha de lui pour lui dire :

— Le médecin me conseille de quitter la maison pour quelque temps. Que dirais-tu de retourner vivre avec ta mère pour un mois ou deux ? J'en ai eu l'idée en lui parlant ce soir.

Sans la contrarier, évidemment, pour ne pas voir son plan échouer, il lui répondit :

— Oui, ce serait une bonne idée, Marcelle. Ma mère veillerait sur toi jusqu'à ce qu'on te délivre du mal dont tu souffres et, ensuite, nous pourrions revenir ici si tu le désires encore. À moins d'acheter une maison plus au nord de la ville... Qu'en dis-tu ?

— Mais la maison sera vide ici, Norbert. Personne pour l'habiter durant ce temps...

— Je crois que ton père accepterait de la reprendre si nous la quittons. Après tout, c'est sa maison, elle lui revient de droit. Je pourrais l'approcher avec cette idée…

— Oui, fais-le donc, je serais rassurée si c'était lui qui en reprenait possession, il la connaît par cœur de la cave au grenier ! Depuis le temps qu'il l'a achetée… Savais-tu que *l'autre* avait vu le jour dans cette maison ? Et qu'elle avait fait mourir ma mère en naissant plus grosse qu'un bébé normal ?

Réalisant que le mal cognitif reprenait avec ampleur, Norbert ne fit état de rien et téléphona à son beau-père pour lui dire :

— Dès cette fin de semaine, nous serons partis d'ici, monsieur Vinais ! Vous pourrez revenir vous y installer et profiter de votre maison. Nous n'y reviendrons pas pour vous en déloger.

Puis, de cet appel à un autre à sa mère à qui il dit dès qu'elle avait décroché :

— Bon, écoute maman, si rien n'est changé de ton côté, nous arriverons avec peu de bagages pour commencer, dès dimanche. Puis je tenterai de recouvrer mon emploi à Sacré-Cœur, car nous ne retournerons plus sur la rue Garnier, quitte à acheter une maison dans le quartier de l'hôpital s'il le faut. Parce qu'elle sera docile, elle finira même par oublier qu'elle était revenue sur la rue Garnier. Son état s'aggrave, maman, ce ne sera pas de tout repos pour toi.

— Je m'y ferai, Norbert, j'ai de la patience et de la résistance. Reviens vite avec ta femme et tu n'auras plus à être inquiet à longueur de journée. Depuis votre départ, c'est la grisaille pour moi... Arrivez vite pour que le sourire me revienne dans la face !

— Ouf, ton vocabulaire est surprenant, maman. La face, c'est plutôt pour les animaux, tu ne trouves pas ?

— Bien oui, je faisais juste une farce en passant. Dieu que tu es sérieux ! Pince sans rire en plus ! Pareil comme ton père en vieillissant !

Mais une autre plus mal en point était la pauvre Anna. Elle téléphonait à Benjamine chaque jour pour qu'elle vienne la voir. Cette dernière, le cœur sur la main, mais parfois dans les talons, voulait s'en abstenir le plus possible, car elle sortait de sa demeure entièrement déprimée par l'image et le souffle réduit de sa précieuse amie. Elle préférait l'appeler deux fois par jour s'il le fallait que de la voir une seule minute sombrer dans le couloir innommable de la fin qui se faisait sentir. Déambulant avec peine dans sa propre maison, Anna avait tellement perdu de poids qu'on ne reconnaissait plus rien dans cette vision décharnée de celle qui avait été si flamboyante. Le visage émacié, Anna était amaigrie, osseuse, desséchée, et elle flottait même dans les souliers qu'elle portait encore à la maison. Ne sortant plus sauf pour aller sur le balcon arrière de la demeure qui donnait sur la ruelle, où personne ne l'apercevait, elle devenait de plus en plus l'épave qu'on redoutait et qui n'avait de cesse de rappeler à qui voulait l'entendre qu'elle avait peur de mourir. Elle avait même demandé à Benjamine au téléphone d'aller au cimetière voir sa mère et de s'enquérir de ce qu'il y avait après la vie. De lui faire raconter où elle était, où elle séjournait, s'il faisait noir et s'il y avait des vers pour la ronger encore autour d'elle. Sa peur morbide de la mort allait jusque-là, et Benjamine, devant cet ajout de négativisme, n'osait plus se présenter chez elle de peur d'en sortir abattue chaque fois. Vivant avec André un bonheur à peine entamé, elle ne pouvait se permettre, malgré sa bonne volonté, de troquer ces moments de joie contre le mal de son amie qui la démoralisait. Elle en avait parlé à sœur Estelle Marie qui lui avait dit :

— Sois généreuse, soutiens-la, mais ne te détruis pas pour autant. Reste un peu plus éloignée, la fin s'en vient peut-être et tu ne pourras pas composer avec ce drame, n'y étant pas préparée. Dis-lui que je prie le ciel chaque jour pour elle !

Marcelle était maintenant sous les bons soins de la garde constante de sa belle-mère qui, malgré son état, l'emmenait souvent au centre d'achats pour que sa bru y effectue des achats, des bibelots la plupart du temps qu'elle déposait partout dans la maison qui en avait pourtant son lot. Elle achetait des anges en plâtre, en bois ou en argent... En n'importe quoi pourvu que ce soit un ange ! Comme si elle en faisait une collection, finalement. Norbert avait dit à sa mère :

— Laisse-la faire, ne lui dis rien quand elle achète un ange, c'est toujours la première fois pour elle, car elle a oublié ceux achetés lors de votre dernière sortie. Et il ne faut pas la contrarier, comme me disait le médecin...

Et Marcelle sortait encore avec sa belle-mère qui l'emmenait dans un autre centre d'achats pour l'éloigner de ses anges coutumiers, mais elle y trouvait d'autres anges qu'elle achetait pour en faire cadeau à sa belle-maman qu'elle remerciait chaque fois de sa sortie avec un sourire reconnaissant. Marcelle conversait avec Benjamine au téléphone et, certains jours, c'était tout à fait normal, comme si elle était en parfaite condition, mais le lendemain, avec Régine, elle titubait dans ses propos et lui parlait du maire de Montréal alors que Régine causait de peinture avec elle. Lorsque sœur Estelle Marie lui téléphonait, Marcelle lui demandait si elle allait bientôt prononcer ses vœux ou tout abandonner pour revenir vivre avec eux. Mais le soir, elle retrouvait la raison pour bavarder avec Norbert qui, depuis peu, avait retrouvé son poste à l'hôpital du Sacré-Cœur. Ce qui lui avait remis un sourire… dans la face !

L'automne avait balayé les feuilles mortes des arbres et Benjamine, toujours vaillante, avait conservé son poste auprès de monsieur Mireau pour ne pas travailler au cabinet de son mari comme assistante. Elle avait dit à André à ce sujet :

— Il n'est pas bon d'être ensemble toute la journée et ensuite toute la soirée. Pas pour le moment du moins ! J'aime mieux poursuivre avec ton père et nous retrouver avec joie chaque soir. Qu'en dis-tu ?

Il trouva l'idée géniale, même s'il se refusait à croire qu'un tout petit désagrément ait pu survenir entre eux. Et Benjamine, fidèle aux patients de son beau-père, redoublait de gentillesse envers eux. C'était à se demander si c'était elle ou lui qui portait le pantalon ! Habituée à toujours avoir été dominée, Benjamine avait peut-être pris un mauvais pli… Quoique André savait qu'il n'en était rien, qu'elle dialoguait beaucoup avec lui, qu'elle était son épouse à part entière et qu'il n'avait rien à redouter d'elle. Puis vint le jour où papa Mireau offrit en cadeau à son fils une jolie maison dénichée à Laval-des-Rapides dans une rue tranquille du quartier. Benjamine en fut ravie, la maison avait un sous-sol et un second étage pour les chambres. Une vraie maison familiale qu'elle décora avec un talent qu'on ne lui connaissait pas. Régine lui offrit, en guise de présents de bienvenue, plusieurs natures mortes invendues pour égayer ses murs beiges, des fleurs de toutes sortes surtout, et pour le mur du salon un grand tableau composé d'un paysage d'été à faire rêver… Et Marcelle, qui vivait pas loin d'elle chez sa belle-mère, venait parfois les visiter avec Norbert, en les félicitant chaque fois de la belle maison qu'ils venaient d'acheter, même si Benjamine s'évertuait à répéter à Marcelle qu'elle leur avait été donnée par le plus que généreux beau-père.

Comme personne ne parlait d'une réunion pour le temps des Fêtes qui arrivait, Benjamine se mit en frais d'offrir le souper traditionnel dans sa nouvelle maison en invitant la famille entière, son père inclus. Mais Marie-Reine se désista, ne voulant pas croiser la route de Jean qui, pourtant, lui versait ses mensualités sans jamais y déroger. Puis ce fut au tour de Régine de décliner l'invitation en prétextant un colloque quelque part, ce qui était impossible en fin de décembre. Elle ne tenait pas à rencontrer son père qui aurait tenté de renouer avec elle, ce jour-là. Elle n'y était pas prête encore. Il avait beau rembourser sa dette qu'elle ne lui pardonnait pas d'avoir volé son ex-femme. Un geste inexcusable selon elle. Mais Benjamine ne s'en formalisa pas, la dinde serait moins grosse, et elle n'était pas malheureuse de ne pas revoir Pierrot pour l'occasion. Donc, leurs invités allaient se composer de monsieur et madame Mireau, de son père, de Marcelle et Norbert, et de tante Philomène qu'ils n'avaient pas oubliée pour cette agréable soirée. Et c'est après le fastueux souper alors que tous prenaient un digestif au salon que Benjamine, debout, se tourna vers son père et ses beaux-parents pour leur annoncer tout haut et fièrement :

— Vous allez être grands-parents dans environ sept mois, j'attends un enfant !

Tous, d'abord ébahis, applaudirent sauf André qui, la regardant en souriant, savait depuis la veille qu'il allait être père d'un superbe bébé lors du prochain été qui viendrait. On prit plusieurs photos familiales et, tard le soir venu, après le départ des invités, Benjamine de clamer tout haut en regardant son petit ventre :

— Avec toutes ces prises de caméras, te voilà déjà un membre entier de la famille, mon bébé. J'ai maintenant hâte de te voir le bout du nez !

Et l'année n'allait pas se terminer en beauté puisque le 28 décembre Benjamine recevait un appel de madame Tonino, la mère d'Anna, qui lui annonçait que sa fille était maintenant rendue aux soins intensifs d'un hôpital privé non loin de chez elle. Le matin même, à bout de souffle, Anna s'était effondrée en descendant l'escalier qui menait de sa chambre au salon et c'est le père, bouleversé, qui avait appelé l'ambulance venue la chercher. Il n'y avait plus d'espoir pour la jeune femme, et Benjamine en fut profondément troublée. Elle l'avait négligée ces derniers temps et s'en voulait de ne pas l'avoir appelée plus souvent. Anna, de son côté, se sentant délaissée par tout le monde, se recroquevillait dans sa grave maladie pour ne plus voir le jour et craindre la nuit. Elle avait dit à sa mère, la veille de son départ pour l'hôpital :

— Je sens que la fin approche et j'ai peur, maman.

— Tu n'as rien à craindre Anna. Si le bon Dieu ne te sauve pas, tu seras au moins avec Lui dans son beau paradis.

— Je ne veux pas aller là, je veux rester vivante, je veux guérir, me débarrasser de ce cancer qui me ronge… J'ai peur de la mort, maman, c'est l'inconnu, personne n'est revenu… Benjamine ne m'a pas rappelée pour me dire si elle avait fait part à sa mère de mon questionnement, madame Vinais n'est plus sur terre depuis longtemps, elle n'a plus peur de rien maintenant, à moins d'avoir encore en horreur les vers de terre…

— Arrête de parler comme ça, Anna, tu ne t'aides pas. Pourquoi tu n'appelles pas Benjamine pour lui parler, elle te ramène à la raison, elle, ce que je ne peux pas faire, moi.

— Non, je ne veux pas la déranger, on est dans le temps des Fêtes, c'est une jeune mariée, ça viendrait déranger leurs festivités. Je l'appellerai après le jour de l'An quand les célébrations seront terminées.

Mais le lendemain, soit le 29 décembre, Anna était dans le coma depuis le matin, douze heures après son admission à l'hôpital. Elle avait pourtant déjeuné assez copieusement, mais quelques heures plus tard, on la découvrait dans son lit, inanimée, plongée dans un coma profond dont on ne pouvait pas la sortir. On se demandait bien ce qui avait pu provoquer ce brusque changement, mais comme elle était aux soins derniers, avec la morphine constante dans les veines, il était normal que le coma provoque l'agonie, pour ensuite en arriver à ce qu'elle cesse de respirer. Ce qui se produisit en début d'après-midi lorsqu'on augmenta la dose pour ne pas la laisser souffrir inutilement, sans avoir encore de ces douleurs au dos, à la poitrine et dans les bras, comme quelques jours auparavant.

À quatre heures de l'après-midi, on annonçait son décès sans qu'elle ait repris connaissance. Tant mieux pour elle, disait sa mère, elle n'est pas partie en ayant peur de la mort. En le criant surtout… Non, elle est partie comme un agneau, en fermant les yeux et en laissant s'envoler son dernier souffle dans son combat du corps, sans avoir craint qui que ce soit, le sentier du paradis s'ouvrait sans doute lumineux devant elle. Sa mère versa des larmes, son père aussi, mais ils étaient reconnaissants au ciel tous deux de lui avoir épargné une agonie qui aurait pu marquer son visage de contorsions en permanence. On avertit Benjamine, qui pleura en apprenant la triste nouvelle, elle avait même dû s'asseoir pour ne pas vaciller en se tenant au mur. Elle s'attendait à ce qu'Anna ne survive pas, elle était condamnée, mais apprendre qu'elle était morte était tout un choc pour elle. Comme si sa chère Anna était invincible et apte à vivre avec un tel cancer durant des mois, même des années. Ah ! faux espoir, quand tu nous tiens… Mais Anna était décédée paisiblement et Benjamine, se sentant encore coupable de ne pas l'avoir visitée durant ses derniers moments, s'identifiait à Pierrot qui avait abandonné sa petite fille quand elle était jeune, et sa compassion revint envers lui qui devait vivre avec la même culpabilité qu'elle ressentait en ce moment. Elle s'en remit donc à sa sœur Estelle qui lui disait au bout du fil que c'était la volonté de Dieu de l'avoir séparée d'Anna et qu'Il l'avait sans doute accueillie au paradis en lui ouvrant ses bras dès qu'elle avait commencé tout doucement à rendre l'âme. Sans souffrir, déjà dans les méandres de l'éternité…

— Quand tu la verras au salon funéraire si tu t'y rends, dis-lui dans son cercueil qu'après comme avant je prierai encore pour elle. Que je priais constamment pour elle de son vivant et que je prierai désormais pour le repos de son âme.

Comme toute famille italienne qui se respecte, la dépouille d'Anna fut exposée à cercueil ouvert. Sa mère voulait qu'on puisse y jeter un dernier regard avant de l'enterrer. On lui avait fait sa toilette d'une façon à la reconnaître ou pas, selon la proximité qu'on avait eue avec elle. Deux jours plus tard, elle était sur les planches et les visiteurs du côté des Tonino étaient déjà nombreux sur les chaises du parloir du salon. Il y avait des fleurs partout, comme si on avait voulu qu'elle repose dans un jardin avant de monter au ciel où elle était déjà rendue. Benjamine se rendit au salon le soir du premier jour avec son père et André, et madame Tonino, dans les bras de monsieur Vinais, sans scrupule, versa beaucoup de larmes sur son épaule. Et la maman d'Anna de dire à Benjamine :

— Tu as été bien bonne pour elle, tu étais sa seule amie, elle va sûrement en parler avec ta mère de l'autre côté… Merci, Benjamine, d'avoir été si compréhensive avec elle, parce qu'elle n'était pas toujours facile, ma fille, je le sais, elle avait du caractère et tu étais si patiente avec elle. Mais elle avait un bon cœur, elle voulait que rien de bouleversant ne t'arrive… Merci infiniment d'avoir été pour elle plus qu'une sœur, la personne qu'elle a le plus aimée sur terre…

Jean Vinais offrit aussi ses condoléances au père qu'il ne connaissait pas, André en fit autant et, après un dernier regard sur Anna dans son satin blanc, Benjamine lui murmura comme elle l'aurait fait de son vivant: «Ne t'en fais pas, tu es très belle... Plus mince bien sûr, mais c'est ce que tu souhaitais sans cesse. Sois heureuse, je vais te garder dans mon cœur indéfiniment. Et du haut du ciel, avec ma mère, tu verras sans doute naître mon enfant. Protège-le, Anna, comme tu le faisais si bien pour moi...»

Une énorme gerbe de roses orangées sur un trépied, la couleur préférée d'Anna, était signée Benjamine et André avec la mention: *Avec toi à tout jamais...*

Lors du second soir de l'exposition du corps, on replaça un peu la coiffure de la défunte, parce que nombre de gens l'avaient soulevée pour la serrer dans leurs bras. On lui montrait ainsi combien on l'aimait, en laissant des larmes tomber sur sa robe de soie rose. Vers huit heures, alors que le salon était rempli de visiteurs, un homme entra en compagnie d'une femme. C'était Frank qui, accompagné de son épouse, venait rendre un dernier hommage à celle qui avait tant compté pour lui. Son épouse, compréhensive, pas jalouse de celle qui avait pris soin de son mari pendant un bon laps de temps, signa le registre et offrit ses condoléances à sa mère qui ne la connaissait pas. Frank n'avait pas osé s'approcher du cercueil. Sous l'emprise de l'émotion, il avait craint qu'elle se réveille et se jette dans ses bras. Il la regardait de loin et avait peine à reconnaître en ce corps chétif celle qui avait été sa plantureuse maîtresse. Avec le maquillage et sa coiffure tombante, ce n'était pas la belle Anna qui adorait être dans ses draps les soirs venus... Ne sachant trop comment prier, il s'approcha des parents qu'il avait beaucoup aidés en leur trouvant des emplois et déversa sa peine par des mots sincères de regret de la savoir partie. Puis, s'assurant que la couronne de roses blanches se trouvait parmi les autres, signée simplement : *Frank*, il se retira avec son épouse, content d'avoir révélé à sa chère Anna et à ses parents ce qu'elle avait été pour lui avant que la vie plus que la mort les sépare l'un de l'autre.

Anna reposait maintenant dans un caveau du cimetière jusqu'à ce qu'on l'enterre avec ses grands-parents quand la terre dégèlerait. Anna était morte sans savoir que Benjamine allait être mère. Du moins de son vivant. Parce que du haut du ciel, nous disait-on, il n'y avait plus de secrets terrestres qui ne perçaient pas les nuages. Et pendant que Benjamine allait donner la vie, la mort avait fauché, à vingt-deux ans seulement, sa plus précieuse amie.

Chapitre 12

L'année 1962 s'était levée sur des vents assez forts, ce qui avait retenu les gens à la maison. Benjamine était allée, la veille du jour de l'An, souper chez les parents d'André, et se promettait bien de rester chez elle le jour même, aux prises avec de petites nausées passagères. Marcelle et Norbert avaient réveillonné avec madame Vaillant, en goûtant ses tourtières et en échangeant de petits présents pour souligner l'événement. Aurore Vaillant avait acheté pour Marcelle des chocolats à la menthe et, pour son fils, un étui en cuir vert pour y classer ses cartes d'affaires. En retour, Norbert avait offert à sa mère, en plus de ses vœux de santé, un joli camée pour parer son manteau d'hiver, et à Marcelle qui avait la dent sucrée, du sirop d'érable de l'an dernier. Mais tout se passa humblement dans la maison des Vaillant, de la musique classique en sourdine, le téléviseur pour Marcelle qui, sans avoir à sortir, suivait la messe à Radio-Canada, pendant que madame Vaillant qui s'y était rendue plus tôt profita de cette journée froide pour tricoter des mitaines de laine brune qu'elle donnerait à Marcelle, dès que terminées. Chez Régine et Pierrot, on avait festoyé la veille avec Marie-Reine qui s'était jointe à eux, avec une bouteille de vin importée d'Italie pour les pâtes que Régine avait fait cuire. En fin de soirée, comme c'était plutôt glissant dehors, Pierrot s'offrit de ramener Marie-Reine chez elle après avoir déneigé sa voiture. Et monsieur Vinais, maintenant seul sur la rue Garnier, avait demandé à Philomène de venir prendre un verre en sa compagnie, ce qui briserait quelque peu la solitude dont il souffrait. Somme toute, un début d'année relativement calme, comparé à ceux des années précédentes. Benjamine avait encore en tête le décès d'Anna qui la hantait très souvent. Elle avait peine à croire qu'elle n'entendrait plus le son de sa voix au téléphone et André la consolait du mieux qu'il le pouvait en lui disant qu'elle pourrait aller jaser avec elle au cimetière quand on l'aurait enterrée en avril, après avoir causé avec sa mère qui reposait pas très loin de la fosse qui attendait Anna dans le même cimetière. « D'une pierre deux coups ! » avait-il ajouté. Et c'était parti pour le meilleur et pour le pire en priant le ciel de leur épargner toute épreuve et en demandant à genoux au bon Dieu de leur réserver une année sans le moindre souci. Avec de la joie plein le cœur quand l'enfant naîtrait au cours de l'été.

Chez Régine, un malaise de santé dès que février se leva du calendrier, et d'autant plus grave pour elle que sa main avait de la difficulté à tenir son pinceau plus longtemps que de coutume. Une douleur l'accablait et, après en avoir discuté avec Pierrot, ils décidèrent d'aller consulter ensemble leur médecin de famille qui, après un examen sommaire, lui prescrivit des cachets pour rétablir la circulation. Toutefois, il ajouta qu'elle souffrait d'un début d'arthrite à force d'avoir sans cesse appuyé sur son pinceau ou l'avoir tenu à bout de bras, sans se lever, pour en peindre les coins supérieurs de ses grandes toiles. Il lui ordonna donc des pilules, un onguent, et lui demanda de laisser sa main reposer pour un certain temps. Frustrée, elle lui avait répondu :

— Ne me dites pas que je suis également aux prises avec une maladie de vieille personne, comme ma sœur ? Si c'est le cas, pas chanceuses les Vinais, avec de tels problèmes à notre âge !

Et le médecin de lui répondre que les malaises de ce genre ne surgissaient pas qu'avec l'âge, qu'ils dépendaient aussi de ce qu'on avait fait endurer à ses membres, et qu'il était temps de les protéger de maux précoces. Elle alla donc à la pharmacie avec ses prescriptions et, rendue au comptoir, pour que le commis ne sache pas que c'était pour elle, vu le nom sur l'ordonnance, elle précisa :

— C'est pour papa. Vous savez, à son âge…

Et le commis de lui répondre :

— Il est pourtant encore jeune votre père, que je connais, pour souffrir d'arthrite ou d'arthrose. Travaille-t-il beaucoup de ses mains ?

Imaginez s'il avait su que c'était pour elle cet onguent qu'on disait infaillible et ces pilules anti-inflammatoires ! Dans sa fierté démesurée, *Brouet* ne pouvait croire que sa carrière d'artiste peintre allait se terminer si tôt, à cause d'une main, la droite en plus, qui rejetait le pinceau avec douleur quand elle insistait pour parfaire sa toile. Non, il fallait que les comprimés fassent leur ouvrage ! Car elle avait encore quelques esquisses en chantier, malgré toutes les retraites prématurées de son art qu'elle avait toujours en tête. En février, Benjamine fêtait ses vingt-deux ans, âge où elle serait maman en juillet. Pour son anniversaire, André lui suggéra un gentil week-end à *La Sapinière*, l'endroit le plus recherché au Québec pour des séjours de détente. On y mangeait si bien... Elle accepta de bon gré même si sa grossesse, à peine avancée, la faisait souffrir certains jours. On sentait déjà qu'il n'allait pas être facile, cet accouchement, mais Benjamine préférait ne pas y penser, elle le voulait tellement cet enfant. Ils s'évadèrent donc et, après deux jours sur les trois réservés, elle demanda à son mari de revenir en ville, qu'elle n'était pas bien, qu'elle avait encore des nausées et des maux de ventre qui l'inquiétaient. Ils revinrent le jour même et, au retour, André lui prépara un souper d'anniversaire avec l'aide d'un traiteur, auquel il invita Marie-Reine, personne d'autre, Benjamine n'étant à l'aise qu'avec elle durant sa grossesse. Cette dernière s'amena avec les bras chargés de cadeaux pour la future mère, dont un joli châle de laine vert avec capuchon, acheté chez *Madame Belleville* en passant. André la reçut gentiment et s'était même proposé de la véhiculer, mais Marie-Reine avait emprunté à Régine sa petite Renault pour s'y rendre, ayant conservé son permis de conduire jusqu'à un prochain achat de voiture de sa part. Ce qui ne saurait tarder avec l'argent que Jean lui avait remis chaque mois et qu'elle avait déposé à la banque. Assez près de ses sous, Marie-Reine n'avait pas pardonné pour autant à son ex-mari, qui l'avait volée volontairement pour gâter sa nouvelle flamme de qui il était maintenant séparé. S'il lui arrivait de le rencontrer, elle ne lui parlait pas, même si Jean, content de l'avoir remboursée entièrement avec sa part de la maison, lui souriait en la croisant. Elle gardait son visage de carême, pour ne lui donner aucun espoir de retour vers elle, s'il en éprouvait le désir. Ce qui n'était pas le cas pour monsieur Vinais qui avait un autre plan en tête, plus prometteur qu'une réconciliation avec sa grosse femme qui n'avait pas maigri d'une livre durant tout ce temps. Jean Vinais, songeant sérieusement et trouvant la maison bien grande à entretenir, invita sa belle-sœur Philomène à venir souper avec lui un dimanche, alors qu'il commandait des mets chinois d'un restaurant du coin. Cette dernière accepta et s'amena avec une bouteille de beaujolais qu'elle pouvait vider à elle seule, Jean n'aimant que le blanc. Et tout au long de leur conversation, il proposa à Philomène de venir s'installer avec lui et, de cette façon, sauver le loyer qu'elle payait chaque mois. Il avait maintenant soixante ans et, à la retraite ou presque de l'enseignement, il ne comptait pas finir ses jours seul dans sa grande maison vide. Philomène, cinquante-cinq ans révolus, avait abandonné son emploi d'infirmière après avoir quitté Toronto, et passait ses longues journées à faire du ménage, à sortir peu et, le soir venu, à écouter la télévision en buvant son vin préféré qui était devenu une obsession pour elle. Pas alcoolique, mais pas loin, selon Jean qui la regardait enfiler une bouteille seule quand elle venait chez lui. Philomène trouva l'invitation fort à son goût, souffrant de la même solitude chez elle, et fort à l'aise avec ce beau-frère qui avait fait le bonheur de sa sœur autrefois. Elle accepta donc l'offre de Jean de venir s'installer rue Garnier, et arriva en fin de février avec le peu de bagages qu'elle avait, ayant vendu ses meubles, et s'installa dans la chambre d'amis de son beau-frère qui venait, lui, de boucler une bonne affaire. En plus d'être une bonne cuisinière, Philomène allait s'avérer être une femme de ménage de premier plan. Il n'aurait donc rien à débourser pour que la maison soit impeccable et qu'à la nourrir finalement, puisque l'infirmière payait elle-même son vin rouge qu'elle achetait à la Régie des alcools du quartier. Benjamine était ravie de cette décision et heureuse de savoir son père sous la protection de l'infirmière, lui qui n'aimait pas aller chez le médecin quand il avait le moindre mal qui aurait nécessité une consultation. Philomène, diplômée, connaissait tous les remèdes en vente libre et pouvait le suivre côté santé autant que le médecin du quartier qu'il aurait à payer. L'essai fut prometteur, même si Régine en doutait un peu. Ils n'avaient pas tout à fait les mêmes goûts, Philomène était adepte de la télévision et des téléromans qu'elle suivait, tandis que lui, après le bulletin de nouvelles, se retirait dans son bureau pour y écouter de la musique classique et se détendre après une dure journée dans l'enseignement. Mais comme c'était sa dernière année dans l'univers des élèves devenus de plus en plus turbulents, trop gâtés par les parents, il attendit donc la fin de juin avec impatience pour se retirer entièrement et jouir de sa pension de professeur qui s'ajouterait à son bas de laine, passablement troué cependant, avec le remboursement à Marie-Reine qui avait enfin fermé le livre de ses comptes recevables.

Or, Benjamine avec Marie-Reine pour la seconder durant sa peu facile grossesse et Philomène pour soutenir Jean avec qui elle habitait maintenant, on pouvait dire que les Vinais, père et fille, avaient eu la main heureuse lorsque dans le besoin. Benjamine se rendait peu souvent au cabinet de son beau-père pour l'aider comme réceptionniste, seulement quand elle en avait la force et, finalement, un peu gênée d'avoir si souvent à s'absenter, elle demanda à André de la prendre en temps supplémentaire à son cabinet quand elle se sentait bien ou que son adjointe était en congé, ce qui lui permit éventuellement de quitter son emploi chez son beau-père et d'être sous la tutelle de son mari qui semblait enchanté de l'aide passagère qu'elle pouvait lui apporter à son cabinet déjà fort occupé. Le docteur André Mireau avait la même cote que son père parmi les dentistes. Quoique moins habile que le paternel dans les interventions majeures aux gencives, il se débrouillait fort bien dans les nettoyages, les réparations mineures et comme « arracheur de dents » quand c'était nécessaire. Or, pendant que tout semblait en ordre pour le père et la benjamine Vinais, chez Marcelle, toujours installée avec Norbert chez madame Vaillant, c'était une autre histoire…

L'état de madame Marcelle Vaillant se détériorait de jour en jour. Sa belle-mère, malgré sa dévouée contribution, n'insistait plus pour l'emmener dans les centres d'achats où elle la perdait de vue dès qu'elle avait le dos tourné. Marcelle, fort agitée ces jours-là, se retrouvait au magasin de chaussures sans avoir besoin de souliers, ou chez la marchande de cornets de crème glacée, sans un traître sou dans sa sacoche. Car Norbert, mis au courant de ses escapades, ne lui remettait plus d'argent, elle cherchait constamment des anges à acheter et selon sa belle-mère, elle s'était rendue à son insu chez un pâtissier pour y acheter des collerettes. Pour madame Vaillant, c'était même devenu encombrant pour elle au supermarché quand Marcelle, comme si c'était à elle, fourrait dans le panier des choses dont elles n'avaient pas besoin. Comme un filet de morue qu'elles n'auraient pas mangé et que madame Vaillant n'achetait jamais, peu friande des poissons, Marcelle également, préférant toutes deux la volaille. Après quelque temps de ces pirouettes incontrôlables, madame Vaillant avait dit à son fils :

— Je ne peux plus l'emmener avec moi, Norbert, il me faudrait l'attacher à mon bras, ça devient de plus en plus stressant quand il me faut regarder d'un œil la viande que je choisis et avoir l'autre sur elle. Il nous faudra trouver une dame pour la garder, sa sénilité ou quoi que ce soit, est devenue plus que temporaire, elle recouvre de moins en moins la raison et ça m'inquiète. Je ne suis pas habituée à venir en aide à une personne atteinte de cette maladie. La sénilité, c'est une sorte de démence, un trouble neurocognitif, ce n'est pas une grippe ni un malaise mensuel, ça semble être là pour y rester. Il te faudra trouver une autre solution ou c'est moi qui vais tomber malade.

Très mal à l'aise, se rendant compte de la situation même à la maison, Norbert se mit en frais de trouver un hôpital ou une résidence privée où l'on accepterait Marcelle pour un certain temps, du moins pour délivrer sa pauvre mère du fardeau qu'elle avait sur le dos. S'informant à ses consœurs d'un tel endroit, on lui suggéra un hôpital de convalescence où il se rendit et, sur place, après avoir exposé le cas de sa femme, on accepta, après avoir longuement hésité, de l'héberger pour quelques mois pour commencer. Et de la retourner chez elle si elle devenait trop dissipée ou désagréable avec eux, car ils n'avaient pas l'habitude d'accueillir des malades aux prises avec des problèmes cognitifs dans leur hôpital plutôt désigné pour ceux et celles qui se remettaient de sévères opérations, bref, des malades aussi mal en point étaient-ils, mais avec toute leur tête.

Marcelle ne fut pas facile à convaincre et un soir où elle avait retrouvé un peu de sa raison, elle avait dit à son mari :

— Tu veux te débarrasser de moi parce que je souffre d'un mal passager qui semble incurable ?

— Non, mon ange, je veux juste t'hospitaliser pour qu'on puisse te suivre de près et peut-être découvrir la cause de ton mal.

Elle réfléchissait et, soudain, sans savoir si un neurone du cerveau s'était déplacé, lui répondit :

— Bon, si c'est le même docteur qu'avant, je veux bien, mais pas pour longtemps, j'ai *l'autre* dont je dois m'occuper en sortant.

Et c'est ainsi que la jeune madame Vaillant fut hospitalisée dans le nord de la ville où les soins étaient loin d'être gratuits. Aurore Vaillant contribua aux paiements mensuels de cet endroit pour alléger un peu les dépenses de son fils quasi prudent avec son argent. Et chaque jour, Norbert allait visiter sa Marcelle et en sortait parfois avec la larme à l'œil de la voir s'enliser de plus en plus dans ce qu'on appelait encore « la maladie de l'oubli ». Elle, si jeune pourtant, si intelligente. Elle qui suivait fidèlement les nouvelles des artistes, des politiciens et des faits divers de l'époque, et qui n'apprendrait rien de l'imminente ouverture du pont Champlain.

Régine, malgré sa main douloureuse, peignait encore obstinément, mais de plus petits tableaux qu'elle vendait dans des galeries d'art de moindre importance ou dans des boutiques de centres d'achats où les potiches et les toiles étaient en vitrine. *Brouet* ne voulait plus dire grand-chose pour les clients de ces endroits qui cherchaient davantage une toile appropriée pour leur salon qu'un nom. Le tableau aurait pu être signé Léger, Bertrand ou Rochon, qu'on n'y prêtait pas attention. Alors, *Brouet* n'était guère important pour les acheteurs, sauf les plus âgés qui respectaient encore son nom. Elle faisait sa ronde les fins de mois et partageait avec l'exposant les recettes de ses ventes, quand ventes il y avait ! À la maison, se frottant la main et le bras droit constamment avec l'onguent, elle disait à Pierrot :

— Maudite arthrite ! Une maladie de vieille ! Ça s'peut-tu ?

— Il faudrait que tu cesses de peindre, Régine, le mal s'en irait peut-être…

— Bien non, ça me fait mal même quand je brasse la soupe ! La douleur me fait faire la cuisine de la main gauche, maintenant !

— Je te répète que tu devrais mettre tes toiles de côté pour un bout de temps, le docteur t'en a parlé…

— Qu'il aille au diable, lui ! Son onguent ne me soulage pas et ses pilules encore moins ! Il me faudrait aller à Paris consulter un grand spécialiste…

— Non, parle avec ta tête, Régine, nos médecins d'ici valent autant que tes spécialistes en France. Si seulement tu les écoutais…

— Je veux bien te croire, Pierrot, mais ne me parle pas sur ce ton. Je suis déjà irritée d'avance avec ce problème.

— Ne t'emporte pas, mon cœur, je veux juste te faire entendre raison. Parce que je t'aime, tu sais…

— Bien, si tu m'aimes, ne dis pas un mot ! Ne te prononce pas sur ma maladie, c'est moi qui en ai les douleurs, pas toi.

— Peut-être qu'un autre médecin ou plutôt un bon chirurgien pourrait y remédier ?

— Non, il me dirait d'abord de ranger mes pinceaux.

— Tu m'as parlé de ta retraite si souvent, alors, prends-la, Régine. Tu trouveras bien un autre emploi quelque part dans une galerie d'un centre d'achats…

Le regardant avec fierté et insolence, elle lança :

— Tu n'as rien compris, Pierre, je suis une artiste ! Une artiste de renom ! Pas une vendeuse de bibelots ou de toiles à numéros ! Tu en as de ces idées, toi ! On en vend même dans les *pawn shops* de la rue Craig, des choses comme ça !

Mais humiliée par sa maladie de « vieille » comme elle l'appelait, Régine décidait de retrouver sa jeunesse par l'apparence, à défaut de la reprendre par son art. Elle se rendit chez le coiffeur et lui demanda de couper sa longue tresse d'Indienne et de lui faire une coiffure jeune et bouffante comme certaines actrices de cinéma. Elle se maquilla ensuite avec autant d'habileté de la main gauche et se vêtit dans des boutiques dernière mode. La voyant rentrer le soir sur des talons hauts en plus, Pierrot ne la reconnut pas, mais il s'extasia devant la vision de sa femme renouvelée !

— Dieu que tu es belle !

— Non, pas plus qu'hier, juste rajeunie avec tout ce que les femmes d'aujourd'hui utilisent pour le faire.

— Ce qui ne t'empêchera pas d'être encore *Brouet* pour les acheteurs qui te croiseront quelque part.

— Non, je me suis libérée de mon apparence d'artiste pour devenir une femme normale, pas plus. Vêtue et maquillée comme toutes les autres à présent. Mais en autant que ça me fasse oublier l'arthrite ou l'arthrose, ça va me remonter le moral.

— On devrait aller manger au restaurant ce soir, j'aurai l'impression de sortir avec une autre femme.

— Non, encore la même, mais retouchée. Comme une toile quand elle est trop fade. Mais il en était temps. À presque trente-trois ans, un changement d'allure et de vie à deux s'imposait. Je vais maintenant te demander ton opinion plus souvent et cesser d'être celle qui décide de tout dans cette maison.

Il en avait souri et, le soir même au restaurant où ils étaient attablés, personne ne reconnaissait en cette femme élégante, l'artiste peintre du quartier. Mais malgré sa bonne volonté, elle regrettait déjà sa longue tresse coupée qui allait de pair avec sa renommée.

Le printemps arriva avec ses roses en bouton, ses vents plus doux et ses citoyens décontractés. En début de juin, on annonçait à la radio que trois détenus s'étaient évadés d'Alcatraz. Pour la première fois de cette prison si bien gardée. Jean Vinais lisait toutes ces nouvelles dans *La Presse* pour ensuite en discuter avec Philomène qui faisait souvent mine de s'y intéresser. Sans cesse avec lui, elle commença, quand elle était un peu grisée, à lui faire un câlin avant d'aller se coucher. Puis, peu à peu, habile de ses mains, elle lui suggéra un certain soir de lui faire un massage d'épaule et de son dos après une dure journée avec les élèves. Il allait prendre sa retraite à la fin des classes, aussi bien le remettre en forme pour les travaux d'horticulture, peu nombreux, autour de la maison. Des boîtes à fleurs, une pelouse entretenue, la tonte d'un arbuste... Car Philomène, malgré tous ses talents, n'avait pas le pouce vert. Jean, de plus en plus à l'aise avec elle, acceptait maintenant ses petits massages en la laissant glisser la main là où se termine le dos et, voyant qu'il ne s'en offusquait pas, Philomène, qui n'avait jamais eu d'homme dans sa vie, en eut soudainement envie. *Mieux vaut tard que jamais*, pensait-elle. Elle attendit donc un autre soir où, enivrée par le vin rouge, elle lui demanda s'il souhaitait recevoir un peu plus qu'un massage de sa part. Et c'est ainsi que, la familiarité aidant, ils en arrivèrent à former un couple. Jean Vinais, encore porté sur la sensualité et les besoins de sa libido, se disait que sa chère Jeanne n'allait pas s'opposer à ce qu'il bénéficie d'un bien-être, surtout si c'était sa sœur qui le lui prodiguait. Et il réalisa qu'ils étaient bien ensemble et se rendit compte que Philomène avait aimé sa première expérience. Pas jolie autant que Jeanne l'avait été, elle était quand même attirante avec son charme et ses douceurs intenses. Bien tournée, propre, appliquant un tantinet de *Fleurs de Rocaille* sous le menton, elle avait su séduire en peu de temps ce beau-frère réticent sur ce point lors de son arrivée.

Une bonne stratégie de la part de sa belle-sœur, sans la lui reprocher, mais il l'incita tout de même à couper son vin du soir en se limitant à un seul verre et, sous son emprise, accrochée à lui et aux faveurs de la nuit qu'elle entretenait, elle délaissa le vin en solitaire pour n'en boire qu'avec lui lors de leurs soupers coutumiers. Finalement, on pouvait dire que Jean Vinais avait retrouvé en quelques mois les plaisirs charnels dont il était privé depuis longtemps déjà. Réglant la facture mensuelle chez l'épicier du quartier, il bénéficiait aussi du surplus de gâteries comme les doigts de dames qu'elle achetait à la pâtisserie avec son propre argent. Après tout ce qu'il avait enduré avec Huguette, monsieur Vinais se sentait choyé. Comblé par cette belle-sœur qui valait ses deux précédentes femmes à la fois. S'étant ouvert sur sa curieuse liaison à Benjamine, cette dernière, quelque peu surprise, lui avait répondu :

— En autant que tu sois heureux, papa.

Et il avait répliqué :

— Non, en autant que je puisse la rendre heureuse, Benjamine. Il est certain qu'on ne va jamais se marier, mais rien ne nous empêche de former un couple et d'être tout à fait bien ensemble. Nous avons quelques goûts en commun, tu sais, c'est la sœur de ta mère et elle a dans le sang des affinités avec elle.

— Tant mieux, papa ! Moi, je l'aime bien, tante Philomène. On l'a trop longtemps négligée dans la famille. Elle a le cœur sur la main, tout pour faire plaisir aux autres. Elle m'a même offert de venir garder mon bébé quand il sera arrivé. Tu vois ? Fallait y penser, non ? Elle est si affable. Remarque que Marie-Reine m'a aussi proposé de venir garder mon bébé, mais entre les deux je préfère Philomène qui est infirmière, un cran de plus que Marie-Reine si jamais l'enfant n'est pas bien.

Chez Régine, la confidence fut moins bien accueillie. Même si *Brouet* était plus distante de son père, elle s'informait encore de lui et encaissa la nouvelle de Benjamine avec :

— Vieux fou ! Pas capable de rester seul ? La sœur de maman en plus ! N'importe qui en autant que ça le mène... Je n'ose le dire, Benjamine, mais ce n'est pas normal à son âge !

— Bien, voyons Régine ! Ce n'est pas un vieillard, il n'a que soixante ans ! Les besoins d'un homme de son âge, quoi ! Qu'est-ce qui te prend de toujours le dénigrer de la sorte ? Il a tout remboursé à Marie-Reine, ça devrait être suffisant pour l'absoudre de son geste, non ?

— Non, parce qu'il avait fait ça pour choyer sa chère Huguette ! C'est salaud de voler sa femme pour en gâter une autre !

— Bon, reviens-en et laisse-le vivre sa vie comme il l'entend. Si tu ne veux pas le fréquenter, libre à toi, mais laisse-nous l'aimer, Marcelle et moi, tu n'es pas la seule dans cette famille !

— Dis donc, tu es en train de me faire la morale, la petite sœur ?

— Quand il le faut, oui, et je suis plus qu'une petite sœur, je suis une adulte, une femme entière, bientôt mère d'un enfant. Un pas de plus que mes deux sœurs aînées. Alors, ne me parle plus comme si je n'étais que *l'autre* à tes yeux !

— Bon, on arrête ça là et continue à te faire l'avocate de papa. Chanceux d'en avoir trouvé une parmi ses filles...

— Non, il en a une autre. Estelle ne le juge pas, elle lui parle régulièrement et elle...

— Oui, elle prie pour lui comme pour nous tous ! C'est tout ce qu'elle sait faire de ses soirées, celle-là ! Ne la compare pas à nous, elle est à part, elle ne voit rien et n'entend rien...

— Peut-être, mais sa mission est plus honorable que bien d'autres dans la famille. J'aime mieux me taire...

Et Régine, impatientée, lui lança un au revoir sans attendre la réplique de Benjamine et raccrocha la ligne tout doucement pour ne pas se mettre à dos la chère future maman, comme elle disait quand elle en parlait à Pierrot.

Lors des Oscars de 1962, le prix du meilleur film était allé à *West Side Story* et, en France, à quarante-six ans, Édith Piaf annonçait son mariage avec Théo Sarapo, son jeune amant grec de vingt-six ans. Des nouvelles qu'entendait Philomène à la télévision et qu'elle rapportait à Jean qui l'écoutait avec un sourire en coin. Car toutes ses partenaires ainsi que Marcelle avaient raffolé de ces faits divers concernant les artistes et les politiciens populaires. Tandis que Jean s'intéressait surtout aux nouvelles concernant l'économie et les intérêts du public à Radio-Canada, les prix qui augmentaient ou les restrictions imposées par l'État. Plus sérieux que Philomène, il s'intéressait aussi aux découvertes médicales quoique, sur ce plan, Philomène était plus renseignée que lui. Elle était bilingue, ayant travaillé durant huit ans à Toronto, et forte en connaissances sur les progrès de la science médicale, ayant travaillé durant dix ans dans le plus gros hôpital de cette même province. Chez Marcelle, chez sa belle-mère plutôt, tout semblait au beau fixe depuis que Norbert avait réussi à faire entrer sa femme à l'hôpital privé où une jolie chambre l'attendait. Elle lui avait dit avant qu'il ne reparte :

— Ne me laisse pas trop longtemps ici, papa !

Fort étonné de l'entendre la confondre avec son père, il ne la contraria pas et lui répondit sans rien laisser paraître :

— Non, non, ne t'inquiète pas, je ne serai pas loin pour y voir.

Et dans sa voiture, avant de reprendre le chemin du retour, il versa des larmes de voir son ange devenir ainsi une malade de moins en moins contrôlable. Il aurait souhaité la garder toute sa vie telle qu'il l'avait connue, mais fallait croire que la réalité était plus forte que son rêve. Il avait maintenant entre les mains une femme presque guérie de la tuberculose, mais malheureusement atteinte d'un mal plus grave, la sénilité précoce, l'oubli du temps présent, contre lesquels la science ne pouvait rien encore. Mais comme il l'aimait toujours autant, il la visitait chaque fin d'après-midi après son travail. Le détour en valait la peine, car certains jours où elle ne le confondait pas avec quiconque, elle se jetait dans ses bras et lui disait ce qu'elle pensait de l'endroit où elle était :

— Ils sont gentils, mais ils ne me soignent pas. Ils me donnent les mêmes pilules que je prends depuis longtemps et que nous avons à la maison. Je me demande bien ce que je fais ici… Et dis-moi, tu as des nouvelles de Benjamine de temps en temps ?

C'était là les meilleurs moments de Norbert, quand les neurones de sa femme, hors de la zone grise, se remettaient en place et que les propos suivaient plus aisément, même s'il savait que c'était illusoire et que ce ne serait que temporaire. Madame Vaillant, malgré son cœur à la bonne place, ne voulait pas qu'elle revienne chez elle. Avec ses propres malaises dont l'angine qui la tenaillait et qu'elle contrait avec la nitroglycérine, elle ne pouvait composer avec une malade comme sa bru qui faisait augmenter ses propres maladies, aussi minimes soient-elles.

Norbert, ne sachant plus quoi faire, décida de transférer Marcelle dans un établissement de soins prolongés, ce dont elle ne s'aperçut pas, mais qui permit à son mari de bénéficier de meilleurs tarifs pour les services rendus. La chambre était moins belle, plus petite, avec une toilette rudimentaire et un vieux calorifère, mais elle était privée. Malgré les bons soins des préposées, Marcelle leur disait qu'elle voulait retourner sur la rue Garnier et revoir les magasins, dont celui de madame Belleville qui avait sûrement de nouvelles collerettes d'été dans ses comptoirs. Et ça s'arrêtait là, car Norbert, qui l'aimait encore tendrement, venait le lui avouer chaque soir. Il lui fallait tout de même survivre, le pauvre homme, entre son épouse et ses maladies successives, et sa mère qui ne voulait plus voir sa bru dans ses quartiers. Sans parler de ses patients à l'hôpital du Sacré-Cœur qui lui en faisait voir de toutes les couleurs. Pas question d'acheter une maison, Marcelle ne pourrait jamais l'entretenir ni s'y faire. Il se retrouva donc au point de départ, elle dans une institution hospitalière et lui chez sa mère comme il l'était avant de se marier. Un assez dur châtiment pour un homme qui aimait autant ! Marcelle était encore toute sa vie ! Le soir dans ses invocations à Dieu le Père, il murmurait : « Ai-je vraiment mérité tout cela ? Ne pouvez-vous pas lui venir en aide afin de nous réunir dans l'amour et la prière ? » Un cri de l'âme que sœur Estelle Marie aurait sans doute adopté pour ceux et celles qui se laissaient aller, lorsque désespérés.

Le changement subit de Régine ne fit pas long feu. Après un mois de cette nouvelle apparence, elle dit à Pierrot :

— Non, ce n'est pas moi cela, je me sens mal à l'aise dans cette peau, ce n'est pas digne d'une artiste peintre. Je vais retrouver mon *look* d'antan, laisser repousser mes cheveux et ma longue tresse et les laisser grisonner lentement...

Pierrot avait répondu :

— Tout que tu voudras, Régine, c'est ainsi que je t'ai aimée et c'est ainsi que je t'aimerai encore.

Cela dit, même si l'esthète modèle nu la préférait avec ce *look* plus allumant en lui faisant l'amour plus souvent. Mais ne s'en rendant pas compte, elle ne pouvait s'imaginer que changer d'attitude et d'apparence pouvait fortifier l'amour qu'il lui portait déjà. Pas de cœur, c'était gagné, mais physiquement du moins. Pierrot, sans le lui avouer, préférait de beaucoup sa Régine déguisée à celle qui prenait le pinceau avec sa longue jupe noire et ses rhumatismes jusqu'au bout des doigts. Il était homme, ce bellâtre, avant d'être tout simplement un mari assujetti. Il aurait préféré garder l'image d'eux en tant que couple plus solide... au lit ! Mais en peu de temps, quelques mois à peine, Régine Vinais était redevenue *Brouet*. Avec la tresse pas encore aussi longue, mais pas loin. Et les toiles reprirent leurs éclosions malgré l'arthrite, les rhumatismes ou l'arthrose, allez donc savoir lequel de ces malaises refusait de céder le combat à cette entêtée qui n'avait pas fini de peindre, selon elle. Nouvel onguent, nouveaux comprimés, injections de cortisone, rien n'avait été épargné, mais la main s'obstinait à ne pas suivre les traitements. Et elle en vint avec encore plus de rhumatismes évidents qui déformaient maintenant ses jointures à force de les plier et les forcer à poursuivre ses mouvements. *Brouet* allait-elle la prendre, cette retraite dont elle parlait ? De gré ou de force ! Certes pas de bonne foi puisqu'elle avait commandé dix toiles vierges qu'elle comptait bien remplir d'ici la fin de l'été. *Tête de mule*, aurait dit son père. *Tête de cochon*, pensait son Pierrot !

Le mois de juillet arriva et, grosse comme l'était sa mère jadis, Benjamine se rendit à l'hôpital le 18 de ce mois, ayant ressenti les premières contractions se manifester. André l'accompagnait nerveusement, il percevait déjà les efforts de ce qui allait être un dur accouchement. Philomène avait accepté de se joindre à eux pour soutenir sa nièce dans ses fortes douleurs avant d'accoucher. Et c'est en tenant la main d'André d'un côté et celle de Philomène de l'autre, qu'elle réussit avec le docteur à mettre au monde, le visage ruisselant de sueurs après avoir trop forcé, un beau garçon qui lança ses premiers cris aux petites heures du matin, le 20 juillet, après un effort surhumain de sa pauvre mère. Un très gros poupon de dix livres qui avait presque défoncé le ventre de sa mère pour s'en délivrer. Elle avait tenu bon, on l'avait bien entourée, mais le bébé entre les mains du médecin, elle avait dit à André : « Plus jamais... » Et le médecin qui connaissait l'histoire de Jeanne la pria de se reposer, d'apprendre à mieux respirer, à moins parler et à se détendre avec l'aide de Philomène qui lui avait répondu après que Benjamine lui ait dit :

— J'ai été plus forte que maman, j'ai accouché sans en mourir.

— Toi, c'est ton premier, Benjamine, Jeanne en était à sa quatrième fille. Et comme elle était plus chétive que toi... Mais ne comparons rien, ferme tes yeux et repose-toi, je ne vais pas te quitter de la nuit. André peut s'en aller, il travaille demain, et je resterai à tes côtés jusqu'après le petit déjeuner. On va nous en apporter deux.

Benjamine, rassurée, lui avait répondu :

— Je serai incapable d'avaler quoi que ce soit, mais ne me quitte pas, ma tante, je ne veux pas d'une autre garde-malade que toi ! Elles m'ont laissé souffrir, les autres, l'une d'entre elles surtout, pas même rien pour soulager mes atroces douleurs, j'en ai encore le souffle coupé…

— Ne parle plus, ferme tes yeux, je vais annoncer à ton père au bout du fil qu'il est le grand-père d'un beau garçon qu'il n'aura pas à instruire comme ses élèves des dernières années sur les bancs d'école. Il pourra consacrer à son petit-fils tout son temps côté instruction sans avoir à le mettre au pas comme les garnements qu'il confrontait chaque matin.

Edmond Mireau était fier d'avoir un petit-fils qu'il se promettait de choyer comme il l'avait fait pour son fils unique. Régine, avisée de l'accouchement de Benjamine, se rendit à l'hôpital le lendemain après-midi avec Pierrot que, cette fois, Benjamine accueillit avec un sourire. La grande sœur, intriguée avait dit à Benjamine :

— Il paraît que tu en as arraché, que ce fut aussi difficile pour toi que pour maman ?

— Oui, sauf que j'ai survécu, moi, et pas elle. Il semble que c'est coutume dans la famille d'avoir un gros bébé de temps en temps. Maman, c'était à son quatrième accouchement et moi, au premier. Mais j'ai été chanceuse d'être faite plus forte qu'elle, car j'ai tellement souffert dans mes douleurs que je pensais en mourir, Régine !

— Voilà ! Raison de plus pour que je n'en veuille jamais, des enfants ! Moi qui n'ai pas la force que tu as face aux souffrances. Mais on l'a vu à la pouponnière en passant et il est beau, ton gros garçon. As-tu déjà choisi un prénom ?

— Pas encore, je demanderai à André de le choisir vu que c'est un garçon. J'avais des idées pour une fille, Anne ou Sophie, mais passons, je suis contente d'avoir un garçon parce que ce sera mon seul enfant. Je ne voudrais plus passer par les sueurs froides dont j'ai inondé l'oreiller. Rien que d'y penser, ça me fait encore mal. Et je suis restée sensible, j'ai peine à faire le tour de ma chambre en marchant. On m'apporte le bébé pour que je le nourrisse et il a le ventre creux ce petit, il n'arrête pas de téter, il me vide de tout mon lait… C'est un gourmand !

— Bien, penses-y, un bébé de dix livres ! C'est incroyable pour une petite femme comme toi !

— C'est ce qu'on a dû dire à maman autrefois, quoique je suis moins chétive qu'elle l'était. Philomène, qui m'a visitée hier, m'a parlé longuement de ma mère alors qu'elle me portait. Ce n'était pas facile pour elle avec un ventre si gros… Après trois autres enfants en plus ! Les hommes n'avaient guère de retenue dans ce temps-là, car André, après avoir assisté à mes douleurs et avoir entendu mes cris, a juré que nous allions en rester là. Avec un seul enfant comme il l'a été.

— Tu es d'accord avec lui, toi ? Tu n'en voudras pas un autre quand tu auras oublié cet accouchement ? Pas même une petite fille ?

— Non, je n'en veux plus après une grossesse aussi difficile que celle que je viens de vivre, et encore moins d'un accouchement comme celui-là ! Je me suis tordue de douleur durant pas moins de trente-six heures avant d'accoucher et ils m'ont laissé souffrir en m'épongeant le front seulement. Je m'accrochais au bras d'André à presque lui arracher sa manche de chemise ! Fallait que ça fasse mal, je te le dis…

— Bon, n'en parlons plus, j'en ai des frissons dans le dos juste à t'entendre. Est-ce qu'on t'a dit quand tu sortiras de l'hôpital ?

— Dans cinq jours environ, et tante Philomène va venir me relever à la maison. Elle se promet même d'être la gardienne en titre de cet enfant.

— Un bon coup de pouce ! Je sens qu'elle est très dévouée, la Philomène. Autant qu'avec papa…

— Nous n'irons pas plus loin que ça, je sais que tu les désapprouves et pas moi. En autant que papa soit heureux, je ferme les yeux sur ses activités, et comme Philomène est une très bonne compagne pour lui…

— Bon, une fois de plus… Toujours aussi indulgente, la petite sœur… Oh ! excuse-moi, je ne devrais plus dire petite sœur, tu as fait un plus grand pas que moi dans ta vie en devenant mère tandis que Marcelle et moi, jamais on n'y aurait songé.

— Je vais t'inviter avec Pierrot pour le baptême quand on en sera là. Au fait, il est où ton mari, je ne le vois pas…

— Il cause avec André dans le corridor, mais nous allons nous sauver. Tiens ! Je t'ai apporté des friandises en attendant de te voir chez toi. Dis, c'est d'André ce bouquet de fleurs ?

— Non, de Marcelle et Norbert, je les ai reçues hier.

— Très chic de leur part… Pauvre Marcelle, mais gardons ce sujet pour une autre occasion et, pour ce beau gros bébé, encore une fois, toutes mes félicitations.

Entre-temps, sœur Estelle Marie avait été convoquée par la Supérieure de sa congrégation qui lui annonçait qu'elle devait quitter l'enseignement à Montréal, qu'elle avait été choisie pour se rendre en mission en République dominicaine où sœur Hélène Marie, sa compagne des beaux jours du noviciat, l'attendait pour la seconder dans l'enseignement d'une école primaire nouvellement ouverte dans cette région, sans même lui demander si elle acceptait un tel déplacement. Elle lui confirma la mission en lui disant de préparer ses valises dès maintenant, que l'avion allait l'amener en terre inconnue avec une autre vieille religieuse du nom de sœur Arthémise Marie qui l'accompagnerait pour ensuite revenir avec une sœur malade, cantonnée dans cet endroit quasi perdu. Estelle ne protesta pas, elle avertit sa famille par son père qu'elle partait pour un assez bon bout de temps. Ce dernier l'annonça à Benjamine qui l'apprit à Régine, mais la veille du départ d'Estelle, Benjamine put la joindre à son couvent et lui dire au bout du fil :

— Je ne peux pas croire que tu nous quittes pour aller si loin. Comment faire pour se parler quand tu seras partie ?

— On pourra, crois-moi, Benjamine. J'ai appris pour ton accouchement et je te félicite pour ton beau garçon. Sois assurée que je vais prier pour lui afin que le Seigneur le garde en santé. Un neveu que je ne verrai pas, qui puis-je ? J'ai choisi cette vie religieuse et je m'en remets chaque fois au bon Dieu. Là où je vais, des enfants m'attendent pour être instruits.

— Crois-tu que tu pourras te nourrir à ta faim ? Ils sont si pauvres…

— Pas à ce que je sache, ils cultivent la terre dans ces pays-là. Sœur Hélène Marie, ma bonne amie qui s'y trouve présentement et qui m'attend pour la seconder, m'a dit qu'on ne manquait de rien en République, les champs de choux et de patates sont nombreux. Dis à Marie-Reine qui s'intéresse aux artistes que l'actrice Maria Montez, de regrettée mémoire, était native de Santa Cruz de Barahona, en République, pas loin d'où je serai. Alors, si c'était assez bien pour une étoile comme elle l'était, ce sera au moins confortable pour une pauvre sœur comme moi ! ajouta-t-elle en riant.

— Mais tu ne parles pas l'espagnol, Estelle ! Comment vas-tu faire ?

— Je vais l'apprendre comme sœur Hélène Marie l'a fait. Je suis pas mal douée pour les langues. Je parle assez bien l'anglais et je me débrouille en italien. Avec les orphelines de partout, j'en ai appris beaucoup ici. Ça ne devrait pas prendre trop de temps… Bon, sur ces mots, je te quitte et je t'embrasse, Benjamine, prends soin de toi, de ton mari et de ton enfant. Où que je sois, je prierai pour vous trois !

Après sa sortie de l'hôpital, Benjamine décida de faire baptiser son enfant le plus tôt possible. Mal en point cependant après un si dur accouchement, elle confia cette tâche à André qui se tira bien d'affaire avec le curé. On jugea bon de le faire le dimanche suivant sans que Benjamine y assiste comme c'était souvent le cas chez les mères qui n'en avaient pas la force. André, toutefois, avait demandé à Benjamine comment elle voulait appeler leur fils. Elle hésita, se mit à songer et il ajouta :

— Si tu veux mon opinion, mon amour, moi j'ai songé à trois prénoms que j'aime...

— Alors, vas-y, dis-les-moi. Je m'étais plutôt alignée sur des prénoms de filles durant ma grossesse.

— Que dirais-tu de Guy, Serge ou Sylvain ?

Spontanément, elle répondit :

— Puisque c'est l'un de tes choix, j'opterais pour Serge. Oui, Serge Mireau ! Guy, c'est trop commun et Sylvain, ça ne convient pas à un gros mâle comme lui en ce moment ! Serge serait tout désigné, et comme il est dans tes choix...

— Alors, ce sera Joseph Edmond Serge, puisque mon père accepte d'être dans les honneurs avec maman.

— Absolument, aucun inconvénient. Ton père a été si bon pour nous et ta mère, habituée avec un garçon, va le dorloter comme elle l'a fait pour toi. Alors, vas-y, n'hésite plus et donne les noms au curé qui va les inscrire dans son registre. Et comme porteuse, j'aimerais que ce soit tante Philomène après tout ce qu'elle a fait pour moi. Je vais l'appeler à ce sujet dès ce soir. Elle sera folle de joie, elle aime déjà ce gros bébé qu'elle va souvent garder. Moi, je vous attendrai à la maison après le baptême pour un petit goûter en famille auquel je convierai aussi papa en plus de tes parents.

— Donc, pas de Régine et Pierrot ?

— Non, ni de Marie-Reine, pas en même temps que papa, c'est encore froid entre elles et lui. Un jour viendra peut-être, mais pour mon petit, je préfère que ce soit son grand-père et non ma sœur qui soit là pour son baptême. D'autant plus que Philomène est sa compagne. Ça me fait de la peine de laisser Marie-Reine de côté, elle m'a presque élevée un certain temps, mais avec papa chez moi... Tant pis pour elle, encore glaciale avec lui, elle se prive de plusieurs occasions de festoyer. D'autant plus qu'il l'a entièrement remboursée… Bah, qu'y puis-je ? Je ne m'en mêle plus, je ne suis pas dans leurs souliers.

Et le dernier dimanche de juillet, monsieur et madame Mireau, endimanchés, avec André et Philomène comme porteuse étaient à l'église pour le baptême du gros bébé qui ne pleura même pas avec l'eau versée sur son front. Comme s'il défiait le curé et le monde entier. Déjà ! La cérémonie fut belle, voire solennelle, et le curé le baptisa au nom du Père et du Fils Joseph Edmond Serge Mireau. On prit une photo ou deux durant la cérémonie et le curé, ravi d'être sur la photo au moment où il baptisait l'enfant, les remercia vivement de ce geste élégant auquel on ne pensait pas souvent. De retour à la maison, André remarqua que Benjamine avait fait un effort pour paraître en forme avec une jupe blanche, des souliers à petits talons, une blouse de soie verte et un long sautoir de perles jusqu'à la ceinture. Elle leur servit ce que le traiteur avait apporté la veille et on y alla des cadeaux pour l'enfant. Monsieur Mireau offrit à son petit-fils un chèque dans les quatre chiffres, en plus de meubles pour la chambre de l'enfant. Madame Mireau, de concert avec son mari dans ce présent, offrit tout de même de nombreux pyjamas à son petit-fils, et tout ce qu'il fallait pour égayer sa petite chambre peinte en bleu, l'ours de peluche inclus. Philomène et Jean offrirent à Benjamine un superbe carrosse pour le promener l'automne venu, Régine lui fit parvenir par Pierrot une jolie couverture pour sa bassinette, avec des oiseaux bleus et une carte remplie de vœux. À ce présent de leur part, Marie-Reine avait ajouté pour le bébé joufflu un petit habit du dimanche jaune et blanc, avec des petites bottines blanches pour l'enjoliver un peu plus tard quand il serait dans les bras de sa maman. Marcelle, assez incohérente ces jours-là, sans se préoccuper de l'enfant pas plus que de la mère, avait oublié la grossesse et l'accouchement de Benjamine dont on lui avait parlé, mais Norbert et sa mère, pour compenser pour elle, avaient remis à Benjamine un bon d'achat de deux cents dollars à dépenser pour l'enfant à la pharmacie Montréal. Un cadeau fort apprécié de Benjamine qui avait plusieurs effets à acheter pour son bébé. Sans assister à la petite fête cependant, pour ne pas laisser Marcelle longtemps seule un dimanche, à la résidence où elle « séjournait », comme elle s'appliquait à lui dire. Sa chère Marcelle, souvent dans les nuages, levait la tête pour tenter de revoir sa mère à qui elle parlait comme lorsqu'elle était petite. Pauvre Marcelle… Et dans son roman d'amour quasi éphémère… pauvre Norbert !

Au mois d'août, les journaux du monde entier parlaient de la mort soudaine de Marilyn Monroe, à trente-six ans, dans sa maison de Brentwood à Los Angeles. On y allait de toutes les spéculations. Certains disaient que c'était un suicide, d'autres une absorption accidentelle de médicaments, mais d'autres journaux et magazines penchaient plutôt sur une mort mystérieuse sans accuser qui que ce soit ouvertement de ce tragique événement. Très près des frères Kennedy, Marilyn avait même entonné le *Happy Birthday* au Président en s'emparant du micro, vêtue dans toute sa splendeur. Jamais on ne l'avait vue aussi belle que ce soir-là. Et voilà que, maintenant, c'était la morgue qui venait chercher la dépouille de la célèbre actrice de cinéma. On en parlait chaque jour dans tous les magazines et journaux des États-Unis et, en France, le *Paris Match* en faisait ses gros titres pour peu à peu passer à autre chose. Mais le décès suspect de Marilyn Monroe allait faire les tribunes de la télévision et les manchettes de plusieurs journaux à scandale pendant encore bien des années. Jean Vinais avait été sidéré par la mort de cette femme qu'il trouvait si belle. Il avait vu plusieurs de ses films, mais n'avait pas oublié *Gentlemen Prefer Blondes* aux côtés de Jane Russell à qui elle avait volé la vedette. Benjamine, moins portée sur la femme que sur son art, se souvenait de son film *River of no Return* avec Robert Mitchum, où, naturelle, sans maquillage, elle avait offert une prestation plus que valable. Ce fut la nouvelle de l'année, évidemment, même si en France un attentat avait été perpétré contre De Gaulle, ce qui passa quasi inaperçu pour les Américains et même au Canada. Le sort de Marilyn étant plus important que le celui du général. Pour Benjamine, il n'y avait que son beau Serge qui valait tous ces gens célèbres. Ce bébé agité et déjà souriant, appuyé sur la poitrine de sa maman.

Régine, encore aux prises avec l'arthrite de sa main droite, sentait cependant que le mal se diluait depuis que le médecin lui avait prescrit un autre médicament pour son inflammation plus que passagère. Elle tenait maintenant le pinceau sans trop le presser dans sa main qui devint stable et elle ne s'étirait plus le bras pour peindre dans les coins. Ce qui avait enchanté Pierrot qui ne cherchait qu'à lui plaire. Néanmoins, incrédule, elle lui avait dit :

— Ne te réjouis pas trop tôt, des maux, ça revient vite parfois !

Quoiqu'apprenant la bonne nouvelle, Benjamine lui avait dit au bout du fil :

— Ne pars pas à l'épouvante, diminue le nombre de tes toiles, Régine, rien n'est gagné encore. Estelle prie pour toi, j'en suis convaincue, mais il ne faudrait pas abuser des faveurs du bon Dieu sans t'aider un peu.

Toujours proche de Marie-Reine et mangeant avec elle au restaurant, Régine lui avait dit :

— Tu ne crois pas qu'il serait temps de faire la paix avec papa ? Tu as maintenant récupéré tout ce qu'il t'avait pris…

— Non, je n'y tiens pas, Régine. Ce qu'il a fait ne s'oublie pas, c'est impardonnable.

— Sans oublier, tu peux quand même passer l'éponge, non ? Tu as ton argent, tu as réglé le coût de ta petite maison et il ne t'importune pas. Il vit avec ma tante Philomène maintenant…

— Pas seulement vivre, elle est devenue sa concubine.

— Qui te l'a dit ?

— Benjamine, qui ne me cache rien. Je suis contente pour elle, mais pas pour lui, il finit toujours par avoir ce qu'il désire, ce coquin-là !

— Dis donc, serais-tu un peu envieuse de son sort ?

— Non, je ne lui envie rien, c'est un malotru ton père, et je ne tiens pas à renouer avec lui d'aucune façon. Toi tu m'as bien aidée et je t'en suis reconnaissante, mais lui, qu'il aille au diable, il sera bien puni de ne plus t'avoir dans sa manche, comme il l'a fait avec Benjamine.

— Bien, justement, petit à petit, sans reprendre le lien tout à fait, je compte l'inviter à prendre un café au restaurant.

Bouche bée, Marie-Reine lui demanda :

— Dis-moi pas que tu veux te réconcilier avec lui, Régine ? C'est un monstre d'homme !

— Pour toi, Marie-Reine, mais pour moi, c'est encore mon père. Je me suis rangée fortement de ton côté, mais il est temps pour moi de tourner un peu la page. J'aimerais pouvoir visiter ce qu'il me reste de famille. Comme c'est là, avec Marcelle qui existe seulement, je n'ai que Benjamine que j'aime bien, mais un peu trop jeune pour échanger. Je pense qu'il est temps pour moi de renouer avec mon père et de connaître plus profondément ma tante Philomène qui partage son quotidien.

— Bon, si ton esprit de famille te démange à ce point, je n'ai rien à ajouter. Mais si je m'attendais à cela... Je n'ai pas de réelle famille existante, moi, à part toi... Et si ça continue, je vais me retrouver seule...

— Raison de plus, Marie-Reine.

Et tel qu'avoué à Marie-Reine, Régine, de concert avec Pierrot, appela son père chez lui pour lui demander d'un ton plus que normal :

— Bonjour, papa, tu aimes toujours le bon café du restaurant Nino ? Que dirais-tu de venir en boire un avec moi et Pierrot ?

Stupéfait, Jean Vinais lui répondit en faisant signe à Philomène de s'approcher :

— Tu reviens à de meilleurs sentiments, ma fille ?

— Si on veut, il y a un temps pour les sentiments quels qu'ils soient et un autre pour les amendements de part et d'autre quand le poêle s'éteint sous la marmite. Et puis, un café au restaurant n'engage à rien...

— Pour moi, il promet tout, Régine. Et toi, ça va mieux avec tes rhumatismes ? Tu reprends la peinture... Benjamine me disait...

— Oui, je sais, mais elle n'aura plus rien à t'apprendre sur moi désormais, on se parlera régulièrement. Et demande à Philomène de prendre grand soin de toi.

— C'est déjà fait, n'oublie pas que cette douce moitié est la sœur de ta mère que j'aimais tant... Comment peut-il en être autrement ?

L'automne 1962 enjolivait les parterres de feuilles qu'il fallait tout de même enlever par la suite. Ce que détestait Norbert, qui n'avait pas le temps avec son travail le jour et les visites à hôpital le soir, pour tenir compagnie à sa femme. Depuis quelques jours néanmoins, Marcelle réclamait son père, ce qui était soudain puisqu'elle n'en parlait plus depuis longtemps. Norbert, inquiet et quand même optimiste, demanda à monsieur Vinais s'il accepterait de venir un soir avec Philomène et Benjamine, faire une visite à Marcelle qui le réclamait. De fort bon cœur, Jean accepta de s'y rendre et Philomène ne se fit pas tordre le bras pour le suivre. On avisa Benjamine qui, de bon gré, accepta de se joindre à eux et de voir sa grande sœur dans cet hôpital qu'elle n'avait pas encore visité.

Il fut donc convenu en novembre, avant que le temps des Fêtes les occupe trop, de s'y rendre dans la voiture du paternel qui connaissait le chemin de cet hôpital sans avoir à s'en informer. Norbert avait promis d'être là, de les attendre avec Marcelle et de lui réserver une belle surprise, en l'occurrence, son papa. Rendus sur les lieux menant à sa chambre, ils aperçurent Norbert qui les attendait dans le couloir :

— Elle sommeille en ce moment, mais elle va se réveiller, elle ouvre les yeux au moindre bruit. Je vais entrer et vous prévenir quand le faire, mais monsieur Vinais seul pour commencer, car c'est lui qu'elle réclame. Ensuite, si tout se passe bien, tu pourras entrer, Benjamine, en compagnie de tante Philomène. Comme il ne faut pas la brusquer, je vous ferai signe…

Norbert, plus que discret, poussa la porte et, à son grand étonnement, Marcelle était déjà dans son fauteuil à le regarder en souriant :

— Tu viens d'arriver ? Tu étais passé où ?

Pourtant, Norbert était là depuis deux heures au moins. Ne la contrariant pas, il ne le fallait surtout pas, il fit signe à monsieur Vinais d'entrer et ce dernier, souriant, s'approcha du fauteuil de sa fille qui le regardait s'avancer sans lui rendre son sourire. Puis, lui prenant la main, le père lui dit tout doucement :

— Tu vois, je suis venu, Marcelle. Ma visite te fait plaisir ?

Dégageant brusquement sa main de la sienne, elle lui dit d'un ton sérieux :

— Ne me touchez pas, ce n'est pas nécessaire.

— Mais voyons, Marcelle, je suis ton père, tu m'as demandé de venir…

Le regardant de plus près, elle lui répondit :

— Non, mon père n'a pas les cheveux gris, il est plus jeune, il porte la moustache et il enseigne aux garçons… Allez-vous-en, monsieur, je ne vous connais pas.

Ce qui arrivait dans sa pauvre tête désorientée, c'est que Marcelle ne reconnaissait pas, en son père du temps présent, celui qu'il était lorsqu'elle était une jeune enfant. C'est d'ailleurs ce dernier qu'elle espérait revoir, pas cet inconnu qui avait osé lui prendre la main…

Se retournant, sur un signe de Norbert, Jean Vinais regagna le couloir et demanda à Benjamine de se glisser jusqu'au seuil de la chambre avec Philomène, ce qui pourrait peut-être la rassurer et replacer le neurone envolé… Marcelle jeta un coup d'œil en leur direction, mais resta de marbre. Puis, les yeux sur Norbert, elle semblait l'interroger sur les deux femmes, dont elle reconnaissait peut-être Benjamine…

Regardant son mari, elle lui demanda soudainement :

— Il est où *l'autre*, le bébé que j'ai bordé ? La grosse fille que j'ai couchée dans son berceau de paille tout à l'heure. Il faut s'en occuper, on ne peut pas la laisser seule, elle pourrait tomber, forte comme elle l'est…

Puis, regardant Philomène, elle lui demanda :

— Savez-vous si quelqu'un prend soin de *l'autre* en ce moment ? Il faudrait l'emmener à la Goutte de lait, elle tousse…

Et Philomène de lui répondre en pointant Benjamine :

— Elle est là, *l'autre*, Marcelle…

— Non, non, elle, c'est Benjamine ! Je parle de *l'autre*, celle qui dort dans le berceau blanc, *l'autre*, *l'autre*, voyons donc, vous le savez, ajouta-t-elle en pleurant, elle vient de faire mourir maman !

Épilogue

Jean Vinais, réconcilié avec sa fille Régine depuis leur café au restaurant, fit la promotion de ses toiles auprès de plusieurs confrères qui achetèrent ses plus récents tableaux. *Brouet*, reconnaissante, en avait offert un à Philomène pour leur hall d'entrée. Monsieur Vinais, brave enseignant pendant toutes ces années, avait pris sa retraite, au seuil de la soixantaine, ce qui était remarquable pour un professeur de trente-deux, puis de trente-trois élèves, durant sa longue carrière. Que de mérite ! Et que de souvenirs pour lui qui avait aussi connu leurs parents qu'il croisait maintenant dans les magasins de la rue Mont-Royal ! Tous le saluaient en lui souhaitant de profiter de ce repos bien mérité. Proche de Benjamine qu'il visitait souvent, il gâtait quelque peu son petit-fils Serge, qui aimait se faire garder chez lui par Philomène qui le choyait beaucoup, lorsque Benjamine partait pour travailler avec son mari certains après-midi. N'ayant jamais revu Marie-Reine de qui il gardait un bon souvenir, même si elle lui avait toujours tenu tête, Jean mourut d'un cancer du foie quelques années plus tard, juste avant d'être septuagénaire. Une vie assez tumultueuse, mais bien remplie pour un simple petit instituteur d'une école primaire, mais avec le panache d'un professeur émérite d'université. On lui fit des funérailles dignes de lui, et plusieurs de ses élèves, devenus grands, assistèrent à son service à l'église, en reconnaissance de tout ce qu'il avait fait pour eux. Certains parmi les plus vieux arrivèrent même avec leurs enfants pour offrir leurs condoléances à ses filles sur le parvis de l'église. On l'enterra aux côtés de Jeanne, sa première femme qui l'attendait au cimetière où Benjamine se rendait si souvent. Il avait joui d'une belle retraite, il avait quelque peu voyagé, en Europe surtout avec Philomène, la compagne de ses vieux jours qui découvrait, grâce à lui, le château de Versailles, le cachot de Marie-Antoinette, le Louvre, Notre-Dame de Paris, bref l'histoire de France comme il l'avait tant de fois enseignée. Fidèle à sa maison de la rue Garnier, il la laissa en héritage à Philomène qui avait été si bonne pour lui. Et il partit, l'âme en paix, entouré de ses filles, sœur Estelle Marie, de retour de mission, incluse. Et sans avoir, par un mauvais hasard, revu une seule fois Huguette, celle dont il avait effacé le visage de sa mémoire.

Philomène, quant à elle, conserva la maison de la rue Garnier, se sentant incapable de la vendre, même si les acheteurs venaient frapper à sa porte, sachant monsieur Vinais décédé. Plus près de Benjamine dont elle gardait le petit Serge fort souvent, elle était quand même aimable avec Régine quand elle la croisait, et avait tenté de se rapprocher de Marcelle, mais en vain, cette dernière ne la reconnaissait pas lorsqu'elle l'apercevait. Dans la tête de Marcelle, tante

Philomène était morte depuis plusieurs années. Philomène vécut quelques années de plus que Jean sans quitter la maison de la rue Garnier qui fut ensuite vendue à un ancien collègue de monsieur Vinais, pour son fils qui avait une nombreuse famille. Ainsi s'éteignit le dernier tournant de la vie de Jean Vinais. Tante Philomène fut enterrée avec sa mère selon ses dernières volontés pour ne pas déranger Jean qui avait retrouvé sa Jeanne des beaux jours pour entreprendre avec elle… un éternel parcours.

Marcelle, cette chère Marcelle aux prises avec une sénilité profonde avec les ans, demeura en institution sans pouvoir en sortir. Son mal la garda en vie une quinzaine d'années, puis, après son père et Philomène, elle mourut d'un anévrisme au cerveau dans sa quarante-neuvième année d'existence. Norbert, à son chevet durant tout ce temps, habitait la maison de sa mère qu'elle lui avait léguée en mourant quelques années avant Marcelle. Profondément amoureux de sa femme, il avait transigé avec son grand mal sans se lasser, compréhensif et indulgent, comme il l'avait été durant sa tuberculose. Marcelle avait été la femme de sa vie, aucune autre n'allait la remplacer. Sénile, elle le reconnaissait, mais il lui arrivait souvent d'oublier son prénom. Mais elle gardait ses mains dans les siennes pour les réchauffer quand il venait la visiter les soirs d'hiver. Elle lui parlait de son père qui, pourtant, n'était plus de ce monde, de ses sœurs, cinq disait-elle, même si elle n'en avait que trois. Bien traitée comme patiente, les infirmières la considéraient beaucoup. Elle regardait la télévision sans trop saisir ce qui s'y passait, elle parlait d'entrevues en direct qu'elle avait vues la veille au poste anglais, avec les actrices Vivien Leigh, Linda Darnell ou Veronica Lake, pourtant mortes toutes les trois. Elle ne parlait jamais de sa maison de la rue Garnier, mais elle désirait souvent se rendre chez *Madame Belleville* pour s'acheter de nouvelles collerettes qui n'étaient plus tellement à la mode.

Son passé resurgissait souvent, elle revoyait *l'autre* presque chaque jour dans un coin de sa chambre. On voulut lui offrir une poupée, mais Norbert s'y opposa, il ne voulait pas que sa femme soit infantilisée de la sorte parce qu'elle n'avait plus toute sa tête. Au moment de sa mort, elle n'avait que son mari et une infirmière auprès d'elle. Norbert n'avait pas avisé ses sœurs de son agonie, il préférait la voir s'éteindre qu'avec lui, sans personne avec qui partager le dernier souffle qu'elle rendrait. On lui témoigna un grand respect à l'église lors de ses funérailles, son sort avait été si peu enviable, et elle fut enterrée dans un cimetière de la rive nord où Norbert avait acheté un terrain double pour sa mère, sa femme, et lui. Et l'amoureux transi de Marcelle Vinais, devenu ensuite son mari, ne se remaria jamais. Infirmier à l'hôpital du Sacré-Cœur où il avait connu Marcelle, il garda son poste jusqu'à sa retraite et perpétua la mémoire de sa femme dans son cœur, allant maintes fois déposer des fleurs sur sa pierre tombale où était inscrit, au-dessus de celui de Marcelle, le nom d'Aurore Vaillant, sa mère. Norbert vécut de nombreuses années avec encore la même flamme au cœur pour celle qui était morte depuis plusieurs années et qu'il aimait encore autant.

Régine, peu à peu guérie de ses rhumatismes, avait retrouvé son ardeur au pinceau et repris son nom de *Brouet*, qui ne voulait presque plus rien dire aux générations qui suivaient. En couple avec Pierrot jusqu'à ce que mort s'ensuive, elle avait fini par troquer, douze ans plus tard, le pinceau contre un atelier de peinture où elle enseignait son art à de jeunes débutants des deux sexes. S'appuyant sur sa renommée périmée, les jeunes se faisaient une gloire d'être enseignés par celle qui avait jadis réussi à conquérir Paris. Dans sa petite maison de stuc, elle vécut des jours heureux avec Pierrot. Lui, encore bel homme à trente-neuf ans, il s'en souvint longtemps, s'était fait demander par une élève de son épouse pourquoi il ne posait pas nu pour elle après l'avoir fait pour tant de toiles introuvables maintenant. Fort flatté, il lui répondit qu'un jeune modèle viendrait satisfaire ses désirs ainsi que ceux des autres élèves, mais elle persista en lui disant que c'était lui qu'elle voulait voir, pas un autre. Un béguin sans doute, même de la part de certains garçons... Il constata tout de même qu'il avait encore la cote pour que des élèves de dix, douze ou quinze ans plus jeunes que lui le réclament. Ce qui avait fait sourire Régine Vinais Brouet, son nom propre auquel elle avait ajouté celui de sa mère qu'elle perpétuait sans cesse, et pour ne pas voir s'éteindre à la face du monde ce *Brouet* qu'elle vénérait tant. Ils vécurent tous deux jusqu'à leurs cheveux blancs, enlacés, encore amoureux et émouvants à voir quand ils partaient, main dans la main, en croisière sur les océans. Et c'est lui qui, finalement, partit le premier rejoindre sous terre ceux et celles qui l'avaient précédé, sans n'avoir jamais revu sa supposée fille. Régine le fit enterrer au cimetière Côte-des-Neiges, dans un petit coin discret acheté pour deux, afin d'aller le rejoindre quand son tour viendrait, selon ses dernières volontés.

Marie-Reine, toujours près de son ex-belle-fille, Régine, avait peu à peu rompu avec les autres membres de la famille, Benjamine incluse, parce que cette dernière s'était trop rapprochée de son père. Elle savait que Régine avait elle aussi renoué avec lui, mais elle l'avait tellement appuyée au temps où elle avait été délestée de son argent qu'elle ne lui en tint pas rigueur. De peur de la perdre, il ne lui restait plus qu'elle. Elle termina ses jours dans sa soixante-douzième année, encore dans sa petite maison de vétérans de l'armée, rénovée quelque peu, mais seule, sans personne pour s'occuper de ses restes un coup morte. Jusqu'à ce que Régine l'apprenne d'une voisine et que, moins fortunée elle-même avec les ans, elle l'enterre avec Jean, son défunt père qui avait été son mari. Avec sa première femme sous elle dans la fosse ! Quelle histoire ! Si seulement les morts pouvaient parler ! Quoique ce geste gratuit avait énormément choqué Benjamine, qui glorifiait la tombe de sa mère qu'elle visitait régulièrement.

Sœur Estelle Marie, la bonne sœur de la Providence, œuvra dans son ministère en République dominicaine jusqu'à ce qu'on la rappelle au couvent de Montréal où elle se dévoua pour la communauté. Ayant renoué avec ses sœurs, elle avait continué d'égrener des chapelets pour chacune d'elles, surtout pour Marcelle qu'elle avait soignée à l'hôpital, et pour ce qu'elle avait à vaincre cette fois. Au loin, sœur Hélène Marie, sa bonne compagne habituée aux mœurs de ce pays, lui écrivait de temps en temps, mais se préoccupait davantage des religieuses âgées qui l'entouraient dans les dortoirs de ce couvent de bois, mais une à une, ces pieuses religieuses s'éteignaient comme des chandelles, quand venait l'heure de partir. Estelle n'avait pas eu le temps de revoir son père, mais elle ne résista pas à prier pour lui. « Pour son âme de fidèle défunt », disait-elle à Benjamine. Puis ayant vu une seule fois son neveu Serge, le fils de Benjamine qui avait alors sept ou huit ans, elle eut la bienveillance de l'ajouter à la liste de noms, à côté de celui d'André, pour faveurs demandées. Comme pour Benjamine qui, depuis toujours, juste après Marcelle, était sur la liste préférentielle d'Estelle, la pieuse religieuse. Sœur Estelle Marie vécut assez longtemps pour voir les règlements se modifier au sein de sa communauté, donnant ainsi une plus entière liberté à celles qui lui avaient été fidèles. Sans être envoyée nulle part ailleurs, elle prit de l'âge aux côtés des sœurs qui, l'une après l'autre, s'en allaient au ciel. Et c'est après Régine qu'Estelle partit à son tour, assez âgée, pour aller reposer au cimetière du couvent, en laissant Benjamine orpheline de père et de sœurs au sein de cette grande et belle famille.

Pour ne pas oublier personne, Frank, le séduisant culturiste d'Anna, encore bel homme aux cheveux grisonnants, musclé grâce à son entraînement régulier, avait vu grandir ses enfants et avait partagé des jours heureux avec sa femme durant toutes ces années. Sans se cramponner à son histoire d'amour d'antan avec Anna qui l'avait aimé comme une déchaînée. Il n'y pensait plus, ou du moins, ne se penchait guère sur son passé. Il avait vendu son studio de culture physique et s'était ensuite contenté d'enseigner ce qu'il savait aux jeunets qui désiraient devenir des *Monsieur Univers* ! Ainsi donc, pour ce qu'avait été la vie de l'homme le plus beau sur terre, selon la regrettée Anna qui, au gré des ans, veillait encore sur lui, du haut du paradis !

Enfin, la plus jeune, la plus chère, la plus douce... Benjamine ! Durant toutes ces années, elle avait enterré plusieurs membres de sa famille, mais elle avait survécu avec son mari, André, le valeureux dentiste qui avait succédé à son père, mort et enterré et qui jouissait d'une renommée à son tour qui dépassait la rivière des Prairies et le fleuve Saint-Laurent réunis. Le couple n'eut pas d'autres enfants que Serge qui, devenu grand, ne souhaitait pas devenir le troisième dentiste de la famille. Adepte du cinéma, il s'y dirigea sans le moindre faux pas. Son destin, selon lui, était ancré. Scénariste, producteur, metteur en scène, tout cela, sans être acteur cependant. Son véritable rôle était celui de sa vie. André, fort occupé avec sa nombreuse clientèle, rentrait à la maison tard le soir, ce que lui reprochait sa femme. Il travaillait trop, non pas par cupidité, mais par dévouement pour toutes ces personnes qui ne misaient que sur lui. Benjamine, seule bien souvent, s'occupait d'œuvres de charité, et visitait Régine de temps en temps. Heureuse avec un fils unique et son époux, il lui arrivait parfois de se sentir encore *l'autre* que ses sœurs avaient condamnée avant d'apprendre à l'aimer. Et *l'autre* elle resterait, pour ne pas contrarier Marcelle qui, du haut du ciel, ayant retrouvé la raison, aurait pu la blâmer d'avoir renié son nom... de tant d'années !

Dans sa grande et luxueuse maison de pierres du boulevard Gouin Ouest, il lui arrivait de se sentir seule et de presque regretter le temps où, rue Garnier, elle allait s'acheter ses premières paires de souliers d'adultes. Elle aurait aimé revenir en arrière et changer le pire en meilleur, chaque fois qu'elle s'était sentie rejetée d'une maison à une autre, pour grandir péniblement. Elle revoyait Anna, le partage de son appartement, son désir inassouvissable de Frank dont elle rêvait chaque nuit, et elle fermait les yeux sur les images de ce passé pour tenter d'apprécier le présent d'un bonheur durement gagné. Car tel quel, il n'avait pas été facile le destin de Benjamine… Sans mère véritable, sans pouvoir être elle-même alors qu'on décidait tout pour elle, il fut vaillant son destin pour s'en sortir indemne. Aussi étonnant fût-il pour une enfant non désirée par ses sœurs, elle avait fini par s'élever au-dessus des nuages gris pour voir à l'horizon se lever un soleil strictement pour elle. Mais que de courage pour avoir passé la majeure partie de sa vie avec ce nom d'emprunt attribué par Marcelle ! *L'autre* qu'elle était sans cesse pour elle et qui l'avait maintes fois blessée de l'entendre de la bouche de Régine qui l'avait adopté aussi. *L'autre*, une étrangère, une enfant à part des autres de la famille et une femme qui, malgré tout, ne put se départir de ce surnom qui lui écrasait souvent le cœur. Mais docile, généreuse et prête à tout pour ne pas déplaire, elle l'avait même gardé pour que Marcelle, malade, ne soit pas contrainte à être rappelée à l'ordre au moment de sa tuberculose. Un surnom qui lui avait été donné par l'aînée, outrée d'avoir à l'élever… Sans en être responsable. Pas facile de se faire appeler *l'autre* devant les gens quand on se prénomme

Benjamine, mais l'enfant de trop fermait les yeux et se taisait devant l'affront qui subsistait... Que de résilience ! Au point de l'avoir conservé pour que sa sœur, sénile, ne l'oublie pas. Pour l'aider à se souvenir d'elle...

Mère et bientôt grand-mère, Benjamine Vinais s'achemina vers son rôle de grand-maman après le mariage de Serge, avec la même sérénité qu'elle avait déployée avec force pour s'assumer, s'instruire et réussir sa vie, malgré les embûches de sa courageuse destinée. Quand on lui ferma les yeux, passablement jeune encore, André et Serge la pleurèrent abondamment, assurés tous deux cependant que Benjamine avait percé, d'un sourire complaisant, le mur parfois infranchissable du firmament.

Restez à l'affût des titres à paraître
aux Éditions Logiques en suivant
Groupe Librex : facebook.com/groupelibrex

editions-logiques.com

Cet ouvrage a été composé en Times 13/16
et achevé d'imprimer en septembre 2021 sur les presses
de Marquis imprimeur, Québec, Canada.

100% PCF BIOGAZ ÉNERGIE PERMANENT

Imprimé sur du papier 100% postconsommation,
fabriqué avec un procédé sans chlore et à partir d'énergie biogaz.